Für alle, die Bücher lieben

Der *verschwundene* Buchladen

VON EVIE WOODS

AUS DEM ENGLISCHEN ÜBERSETZT
VON IVONNE SENN

ISBN: 978-3-985852116
1. Auflage 2024

Erstmals in Großbritannien im E-Book-Format von HarperCollins Publishers unter dem Titel THE LOST BOOKSHOP veröffentlicht

Übersetzung: Ivonne Senn
Lektorat: Rena Ziehnert
Cover: Foto © Stephen Mulcahey/Trevillion Images
Anpassung Umschlag deutsche Ausgabe: Juliana Fabula
Farbschnitt und Innengestaltung: Juliana Fabula
Satz deutsche Ausgabe: Juliana Fabula

www.adrian-verlag.de

Prolog

Die verregneten Straßen von Dublin waren an einem kalten Wintertag kein Ort, an dem ein kleiner Junge herumtrödeln sollte, außer dieser Junge hatte seine Nase gegen die Scheibe eines höchst faszinierenden Buchladens gepresst. Im Inneren funkelten Lichter, und die bunten Einbände der Bücher lockten ihn, versprachen ihm eine Flucht mit Geschichten voller Abenteuern. Die Auslage war gefüllt mit Neuerscheinungen und Krimskrams; kleine Heißluftballons schwebten kurz unter der Decke, und in ausgestellten Spieluhren klingelten und drehten sich mechanische Vögel und Karussells. Die Dame im Laden erblickte ihn und bedeutete ihm, hereinzukommen. Doch leicht errötend schüttelte er den Kopf.

„Ich komme zu spät zur Schule", formte er mit den Lippen an der Scheibe.

Sie nickte und lächelte. Sie wirkte sehr nett.

„Nur für eine Minute", sagte er, nachdem er den Drang, hineinzugehen, ganze drei Sekunden lang bekämpft hatte.

„Eine Minute." Sie stand hinter dem Tresen und packte gerade einen Karton mit weiteren Büchern aus. Dabei warf sie einen Blick auf sein aus der Hose hängendes Hemd, seinen wuscheligen Haarschopf, der aussah, als wäre er seit einiger Zeit einem Kamm erfolgreich aus dem Weg gegangen, und seinen nicht zueinander passenden Socken. Sie lächelte in sich hinein. *Opaline's Bookshop* war ein Magnet für kleine Jungen und Mädchen. „In der wievielten Klasse bist du?"

„In der dritten, auf der St. Ignatius", erwiderte er und reckte den Hals, um zu den Flugzeugen aus Balsaholz hinaufzuschauen, die von der gewölbten Decke hingen.

„Und gefällt es dir?"

Der Gedanke entlockte ihm ein Schnauben.

Sie ließ ihn in Ruhe durch ein altes Buch mit Zaubertricks blättern, doch es dauerte nicht lange, bis er sich dem Tresen näherte und anfing, sich das Briefpapier anzusehen.

„Wenn du magst, kannst du mir helfen. Ich verschicke Einladungen zu einer Buchpräsentation."

Er zuckte mit den Schultern und fing an, die Einladungen mit etwas zu viel Enthusiasmus so zu falten, wie sie es tat, und in Umschläge zu stecken. Dabei zog er konzentriert die Nase kraus, was die Konstellation an Sommersprossen, die sich bis zu seinen Wangen zogen, veränderte.

„Was bedeutet *Opaline*?", fragte er und sprach es mit viel zu vielen Silben aus.

„Opaline ist ein Name."

„Ihr Name?"

„Nein. Ich bin Martha."

Sie spürte, dass ihn diese Erklärung nicht befriedigte.

„Wenn du willst, kann ich dir eine Geschichte über sie erzählen. Sie mochte die Schule auch nicht sonderlich. Oder Regeln."

„Oder tun, was man ihr sagt?", schlug er vor.

„Oh, das gefiel ihr überhaupt nicht." Martha lächelte verschwörerisch. „Hier, du steckst die restlichen Einladungen in die Umschläge, und ich mache uns einen Tee. Eine gute Geschichte beginnt immer mit einer Tasse Tee."

1. Kapitel

OPALINE

London, 1921

Ich strich mit der Fingerspitze über den Buchrücken, ließ sie von den Einkerbungen des geprägten Umschlags zu etwas Greifbarem leiten; zu etwas, an das ich mehr glaubte als an die Fiktion, die sich vor mir abspielte. Einundzwanzig Jahre alt – und meine Mutter hatte beschlossen, dass es für mich an der Zeit wäre, zu heiraten. Mein Bruder Lyndon hatte – wenig hilfreich – eine geistlose Kreatur gefunden, die gerade das Familienunternehmen geerbt hatte; irgendetwas, das mit dem Import von diesen oder jenen Gütern aus fernen Ländern zu tun hatte. Ich hatte kaum zugehört.

„Für Frauen deines Alters gibt es nur zwei Optionen", hatte Mutter verkündet und ihre Tasse samt Untertasse auf das Tischchen neben ihrem Sessel gestellt. „Die eine ist, zu heiraten, und die andere, eine ihrer Herkunft entsprechende Anstellung zu finden."

„Herkunft?", wiederholte ich leicht ungläubig. Ich schaute mich in dem Salon mit der abgeblätterten Farbe und den verblichenen Vorhängen um und musste Mutters Eitelkeit bewundern. Sie hatte unter ihrem Stand geheiratet und meinen Vater ständig daran erinnert, damit er es ja nie vergaß.

„Muss das jetzt sein?", fragte mein Bruder, als Mrs. Barrett, unsere Haushälterin, die Asche aus dem Kamin fegte.

„Madam hat nach einem Feuer verlangt", antwortete sie in einem Ton, der keinerlei Anzeichen von Respekt enthielt. Sie war bei uns, solange ich zurückdenken konnte, und nahm nur Befehle von meiner Mutter entgegen. Den Rest von uns behandelte sie wie billige Hochstapler.

„Tatsache ist, dass du heiraten musst", betete Lyndon die Worte meiner Mutter nach, während er durch das Zimmer humpelte und sich dabei schwer auf seinen Gehstock stützte. Er war achtzehn Jahre älter als ich, und die gesamte rechte Seite seines Körpers war verzerrt, nachdem er während des Krieges in Flandern von einem Schrapnell getroffen worden war. Der Bruder, den ich einst gekannt hatte, war irgendwo auf diesem Schlachtfeld begraben zurückgeblieben. Das Grauen, das er in seinen Augen hielt, machte mir Angst, und auch wenn ich es nicht gerne zugab, fürchtete ich mich inzwischen vor ihm. „Er ist eine gute Partie. Vaters Pension reicht kaum, damit Mutter das Haus führen kann. Es ist an der Zeit, dass du deinen Kopf aus den Büchern hebst und dich der Realität stellst."

Ich klammerte mich fester an mein Buch. Es war eine seltene amerikanische Erstausgabe von *Sturmhöhe*, ein Geschenk von meinem Vater, genau wie meine tiefe Liebe zum Lesen. Ich trug das leinengebundene Buch, dessen Rücken in Gold die scheinheilige Inschrift: „von der Autorin von *Jane Eyre*" trug, wie einen Talisman bei mir. Wir waren durch einen reinen Zufall auf einem Flohmarkt in Camden darauf gestoßen (ein Geheimnis, das wir Mutter nicht erzählen konnten). Später würde ich erfahren, dass der englische Verleger von Emily diese Falschzuschreibung erlaubt hatte, um von *Jane Eyres* kommerziellem Erfolg zu profitieren. Das Buch befand sich nicht in einem perfekten Zustand; der Leineneinband war an den Ecken abgenutzt, und der hintere Buchdeckel hatte eine v-förmige, tiefe Einkerbung. Die Blätter lösten sich langsam, weil der Faden, mit dem sie genäht waren, durch Alter und Benutzung zu zerfasern begann. Aber für mich waren alle diese Dinge, einschließlich des nach Zigarrenrauch duftenden Papiers, wie eine Zeitmaschine. Vielleicht wurden die Samen damals gesät. Ein Buch ist nie das, wonach es aussieht. Ich glaube, mein Vater hoffte, dass meine Liebe zu Büchern ein Interesse am Lernen in mir wecken würde, aber wenn überhaupt verstärkte sie nur meine Abscheu gegen das Klassenzimmer. Ich neigte dazu, in meiner Fantasie zu leben, und so rannte ich jeden Nachmittag nach der Schule nach Hause und bat ihn, mir vorzulesen. Er war ein Beamter, ein ehrlicher Mann mit einer Leidenschaft fürs Lernen. Er sagte immer, dass Bücher mehr waren als nur Worte auf Papier; sie waren Portale zu anderen Orten, in andere Leben. Ich hatte mich in Bücher verliebt und in die weite Welt, die sie beherbergten, und das hatte ich allein meinem Vater zu verdanken.

„Wenn du den Kopf neigst", hatte er mir einst gesagt, „kannst du die alten Bücher ihre Geheimnisse flüstern hören."

Ich fand damals ein antikes Buch auf dem Regal, mit kalbsledernem Einband und von der Zeit vergilbten Seiten. Ich hielt es an mein Ohr und schloss fest die Augen; ich stellte mir vor, dass ich die wichtigen Geheimnisse hören konnte, die der Autor versuchte, mit mir zu teilen. Doch ich konnte es nicht; zumindest nicht in Worten.

„Was hörst du?", fragte mein Vater.

Ich wartete, ließ meine Ohren von dem Geräusch füllen.

„Ich höre das Meer!"

Es war, wie mir eine Muschel ans Ohr zu drücken, so wirbelte die Luft durch die Seiten. Er lächelte und legte eine Hand an meine Wange.

„Atmen sie, Papa?", fragte ich.

„Ja", sagte er. „Die Geschichten atmen."

Als er schließlich 1918 der Spanischen Grippe erlag, blieb ich die ganze Nacht an seiner Seite, hielt seine kalte Hand und las ihm seine Lieblingsgeschichte vor. *David Copperfield*. Irgendwie glaubte ich albernerweise, dass diese Worte ihn zurückbringen würden.

„Ich weigere mich, einen Mann zu heiraten, den ich noch nie getroffen habe, nur um zu den familiären Finanzen beizutragen. Die ganze Idee ist grotesk."

Bei meinen Worten ließ Mrs. Barrett den Handfeger fallen, und das Geräusch von Metall auf Marmor sorgte dafür, dass die Miene meines Bruders sich verzerrte. Er verabscheute laute Geräusche.

„Raus hier. Sofort!"

Die arme Frau hatte sehr unzuverlässige Knie, und es brauchte drei fehlgeschlagene Versuche, bevor sie aufstehen konnte, um das Zimmer zu verlassen. Wie sie es schaffte, die Tür nicht hinter sich zuzuwerfen, wird mir für immer ein Rätsel bleiben.

Ich fuhr mit meiner Verteidigung fort.

„Wenn ich für euch beide eine solche Last bin, werde ich einfach ausziehen."

„Und wo um alles in der Welt willst du hin? Du hast kein Geld", wies meine Mutter mich auf meine Lage hin. Sie war inzwischen Mitte sechzig und hatte meine Ankunft in der Familie immer als „ihre kleine Überraschung" bezeichnet, was idyllisch geklungen hätte, wäre ich mir nicht bewusst, wie sehr ihr Überraschungen zuwider waren. In dem Haushalt einer älteren Generation aufzuwachsen hatte meinen Drang, mich zu befreien und die moderne Welt zu erleben, nur verstärkt.

„Ich habe Freunde", beharrte ich. „Ich könnte mir eine Anstellung suchen."

Meine Mutter kreischte auf.

„Verdammt noch eins, du undankbares Balg!", knurrte Lyndon und packte mich am Handgelenk, als ich Anstalten machte, aufzustehen.

„Du tust mir weh."

„Ich werde dir noch sehr viel mehr wehtun, wenn du nicht gehorchst."

Ich versuchte, mich zu befreien, doch er ließ nicht los. Ich schaute zu meiner Mutter, die angelegentlich das Muster im Teppich studierte.

„Ich verstehe", sagte ich, denn ich verstand tatsächlich endlich, dass Lyndon jetzt der Mann im Haus war und die Entscheidungen treffen würde.

„Sehr gut." Er hielt mein Handgelenk weiter fest und hauchte mir seinen sauren Atem ins Gesicht, als er sagte: „Ich sagte: sehr gut."

Ich sah ihm in die Augen und versuchte erneut, mich von ihm loszureißen. „Ich werde mich mit diesem Verehrer treffen."

„Du wirst ihn heiraten", versicherte er mir und löste seinen Griff langsam.

Ich strich meine Röcke glatt und klemmte mir das Buch unter den Arm.

„Gut. Das wäre dann also geklärt", sagte Lyndon und schaute mit seinen kalten Augen an mir vorbei. „Ich werde Austin heute zum Abendessen einladen, damit wir alles arrangieren können."

„Ja, Bruder", sagte ich, bevor ich mich nach oben auf mein Zimmer zurückzog.

Ich wühlte in der obersten Schublade meiner Frisierkommode und fand die Zigarette, die ich von Mrs. Barretts Vorrat in der Küche geklaut hatte. Dann öffnete ich das Fenster und zündete die Zigarette an, um einen langen Zug zu nehmen, wie eine Femme fatale aus den Filmen. Ich setzte mich auf meine Frisierkommode und ließ die Zigarette auf einer alten Austernschale ruhen, die ich im letzten Sommer am Strand aufgesammelt hatte. Es waren sorglose Ferien mit meiner besten Freundin Jane gewesen, bevor sie geheiratet hatte. Obwohl Frauen inzwischen das Wahlrecht hatten, wurde eine gute Ehe immer noch als die einzige Option angesehen.

Müßig betrachtete ich mich im Spiegel und berührte meinen Nacken, wo mein Haar endete. Mutter war beinahe in Ohnmacht gefallen, als sie sah, was ich mit meinen langen Locken angestellt hatte. „Ich bin kein kleines Mädchen mehr", hatte ich ihr gesagt. Aber glaubte ich das wirklich? Ich musste eine moderne Frau sein. Ich musste ein Risiko eingehen. Aber ohne irgendwelches Geld, wie sollte ich da etwas anderes tun, als meinen Älteren zu gehorchen? In diesem Moment kehrten die Worte meines Vaters zu mir zurück. ... *Bücher sind wie Portale.* Ich schaute zu meinem Bücherregal und nahm einen weiteren langen Zug von der Zigarette.

„Was würde Nelly Bly tun?", fragte ich mich, wie ich es so oft tat. Für mich war sie der Inbegriff von Furchtlosigkeit: eine wegbereitende amerikanische Journalistin, die, inspiriert von Jules Vernes Büchern, in nur zweiundsiebzig Tagen, sechs Stunden und elf Minuten einmal um die Welt gereist war. Sie sagte immer, dass richtig angewandte und gelenkte Energie alles erreichen könne. Wenn ich ein Junge wäre, könnte ich meine Absichten erklären, die große Europareise anzutreten, bevor ich heiratete. Ich sehnte mich danach, andere Kulturen zu erleben. Ich war einundzwanzig Jahre alt und hatte nichts getan. Nichts gesehen. Wieder schaute ich zu meinen Büchern und traf eine Entscheidung, noch bevor ich die Zigarette aufgeraucht hatte.

„Wie viel können Sie mir dafür geben?" Ich schaute zu, wie Mr. Turton meine gebundenen Ausgaben von *Sturmhöhe* und *Der Glöckner von Notre Dame* untersuchte.

Er war der Besitzer eines stickigen Ladens, der in Wahrheit nur aus einem langen Korridor ohne Fenster bestand. Der Rauch seiner Pfeife verlieh der Luft eine zähflüssige Beschaffenheit, und meine Augen fingen an, zu tränen.

„Zwei Pfund, und das ist großzügig."

„O nein, ich brauche wesentlich mehr."

Er sah das Exemplar meines Vaters von *David Copperfield*, und bevor ich ihn aufhalten konnte, fing er an, durch die Seiten zu blättern.

„Das verkaufe ich nicht. Es hat einen ... sentimentalen Wert."

„Ah, aber das hier ist interessant. Es ist als das ‚Leseexemplar' bekannt, weil Dickens daraus bei seinen öffentlichen Lesungen gelesen hat." Seine Knollennase und die winzigen Augen verliehen ihm das Aussehen eines Dachses oder Maulwurfs. Er schnüffelte an dem kostbaren Buch wie an einem Trüffel.

„Ja, dessen bin ich mir bewusst", sagte ich und versuchte, das Buch seinen gierigen Pfoten zu entreißen. Er fuhr mit seiner Musterung fort, als würde er es bereits auf einer Auktion verkaufen.

„Aufwendig gebunden in poliertes rotes Kalbsleder. Eine charmante Ausgabe; reich verzierte Goldprägung auf dem Einband; Goldschnitt an allen Seiten; original marmoriertes Vor- und Nachsatzblatt."

„Das Buch hat mir mein Vater geschenkt. Es ist nicht zu verkaufen."

Er schaute mich abschätzend über den Rand seiner Brille an. „Miss ...?"

„Miss Carlisle."

„Miss Carlisle, das hier ist eines der am besten erhaltenen Exemplare dieser seltenen Ausgabe, das ich je in Händen gehalten habe."

„Und die Illustrationen sind von Hablot K. Browne. Hier kann man sein Pseudonym sehen, Phiz", fügte ich voller Stolz hinzu.

„Ich könnte Ihnen fünfzehn Pfund anbieten."

Die Welt um mich herum verstummte, so wie sie es oft in den Momenten vor einer lebensverändernden Entscheidung tat. Auf dem einen Weg lag die Freiheit gemeinsam mit dem Unbekannten. Auf dem anderen der goldene Käfig.

„Zwanzig Pfund, Mr. Turton, und wir haben ein Abkommen."

Er verengte die Augen, und seine Lippen umspielte ein widerstrebendes Lächeln. Ich wusste, dass er zahlen würde, genauso wie ich wusste, dass ich mein Leben dem Versuch widmen würde, dieses Buch zurückzubekommen. Als Mr. Turton mir den Rücken zuwandte, steckte ich meine *Sturmhöhe* wieder in die Tasche und ging.

So begann meine Karriere als Buchhändlerin.

2. Kapitel

MARTHA

Dublin, neun Monate zuvor …

Als ich an jenem kalten, dunklen Abend, an dem der Regen von meiner Jacke tropfte, vor dem roten Backsteingebäude aus dem 18. Jahrhundert ankam, hatte ich nicht vor, zu bleiben. Die Frau am Telefon hatte wenig freundlich geklungen, aber ich wusste nicht, wo ich sonst hinsollte, und hatte nur wenig Geld. Meine Reise nach Dublin hatte eine Woche zuvor auf der anderen Seite des Landes begonnen, an einer einsamen Bushaltestelle gleich außerhalb des Dorfs. Ich weiß nicht, wie lange ich dort an dieser Bushaltestelle saß. Ob es kalt oder warm war oder irgendjemand an mir vorbeikam. Meine Sinne waren von einem überwältigenden Drang betäubt gewesen: zu gehen. Auf meinem rechten Auge konnte ich nichts sehen, deshalb hatte ich nicht gleich mitbekommen, als der Bus endlich vorfuhr. Mein ganzer Körper fühlte sich taub an, doch als ich schließlich von der Steinwand glitt, beschwerten sich meine Rippen. Dennoch ließ ich meine Gedanken nicht dorthin zurückkehren. Noch nicht. Selbst als der Fahrer ausstieg, um mir mit meinem Koffer zu helfen, und mich dabei ansah, als glaubte er, ich wäre gerade aus einer geschlossenen Anstalt entflohen, ließ ich meine Gedanken nicht zurückwandern.

„Wohin?“, fragte er.

Irgendwo hin, nur weg von hier.

„Dublin“, antwortete ich. Dublin mochte weit genug weg sein. Ich sah, wie die Landschaft an meinem Fenster vorbeizog. Ich hasste diese verdammten Felder, die kleinen Orte mit einer Schule, einer Kirche und zwölf Pubs. Die Grauheit von allem, die mich erdrückte. Ich musste eingeschlafen sein, denn ich zuckte zusammen, glaubte, er wäre wieder über mir – meine Hände schützend vor mein Gesicht gehalten. Ich wusste nicht, was ich beschützen sollte. Er war zu schnell. Und als er den Schürhaken fand, fiel alles von mir ab. Alles. Jede Hoffnung, die ich gehabt hatte. Jede naive, dumme Hoffnung. In dem Moment hatte ich etwas gelernt: Man ist in dieser Welt auf sich allein gestellt. Niemand kommt, um einen zu retten. Menschen verändern sich nicht plötzlich, sagen, dass es ihnen leidtut und beginnen, einen mit Respekt zu behandeln. Sie sind ein Durcheinander aus Schmerz und Verletzungen und werden es an jedem auslassen, der gerade zur Stelle ist. Ich musste mich selbst retten.

„Nur einen Kaffee und ein gegrilltes Käsesandwich bitte", sagte ich zu der Kellnerin. Es waren die günstigsten Angebote auf der Karte.

Im Internet hatte ich kein Glück gehabt, deshalb hatte ich mir eine Regionalzeitung geschnappt und angefangen, nach Jobs zu suchen. Kaum eine Woche in einem Hostel und mir ging schon das Geld aus. Da sah ich es: *Haushälterin, Vollzeit*. Ich wählte die Nummer und fand mich am nächsten Tag auf den Stufen eines sehr herrschaftlich aussehenden Hauses wieder, wo ich an die glänzende, schwarz-lackierte Tür klopfte. Madame Bowden, wie ich sie nennen sollte, war wie niemand, den ich je zuvor getroffen hatte. Wie eine Heldin aus einem historischen Fernsehdrama trug sie eine Federboa und Diamantohrringe. Innerhalb von fünf Minuten hatte sie mich mit Geschichten aus ihrer Zeit am Theater Royal unterhalten, wo sie mit den Royalettes getanzt und in alten Stücken aufgetreten war, von denen ich noch nie etwas gehört hatte.

„Die Leute nennen mich exzentrisch, aber ich nenne sie langweilig. Das ist alles also relativ. Wie war noch mal dein Name?"

„Martha“, wiederholte ich zum dritten Mal und folgte ihr die Treppe in den Keller hinunter. Madame hatte einen Gehstock und machte ein großes Gewese darum, dabei kam sie mir relativ agil vor. Ich schätzte sie auf über achtzig, aber gleichzeitig wirkte sie zeit- und alterslos – eine Schauspielerin, die sich dafür entschieden hatte, einen Charakter für alle Zeiten einzufrieren.

„Das letzte Mädchen war hier nicht glücklich“, merkte sie in einem Ton an, der mich warnte, dass es mir genauso gehen würde.

Es war so dunkel, dass ich kaum etwas ausmachen konnte, abgesehen von dem halben Fenster nah an der Decke, wo ich die Füße der auf dem Bürgersteig vorbeigehenden Menschen sehen konnte. Sie nutzte ihren Gehstock, um einen Schalter zu betätigen, und nachdem ich einen Moment von dem grellen Licht der Hängelampe geblendet war, konnte ich ein schmales Bett in einer Ecke und einen Schrank an der gegenüberliegenden Wand erkennen. Neben der Tür befand sich eine kleine Küchenzeile, und vor dem Zimmer führte eine Tür zu einem winzigen Bad mit Dusche. Das Linoleum auf dem Fußboden wellte sich an den Kanten, und die Tapete tat es ihm an einigen Stellen gleich, doch ich verspürte hier sofort ein Gefühl der Sicherheit. Es war meins. Ein Raum, den ich den meinen nennen konnte. Ich konnte die Tür schließen und musste mir keine Sorgen darum machen, wer sie wohl eintreten würde.

„Nun?“, fragte Madame Bowden und zog eine Augenbraue in die Höhe.

„Es ist reizend“, sagte ich.

„Natürlich ist es das. Das habe ich dir doch gesagt.“

„Dann habe ich den Job?“

Sie verengte den Blick, nahm mein derangiertes Aussehen in sich auf. Ich dankte Gott für ihre offenbar sehr schlechte Sicht, denn sie schien mein geschundenes Gesicht nicht zu bemerken. Oder falls doch, stieß es sie zumindest nicht ab.

„Oh, ich schätze ja“, kapitulierte sie. „Aber freu dich nicht zu früh. Ich stelle dich nur an, weil sich niemand sonst gemeldet hat. Ist das zu fassen? Das ist das Problem mit eurer Generation. Sie ist komplett unwillig, ehrliche Arbeit zu leisten. Heutzutage ist alles ‚tikkity-tok' und sie erwarten Geld fürs Nichtstun."

Sie redete immer noch, während sie sich von mir entfernte und die Treppe hinaufging. Ich setzte mich vorsichtig aufs Bett und lauschte, als die Sprungfedern wie ein altes Akkordeon unter mir aufseufzten. Aber das war egal. Hier würde mich niemand finden. Ich stellte den Wecker auf sieben Uhr. Offenbar erwartete meine neue Arbeitgeberin morgens ein „gehobenes gastronomisches Erlebnis", und von mir wurde verlangt, ein Michelin-würdiges Frühstück aus dem zu zaubern, was auch immer sich im Kühlschrank befand. Darüber würde ich später nachdenken. Ohne mich meiner feuchten Kleidung zu entledigen oder die Gardinen zu schließen, fiel ich in einen seligen Schlaf.

In der Minute, in der ich erwachte, setzte ich mich auf. Warum war es so hell? Wo war ich? Und warum klingelte mein Wecker? Nach und nach beantwortete mein Kopf diese Fragen, und ich schaute auf meine alte Jeans und den ausgeleierten Pullover herunter. Ich war nicht ganz sicher, was die angemessene Uniform einer Haushälterin war, aber vermutlich nicht das hier. Ich öffnete meinen Koffer und zog ein langes, graues Strickkleid heraus. Ich konnte mich kaum daran erinnern, es eingepackt zu haben, aber ein Teil meines Gehirns schien daran gedacht zu haben, Kleidung mitzunehmen, die nicht gebügelt werden musste. Schnell zog ich meinen Pullover aus und war gerade dabei, den Reißverschluss meiner Jeans zu öffnen, als ich die untere Hälfte von zwei Beinen vor dem Fenster vorbeigehen sah. Ich hielt den Atem an, bis braune Wildlederstiefel mit Schnürbändern in Sicht kamen. Es waren nicht seine Stiefel. Den Pullover an meine Brust gedrückt beobachtete ich, wie die Füße in Halbkreisen auf und ab liefen. Was zum Teufel machte er da? Ich spürte, wie der Zorn in mir hochstieg. Obwohl es erheblichen Widerstand bot, gelang es mir, das Fenster aufzustoßen und den Kopf herauszustrecken, wobei ich die Arme auf das Fensterbrett stützte.

„Entschuldigung?“

Keine Reaktion. Ich räusperte mich laut. Immer noch nichts.

„Kann ich Ihnen helfen?“

„Das bezweifle ich.“

Ich war überrascht, einen englischen Akzent zu hören. Ich hatte schon angefangen, zu glauben, dass die Füße nicht an einem Körper befestigt wären. Noch immer konnte ich sein Gesicht nicht sehen, aber dennoch war ich in der Lage, ihn ein wenig einzuschätzen. Das hatte ich schon immer getan: Leute zu lesen, auch wenn es mich manchmal in Schwierigkeiten gebracht hat. Dieser hier wirkte abgelenkt, suchend, unglücklich.

„Was machen Sie hier?“, setzte ich meine Unterhaltung mit seinen Schienbeinen fort.

„Ich glaube kaum, dass Sie das etwas angeht. Was machen Sie hier?“

„Ich *wohne* hier!“, sagte ich und wünschte, ich hätte am Vorabend die Vorhänge zugezogen. „Also können Sie Ihren Spanner woanders ausleben.“ Meine Stimme zitterte ein wenig. Mir war nicht nach einer Konfrontation mit einem Fremden, aber ich wollte auch meine Privatsphäre. Ich hörte, wie seine Stiefel über den Boden scheuerten, und ehe ich mich versah, ging er in die Hocke, sodass sein Gesicht sich direkt vor meinem befand. Es passte überhaupt nicht zu seiner Stimme, die so voller scharfer Kanten war, dass man sich die Finger daran aufschneiden konnte. Es lag eine gewisse Wärme in seinen braunen Augen – oder waren sie grau? Haselnussbraun vielleicht. Seine Haare fielen ihm ständig davor. Aber seine Miene hatte den neugierigen Ausdruck von jemandem, der jedes Wort, das man sagte, herausforderte.

„Haben Sie mich gerade einen Spanner genannt?“, fragte er eindeutig amüsiert. „Sind Sie eine Zeitreisende aus den Achtzigern?“

Ich war nicht sicher, was mir weniger gefiel: ignoriert oder verspottet zu werden. Sein Grinsen war nervtötend ansteckend und enthüllte ein paar nicht ganz perfekte Zähne, was ich als das Ergebnis einer kurzlebigen Leidenschaft für Sport interpretierte. Fußball, dachte ich. Beim Halten eines Elfmeters hatte ihn der Ball ins Gesicht getroffen. Ich lächelte und wurde gleich wieder ernst.

„Hören Sie mal, wenn Sie nicht aufhören, zu stalken, oder was immer Sie da tun, rufe ich die Polizei.“

Er hob abwehrend die Hände.

„Tut mir leid. Hören Sie, mein Name ist Henry“, sagte er und bot mir seine Hand zum Schütteln an.

Ich starrte sie an und sah dann zu, wie er sie verlegen wieder zurückzog.

„Ich habe nicht in Ihr Fenster geschaut, das schwöre ich. Ich bin … ich bin auf der Suche nach etwas.“

Ja, sehr glaubwürdig, dachte ich.

„Was haben Sie denn verloren?“

„Äh …“ Er schaute sich auf dem Stück Brachland zwischen Madame Bowdens Haus und dem ihres Nachbarn um und zerzauste sich seine sowieso schon zerzausten Haare mit den Händen. „Ich habe nicht wirklich etwas verloren …“

Ich verdrehte die Augen. Er *war* ein Spanner. Oder was auch immer. Ein Perverser! Ja, genau. Das wollte ich ihm gerade sagen, als ein Wort aus ihm herausplatzte, mit dem ich nicht gerechnet hätte.

„Überreste! Ich suche nach Überresten …“

„O mein Gott, ist hier jemand gestorben?“ Ich wusste es. Ich wusste, dass hier eine seltsame Energie herrschte. Das Gefühl hatte ich schon bei meiner Ankunft …

„Nein, nein. Guter Gott, nein. Nicht solche Überreste.“ Er beugte sich wieder herunter, sodass er erneut Blickkontakt mit mir aufnehmen konnte. „Hören Sie, ich weiß, es wirkt verdächtig, aber ich verspreche Ihnen, es ist nichts Schlimmes. Es ist nur schwer zu erklären."

Für einen Moment schwiegen wir. Er an der Wand hockend, ich auf einem Küchenstuhl stehend und halb aus dem Fenster hängend. Da hörte ich die Glocke.

„Was war das?", fragte er und versuchte, in mein Zimmer zu linsen.

Ich schaute mich um und sah eine altmodische Glocke, von der ein Kabel die Wand hochlief und in der Decke verschwand. So wie es aussah, befand ich mich in meiner eigenen, sehr realen Version von *Downton Abbey*. Ich drehte mich wieder zu ihm um. Henry.

„Tun Sie mir einen Gefallen. Wonach auch immer Sie suchen, suchen Sie woanders", sagte ich und schlug ihm das Fenster vor der Nase zu.

3. Kapitel

HENRY

Ich saß bei einem Pint Guinness in demselben Pub wie am Tag zuvor und an dem davor. Ich hatte sogar meinen Lieblingshocker an der Bar, hinten in der Ecke. „Tainted Love“ spielte im Hintergrund, und ich tippte im Takt mit meinem Schuh gegen das Holz des Tresens.

Sometimes I feel I’ve got to – TAPP TAPP – run away I’ve got to – TAPP TAPP.

Dabei las ich mir meine Notizen vom Vortag durch.

Im Laufe eines Lebens verbringt man sechs Monate damit, nach verlorenen Gegenständen zu suchen. Ein Versicherungsunternehmen hat einmal eine Studie durchgeführt, die zu dem Schluss kam, dass der durchschnittliche Mensch pro Tag bis zu neun Gegenstände verlegt, was bedeutet, dass wir im Alter von sechzig Jahren bis zu zweihunderttausend Dinge verloren haben. Was Bücher angeht, wie viele Taschenbücher, Manuskripte, handgeschriebene Entwürfe sind im Laufe der Geschichte verloren oder vergessen worden? Die Zahl ist unendlich. Wie viele vergessene Büchereien blieben verborgen, wie die Dunhuang Library am Rande der Wüste Gobi die Tausende von Jahren versiegelt war und, durch einen Zufall, von einem taoistischen Mönch entdeckt wurde, der eine Wand zum Einsturz brachte, als er sich dagegen lehnte, um eine Zigarette zu rauchen? Hinter der Wand fand er einen Berg uralter Dokumente, der beinahe drei Meter hoch war und Schriften in siebzehn verschiedenen Sprachen enthielt. Wer kann schon sagen, was für Schätze noch darauf warten, entdeckt zu werden, welche verlorenen Gegenstände noch ans Licht geholt werden wollen?

Zumindest redete ich mir das immer ein, wenn ich noch eine Nacht in dem B&B verbrachte, das ich mir nicht leisten konnte, und in meinem Notizbuch über den Buchladen schrieb, der nicht existierte. Hatte er je existiert? Ich hatte nicht mehr als einen Brief von einem der weltweit erfolgreichsten Sammler seltener Bücher an seine Besitzerin, eine Miss Opaline Gray, in dem sie ein verlorenes Manuskript diskutierten. Und wie war ich an eine solch ungewöhnliche Korrespondenz gekommen? In dem einzigen Raum der Welt, wo aus Möglichkeiten Realität wird: in einem Auktionssaal. Ich hatte Jahre damit zugebracht, danach zu suchen, nach der großen Enthüllung, mit der ich mir einen Namen in der Welt der seltenen Bücher machen konnte, und das hier kam dem am nächsten.

Ich hätte schon vor Tagen ins Vereinigte Königreich zurückfliegen sollen. Ich trank einen weiteren Schluck von dem „schwarzen Zeug", wie die Einheimischen es nannten. Motivation kommt in allen möglichen Formen und Größen, und meine Motivation, in Irland zu bleiben, war, einem kompletten Versagen nicht ins Gesicht schauen zu müssen. Das war es, was alle erwarteten – ich eingeschlossen. Wenn niemand einen ernst nimmt, wie kann man dann je hoffen, es selbst zu tun? Ich schob die Schuld dafür ohne Gewissensbisse meinem Vater zu. Meine erste Erinnerung an ihn war die an Verrat. Er hatte mir gesagt, ich solle aufstehen und mit meinem neuen Spielzeugmikrofon „auftreten". Es muss an Weihnachten gewesen sein, und er hatte ein paar seiner Kumpels eingeladen. Ich sang ein paar Lieder, wer weiß schon, welche, doch das Einzige, woran ich mich erinnerte, war sein Lachen – wie es beinahe dem Knurren eines Wolfes glich, wenn er richtig betrunken war. Die anderen fielen mit ein, und meine Wangen brannten so sehr, dass ich die heiße Flüssigkeit kaum bemerkte, die meine Beine hinunterrann.

„Er hat sich eingepisst!", johlte mein Vater und fiel vor Lachen vom Stuhl.

An das, was danach passierte, konnte ich mich nicht mehr erinnern. Meine Mutter muss gekommen sein und mich gerettet haben. Aber von dem Zeitpunkt an hing mir das Etikett der Heulsuse an; zu sensibel. Es half nicht, dass meine Schwester Lucinda mit geballten Fäusten, bereit zum Kampf, aus dem Bauch unserer Mutter kam. Sie respektierte er. Um ehrlich zu sein, waren wir alle ein wenig von ihr eingeschüchtert. Und so war meine Position als Schwächling des Wurfs zementiert.

Bis ich den Rosenbach-Brief fand.

Mit einem Mal wurde ich zu einem Mann mit einem Schicksal, als wären all die Jahre, in denen ich es versäumt hatte, lebenswichtige Vitamin-D-Depots aufzubauen, weil ich mich in Büchereien und Bibliotheken vergrub, endlich gerechtfertigt. Ich verbrachte so viel Zeit mit dem Lesen von Büchern in der Bücherei, dass alle glaubten, ich würde dort arbeiten, und am Ende glaubte ich das auch. Es erreichte eine recht erstaunliche Stufe der Selbsttäuschung, als ich anfing, den anderen Mitarbeitern zu sagen, wie sie ihre Aufgaben zu erledigen hatten. Als meine Mutter davon erfuhr, war sie fuchsteufelswild.

„All das Geld, das ich für deine Schulgebühren ausgegeben habe! Du hast nicht eine einzige Prüfung geschrieben, Henry!“

Ja, ich hatte das Geld genutzt, um Kurse an der *London Rare Books School* zu absolvieren, der Schule für seltene Bücher, also war es nicht vollkommen vergebens gewesen. Ich hatte einen Beruf, auch wenn niemand die extreme Liebe zu alten Büchern als Beruf ansah.

Dennoch war ich nie einer Spur wie dieser gefolgt … Ich war kaum ein Indiana Jones. Lucinda hat mir mal gesagt, ich wäre ungefähr so abenteuerlich wie ein Eimer. Tja, wer war jetzt der Eimer, hm? Ich lachte; der Drink war mir eindeutig zu Kopf gestiegen. Ich hatte Wochen auf der Ha’penny Lane verbracht und nach irgendwelchen Hinweisen gesucht, einem Zeichen, dass der Buchladen einst existiert hatte. Ein dunkler Schatten, wie man ihn auf einem Teppich fand, wenn man das Sofa verschob. Aber am Ende stand ich mit leeren Händen da.

Bis zu dem Mädchen.

Wo war sie hergekommen? Sie hatte mich mit den durchdringendsten blauen Augen angeschaut, die ich je gesehen hatte. Und ich hatte zurückgestarrt. Sie hatte wütend ausgesehen. Nein; verängstigt, wurde mir klar. Sie hatte die blasseste Haut, doch ihre runden Wangen hatten einen rosigen Schimmer. Es war ihr nicht gelungen, das bös aussehende blaue Auge unter ihrem langen, gebleichten Pony zu verbergen. Der Effekt war der eines Engels, der schwere Zeiten durchmachte. Ich hatte mich weiter mit ihr unterhalten wollen, aber was hätte ich sagen können? Haben Sie einen verlorenen Buchladen gesehen? Ist es möglich, dass das Haus, in dem Sie wohnen, ihn verschluckt hat? Haben Sie heute Abend Zeit für ein gemeinsames Dinner? Als sie das Fenster zugeschlagen und sich weggedreht hatte, wobei sie immer noch den Pullover an ihre Brust drückte, hatte ich ein großes Tattoo auf ihrem Rücken sehen können. Kein wirkliches Design, sondern unzählige Zeilen kleinster Schrift, wie die Schriftrollen vom Toten Meer.

Wir hatten uns nur ein paar Minuten lang unterhalten, doch ich war mir sicher, dass sie die faszinierendste Frau war, die ich je getroffen hatte. Nervtötenderweise verhielt sie sich jedoch getreu dem Muster aller Frauen, die ich traf, und entwickelte eine sofortige Abneigung gegen mich. Trotzdem, vielleicht wusste sie etwas über den Buchladen, also würde ich tief graben und einen Hauch von Charme finden müssen, um sie auf meine Seite zu ziehen.

Zwei Stunden später war ich wieder in meinem B&B und stand in dem schmalen Flur, der dank der klaustrophobischen Tapete und der gerahmten Porträts von mindestens fünf Päpsten noch schmaler wirkt. Orange Blumen schienen mich anzugrinsen, und der

Teppich mit seinen braunen Wirbeln bot auch keine Atempause.

„Bist du für das Abendessen zurück, Liebes?"

Nora sah aus wie Hilda Ogden, nur hatte sie den stärksten Dubliner Akzent, den ich je gehört hatte. Sie war die Art Mensch, die schon alles gesehen hatte. Einen Arm um ihre Taille geschlungen, eine Zigarette in der schlaffen Hand, stand sie da und sah aus, als würde sie auf dieser Welt nichts mehr überraschen. Ich beneidete Leute wie sie. Wenn in diesem Moment eine Atombombe explodieren und Steine und Mörtel uns um die Ohren fliegen würden, würde Nora vermutlich immer noch mit ihrer Zigarette dastehen, Lockenwickler im Haar, und sich fragen, wer da so einen Lärm veranstaltet, bevor sie sich daran machte, zum Abendessen ein paar Eier zu braten.

„Nein danke, Nora, ich habe Pie und Chips im Pub gegessen."

Noch nie hatte ich jemanden getroffen, der so um meine Nahrungsaufnahme besorgt war, und die meisten unserer Unterhaltungen endeten mit irgendwelchen Befürchtungen über mein Gewicht – von dem ich für ihren Geschmack nicht ausreichend besaß.

„Oh, gut, das wird an deinen Rippen haften." Sie nickte zustimmend. „Und am Morgen bekommst du das volle irische Frühstück", erklärte sie in einem Ton, der keine Widerworte erlaubte.

Ich nickte höflich und ging die Treppe hinauf zu meinem Zimmer mit den Rüschengardinen und der glänzenden Überdecke, doch trotz des Dekors hatte sich das Haus sofort wie ein Zuhause angefühlt. Natürlich nicht wie mein Zuhause. Aber wie das Konzept, zu Hause zu sein. Vielleicht war es Noras Art, einem das Gefühl zu geben, als würde sie einen schon seit Jahren kennen. Als wäre man Teil der Familie, die, nach allem, was ich bisher mitbekommen hatte, aus drei Jack-Russell-Terriern und einem Ehemann namens Barry bestand, der sich wohlweislich außer Sicht aufhielt.

„Er lebt in diesem Schuppen", hatte sie gesagt, als sie mir an meinem ersten Abend das Gemeinschaftsbad zeigte, das in Avocadogrün ausgestattet war. Das Geräusch von einem Hammer, der auf Holz traf, war vom Garten hochgedrungen. „Wenn ich ihn doch nur dazu bringen könnte, auch darin zu schlafen", hatte sie mit einem nachsichtigen Seufzen hinzugefügt.

„Da ist übrigens ein Brief für dich angekommen", sagte sie nun und zog ihn aus der Tasche ihrer Kittelschürze. „Von der Gemeinde. Sieht offiziell aus. Ich habe ihn nicht gelesen", fügte sie hastig an, was mir nur bestätigte, dass sie ihn sehr wohl gelesen hatte.

4. Kapitel

OPALINE

Als der Landungssteg hochgezogen wurde und Taschentücher in der Luft flatterten, herrschte in meinem Herzen eine Mischung aus Aufregung und Beklommenheit. Während einer kalten und schlaflosen Nacht auf dem Postzug nach Dover hatte ich unzählige Stunden gehabt, um die Weisheit meiner Entscheidung, nach Frankreich zu flüchten, infrage zu stellen. Es war gerade ausreichend Zeit geblieben, um ein Telegramm an Jane zu schicken, und ich bereute es bitterlich, dass ich nicht die Gelegenheit hatte, mich von dem einzigen Menschen, den ich vermissen würde, vernünftig zu verabschieden. Ich wusste nicht, was vor mir lag, aber ich war mir sehr bewusst, was ich hinter mir ließ. Meine Mutter würde von meiner Abreise sicherlich erschüttert sein; wenn nicht wegen des Verlusts einer Tochter, dann ganz sicher wegen des Klatsches und des schlechten Rufs, der unseren Familiennamen befallen würde. Ich brachte ihnen beiden Schande ein, aber ich hatte keine andere Wahl. Es war entweder ihr Stolz oder meine Zukunft, und ich konnte, *wollte* mich nicht auf dem Altar ihrer Erwartungen opfern. Ich hatte ausreichend Bildung genossen, um über die Runden zu kommen. Das glaubte ich zumindest. Und schon bald würde ich erkennen, dass die Universität des Lebens eine wesentlich härtere Ausbildung war.

Auf dem Deck blieb ich stehen, stellte meine Reisetasche zu meinen Füßen ab und schaute zum Horizont. Viele meiner Mitreisenden hatten sich bereits zu den Liegestühlen zurückgezogen, um der Seekrankheit vorzubeugen, aber ich nicht. Ich hielt mich an der Reling fest und begann, mir alle möglichen Abenteuer vorzustellen, die mich erwarteten, ohne einen praktischen Gedanken daran zu verschwenden, wie ich allein in einem fremden Land überleben würde. Aus dem Augenwinkel sah ich eine Bewegung, und bevor ich wusste, wie mir geschah, flüchtete jemand mit meiner Reisetasche. Ich schrie auf, aber meine Stimme verlor sich im Wind, und während der Dieb davonrannte, stolperte ich ungelenk über den glatten Holzboden des Decks. Schnell wie ein Blitz lief ein anderer Mann an mir vorbei und in Richtung des Landungsstegs, wo er den Dieb einholte – einen Jungen von höchstens zwölf Jahren. Er packte ihn am Nacken und schleppte ihn, die Tasche in seiner anderen Hand, zu mir zurück. Dann fragte er mit schwerem Akzent, was mit dem Dieb zu tun sei.

„Ich, äh … nun ja", murmelte ich peinlich berührt. Die ganze Episode hatte mir einen Schock versetzt.

„Ich sollte ihn dem Kapitän melden, wenn Mademoiselle es wünscht", sagte er mit einem Hauch von Dramatik in der Stimme. Ich war mir sofort seiner Größe bewusst; er war gut über einen Meter achtzig und seine dunklen Züge waren sehr ansprechend. Schwarze Haare, dunkle Augen und braune Haut. Er war unaussprechlich attraktiv.

„Mademoiselle?", wiederholte er mit einem kleinen Funkeln in den Augen.

„Äh, ja, ja, natürlich." Ich drehte mich zu dem Jungen um, der die Miene eines verfolgten Lamms aufgesetzt hatte. „Und was wird dann mit ihm passieren?", fragte ich und nahm meine Reisetasche wieder an mich.

„Er wird vom Schiff entfernt und direkt ins Gefängnis gebracht, möchte ich meinen", sagte er Mann eher leidenschaftslos.

„Oh."

„Es ist allein Ihre Entscheidung, Mademoiselle."

„Nun, ich habe meine Habseligkeiten zurück, also schätze ich, dass kein Schaden entstanden ist. Und du wirst so etwas nie wieder tun, richtig?", fragte ich und schaute den Jungen an, der, wie mir nun auffiel, keine Schuhe trug und dessen Kleidung mindestens zwei Größen zu klein für ihn war. Er schüttelte vehement den Kopf, und sobald der Mann seinen Griff löste, verschwand er wie ein wildes Tier in der Menschenmenge.

„Mademoiselle sind zu großzügig", sagte der Mann und schaute dem Jungen hinterher. „Erlauben Sie mir, mich vorzustellen: Ich bin Armand Hassan", sagte er und deutete eine Verbeugung an.

Sein Name klang so exotisch und faszinierend, was ihm sofort einen gewissen Reiz verlieh. Er war gut gekleidet, auf eine beinahe lässig-elegante Weise, als könnte er nicht anders, als gut auszusehen, egal, was er trug. Und doch schimmerte in seinen Augen etwas Gefährliches oder Geheimnisvolles, das in mir ein gewisses Misstrauen weckte.

„Miss Carlisle", entgegnete ich und bot ihm meine Hand an. Zu spät wurde mir bewusst, dass ich einem völlig Fremden meinen wahren Namen verraten hatte. Ich musste meine Sinne schärfen, und zwar schnell.

„*Enchanté*, Mademoiselle Carlisle. Darf ich sagen, was für einen schönen Namen Sie haben? Ich hoffe, ich werde oft die Gelegenheit haben, ihn auszusprechen." Er führte meine behandschuhte Hand an seine Lippen, und ich schwöre, ich konnte die Wärme seines Atems durch den Stoff fühlen. Schnell wandte ich den Blick ab und hoffte, dass meine Wangen sich nicht röteten. Ich hatte kaum die englische Küste verlassen und verfiel bereits dem Charme eines fremden Akzents wie so ein naives Mädchen. Ich musste mich besser im Griff behalten.

„Ja, nun, danke sehr, Mr. Hassan, aber ich muss dann weiter", sagte ich und realisierte zu spät, dass ich mich an Bord eines Schiffes befand und keine drängenden Termine hatte.

Seine Augen funkelten, vermutlich, weil er sich die Warnungen vorstellte, die ich erhalten hatte, mich nicht auf Unterhaltungen mit fremden Männern einzulassen.

„Wenn ich darf, Mademoiselle, ein kleiner Rat zum Abschied: Eine charmante junge Frau wie Sie muss in der Zukunft vorsichtiger sein. Allein auf dem Kontinent reisend läuft das schöne Geschlecht Gefahr, skrupellosen Menschen zum Opfer zu fallen."

In diesem Moment fand ich meine Fassung wieder, straffte die Schultern und reckte das Kinn.

„Mr. Hassan, auch wenn Sie offensichtlich sehr geschult in der englischen Sprache sind, mangelt es Ihnen schmerzhaft an Wissen über die englischen Frauen. Wir sind sehr wohl in der Lage, auf uns selbst aufzupassen, vielen Dank."

Damit drehte ich mich so energisch herum, dass meine Mantelschöße aufwirbelten, und ging entschlossenen Schrittes in den Gegenwind, der mir beinahe den Hut vom Kopf riss, doch ich konnte ihn in letzter Sekunde mit der Hand festhalten. „Diese Arroganz", murmelte ich vor mich hin, entschlossen, mich nicht ködern zu lassen – egal, unter welchen Umständen.

Das Hotel Petit Lafayette wirkte von außen sehr schmal, aber wie Bücher kann man auch Hotels niemals allein vom Anschein her beurteilen. Ich wurde zu einer Treppe geführt, die sich um einen Innenhof wand, was jedem Zimmer eine Art Balkon gab, der in das dumpfgraue Innere des Gebäudes hinausging. Meine Laune sank noch tiefer, als der Mann die Tür zu meinem *„chambre"* öffnete. Ich hatte noch keine Gelegenheit gehabt, einen Konvent zu besuchen, aber ich stellte ihn mir so vor wie das, was ich nun vor mir sah: einen schmalen Raum ohne Fenster mit einem noch schmaleren, unbequem aussehenden Bett.

„Nein, nein", sagte ich und schüttelte den Kopf.

„Non?", wiederholte der Mann ungerührt.

„Nein, ich fürchte, das hier steht außer Frage."

Als er nicht reagierte, führte ich das weiter aus.

„Das Zimmer", sagte ich und hob die Stimme, während ich gleichzeitig langsamer sprach, denn wie sonst sollte er meine Misere verstehen. „Es ähnelt einer Mönchszelle! Ich hätte gern … *je voudrais une chambre plus grande. Avec une fenêtre!*"

Zehn Minuten später und zum doppelten Preis fand ich mich in einem bescheiden großen Zimmer mit einem etwas größeren Bett wieder. Meine Feilschkünste bedurften eindeutig ein wenig der Übung, aber sobald ich das lange Fenster geöffnet und meinen Ausblick gesehen hatte, schob ich all meine Beschwerden beiseite … Vor mir breiteten sich die Dächer von Paris aus und schimmerten golden im Abendlicht. Ich war, schlicht gesagt, entsetzt über das, was ich getan hatte. Verlangen und seine Erfüllung können erschreckend widerstreitende Gedanken in einem Menschen hervorrufen. Und doch war ich entschlossen, es zu probieren. Und es würde absolut keine Tränen geben.

Mein erster Tag in Paris war stürmisch, aber hell, und ich hielt den kleinen Stadtplan, den ich bei einem Straßenverkäufer erworben hatte, fest in den Händen. Paris war so wunderschön und inspirierend, wie ich es mir erhofft hatte; jede Straße war schöner als die vorherige. Die butterfarbenen Steingebäude mit den eleganten, hohen Fenstern und grauen Blechdächern wirkten im weichen Sonnenschein makellos chic. Auf dem Weg am Quai de la Tournelle entlang, stieß ich auf eine Reihe Bücherstände, oder *bouquinistes*, wie ich später lernen sollte, an denen alle möglichen Bücher verkauft wurden – auf Französisch und Englisch, dazu Magazine, Journale und sogar alte Poster und Postkarten. Ich hielt inne, um mich umzuschauen, und musterte interessiert die grünen Metallkisten, die an den Geländern entlang des Seine-Ufers hingen und in denen sie ihre Schätze verwahrten. Sie sahen aus wie kleine Eisenbahnwaggons, die für den Abend hochzogen worden waren und ihre Türen bis zum Einbruch der Dunkelheit für die Öffentlichkeit geöffnet hatten.

Ich befand mich im Paradies; am Ufer des Flusses, der im hellen Sonnenschein dort lag, verloren in einer Welt der Bücher und fremden Akzente. Mein Blick fiel auf *Histoires Extraordinaires.* Gebunden in Himmelblau handelte es sich um eine zweibändige Ausgabe der von Charles Baudelaire übersetzten Kurzgeschichten von Edgar Allan Poe. Ich schlug den Einband auf und sah, dass es sich um eine Erstausgabe handelte, veröffentlicht von Michel Lévy Frères, Paris, 1856-1857. Mein Vater war ein Fanatiker, wenn es um Mr. Poe ging, und ich hatte „Das verräterische Herz" und „Der Untergang des Hauses Usher" genossen, deshalb sah ich das als ein Zeichen an. Als ich nach dem Preis des Buches fragte, verriet mein gebrochenes Französisch mich sofort als Ausländerin. Es klang nach hundert Francs zu viel, und nach viel Gestikulieren (der Verkäufer zog seine Hosentaschen heraus, um anzudeuten, dass ich ihn in den Ruin triebe), einigten wir uns auf einen Preis. Ich war wie trunken vor Leichtsinn, als ich das wenige Geld, das ich hatte, für ein weiteres Buch ausgab. Als er anfing, die beiden Bände in braunes Papier einzuwickeln und mit einer Kordel zusammenzubinden, hörte ich eine Stimme, die mir bekannt vorkam, meinen Namen rufen.

„Monsieur Hassan", sagte ich überrascht, als er wieder einmal meine Hand nahm und sie küsste. Sofort errötete ich, und der Buchhändler grinste. Dann begannen die beiden eine Unterhaltung auf Französisch, der ich nicht folgen konnte, doch das Thema wurde recht bald klar.

„Ich sehe, Sie haben meinen Baudelaire gekauft", sagte Monsieur Hassan mit einem teuflischen Lächeln.

„Wie meinen Sie das?"

„Ich habe meinem Freund hier gesagt, er solle diese Übersetzung für mich zurückhalten, aber wie ich höre, hat er sie Ihnen verkauft … für einen wesentlich höheren Preis."

Die Bedeutung seiner Worte blieb mir nicht verborgen; er hielt mich für eine alberne Frau, die man für dumm verkaufen konnte.

Ich beschloss, es zu ignorieren. „Nun, dann ist es nicht mehr Ihr Baudelaire, sondern meiner“, sagte ich, nahm das Paket und marschierte los in Richtung meines Hotels.

„Erlauben Sie mir wenigstens, Sie heute Abend zum Essen auszuführen, als Glückwunsch für Ihren exzellenten Handel“, sagte er, als er mit seinen langen Schritten mühelos zu mir aufschloss.

„Nein danke. So eine unpassende Einladung kann ich nicht annehmen. Wir sind Fremde.“

„Uff“, sagte er und tat so, als hätte ich ihm einen Dolch ins Herz gestoßen. „Aber wir sind keine Fremden, und mir scheint, Sie sind ganz allein in Paris …“

„Ich bin nicht allein“, sagte ich abwehrend. „Ich wohne bei meiner … Tante.“

„Ah, ich verstehe“, sagte er nickend und seine Niederlage beinahe eingestehend. „*Alors*, wenn Sie Ihre Meinung noch ändern, Mademoiselle Carlisle“, fügte er an und reichte mir seine Visitenkarte. „Ich werde diese Abfuhr nicht so leicht vergessen, aber zu Ihrem Glück habe ich einen sehr versöhnlichen Charakter.“

Damit tippte er sich an seinen Hut und verschwand in einer Seitenstraße. Ich blieb mit brodelnder Wut zurück. Er war ein ärgerlicher, pompöser, arroganter Mann. Und ich verabscheute ihn. Und doch steckte ich seine Visitenkarte in meine Tasche, anstatt sie in die Seine zu werfen.

An diesem Abend schrieb ich eine der Postkarten, die ich an dem Bücherstand gekauft hatte, an meine Jane. Ich wusste, ich konnte darauf vertrauen, dass sie meinen Aufenthaltsort für sich behalten würde. Die Sache mit Jane war, dass man sie lachen hören konnte, bevor man sie sah. Sie liebte die Natur, was Mutter immer als „nicht ladylike“ bezeichnete. Ich vermisste sie fürchterlich, aber ihr zu schreiben überbrückte die Entfernung zwischen uns, wenn auch nur für einen kurzen Moment. Ich versuchte mich an einem fröhlichen Ton, als ich die Karte mit Aussagen füllte, die in Ausrufezeichen endeten. *Paris ist wunderbar!* Nicht sehr originell, aber dennoch. Ich bildete mir ein, dass sie mich vielleicht eines Tages besuchen würde, wenn ich hierbliebe. Als ich mein verbliebenes Geld zählte, war ich mir allerdings nicht mehr so sicher. Ich musste eine Anstellung finden, irgendetwas unternehmen. Ich beschloss, am nächsten Tag die Bibliothek aufzusuchen und zu sehen, was ich dort herausfinden konnte.

Als ich mich fürs Bett umzog, nahm ich die Visitenkarte heraus, die Monsieur Hassan mir überreicht hatte.

Armand Hassan
ANTIQUAIRE
14 Rue Molière
Casablanca
Maroc

Monsieur Hassan war also ein Buchhändler aus Marokko. Das erklärte sein gutes Aussehen, wenn einem so etwas gefiel, was bei mir, wie ich beschloss, nicht der Fall war. Die Liebesromane, die ich las, waren voller Geschichten über junge Frauen, die flotten Männern wie ihm verfielen. Ich steckte die Karte weg, dieses Mal in meinen Koffer. Dabei hätte ich sie zerreißen und in den Papierkorb werfen sollen.

5. Kapitel

MARTHA

Als Haushälterin für eine Frau „gehobenen Alters“ mit ausgeprägtem Größenwahn zu arbeiten war nicht das, was ich mir je für mich vorgestellt hatte. Aber ich redete mir ein, dass es nur ein Zwischenstopp wäre, bis ich mein Leben wieder auf der Reihe hätte. Was auch immer das heißen sollte. Nach ein paar Tagen hatte ich schnell zu einer Routine gefunden. Mir wurde klar, dass das genau das war, was ich brauchte, denn ich stand immer noch unter Schock. Anders als man uns in Filmen weismachen will, verlässt man nicht einfach sein Zuhause, seine Ehe und alles, was man kennt, um ein neues Leben zu beginnen. Es gibt eine Zeit dazwischen, in der man nur atmet – wie ein Ertrinkender, der sich an einen Felsen klammert. Man weiß, dass man am Leben ist, das man sich bewegen und sogar sprechen kann, aber irgendetwas fehlt.

Also erfüllte ich meine Aufgaben. Ich stand morgens auf und bereitete das Frühstück für Madame Bowden zu (ein gekochtes Ei und englische Muffins mit Orangenmarmelade). Nachdem ich abgeräumt und die Küche geputzt hatte, machte ich ihr Bett und schuf Ordnung in ihrem Zimmer, während sie sich anzog. Danach entzündete ich unten ein Feuer im Kamin. Das Haus war alt und zugig – sie hatte sich geweigert, eine Zentralheizung einzubauen; sie meinte, die Rohre würden die Ästhetik zerstören. Sie hatte eine entschiedene Meinung zu allem, was mich verdutzte. Vor allem, weil ich mich nicht daran erinnern konnte, jemals selbst eine Meinung zu irgendetwas gehabt zu haben. Mein Vater hatte die einzige Meinung, die in unserem Haus zählte. Meine Mutter sprach überhaupt nie. Heutzutage würde man sie stumm nennen, aber als ich ein Kind war, hatten die Leute im Dorf andere Namen für sie.

Madame Bowden hingegen las die Zeitung laut, widersprach jeder Stellungnahme und hielt Reden darüber, was sie tun würde, wenn sie etwas zu sagen hätte. Ich ignorierte sie zum Großteil, staubsaugte die Teppiche und machte die Wäsche. Sie war nicht unfreundlich, aber auch nicht wirklich freundlich, was mir nur recht war. Jeden Abend aß ich mein Abendessen in dem kleinen Raum im Souterrain, meistens Bohnen auf Toast, und machte am späten Nachmittag lange Spaziergänge am Fluss, wenn die Büroangestellten bereits nach Hause gegangen waren und die Stadt ruhig war. Oder zumindest ruhiger.

Es fühlte sich an, als würde ich nach einem langen Winter endlich auftauen. Ich spürte, wie sich meine Muskeln mit jedem Tag ein wenig mehr entspannten, und selbst wenn ich zum Einkaufen in den Supermarkt ging, schaute ich mich kaum noch um, ob mir jemand folgte. Bis zu dem Tag, an dem Eileen, Madame Bowden, beschloss, sich dem „Ruin des zwanzigsten Jahrhunderts" zu ergeben, und einen Fernseher bestellte. Ich war in der Küche und bereitete ihren Lunch zu (pochierter Lachs mit kleinen Kartoffeln), und als ich das Tablett ins Wohnzimmer brachte und einen Mann durch die Haustür kommen sah, ließ ich das Tablett fallen und blieb wie angewurzelt stehen.

„Ah, sorry, Liebes, ich habe geklopft, aber die Tür war offen", sagte er ganz eindeutig peinlich berührt und mit dem schweren Paket kämpfend.

Ich starrte ihn weiter an, versuchte, meinen Augen zu trauen. *Das ist er nicht*, wiederholte ich stumm. *Das ist er nicht.* Ich erholte mich so schnell, wie ich konnte, und machte mich daran, das Chaos aufzuräumen. Meine Hände zitterten so sehr, dass der Mann mir seine Hilfe anbot. Ich konnte ihm nicht einmal in die Augen schauen, so verlegen war ich.

Am folgenden Morgen bat Madame Bowden mich, in ihrem Büro gründlich Staub zu wischen. Es war ein kleiner Raum im ersten Stock mit Blick zur Straße. Er hatte eine wundervolle Blumentapete und einen Schreibtisch direkt unter dem Fenster. Die anderen Wände waren von Regalen verdeckt, die, wie in einer Bibliothek, mit Büchern gefüllt waren.

„Es ist an der Zeit für einen gründlichen Frühlingsputz hier", verkündete sie und wies mich an, jedes Buch herauszunehmen und mit einem feuchten Tuch den Staub abzuwischen.

„Aber nicht zu feucht!", warnte sie mich und gab mir ein trockenes Handtuch, um danach jegliche Feuchtigkeit zu entfernen.

Auch wenn die Arbeit mir anfangs überwältigend erschien, entwickelte ich bald eine Methode, die es mir leichter machte. Ich nahm mir ein Regal nach dem anderen vor und legte alle Bücher auf ein altes Bettlaken auf dem Boden. Dann kniete ich mich auf ein Kissen und wischte vorsichtig jedes Buch ab. Einige von ihnen waren sehr alt und drohten, in meinen Händen auseinanderzufallen. Andere waren in fremden Sprachen, die ich nicht verstand. Madame Bowden muss sehr gebildet sein, dachte ich und beneidete sie. Bücher und ich haben uns nie gut verstanden. Nein, das stimmte nicht. Bücher machten mich nervös. Das hatten sie schon immer getan. Solange ich zurückdenken konnte, hatte ich diese Reaktion auf sie. Beinahe, als wären sie eine Bedrohung für mich. Ich zog es vor, Menschen zu lesen. Menschen waren leichter als Bücher. Meine Mutter hatte mir beigebracht, die Geschichte eines Menschen zu lesen, ohne dass derjenige auch nur ein Wort sagen musste.

Wie Madame Bowden: Ich wusste, dass sie Angst davor hatte, senil zu werden, und deshalb war sie so wütend auf die Welt. Ich wusste, dass meine Mutter einen emotionalen Schmerz in sich trug, für den sie keine Worte hatte. Und ich wusste, dass der Engländer vor meinem Fenster in eine Frau namens Isabelle verliebt war. Lange Zeit nahm ich an, dass jeder das konnte, aber erst als meine Freundinnen wütend auf mich wurden, weil ich ihre Geheimnisse erkannt hatte, sah ich, dass es ein Geschenk war, das mir allein gehörte. Oder ein Fluch. Der echte Fluch war, dass ich meinen Ehemann nicht lesen konnte, nachdem ich mich in ihn verliebt hatte. Man sagt, Liebe macht blind, und für mich war das wahrer als für die meisten. Deshalb hatte ich die Gewalt nie kommen sehen. Wo ich so darüber nachdachte, er auch nicht, sonst hätte ich es gespürt. Was hatte die Änderung in ihm bewirkt? War ich es gewesen? Hatte ich etwas falsch gemacht?

Seine bevorzugte Schmähung war, mich anzubrüllen: „Du hältst dich wohl für was Besonderes, hm?"

Und er hatte recht. Das tat ich. Nicht auf eitle Weise, aber auf die Art, wo man glaubt, dass man in diesem Leben zu etwas Größerem bestimmt ist. Dass der eigene Weg einen zu etwas Besserem führen wird, weil man in einer Sache richtig gut ist oder weil man ein Schicksal hat. Tja, das hat ihm nicht gefallen. Das hat ehrlich gesagt niemandem gefallen. Und so hatte ich gelernt, diese Gedanken zu verbergen. Ich verbarg sie so gut, dass ich vergaß, wo ich sie hingepackt hatte. Denn jetzt glaubte ich, nichts Besseres als das hier verdient zu haben: Ein zerschundenes Gesicht, eine zerbrochene Ehe und einen Job, bei dem ich das wunderschöne Haus einer Fremden putzte. Ich wusste, dass ich nichts Besseres verdient hatte, aber irgendwo in mir hoffte ich dennoch. Und das war es, was mich so unglücklich machte: das Hoffen. Ich erkannte, dass ich entweder das eine oder das andere aufgeben musste: Zufriedenheit oder Hoffnung.

6. Kapitel

HENRY

„Die Sache ist die, 11 Ha'penny Lane ist, äh … also das ist hier", sagte Mr. Dunne und zeigte auf einen Streifen Brachland, der sich zwischen Nummer 10 und Nummer 12 befand. „Oder besser gesagt, es ist *nicht* hier. Ja, hier ist es, wo es nicht ist", wiederholte er und verbarg sein Kichern hinter einem herzhaften Husten.

Als Beamter des Bauausschusses hatte er nach Wochen, in denen ich ihn unaufhörlich angerufen hatte, widerwillig zugestimmt, mit mir eine Ortsbegehung durchzuführen.

„Okay", sagte ich. Er schien darauf zu warten, dass ich noch mehr sagte. „Aber Sie haben die Stadtpläne gesehen, die ich Ihnen geschickt habe, die, auf denen der Laden direkt hier eingezeichnet ist?"

„Ja, ich habe die Pläne gesehen, Mr. Field, aber wie ich schon am Telefon erklärte, gibt es keine offiziellen Unterlagen darüber, dass auf diesem Fleck jemals ein Gebäude registriert war. Abgesehen von dem hier", sagte er und zeigte auf das Haus nebenan.

„Aber das ist Nummer 12."

„Ganz genau. Es gibt keine Nummer 11."

„Aber nur weil es jetzt ein Wohnhaus ist, bedeutet das doch nicht, dass es früher nicht als Laden genutzt wurde. Also das Erdgeschoss, meine ich." Ich erwärmte mich langsam für diese Idee. Ich hatte keine Ahnung von historischen Gebäuden, aber ganz sicher hatten die Leute früher doch Geschäfte aus ihren Häusern heraus getätigt?

„Selbst wenn das der Fall ist, ändert das nichts an der Tatsache, dass es keine Nummer 11 gibt", sagte Mr. Dunne, und ich spürte, wie er langsam das Interesse verlor. „Haben Sie versucht, mit den

Bewohnern zu sprechen?"

„Wie bitte?"

Ein lauter Lastwagen fuhr langsam die Straße entlang, was bedeutete, wir mussten schreien, um einander zu hören.

„Sie könnten etwas über die Vergangenheit des Viertels wissen", rief er.

„Was? Über die Vergangenheit verschwundender Gebäude?", rief ich zurück.

Mr. Dunne sah mich nur an, als wäre etwas mit mir nicht ganz in Ordnung, und trat dann zurück, für den Fall, dass es ansteckend wäre.

„Ist das eine Art Streich?" Er schaute auf seine Uhr. „Ich komme bereits zu spät zu meinem nächsten Termin, also muss ich Sie jetzt allein lassen", sagte er und klimperte ostentativ mit seinen Autoschlüsseln. „Viel Glück mit …" Er deutete zu dem Bereich zwischen den Häusern. „All dem hier."

Ja, ich verstehe, dachte ich. *Ich bin auf mich allein gestellt.* Der Idiot, der den langen Weg nach Irland gekommen war, um einen Buchladen zu finden, der nicht existierte.

Er ging, aber ich konnte mich nicht rühren. Ich starrte die Fassade von Nummer 12 an, dann die von Nummer 10 und wieder zurück. Ich war nicht sicher, wie lange ich dort stand, als mir auffiel, dass die Tür von Nummer 12 aufging. Es war sie, der gefallene Engel, und sie sah so unbeeindruckt von der Welt aus wie an dem Tag, als sie sich aus dem Fenster gelehnt hatte. Sie hatte etwas an sich; vielleicht war es nur der Anblick einer weiteren verlorenen Seele, die nach etwas suchte, von dem sie wusste, dass es hier sein sollte, es aber nicht war.

„Entschuldigen Sie! Ich habe mich gefragt, ob ich wohl einen Moment Ihrer Zeit in Anspruch nehmen dürfte, Miss?"

Sie hielt mitten im Gehen inne und dreht sich zu mir um, als würde sie dafür sorgen, dass ich mein gesamtes Leben bereute, wenn die nächsten Worte aus meinem Mund nicht ihrer Zeit wert wären.

„Worum geht es?“

„Ich … nun ja …“ Brillant. Eine glatte Zehn. Sie ging schnellen Schrittes weiter.

„Kann ich Sie auf einen Kaffee einladen? Dann könnte ich Ihnen alles erzählen …“

„Ich kann mir meinen eigenen Kaffee kaufen, danke.“

„Hören Sie, ich bin nicht irgendein Verrückter …“

„Das ist genau das, was ein Verrückter sagen würde.“

Ich kämpfte darum, die richtigen Worte zu finden, die sie veranlassen würden, sich zu mir umzudrehen. Am Ende entschied ich mich für Aufrichtigkeit.

„Ich brauche Ihre Hilfe.“

Sie blieb stehen, senkte den Kopf und hielt einen Moment inne, als würde sie etwas entscheiden.

„Da hinten gibt es ein Café“, sagte sie und zeigte auf eine enge Kopfsteinpflasterstraße, die durch einen gebogenen Durchgang führte.

Als ich ihr folgte, stelle ich mich ihr erneut als Henry vor. Henry Field. Genauso, als wäre ich ein hochrangiges Mitglied des MI5.

Sie behielt ihren Namen für sich, was sie zu einem wesentlich besseren Spion machte.

~

„Also, Sie haben einen alten Brief gefunden, in dem ein Buch erwähnt wird, von dem niemand je gehört hat, versteckt in einem Buchladen, der nicht existiert.“

„Das fasst es ganz gut zusammen“, stimmte ich zu, bevor ich einen Schluck von meinem Kaffee trank und mir versehentlich einen schaumigen Milchbart verpasste. Es war irgendwie befreiend, diese Ehrlichkeit. So lange hatte ich meinen Fund verschwiegen, aus Angst, dass jemand anderes das verlorene Manuskript entdecken würde, aber ich wusste, dass dieses Mädchen, Martha (wie sie mir eventuell erzählte, aber ohne Nachnamen), weder das Hintergrundwissen noch das Interesse hatte, meine Entdeckung zu stehlen.

„Haben Sie mal darüber nachgedacht, einen Therapeuten aufzusuchen?"

„Ha!" Ich hatte nicht damit gerechnet, dass sie lustig sein könnte, denn ihre Haltung war bis zu diesem Punkt ausgesprochen ernst. Sie trug ein wenig Make-up, das ihre Prellungen einigermaßen verbarg, aber zuckte beim Nippen an ihrem Tee immer noch zusammen, wenn die heiße Flüssigkeit mit ihrer aufgeplatzten Lippe in Berührung kam. Ich tat das Ehrenhafte und gab mich so, als würde ich es nicht bemerken.

„Ich weiß, dass er existiert. Ich habe die Adresse auf dem Briefkopf, auch wenn es beim Bauamt keine Unterlagen darüber gibt."

„Und wie glauben Sie, dass ich helfen kann? Ich bin erst seit ein paar Tagen hier und kenne die Stadt überhaupt nicht."

„Oh, ich dachte. Sie sind nicht die Besitzerin von Nummer 12?"

Bei diesen Worten lachte sie herzhaft auf, und genauso schnell legte sich wieder ein angestrengter Ausdruck über ihre Miene.

„Nummer 12 gehört Madame Bowden. Ich arbeite für sie."

„Ah, ich verstehe. Als eine Art Assistentin?"

Sie antwortete nicht gleich, und sofort bereute ich meine Neugierde. Es war nicht wichtig. Es war nur etwas, das man so sagte.

„Ich bin ihre Haushälterin."

„Oh." *Oh? Fällt dir nichts Besseres ein, du Idiot?*

„Nun, vielen Dank für den Tee. Ich mache mich besser wieder auf den Weg."

Sie war aufgestanden und an der Tür, bevor ich reagieren konnte.

„Vielleicht können wir das wiederholen?", rief ich ihr nach.

Aber sie drehte sich nicht um, sondern winkte nur und trat hinaus auf die geschäftige Straße.

7. Kapitel

OPALINE

Paris, 1921

Früh am nächsten Tag begann ich, mich immer dort, wo ich ein Schild mit der Aufschrift *Offres d'emploi* sah, nach einer Anstellung umzuhören. Es wurde schnell deutlich, dass niemand eine junge, unerfahrene Engländerin einstellen wollte, die nur gebrochen Französisch sprach und keinerlei Expertise im Verkauf hatte. Die Naivität meines Plans – oder besser der Mangel eines solchen – erfüllte mich mit Panik. Ich ließ mich von Menschen mitreißen, die wussten, wo sie hinwollten, und überquerte die wunderschöne Pont Neuf, die sich über die Seine spannte. Dann hob ich meinen Blick zu den Türmen von Notre Dame und dachte beim Anblick der Kathedrale an Esmeralda und Victor Hugo. Ich steckte eine Hand in meine Schultertasche und berührte meinen Baudelaire. Allein das Buch unter meinen Fingerspitzen zu fühlen, beruhigte mich. Ich konnte es nicht erklären, nicht einmal mir, aber Bücher gaben mir ein unnachgiebiges Gefühl von Stabilität und Erdung. Weil die Worte überlebt hatten, würde ich es irgendwie auch tun.

Während ich im Nieselregen durch die Straßen ging und immer mehr daran dachte, aufzugeben, kam ich an einem Buchladen mit dem Namen „Shakespeare and Company“ vorbei. Diesen Namen zu sehen hatte etwas Tröstliches. Ein Stapel Kisten blockierte die Tür, und hinter ihnen sah ich zwei Frauen, die darüber diskutierten, wo sie alles hinstellen sollten. Sie sprachen Englisch, und während die eine einen amerikanischen Akzent hatte, war die andere unmissverständlich Französin.

Das Fenster schimmerte mit einer leuchtenden Präsentation von Büchern – ein Regenbogen aus bunten Kalbsledereinbänden, Holzschnitten und faszinierenden Titelseiten. Das vertraute Gefühl von Aufregung und Neugierde, das mich beim Blick in das Schaufenster eines Buchladens immer überkam, kribbelte unter meiner Haut. Nichts kaufen, ermahnte ich mich, während ich den Hals reckte, um hineinschauen zu können.

„Können Sie mir kurz zur Hand gehen?", fragte die kleinere der Frauen. Sie trug ein Tweed-Jackett und einen Rock und erinnerte mich an die Leiterin einer Pfadfindergruppe; jemand, dem man ungefragt gehorchte.

Etwas ungelenk ergriff ich die andere Seite der großen Kiste, die sie hielt und die so viel wog wie ein kleiner Elefant.

„Berufsrisiko", sagte sie, amüsiert von meinem Schnauben und Keuchen.

„Ich fürchte, ich habe nicht viele Muskeln", erwiderte ich.

„Höre ich da einen englischen Akzent?"

Ich nickte und stellte mich vor.

„Ich heiße Sylvia", sagte sie. „Sylvia Beach." Sie schüttelte mir fest die Hand. „Tja, Sie sind am richtigen Ort. Wir führen Bücher in englischer Sprache."

„Heißt das, dieser Laden gehört Ihnen?", fragte ich etwas dümmlich. Es war nur, dass ich noch nie von einer Frau gehört hatte, die ihren eigenen Buchladen führte.

„Und die Schulden, die damit einhergehen!" Sie lachte. Es klang wie ein Bellen und war recht ansteckend. Ich fiel in ihr Lachen mit ein, auch wenn ich nicht ganz sicher war, worüber genau wir uns amüsierten.

„Sie sind nicht zufällig auf der Suche nach einer Mitarbeiterin?", platzte es aus mir heraus, und ich hoffte, dass ich nicht allzu verzweifelt klang.

Mit nachdenklicher Miene lehnte Miss Beach sich gegen die Kisten.

„Suche ich Mitarbeiterinnen?“, fragte sie rhetorisch.

„Haben Sie Erfahrung mit der Arbeit in einem Buchladen?“, fragte die andere Frau, die in diesem Moment aus dem Laden kam.

„Das ist Miss Monnier, ihr gehört das Geschäft auf der anderen Straßenseite“, erklärte Miss Beach.

Im Gegensatz zu Sylvia beäugte Miss Monnier mich misstrauisch aus ihren dunklen Augen, und ich wusste sofort, dass sie mich für mangelhaft befand.

„Nicht ausdrücklich“, gestand ich. Die beiden Frauen tauschten einen Blick. Vielleicht hatten sie das schon zuvor gesehen; ein naives Mädchen auf der Suche nach ihrem Pariser Traum. „Ich habe meine Überfahrt hierher mit dem Verkauf einer Erstausgabe von Dickens finanziert, und hier, sehen Sie“, ich nahm den Baudelaire aus meiner Tasche. „Dieses Buch habe ich von einem der *bouquinistes* an der Seine gekauft.“

Miss Beach nahm das Buch vorsichtig in die Hände, schlug es auf und überprüfte jede Seite.

„Es ist wichtig, die Seiten zu zählen“, sagte sie leise. „Je weiter man in der Geschichte des Buchdrucks zurückgeht, desto wahrscheinlicher ist es, fehlende Seiten zu entdecken.“

„Wirklich?“

„Ja, wir nennen die Periode vor den 1800er-Jahren die Handdruck-Periode, als Papier einen wesentlich höheren Wert hatte und Leute Seiten aus Büchern für ihre eigenen Verwendungen herausrissen. Nun, das hier ist ein netter Fund. Herzlichen Glückwunsch.“

„Danke“, sagte ich und nahm das Buch wieder an mich.

„Sie haben ein Auge für Qualität, und jede junge Frau, die Bücher gegen ihren Weg auf den Kontinent tauscht, hat eindeutig ein Händchen fürs Geschäft. Wie wäre es, wenn ich Sie als Auszubildende anstelle und Ihnen alles beibringe, was ich über Bücher weiß?“ Ich fing an, mich überschwänglich zu bedanken, als sie die Hand hob, um mich zum Schweigen zu bringen.

„Ich kann Ihnen nicht viel bezahlen, und die Arbeitszeiten könnten lang sein. Aber Sie werden viel lernen und wichtige Kontakte knüpfen."

„O Miss Beach", keuchte ich. „Ich bin es nicht gewohnt, sprachlos zu sein, aber das hier könnte gut und gerne das erste Mal sein."

„Gut. Sentimentalitäten kann ich nämlich nicht ausstehen. Und nun können Sie anfangen, indem Sie uns mit dieser Lieferung helfen."

„Sofort?"

„Gibt es einen besseren Moment als den jetzigen?", fragte sie mit diesem sachlichen Ton, auf den ich mich später mehr verlassen würde, als ich je hätte ahnen können.

Shakespeare and Company war ein faszinierender Ort. Der Laden selbst hatte die stille Wärme, die allen Buchhandlungen zu eigen war, mit dunklen, im Laufe der Jahre leicht abgenutzten Holzregalen und dem unverkennbaren Duft nach Papier und Leder. Aber Sylvia, die nur wenige Jahre älter war als ich, war wie eine Mutterhenne für eine unkonventionelle Familie aus Künstlern und Autoren, denen sie einen Zufluchtsort bot, eine Leihbücherei, einen literarischen Kreis, ein Postamt und (so hoffte sie) einen Verlag. Sie hatte sich mit einem irischen Autor namens Joyce angefreundet und war so leidenschaftlich, was seine Werke anging, dass sie vorhatte, seinen Debütroman *Ulysses* selbst zu veröffentlichen. Das war ein großes Risiko, denn sein Werk war so Avantgarde, dass der Autor fürchtete, es würde für immer unterdrückt werden. Es half auch nicht, dass das Manuskript dreimal so lang war wie ein normaler Roman, was astronomische Druckkosten zur Folge hätte.

An meinem allerersten Tag musste ich mich vermutlich wie ein Kind verhalten haben, dem man den Schlüssel zum Spielzeugladen gegeben hatte. Meine Aufmerksamkeit wurde ständig hin und her gezerrt von Büchern allen Alters, aller Themen und Bindungen. Ich konnte nicht aufhören, mich zu fragen, wem sie wohl einst gehört hatten? Woher waren sie gekommen? Was war dieser Geruch?

„So wirst du mir keine Hilfe sein, Opaline, wenn du dich weiterhin wie eine Kundin verhältst", verkündete Sylvia, die mir das Du angeboten hatte, scharf, und an den folgenden Tagen bemühte ich mich sehr, mich nicht von jedem interessanten Buch, das ich sah, mitreißen zu lassen. Was nicht leicht war, denn sie waren überall.

Sylvia war entschlossen, mir das Geschäft von der Pike auf beizubringen. Ich begann damit, Bücher von hier nach dort zu schleppen und sorgfältig in die Regale einzusortieren. Daneben bediente ich die Kunden, so gut ich konnte. An ruhigeren Tagen, während wir die Regale abstaubten oder die Bücher selbst, erklärte sie mir die feineren Details der Arbeit einer Buchhändlerin.

„Ein altes Buch ist nicht unbedingt selten, Opaline. Ein Buch wird selten, wenn es sowohl schwer zu finden *als auch* stark nachgefragt ist. Und es sind nicht nur Bücher, die Sammlern wertvoll sind; es sind auch Manuskripte, Drucke, Radierungen, Archive – ja sogar Briefe. Vor allem Briefe. Alles, was die unersättliche Neugierde stillt, von der die größten Geister erfüllt sind."

Sie schien mir meine Unsicherheit anzusehen, denn sie hielt in ihrem Tun inne und wandte sich mir zu.

„Du bist nicht überzeugt?"

„Ich bin mir nur nicht sicher, warum jemand die Briefe eines anderen sammeln sollte. Woher wollen sie wissen, dass sie authentisch sind?"

„Das ist eine sehr gute Frage. Wir werden aus dir noch einen literarischen Spürhund machen. Wer ist dein Lieblingsautor?", fragte sie.

„Das ist leicht", antwortete ich. „Emily Brontë."

„Nun, gibt es etwas, das du über Miss Brontë wissen möchtest, außer, dass sie ein ruhiges Leben im Moor geführt hat?“

Darüber dachte ich einen Moment nach. Ich hatte viele Fragen, wie ob sie sich je verliebt hatte? Ob sie glücklich oder traurig gewesen war?

„Ich habe mich immer gefragt … Ich meine, die eine Frage, die mich immer frustriert hat, ist, ob sie vor ihrem Tod einen zweiten Roman begonnen hatte, und falls ja, was daraus geworden ist.“

„Siehst du? Nun, wo du eine Frage hast, kannst du dich auf die Suche nach der Antwort machen.“

8. Kapitel

MARTHA

„Tja, das war peinlich“, murmelte ich vor mich hin, als ich das Haus betrat.

„Wovon redest du da?“, rief Madame Bowden und erschreckte mich. Sie stand im Eingang zum Salon, Zigarette in der Hand und Schalk in den Augen.

„Ach, nichts. Mir war nicht klar, dass ich das laut gesagt habe“, antwortete ich und zog meine Jacke aus.

„Tja, dein Gesicht hat die Farbe von roter Beete und ich langweile mich, also erzähl mir alles.“ Sie nahm mich bei den Schultern und führte mich in den Raum, als wäre ich einer ihrer Gäste.

„I-ich … da ist dieser Mann …“

„Ein Mann? Warum hast du das nicht gleich gesagt?“ Sie lachte, und ihre Augen weiteten sich vor Vergnügen. Sie zog den Vorhang am Fenster beiseite und schaute auf die Straße. „Wo ist er?“

„Nirgendwo. Er ist weg. Es ist nicht wichtig. Kann ich irgendetwas für Sie tun, bevor ich mich an die Zubereitung des Abendessens mache?“

„Es ist Cocktailstunde, Martha, und ich habe noch keinen Drink in der Hand“, verkündete sie mit diesem Oberklasse-Akzent, den sie in Gesellschaft immer benutzte.

„Es ist drei Uhr nachmittags“, erwiderte ich und machte mir kaum die Mühe, die Missbilligung aus meiner Stimme herauszuhalten.

„Ganz genau“, sagte sie, also ging ich in die Küche, um ihr „einen Martini zu machen“ – was auch immer das bedeutete.

Während ich zwischen den Flaschen nach einer namens Martini suchte, wanderten meine Gedanken zu meinem alten Leben zurück. Von meinen Eltern hatte ich nichts gehört, aber andererseits wussten sie auch nicht, wo ich jetzt war. Und selbst wenn sie es täten, würden sie sich vermutlich nicht die Mühe machen, sich bei mir zu melden. Ich war ihnen peinlich. Meine Mutter hatte immer die Arme vor der Brust verschränkt und aus dem Fenster geschaut, wenn ich versuchte, mit ihr über Shane zu reden. Ich ging davon aus, dass sie sich für mich schämte - nicht, weil ich einen gewalttätigen Mann geheiratet hatte, sondern weil sie mich vor ihm gewarnt und ich nicht auf sie gehört hatte. Mein Vater hatte bereits vor meiner Flucht so getan, als würde ich gar nicht existieren, also hatte sich sein Leben nicht sonderlich verändert. Außer vielleicht im Pub - wo es bestimmt Gerede gab. Was er hassen würde. Und das ließ mich auf rachsüchtige Art lächeln. Das war es, was sie aus mir gemacht hatten. Sie alle. Ich war so in meinen Erinnerungen verloren, dass ich mich kaum daran erinnerte, was ich hier in der Küche wollte. Noch immer hatte ich keinen Martini gefunden, also goss ich einfach einen großzügigen Schuss Gin in ein hohes Glas und gab ein paar Zitronenscheiben dazu. Dann kippte ich den Inhalt in einem Zug hinunter und schenkte noch einmal nach.

„Drink kommt!", rief ich, als ich hörte, dass Madame meinen Namen rief. Im Salon hätte ich das Glas beinahe auf den Tisch neben ihr geworfen.

„Also, dieser Mann. Ist er attraktiv?"

Ja.

„So war das nicht. Er hat nach einem alten Buchladen gesucht, der einst hier gewesen sein soll. Ich glaube nicht, dass er ganz richtig im Kopf ist, wenn Sie wissen, was ich meine."

„Ein Buchladen?" Ihre Augen wurden glasig, vermutlich von dem Gin. „Wie amüsant."

„Wirklich?" Ich nahm ihren Aschenbecher und leerte ihn in den Kamin.

„Ich werde dir eine kleine Geschichte erzählen", setzte sie an und überschlug die Knöchel auf dem kleinen Hocker, der vor ihrem Sessel stand. „Als ich in den Achtzigern die Grand Dame der Ha'penny Lane war … Ah, die Partys, die wir gefeiert haben. Das war mit meinem dritten Ehemann Wladimir. Er war ein russischer Mathematiker, was langweilig klingt, aber mein liebes Mädchen, er war alles andere als langweilig. Er hat den besten Wodka und Kaviar serviert. Leute aus allen sozialen Schichten kamen zu unseren Festen."

Ich zog ein Tuch aus meiner Tasche und fing an, unsichtbaren Staub vom Kaminsims zu wischen. Direkt nach meiner Ankunft hier hatte ich kaum Interesse an ihren Geschichten gehabt, aber jetzt war ich neugierig. Es war möglich, dass wir beide an den Rändern ein wenig weicher wurden. Wir hatten nichts gemeinsam, aber wir fingen an, zu erkennen, dass die jeweils andere vielleicht keine allzu schlechte Gesellschaft war.

„Wie auch immer, an diesem besonderen Abend, es war Mittsommer – oder Mittwinter? Egal. Nein, es war Winter. Ich erinnere mich, dass der Bürgersteig von Frost überzogen war. Einer unserer Gäste traf spät ein, und sie war sehr erschüttert. Als sie sich am Kaminfeuer aufwärmte, erzählte sie uns, dass sie aus dem Taxi gestiegen und in das Haus gegangen wäre, von dem sie glaubte, es wäre unseres. Doch als sie drinnen war, merkte sie, dass es sich um einen Buchladen handelte – einen kleinen, altmodischen Ort voll charmanter alter Bücher und Krimskrams. Wie auch immer, sie ging auf die Straße zurück, drehte sich um und … *puff*. Der Laden war verschwunden und sie stand vor meiner Haustür. Natürlich glaubten wir alle, sie hätte irgendetwas genommen – wie es damals so viele Leute taten. Aber ist es nicht lustig, dass es wieder passiert ist?"

Ich spürte, wie mir ein Schauder über den Rücken lief. Geistergeschichten mochte ich nicht, und das hier fing langsam an, wie eine zu klingen.

„Nun ja, nicht ganz. Er hat nur gesagt, dass er nach dem Laden sucht."

Was genau *hatte* er gesagt? Das Haus musste mit dem Laden verbunden gewesen sein oder so. Ich schüttelte energisch den Kopf und kehrte in die Küche zurück, um das Abendessen vorzubereiten. Als Henry um Hilfe gebeten hatte, hatte es mich an den Menschen erinnert, der ich einst gewesen war: offen, freigiebig. Vermutlich sollte ich ihm diese Geschichte erzählen; vielleicht würde ihm das bei seiner Suche helfen, ihm einen Anhaltspunkt geben. Aber Menschen zu helfen schien heutzutage immer nur zu Schwierigkeiten und Reue zu führen. Also beschloss ich, die Geschichte für mich und meine Vorhänge geschlossen zu halten.

Es ist lustig, dass Leute sich über Langeweile beschweren. Gott, wie sehr hatte ich mich nach einem langweiligen Tag gesehnt, als ich mit Shane und seinen unvorhersehbaren Stimmungsschwankungen zusammengelebt hatte. Ein Tag, an dem das Schlimmste, was man erwarten konnte, war, dass nicht viel passierte. Aber jetzt, wo ich es hatte, war ich mir nicht sicher, was ich damit anstellen sollte. Meine Routine nahm immer weniger Zeit in Anspruch, je mehr ich mich daran gewöhnte, und ich hatte nachmittags oft Zeit zur freien Verfügung. Madame Bowden, die nicht gerade für ihr Taktgefühl bekannt war, ließ so viele Hinweise fallen, wie sie nur konnte, dass meine Kleidung „uninspirierend" und „deprimierend" sei.

„Das ist die Uniform der Unsichtbaren!", schalt sie mich und hielt sich die Hand vor die Augen.

Ich schaute meine Jeans und meinen Pullover im Badezimmerspiegel an und runzelte die Stirn. Für mich sahen sie in Ordnung aus. Vielleicht ein wenig alt. Dann musterte ich mein Gesicht. Die Prellungen waren verheilt und kaum noch zu sehen. Wenn man es nicht besser wüsste, würde man denken, es wäre nie passiert. Die Bilder rauschten wie ein Schnellzug durch mich hindurch: zusammengerollt in der Ecke, den Rücken an die Küchenschränke gepresst, ihn anschreiend, dass er aufhören solle. Ich legte die flache Hand an die Wand, um mich zu stützen. Der Trick war, sich nicht zu erinnern; sich nicht von der Angst einholen zu lassen. Immer nach vorne schauen und sich beschäftigt halten.

Noch einmal betrachtete ich meine Kleidung und sah darin das kleine Dorf, die neugierigen Nachbarn, die Polizisten, die nichts unternahmen. Mit einem Mal wollte ich alles verbrennen, das aus diesem Ort kam. Es war an der Zeit. Mit meinem kleinen Gehaltsbündel in der Hand (Bargeld; kein Grund, den Steuereintreiber zu belästigen, hatte sie gesagt), ging ich zur O'Connell Street und betrat das *Penneys*. Von Wand zu Wand sah ich nur Jeans. Madame würde mich in eine Dienstmädchenuniform stecken, wenn ich mit noch einer Jeans zurückkehrte. Ich beschloss, mit Unterwäsche anzufangen, und wählte einen Baumwoll-BH und ein paar Slips aus. Es fühlte sich seltsam an, Zeit für mich, Geld in der Tasche und niemanden zu haben, dem ich gefallen musste, außer mir. Als ich mich umschaute, fühlte ich mich beinahe schuldig. Es war mitten am Tag und ich benahm mich wie … ja wie? Wie eine freie Frau, nahm ich an. In dem Moment spürte ich etwas, das ich schon sehr lange nicht mehr gespürt hatte. Es war, als würde mein Herz lächeln. Also ging ich in die Schuhabteilung und wählte ein paar schwarze Slipper aus. Dann erblickte ich eine schwarze Caprihose und legte sie mir über den Arm, um damit zur Umkleidekabine zu gehen. Ich fand eine weiße Bluse, die halbwegs professionell aussah, und ich kaufte sogar ein rotes Haarband mit weißen Punkten! Ich war so von mir und meinem guten Auge beeindruckt, dass ich alle Vorsicht in den Wind schoss und auch noch einen neuen Rucksack mitnahm, damit ich den alten Seesack, den ich seit der Mittelschule hatte, entsorgen konnte. Ich probierte alles an und steckte meine alten Sachen in den Seesack. Mit den Preisschildern in der Hand ging ich zur Kasse, so wie man es in den Filmen sieht, und verspürte die Aufregung, mein neues Leben gleich hier zu beginnen.

Draußen stopfte ich den Seesack mit meinen alten Sachen in einen Mülleimer und wanderte ein wenig durch die Stadt. Ich kaufte mir einen Kaffee zum Mitnehmen und einen Donut und schlenderte durch Stephen's Green. Das Wetter war mild und mir wurde bewusst, wie viel leichter ich mich in mir fühlte. Meine Arme waren beim Gehen entspannt und nicht eng um meinen Oberkörper geschlungen wie sonst immer – ständig auf der Hut. Ich beobachtete die Schwäne auf dem Teich, wie sie das Brot aufpickten, das die Leute ihnen zuwarfen, und hörte das Flattern der Flügel, als eine Gruppe Tauben aufgeschreckt wurde. Es ist, wie aus einer Art Koma zu erwachen, dachte ich, denn mit einem Mal klang alles klarer und sah heller aus. Die alte Hoffnung nistete sich wieder in meinem Magen ein, als ich Studenten aller möglichen Nationalitäten auf dem Gras sitzen und, wie ich vermutete, intelligente Dinge diskutieren sah. Vielleicht unterhielten sie sich auch nur über die Party, auf die sie am Abend gehen würden, aber wie auch immer, es war ein Leben, das ich noch nie geschmeckt hatte, und der Hunger in mir war beinahe überwältigend. Ich tat etwas, von dem ich nie geglaubt hatte, dass ich es mich trauen würde, und ging auf dem Heimweg bei der Bücherei vorbei. An der Tür verließ mich mein Mut beinahe, als mir klar wurde, dass ich, seitdem ich ein Kind gewesen war, keine Bücherei mehr betreten hatte, und selbst damals war es nur der Bücherbus gewesen. Das hier war ein großes, geschäftiges Gebäude mit einer Drehtür, die viel benutzt wurde. Ich fing meinen Anblick in der Scheibe auf – eine neue Frau in neuer Kleidung – und atmete tief ein.

Sobald ich drinnen war, wusste ich nicht recht, was ich tun sollte. Alle schienen genau zu wissen, was sie taten, die Köpfe über aufgeschlagene Bücher gebeugt. Es war so still, aber mein Gott, man konnte *hören*, wie klug hier alle waren. Es war furchteinflößend. Ich erblickte eine ältere Dame an dem Informationstresen und fragte sie, ob sie Informationen über den Besuch der Universität hätte.

„Erwachsenenbildung?“, fragte sie.

„Ja, ich schätze schon.“

Ohne ein weiteres Wort stand sie auf und nahm ein paar Flyer aus einem Plastikständer hinter sich.

„Hier finden Sie alles, was Sie wissen müssen.“

Das war's. Sie wandte sich der nächsten Person zu, und ich war insgeheim erleichtert, dass ich das, wofür ich hergekommen war, erhalten hatte, ohne mich zum Affen zu machen. Da erblickte ich ein Buch, von dem ich so viele Leute hatte reden hören: *Normale Menschen* von Sally Rooney. Ich liebte den Titel, und zum ersten Mal überhaupt dachte ich, dass ein Buch jemanden wie mich ansprach. Jemanden, der sich alles andere als normal fühlte. Ich nahm es in die Hand und machte Anstalten, es in meine Tasche zu stecken.

„Entschuuuuuldigen Sie!“, kam der verstörende Ruf der Bibliothekarin.

Ich hielt inne, als wäre ich von den Wachmännern aufgehalten worden, und sah vermutlich auch so schuldig aus.

„Ich brauche ihren Büchereiausweis, um das Buch auszuleihen“, sagte sie in einer Lautstärke, die mir unnötig erschien angesichts dessen, dass wir uns in dem stillsten Gebäude Irlands befanden. Ich spürte, wie meine Wangen heiß wurden. Ich wusste nicht, was ich tun sollte.

„Büchereiausweis?“, wiederholte sie mit ausgestreckter Hand.

„Äh, den habe ich nicht“, murmelte ich. Mir war bewusst, dass alle nun zu mir schauten. So etwas kam davon, wenn man sich für etwas Besseres hielt.

„Nun, dann müssen Sie dieses Formular ausfüllen“, sagte sie seufzend, als hätte mein Besuch ihr Leben ungefähr um zehn Jahre verkürzt. Ich las den Frust in ihrer Körpersprache, in der Art, wie ihr Handgelenk zuckte und die Sehnen in ihrem Hals sich anspannten. Ich konnte sie mir in jüngeren Jahren als Tänzerin vorstellen, aber irgendetwas musste passiert sein, eine Verletzung, und nun war sie hier und hasste jede Minute davon.

„Ich lege es einfach zurück“, sagte ich und legte das Buch auf den Tresen. Noch nie hatte ich mich so entsetzlich dumm gefühlt. Ich wusste nicht mal, wie man ein Buch aus einer Bücherei auslieh – wie sollte ich da jemals aufs College gehen? Schnell stopfte ich die Flyer in meine Tasche und wollte gehen, als ich ihn sah. Henry.

9. Kapitel

HENRY

„Ist alles in Ordnung?"

Ich hatte den Aufruhr gehört und war überrascht gewesen, Martha zu sehen – immer noch mit ihrer herausfordernden Miene –, die irgendeine Unstimmigkeit mit der Bibliothekarin zu haben schien.

„Ja, danke", erwiderte sie und hängte sich den Riemen ihres Rucksacks ein wenig zu energisch über die Schulter, woraufhin er riss und der Inhalt sich über den Boden verteilte.

„Oh, lass mich", sagte ich und beugte mich vor, um ihr zu helfen.

„Ist schon gut. Ich kann das allein", flüsterte sie. „Ich habe den gerade erst gekauft", sagte sie und wirkte ein wenig verzweifelt.

Ich war nicht sicher, was ich sagen könnte, um es besser zu machen.

„Billig gekauft ist doppelt gekauft", sagte ich, um jeglichen Zweifel daran auszuräumen, dass meine gewählte olympische Disziplin das Treten in Fettnäpfchen wäre.

Sie verdrehte die Augen, während ich die Flyer aufhob und es ihr überließ, ihre persönlichen Habseligkeiten einzusammeln.

„Oh, du überlegst, zu studieren? Cool", sagte ich und blätterte durch die Flyer. Das Du war mir wie von selbst herausgerutscht, und es schien sie nicht zu stören.

„Meinst du wirklich?", fragte sie.

„Natürlich. Vor allem als Erwachsene finde ich das …" Ich schaute ihr ins Gesicht, als sie aufstand und mir die Hand hinstreckte, damit ich ihr die Flyer wiedergab. „Oh. Du hast das sarkastisch gemeint."

Es war gut möglich, dass sie darüber lächelte, aber nur kurz.

„Entschuldigung. Du hast recht. Das geht mich nichts an."

Sie seufzte schwer.

„Nein. Es tut mir leid. Es ist alles nur ein bisschen …"

„Können Sie bitte leiser sein?", zischte die Bibliothekarin uns zu. „Die Leute versuchen hier zu lesen."

„Gib mir eine Sekunde, um meine Sachen zu holen", sagte ich und bedeutete ihr, sich nicht von der Stelle zu rühren, als wäre sie ein Auto mit einer unzuverlässigen Handbremse.

Sobald wir kurz danach vor dem Gebäude standen, wirkte sie wesentlich glücklicher, aber immer noch sehr zurückhaltend mir gegenüber, was ich ihr nicht vorwerfen konnte.

„Also, suchst du immer noch nach dem verlorenen Manuskript?"

Ihr Ton machte deutlich, dass sie das nicht als die lebensverändernde Suche ansah, als die ich es betrachtete.

„Sehr sogar, ja. Um ehrlich zu sein, ich bin auf einen alten Katalog gestoßen, der in den 1920er-Jahren von Opaline gedruckt worden ist. Das ist ziemlich faszinierend …"

„Opaline? Was für ein wunderschöner Name", sagte sie, und ich war albernerweise froh, der Grund für das Lächeln zu sein, das sich auf ihrem Gesicht ausbreitete.

„Ja, er ist recht ungewöhnlich, nicht wahr?"

„Was ist mit ihr passiert?"

Wir traten durch einen steinernen Bogengang, der in eine Art geheimen Garten mitten in der Stadt führte – komplett mit marmornen Statuen und einem Springbrunnen, der derzeit leer war.

„Tja, genau das will ich herausfinden. Ich hatte gehofft, dass er mir einen Hinweis darauf geben würde, was aus dem Buchladen geworden ist." Und aus dem Manuskript – dem galt mein wahres Interesse. Ich würde mir einen Namen machen, erfolgreich nach London zurückkehren und Isabelle zeigen, dass mich zu heiraten kein „letzter Ausweg" wäre, wie sie es einst genannt hatte.

Martha nahm eine Dose Coca-Cola aus ihrem riesigen Rucksack und presste den Daumen fest auf die Oberseite, damit es nicht spritzte, wenn sie sie öffnete.

„Willst du dich für einen Moment hinsetzen?“, fragte sie und zeigte auf eine Bank, die vor einem kläglich aussehenden Blumenbeet stand. „Ich bin nicht in Eile, nach Hause zurückzugehen. Wie sich herausgestellt hat, muss man als Hausmädchen rund um die Uhr auf Abruf bereitstehen.“

Ich nahm das Angebot nur zu gerne an. Es wirkte, als hätte sie ihren ersten Eindruck von mir ein wenig revidiert. Und in dem Moment wurde mir klar, warum ihre Gesellschaft mir so viel bedeutete: Ich war einsam. Mein ganzes Leben lang hatte ich mich als einsamer Wolf ganz behaglich gefühlt, aber hier kam ich mir wie ein totaler Außenseiter vor.

„Also, woher kommt diese Besessenheit?“

„Welche Besessenheit?“

„Mit dem Manuskript.“

„Ich würde das nicht Besessenheit nennen.“

„Äh, vor Kurzem vor meinem Fenster hast du ziemlich besessen gewirkt.“

„Oh, stimmt. Ich schätze, da hast du recht. Ich schreibe eine Doktorarbeit über verlorene Manuskripte und warum sie uns so faszinieren.“

„Tun sie das?“, fragte sie und zog die Nase kraus, bevor sie einen großen Schluck von ihrer Cola trank.

„Komm schon, du kannst das doch mit Sicherheit nachvollziehen? Sieh dir zum Beispiel Harper Lee an. All die Jahre sind wir davon ausgegangen, dass sie nur einen Roman geschrieben hat.“

Sie schaute mich schief an.

„*Wer die Nachtigall stört?*“, sagte ich, für den Fall, dass es da irgendwelche Verwirrungen gab.

„Oh, stimmt ja.“

Es folgte ein unbehagliches Schweigen, in dem mir bewusst wurde, dass ich als Experte für seltene Bücher und verlorene Manuskripte manchmal als recht langweilig angesehen werden konnte.

„Und dann ist da natürlich noch Sylvia Plaths zweiter Roman *Double Exposure*, der nach ihrem Tod auf mysteriöse Weise verschwunden ist."

„Wer?"

„Du bist keine große Leserin, oder?"

Sie warf mir einen Blick zu, und in ihren Augen schimmerte eine Mischung aus Verärgerung und Verletztheit. Ich hatte wirklich ein Händchen dafür, sie gegen mich aufzubringen.

„Okay, hör dir das an: Lass mich dir die Geschichte von Walter Benjamin erzählen. Er war ein Schriftsteller, ein Intellektueller, ein Genie, der zudem als Jude im von Nazi besetzen Paris lebte. Er hatte nicht die richtigen Papiere, also musste er mit anderen Flüchtlingen nach Süden marschieren, über die Pyrenäen bis nach Spanien."

„Das ist schrecklich", sagte sie und setzte sich so auf der Bank hin, dass sie mich ansehen konnte.

„Aber es gab eine Sache, die sein Fortkommen auf dieser gefährlichen Reise noch beschwerlicher machte – ein schwerer, schwarzer Koffer mit seinem Manuskript darin. Zu einem Mitreisenden hat Benjamin mal gesagt, dass der Inhalt wertvoller wäre als sein Leben."

Ihr Gesicht war so lebhaft, als wäre sie selbst auf dieser Reise dabei.

„Was ist aus ihm geworfen?"

„Nun, als er an der Grenze ankam, wurde Benjamin von den spanischen Behörden darüber informiert, dass er nach Frankreich zurückkehren müsse. Er wusste, dass das seinen sicheren Tod bedeutete, also schluckte er in jener Nacht eine ganze Flasche Morphium."

„Mein Gott!"

„Fürwahr."

„Und was ist aus dem Manuskript geworden? Hat er es jemandem gegeben?"

„Nach seinem Selbstmord gab es keine Spur des schwarzen Koffers. Das Manuskript ist niemals gefunden worden."

Sie schüttelte den Kopf und schien beinahe am Rand der Tränen zu stehen. Und einfach so war sie von demselben Virus ergriffen worden. Der unerwiderten Liebe für das, was hätte sein können, wenn das Schicksal nicht so grausam gewesen wäre. Ich hatte Isabelle dieselbe Geschichte erzählt, und ihre einzige Reaktion war gewesen, dass sie nie einen guten Urlaub in Spanien erlebt hatte.

„Also, nach allem, was wir wissen, hätte jemand es unter seinem eigenen Namen veröffentlichen können?", fragte sie.

„Hm. Ich bin mir nicht sicher, welches Szenario schlimmer ist – das Werk für alle Zeiten verloren zu haben oder dass es von jemand anderem gestohlen wurde."

Ich würde diese Idee in meine Arbeit aufnehmen, sobald ich wieder zu Hause wäre.

„Es gibt noch so viele andere Geschichten wie diese. Gerüchte von versteckten Büchern, von vergessenen Entwürfen in Schuhkartons oder von Romanen, die von der Familie des Autors verbrannt wurden. Die arme Frau von Hemingway hatte seinen Roman in einer Aktentasche, die ihr auf einem Bahnhof in Paris geklaut wurde."

Paris. Paris. Die verlorene Generation. Ich fragte mich …

„Was ist?", fragte sie, als würde sie meine Gedanken spüren, während sie sich ausformten.

„Ach, vielleicht nichts. Ich scheine nur keine anderen Aufzeichnungen über Opaline Gray finden zu können, und nun frage ich mich, ob sie je Zeit in Paris verbracht hat."

Martha nahm ihr Handy zur Hand, was ich als recht unhöflich empfand, aber man kann die Aufmerksamkeit eines anderen Menschen nicht auf ewig fesseln.

„Ist sie das?"

„Was?“

Sie hielt mir das Handy vors Gesicht, auf dem ein körniges Schwarz-Weiß-Foto von einem alten Zeitungsausschnitt zu sehen war.

„Wer ist das? Was hast du gemacht?“

„Nun, Mr. Obergelehrter, ich habe die Wörter ‚Opaline‘, ‚Bücher‘ und ‚Paris‘ bei Google eingegeben und das hier gefunden.“

Ich schaute näher hin und wagte es kaum, meinen Augen zu trauen.

„Ist das Ernest Hemingway?“

Sie grinste wie die sprichwörtliche Katze, wich jedoch meinem Blick aus. Ich las die Bildunterschrift: „Sylvia Beach, Inhaberin von *Shakespeare and Company*, Verkäuferin Opaline Carlisle.“ Da war sie: Eine junge Frau mit dunklen, kurz geschnittenen Haaren stand auf einer Leiter, ein Buch in der Hand, Hemingway zu ihren Füßen.

„Carlisle? O mein Gott, das ist riesig.“

„Gern geschehen.“

„O mein Gott, ja, natürlich, danke.“ Ich machte Anstalten, sie zu umarmen, aber sie zuckte vor meinem ungelenken Versuch zurück, und sofort spürte ich ihren Tadel. „Tut mir leid, ich … Du hast keine Ahnung, was das bedeutet.“

„Ich glaube schon.“ Sie steckte ihr Handy weg und nahm ihren Rucksack auf. „Wie auch immer, ich sollte besser gehen.“

10. Kapitel

OPALINE

Paris, 1921

Aus Wochen wurden schnell Monate, und ohne es wirklich zu bemerken, fing ich an, mich in Paris zu Hause zu fühlen. Ich war ein Teil von Sylvias kleiner, zusammengewürfelter Familie geworden und hatte eine feste Anstellung bei *Shakespeare and Company* – oder zumindest hatte mir niemand etwas Gegenteiliges mitgeteilt. Ich hatte ein *demi-pension* gemietet, ein Zimmer mit Halbpension, das in der Nähe der Buchhandlung lag. Die Wochenenden verbrachte ich mit Armand, nachdem ich mir gestattet hatte, seinem Charme zu erliegen. Er entführte mich in die verborgenen Ecken der Stadt, wie den Flohmarkt in Saint-Quen, wo die Lumpensammler, die nachts den Pariser Müll durchwühlten, ihre Waren verkauften. Er nannte sie *les pêcheurs de lune*, die Mondfischer, was mich lächeln ließ, weil ich wusste, dass ich in Armands Netz gefangen war, und je mehr ich mich dagegen wehrte, desto enger wurde sein Halt um mein Herz. Jane hatte mich in ihren Briefen zu der Romanze ermutigt: „*Was wäre der Sinn darin, nach Frankreich zu entfliehen, wenn nicht, um sich einen Liebhaber zu nehmen?*"

An einem strahlenden Morgen gegen Ende des Sommers, als die Stadt ruhiger war, weil die meisten Bewohner sich aufs Land zurückgezogen hatten, arbeitete ich pflichtbewusst im Laden und sortierte die frisch eingetroffenen Bücher ein. Sylvia war hinten und trank Tee mit einem amerikanischen Autor, Ernest Hemingway. Sie sprachen über einen literarischen Abend, den sie veranstalten wollten. Er war unglaublich attraktiv, und alle waren von seiner intensiven Anziehung fasziniert, aber er hatte auch etwas Grausames an sich. Natürlich betete er Sylvia an, deren Respekt mehr wert war als der eines jeden Kritikers. Dennoch. Ich konnte es nicht erklären, aber ich mochte es nicht, mit ihm allein in einem Raum zu sein. Einmal, als ich auf der Leiter stand, um Bücher auf ein hohes Regal zu stellen, hatte ich ihn dabei ertappt, wie er mich anstarrte.

„Ja?", hatte ich gefragt und ihn mit einem direkten Blick aufgespießt, von dem ich hoffte, er würde ihn dazu beschämen, woanders hinzusehen. Doch es funktionierte nicht.

„Sie sollten vorsichtig sein, Missy."

Missy. Also wirklich.

„Und warum?"

„Alle Schriftsteller sind von Natur aus Kannibalen."

Ich war nicht sicher, was er damit sagen wollte, aber in meinen Ohren klang es nicht sonderlich appetitlich.

„Soll heißen?"

„Wedeln Sie weiter mit ihrer Kehrseite hier herum, und Sie könnten sich als Charakter in einem meiner Bücher wiederfinden." Er grinste und genoss ganz offensichtlich meinen Verdruss. Wirklich, Schriftsteller konnten solche Egomanen sein.

Als ich langsam die Leiter wieder herunterkam, betraten Sylvia und ein anderer Mann, ein Reporter, den Buchladen, und schnell wie der Blitz nahm er die Kamera aus seiner Tasche und blendete uns drei beinahe mit seinem Blitzlicht.

„Das wäre es dann. Es kommt in unserer nächsten Ausgabe", sagte er, und die beiden Männer verließen den Laden, wobei sie sich über Hemingways geprellte Finger unterhielten, die er sich, wie er sagte, bei einer betrunkenen Rauferei zugezogen hatte, als er Joyce verteidigt hatte.

„Wofür war das?", hatte ich gefragt. Mir war nicht ganz wohl gewesen bei dem Gedanken, dass mein Foto irgendwo gedruckt erscheinen würde.

„Für das *Cosmopolitan*-Magazin. Sie drucken eine von Ernests Geschichten."

Ich habe auf halber Höhe auf der Leiter gestanden, hatte ich gedacht. *Vermutlich bin ich auf dem Bild nicht einmal zu sehen.* Außerdem war Lyndon kaum ein Leser von *Cosmopolitan*. Kein Grund, mir Sorgen zu machen, hatte ich mir versichert – und es mir beinahe sogar geglaubt.

Ich beschloss, Armand mit einem Besuch zu überraschen, und auf dem Weg zu seiner Wohnung kam ich am *Les Deux Magots* vorbei, einem Café, das bei Autoren und Künstlern sehr beliebt war. Die hellgrüne Markise erstreckte sich über den Bürgersteig, und ein reich verzierter, schmiedeeiserner Balkon wand sich wie ein Stück Spitze um die erste Etage. Ich erhaschte einen Blick auf mein Spiegelbild im Fenster und glaubte für einen Moment, Armand gesehen zu haben. Ich blieb stehen und erkannte, dass er es wirklich war. Er saß auf einer mit Leder bezogenen Bank neben einer Frau mit kastanienfarbenen Locken. Sie saßen sehr nah beieinander, und er flüsterte ihr etwas ins Ohr, wozu es nötig zu sein schien, ihre Haare mit den Fingerspitzen nach hinten zu streichen. Mich durchfuhr ein Schock wie ein Blitz. Ich wusste nicht, ob er es spürte, aber er schaute in diesem Moment auf und sah, dass ich ihn beobachtete. Aus irgendeinem Grund war ich diejenige, der es peinlich war, und ich ging einfach in irgendeine Richtung weiter. Nach ein paar Sekunden hörte ich, wie er meinen Namen rief, aber ich drehte mich nicht um.

„Bitte, Opaline!", flehte er, als er zu mir aufschloss und meinen Arm packte.

„Lass mich in Ruhe."

„Bitte, du musst es mich erklären lassen."

Ich wollte nichts erklärt bekommen. Es wäre entweder eine Lüge oder, schlimmer noch, die Wahrheit, und ich war mir nicht sicher, ob ich es ertrüge, eines davon anzuhören.

„Christine ist eine alte Freundin von mir."

Ich wollte mir die Ohren zuhalten wie ein Kind. Ihren Namen zu hören, machte alles noch viel schlimmer. Er durfte es nicht erfahren, aber ich war in das Verliebtsein mit ihm hineingestolpert, so wie man eine Treppe hinunterstürzt, und es tat genauso weh. Im Voraus mit diesem Bruch meines Herzens zu rechnen hatte nicht gereicht, um mich für die Realität zu wappnen.

„Armand, bitte erspare mir die Demütigung."

Es war, als würde eine Wolke über sein Gesicht huschen, und was zurückblieb, war etwas, das nahe an Klarheit grenzte.

„Verzeih. Natürlich. Du hast recht. Ich habe dich gedemütigt, und das tut mir leid. Aber du musst mir glauben, meine Gefühle für dich gehen tiefer, als ich je für einen anderen Menschen empfunden habe."

„Du magst mich als naiv ansehen, aber ich erkenne ein billiges Klischee, wenn ich es höre." Ich löste mich von ihm und ging weiter.

„Es stimmt!", rief er mir nach. „Glaubst du, es ist für einen Mann leicht, seine Gefühle zu gestehen?"

Ich drehte mich um und warf ihm einen verächtlichen Blick zu.

„Es ist schwer, das auf Englisch zu erklären."

„Gib dein Bestes."

„Die Gefühle, die du in mir weckst, sind wundervoll, aber sie sind auch ein Problem. Sie machen mich verletzlich, und daran bin ich nicht gewöhnt. Also flirte ich mit anderen Frauen, um … etwas zu beweisen. *J'en sais rien.*"

„Das ergibt keinen Sinn."

„Laut ausgesprochen nicht. Aber in meinem Kopf hatte ich das Gefühl, die Kontrolle zu behalten."

Mir fiel keine Erwiderung ein. Das war so eine furchtbare Ausrede, dass sie der Wahrheit entsprechen musste.

„Was du gerade gesehen hast, war, dass ich die Sache mit ihr beendet habe."

Ich wandte den Blick ab, versuchte, meine Gefühle vor ihm zu verbergen. Immerhin hatte ich auch meinen Stolz. Erzählte er mir nur das, von dem er glaubte, ich wollte es hören? Das menschliche Herz wägt solche kalten Fakten nicht ab. Es sieht Hoffnung im Unmöglichen, Liebe, wo unter Umständen nur Verlangen ist. Es handelt ohne Sinn und Verstand. Nun waren seine Arme um mich geschlungen. Ich stand bewegungslos da, als er mit seinen weichen, hübschen Worten fortfuhr, dass ich doch alles wäre, was ihm etwas bedeutete.

„Begleitest du mich? In meiner Wohnung können wir besser reden."

Natürlich würde ich mitgehen. Ich war gewillt, bei seiner Illusion mitzumachen.

~

Er lebte in dem Bereich der Stadt, der sich Montmartre nannte. Wir gingen unter den strahlend weißen Kuppeln des Sacré-Cœur entlang, die über die Stadt wachten, und folgten der Kopfsteinpflasterstraße auf einen geschäftigen kleinen Platz. Place du Tertre war wie etwas von einer Postkarte – elegante Gebäude mit Fensterläden erhoben sich über Restaurants und Cafés, und Künstler säumten den Rand und verkauften ihre Waren dicht an dicht. Er drehte den Schlüssel im Schloss einer blauen Tür, und wir stiegen die Treppe zum ersten Stock hinauf.

Sobald wir die Wohnung betreten hatten, schienen wir beide nicht recht zu wissen, was wir tun sollten. Ein kleiner Tisch und zwei Stühle standen einladend vor dem großen Fenster mit Blick auf den Platz, und Armand bedeutete mir, mich zu setzen.

„Ich werde uns einen Tee machen."

Er kehrte mit einem Silbertablett an den Tisch zurück, auf dem eine antike, silberne Teekanne mit verschnörkeltem Muster und kleine Gläser standen, auf denen in Goldschrift etwas aufgedruckt war, das Arabisch aussah. Doch was mich am meisten überraschte war der Duft nach süßer Minze.

„Hast du je marokkanischen Tee probiert?", fragte er.

Ich schüttelte den Kopf und sah zu, wie er den Deckel der Teekanne anhob und eine üppige Menge an dicken Blättern in das heiße Wasser rührte. Dann begann er das Ritual, den Tee aus unmöglicher Höhe in die kleinen Gläser zu schenken. Meine Augen weiteten sich, als er die Teekanne über den Gläsern immer höher hob und dabei versuchte, nicht zu lachen.

„Das ist die traditionelle Weise", erklärte er schlicht, bevor er mir ein Glas reichte.

Ich blies über die Oberfläche des golden schimmernden Tees und ließ die exotischen Düfte in meine Nase steigen.

Unten auf dem Platz begannen Musiker, mit einer Rhythmusgitarre und einer virtuosen Violine *Gitane*-Musik zu spielen. Es füllte die Leere, wo unsere Worte es nicht konnten. Ich hatte die ganze Zeit den Raum nach etwas abgesucht, wo ich meinen Blick verbergen konnte: der seidene Teppich auf dem Boden, die seltsamen Lederschlappen bei der Tür, die vorne spitz zuliefen, der kleine Holztisch mit einem Inlay im maurischen Design. Schließlich schaute ich wieder zu ihm und erkannte, dass er mich die ganze Zeit über angesehen hatte. Ohne den Blick von mir zu lösen, stand er auf, nahm mir das Glas ab und stellte es neben seines auf das Tablett. Dann ergriff er meine Hand und zog mich auf die Füße. Ich stand so nah vor ihm, dass ich seinen Atem einatmen konnte. Er neigte den Kopf, und meine Lippen öffneten sich wie von selbst. Ich spürte seine warme Zunge in meinem Mund, und mein einziger Gedanke war: Ich will mehr. Wir hielten einander fest, und mich überkam das Gefühl, dass ich ihm nicht nahe genug sein würde, bis ich nicht …

„Opaline“, sagte er rau und riss mich aus meinen Gedanken.

„Ja?“

„Sag mir, ob du wünschst, zu bleiben oder zu gehen“, fragte er, und sein Atem ging schwer. „Denn ich fürchte, dass ich nicht die ritterliche Tugend besitze, um dich noch einmal zu fragen.“

Mein Kopf hatte jegliches Arbeiten eingestellt. Zum ersten Mal in meinem Leben übernahm die Sinnlichkeit die Kontrolle.

„Bleiben.“

Der Raum war schmal, gerade breit genug für ein Messingbett. Ein dünner Vorhang flatterte vor dem offenen Fenster in der Brise. Es war beinahe dunkel, abgesehen von einer niedrigen Kerze, die in der Ecke auf einem Tischchen vor sich hinflackerte.

All die Jahre meines Erwachsenwerdens hatte ich mich gesorgt, dass ich nicht wissen würde, was ich tun sollte. Wenn ich nur verstanden hätte, dass es kein „Wissen“ gab. Nur den Instinkt. Sein Körper schimmerte golden im Kerzenlicht, und der feine Schweißfilm auf seiner Haut war für mich wie ein Aphrodisiakum.

„Hat es wehgetan?“, fragte er.

„Nur ein wenig“, antwortete ich. Schmerz ist der Preis des Vergnügens, hatte ich einmal irgendwo gelesen. Ich war nicht länger Jungfrau. Für einen Moment überraschte mich der Gedanke, bevor er von dem tiefen Gefühl ersetzt wurde, eine Schwelle übertreten zu haben. Wir lagen stundenlang zusammen und redeten. Es war schon spät, als er mich nach Hause begleitete, und ich hoffte, unbemerkt an meiner Vermieterin vorbeischlüpfen zu können.

Es gab kein Licht, abgesehen vom Schein des Mondes, der sanft durch die hohen Fenster fiel. Jedes Knarren der Treppenstufen war wie ein Kanonenschlag, und ich biss mir auf die Unterlippe und betete, dass niemand es hörte. Als ich mein Zimmer erreichte, schloss ich die Tür hinter mir ab und ließ mich aufs Bett fallen. Ich sah meine Reflexion im Spiegel über der Frisierkommode, halb geisterhaft im Mondlicht. Ich schnappte mir mein Kissen und drückte es fest an mich. In dem Moment sah ich ihn. Den Gehstock meines Bruders neben der Tür.

11. Kapitel

MARTHA

Ich begann den Nachmittag damit, die Badezimmer zu putzen. Madame Bowden hatte einige ihrer alten Theaterfreunde zum Dinner eingeladen – oder *Nachtmahl*, wie sie es nannte – und wollte, dass das Haus „glänzte". Sie strahlte eine Unruhe aus, die ich bisher noch nie an ihr erlebt hatte. Sie war immer eine Pedantin, aber jetzt schien ihr nichts recht zu sein. Sie kam düsterer Stimmung vom Friseur zurück und behauptete, dort hätten sie ihr die Locken absichtlich zu fest gedreht, um sie älter aussehen zu lassen, als sie war, und ich ließ sie an ihrer Frisierkommode zurück, wo sie die Locken wütend zu kleinen, fluffigen Wolken auskämmte.

„MARTHA!", schrie sie meinen Namen, und ich ließ die Toilettenbürste fallen in der Erwartung, sie zusammengesackt auf dem Schlafzimmerboden vorzufinden.

„Was ist?", fragte ich atemlos.

Nur in einem hautfarbenen Slip und einem seidenen Morgenmantel saß sie an ihrem Frisiertisch. Mein Blick wurde von ihrem Hals und ihrer Brust angezogen, wo die Haut zusammengezogen und fleckig war wie bei einem toten Truthahn zu Weihnachten. Ich erinnerte mich an eine alte Nonne an der Schule, die gesagt hatte, man könnte aus einem Schweineohr keine Seidenbörse machen, und endlich wusste ich, was sie damit gemeint hatte.

„Ich vermisse einen Perlenohrring!" Ihr Blick klagte mich offen an.

Ich schaute zu dem Durcheinander aus Schmuck auf ihrer Frisierkommode, den sie aus dem Schmuckkästchen ausgeschüttet hatte, und dann wieder zu ihr. Sie hatte einen Perlenohrring im Ohr und den anderen in der Hand.

„Er ist in Ihrer Hand, Madame", sagte ich ausdruckslos.

„Ich weiß, dass er in meiner Hand ist, du Schlauberger. Ich suche den anderen!"

Ich atmete tief durch. Wenn ich das Geld nicht so bitter nötig gebraucht hätte, hätte ich ihr gesagt, wo sie sich den anderen Ohrring hinstecken könnte.

„Der steckt in Ihrem Ohr."

Sie hob die Hand und fühlte nichts außer weichem Fleisch.

„Ihrem anderen Ohr."

Ich lehnte mich gegen den Türrahmen. Ich hatte alle Zeit der Welt.

Sie fühlte die kühle Perle und warf mir einen Blick zu, den man beinahe als schambehaftet bezeichnen könnte, wenn man sie nicht besser kannte. Denn für so etwas war Madame Bowden viel zu stolz.

„Tja, wo du nun schon einmal hier bist, kannst du mir beim Ankleiden helfen. Vergiss nicht, dass die Caterer um vier Uhr kommen, und geh ihnen zur Hand. Hast du das Silberbesteck herausgeholt und gründlich geputzt?"

Keine Entschuldigung dafür, dass sie mich förmlich eine Diebin genannt hatte – nicht, dass ich mit einer gerechnet hätte. Ich nahm das Kleid vom Bügel (eine mit silbernen Pailletten besetzte Kreation, die aussah, als gehörte sie Liberace) und beugte mich vor wie ein Turnbock, damit sie sich auf mich stützen konnte, während sie in die Öffnung des Kleides trat. Ich spürte das Zittern ihrer Arme im ganzen Körper. Sie hatte eine scharfe Zunge und einen schnellen Geist, aber ihr Körper ließ sie langsam im Stich. In diesem Moment verspürte ich einen Anflug von Mitleid mit ihr. Es war seltsam, sie so zu sehen. Sie machte immer den Eindruck, zu fabelhaft zu sein, um sich um so etwas zu scheren. Vielleicht war sie doch eine talentierte Schauspielerin. Eileen Bowden war wie alle anderen. Sie hatte Angst.

Nach einem kurzen Gerangel darüber, was ich an diesem

Abend tragen sollte, bei dem sie tatsächlich eine echte Dienstmädchenuniform hervorholte, entschied ich mich für meine neue Bluse und einen schwarzen Bleistiftrock, den sie zufällig in ihrer Garderobe hatte. Es war vermutlich das langweiligste Kleidungsstück, das sie besaß. Er war mir zu groß, deshalb lieh ich mir auch einen breiten, roten Wildledergürtel aus, der zu meinem Haarband passte und ihr ausreichend gut gefiel, dass sie mir das Hereinlassen der Gäste überließ. Wie ich erwartet hatte, standen drei Frauen im Rentenalter plappernd und sich aufplusternd vor der Tür wie ein paar alte Hennen. Sie würdigten mich kaum eines Blickes, als sie in einer Wolke aus Federn und Lärm an mir vorbeischwebten. Ich schüttelte den Kopf und lächelte. Wenn ich an all die Tage dachte, in denen ich in Dunkelheit meiner Küche gesessen und auf die Felder hinausgeschaut hatte, die nichts boten, außer ab und zu den Blick auf einen Hasen oder die bunten Farben eines Fasans, bevor ein Farmer ihn erschoss, war es schwer, mir vorzustellen, dass es Leute wie diese hier gab. Die Spaß hatten. Gut aßen. Sich das Essen liefern ließen. Das hier war eine andere Welt.

Ich stand mit einem festgefrorenen Lächeln im Gesicht da und betätigte mich als menschlicher Garderobenständer. Wer trug heutzutage noch Pelz? Endlich war es an der Zeit, das Essen zu servieren, und ich erledigte meine Pflichten wie jemand, der sein ganzes Leben in der Dienstleistungsindustrie gearbeitet hatte – so unsichtbar wie möglich. In dem Moment fiel mir auf, dass jemand tatsächlich unsichtbar war. Madame Bowden. Ihr Platz am Tisch war unbesetzt. Die Frauen aßen und tauschten Klatsch aus und lachten über andere Leute. Keiner von ihnen schien es aufgefallen zu sein.

„Wird Madame Bowden vor dem Dessert zurückkommen?“, fragte ich ein wenig unsicher.

„Ich denke schon“, sagte eine Frau, deren Halsumfang wirkte, als liefe sie Gefahr, von ihrer eigenen Perlenkette erdrosselt zu werden, die sie nun umklammerte. Sie alle warfen einander gezielte Blicke zu und fingen dann an zu lachen, was ich als sehr unhöflich empfand. War das schon mal vorgekommen? Dass Madame Bowden nicht zu ihrer eigenen Party erschien?

„Und wo hat sie dich gefunden?“, fragte eine andere Frau in einem schlank geschnittenen schwarzen Kleid, das drohte, von ihren dürren Schultern zu rutschen. Ich hielt mitten in der Bewegung, den Tisch abzudecken, inne, und dachte an all die Dinge, die ich gerne sagen würde. *An der Sohle ihrer Schuhe!* Was glaubte sie wohl?

„Sie hat eine Anzeige in der Zeitung aufgegeben, dass sie eine Haushälterin sucht, und ich habe mich darauf gemeldet.“

„Es passieren noch Zeichen und Wunder. Warum um alles in der Welt sollte sie eine Haushälterin benötigen?“, fragte die dritte Frau, die eindeutig die Anführerin der Gruppe war. Sie lümmelte wie eine Katze auf ihrem Stuhl und rauchte einen Zigarillo.

„Ich sollte mir auch ein nettes Mädchen vom Land holen. Bei denen ist es unwahrscheinlicher, dass sie ihren Träumen nachjagen oder was auch immer sie tun. Sie wissen, auf welcher Seite ihr Brot gebuttert ist, wenn ihr versteht, was ich meine“, bemerkte sie, als wäre ich gar nicht da.

Beinahe hätte ich das Tablett fallenlassen. Ich war es gewohnt, dass die Leute auf mich herabschauten, aber wenn man sie so reden hörte, könnte man meinen, ich wäre Aschenputtel.

„Ehrlich gesagt arbeite ich hier, um mir mein Studium zu finanzieren“, verteidigte ich mich.

„Wirklich?“, fragte die Perlenlady. „Und was studierst du?“

Was studierte ich? Warum hatte ich nicht den Mund gehalten? Meine Hände fingen an zu schwitzen. Ich beschloss, so zu tun, als hätte ich die Frage nicht gehört.

„Ich serviere den Brandy im Salon, sobald Sie fertig sind.“

Ich schäumte vor Wut und Scham. Sie wusste, dass ich nicht gut genug war, um etwas aus meinem Leben zu machen. Sie alle wussten es. Ich hatte es vermasselt, hatte die falschen Entscheidungen getroffen und war hier gelandet, wo ich mich diesen alten, überheblichen Schachteln beugen musste. Aber ich konnte nichts dagegen tun. Das hier war jetzt mein Zuhause. Ohne einen Plan konnte ich nicht einfach gehen. Ich wünschte, ich könnte es, aber die Scham, die ich darüber empfand, ein Opfer zu sein, stellte mir immer wieder ein Bein. Sie war stets da, wie ein Brandzeichen auf meiner Haut. Ich überließ die Damen ihrem Kartenspiel, bei dem sie sich sinnlos betranken, und ging hinunter in meine kleine Wohnung.

Dort zog ich mich aus, bevor ich eine lange, heiße Dusche nahm. Eingewickelt in ein Handtuch legte ich mich aufs Bett und sah die Flyer aus der Bücherei auf dem Küchentisch liegen. Das fühlte sich jetzt so sinnlos an. Der Energieschub, den ich früher am Tag verspürt hatte, war nun komplett verschwunden. Was für hassenswerte Frauen das waren. Kein Wunder, dass Madame Bowden sich zurückgezogen hatte. Wer brauchte schon Feinde, wenn er solche Freunde hatte? Tief aus meinem Inneren stieg ein Gefühl hoch – ich wollte einfach nur in den Arm genommen werden. Das vermisste ich. Der einzige Mensch, mit dem ich seit meiner Ankunft in Dublin gesprochen hatte (abgesehen von meiner nervtötenden Arbeitgeberin), war Henry. Er hatte ja keine Ahnung, dass er das Einzige in meinem Leben war, das einem Freund ähnelte. Und nicht einmal darauf konnte ich mich verlassen, denn er wohnte nicht hier. Sobald er das Manuskript, oder was auch immer er suchte, gefunden hatte, würde er wieder abreisen.

Warum dachte ich überhaupt an ihn? Es fühlte sich falsch an und weckte Schuldgefühle in mir, nach allem, was ich durchgemacht hatte, überhaupt an einen Mann zu denken. Aber Henry war das komplette Gegenteil von Shane; von jedem Mann, den ich bisher getroffen hatte. Wie er mir die Geschichte über den Autor erzählt hatte, der seinen schweren Koffer über die Grenze getragen hatte; seine Leidenschaft dafür, verlorene oder verlegte Dinge zu finden … Das hatte etwas so Liebenswertes an sich. Und auch wenn ich es nicht mal mir gegenüber zugeben wollte, war er wirklich attraktiv. Manchmal, wenn er mich mit diesen braunen Augen anschaute, fiel es mir schwer, weiter zu atmen. Aber dann dachte ich unweigerlich, was er je in einer Frau wie mir sehen könnte? Er war nur an dem Buchladen interessiert. An nichts mehr.

Ich drehte mich auf die Seite und zog mein Kissen in die Arme. In dem Moment fielen mir die Risse in der Wand auf. Waren die schon immer da gewesen? Nein, dann hätte ich sie doch sicherlich bemerkt? Drei gezackte Linien unterschiedlicher Breite kamen hinter dem Kleiderschrank hervor und zogen sich wie winzige Adern über die blaue Wand. Ich lag da und starrte sie an. Wieso hatte ich sie vorher nie gesehen? Und was ging hinter dem Schrank vor sich? Ich stand auf und fuhr mit den Fingern über die Risse. Sie schienen ziemlich tief und solide zu sein, als wären sie schon einige Zeit dort. Ich versuchte, den Schrank zu verrücken, aber er war eine Antiquität und wog eine Tonne. Für einen kurzen Moment hörte ich ein Atmen; den Atem von jemand anderem. Ich drehte mich um, aber da war nichts. Ich fragte mich, ob es möglich war, einen Ort so zu lesen, wie ich Menschen las. Der Gedanke ließ mich erschaudern. Vielleicht wollte ich lieber nicht wissen, was hier vorgefallen war. Ich flüsterte den Namen *Opaline* in die Wand. Nichts. Ich schüttelte den Kopf, erkannte, dass ich mich lächerlich verhielt, und legte mich wieder ins Bett.

Mitten in der Nacht wachte ich mit einer weiteren Zeile der Geschichte in meinem Kopf auf. Wie eine Nachricht in meinem Postfach kamen sie manchmal zu mir, als würde sie mir jemand ins Unterbewusstsein flüstern. Ich hatte dafür keine Erklärung. Ich wusste nur, dass ich irgendwie an ihnen festhalten musste. Die Worte auf Papier zu schreiben reichte nicht. Also ging ich jedes Mal am nächsten Tag in ein Tattoostudio und ließ sie mir auf den

Rücken tätowieren. Es war eine Geschichte, die keinen Anfang und kein Ende zu haben schien, aber jedes Mal, wenn eine neue Zeile zu mir kam, ließ ich sie unter die anderen stechen und fühlte mich sofort besser. Niemand wusste davon, nicht einmal Shane. Es war ein kleiner Akt des Widerstands. Etwas, das nur für mich war. Ich hatte es geschafft, diese seltsame Geschichte vor der Welt verborgen zu halten, aber je länger sie wurde, desto dringender wollte ich wissen, was sie bedeutete und woher sie kam.

Da ich wusste, dass ich Schwierigkeiten haben würde, wieder einzuschlafen, schlich ich mich auf Zehenspitzen nach oben, um zu sehen, was für ein Chaos die Frauen hinterlassen hatten. Ich wollte nicht, dass Madame Bowden mir am Morgen eine Standpauke hielt, also dachte ich, dass ich meine Schlaflosigkeit genauso gut nutzen könnte, um aufzuräumen. Ich betrat das Esszimmer und schaltete das Licht an. Ich traute meinen Augen nicht: Der Raum befand sich in tadellosem Zustand und alles war an seinem Platz. Schnell korrigierte ich meine frühere Meinung über Madame Bowdens Freundinnen und schloss, dass jemand, der hinter sich aufräumte, nicht ganz schlecht sein konnte. Ich hatte nicht mal gehört, als sie gegangen waren. Ein schneller Blick in die Küche bestätigte mir, dass sie sogar die Teller und Gläser abgewaschen und getrocknet hatten; es war nicht einmal ein benutzter Löffel übrig. Alles sah aus, als hätte die Dinnerparty nie stattgefunden.

12. Kapitel

HENRY

Ich überlegte, zu klingeln, aber wo bliebe da der Spaß? Also ging ich in die Hocke und klopfte an das Souterrain-Fenster von Nummer 12 Ha'penny Lane. Die letzten Tage hatte ich damit verbracht, in Online-Archiven und alten Zeitungen nach Opaline Carlisle zu suchen, jedoch ohne Erfolg. Ich brauchte eine Pause, und diese Ausrede hatte mich zu ihrer Tür zurückgeführt. Oder besser gesagt zu ihrem Fenster. Nach ein paar Minuten ging der Vorhang auf, und ich sah mich einer sehr wütend und müde aussehenden Martha gegenüber.

„Was zum Teufel?", krächzte sie, nachdem es ihr gelungen war, das Fenster zu öffnen.

„Ist es ein wenig zu früh?"

„Es ist sieben Uhr morgens, also ja, ich würde sagen, es ist ein wenig zu früh."

„Oh. Entschuldigung. Ich habe mich nur gefragt, ob du mich auf eine kleine Exkursion begleiten möchtest."

„Jetzt?"

Was mir letzte Nacht, als ich nicht schlafen konnte, als gute Idee erschien, hatte jetzt ein wenig von seinem Glanz verloren. Ich kannte diese Frau kaum, und doch war ich hier und klopfte an ihr Fenster.

„Äh, nun ja, wann immer du Zeit hast."

Sie schaute an sich hinunter und schien im Kopf schnell eine unmögliche Gleichung zu berechnen.

„Ich muss Madame Bowdens Frühstück zubereiten und ein wenig putzen, aber gegen elf könnte ich fertig sein."

„Perfekt!", rief ich etwas zu enthusiastisch. Ich hatte vergessen, wie nervenaufreibend es war, eine Frau zu fragen, ob sie Zeit mit einem verbringen wollte. In jüngeren Jahren tun wir das ständig, machen neue Freunde. Aber wenn man älter wurde, fühlte es sich so an, als würde viel mehr auf dem Spiel stehen – und die Ablehnung war so viel schwerer zu ertragen. „Ich schicke dir die Infos." Noch nie in meinem Leben hatte ich das Wort „Infos" laut ausgesprochen, und ich war nicht sicher, ob es so lässig klang, wie ich es beabsichtigt hatte.

„Du hast meine Nummer nicht."

„Ja, das war eine Einladung an dich, sie mir zu geben, Martha. Du musst schon ein wenig mitarbeiten."

Ein unangenehmes Schweigen folgte, das sie etwas zu sehr zu genießen schien.

„Wirst du … sie mir geben?"

„Vielleicht." Sie lächelte.

Flirtete sie etwa? Es fühlte sich definitiv so an, aber angesichts ihrer ablehnenden Körperhaltung war das schwer zu sagen.

„Hier." Sie streckte die Hand nach meinem Handy aus und tippte schnell ihre Nummer ein. „Und jetzt muss ich los." Damit schloss sie das Fenster und zog die Gardine wieder zu.

~

Es war wie etwas aus einer dieser romantischen Liebeskomödien, die meine Mutter so gerne schaute. Mein Daumen schwebte über dem „Senden"-Knopf, bis ich mich an einen Trick erinnerte, den meine Schwester oft nutzte. Von fünf bis eins runterzählen und es dann einfach tun. Ich berührte das Display, mein Handy gab ein *wuuusch* von sich und versah meine Nachricht mit einem Zeitstempel.

Triff mich im **Pen Corner.**

Ich fand, das klang geheimnisvoll … bis ich Marthas Antwort erhielt.

Wer ist das?

Henry. Der Typ, der kein Spinner ist.

Oh, der Henry. Wo ist der Pen Corner?

Geh einfach zur Kreuzung von College Green & Trinity Street. Dann siehst du ihn.

Das Einzige, das es meiner Meinung nach mit einer Buchhandlung oder einer Bibliothek aufnehmen konnte, war ein guter Schreibwarenladen. Der *Pen Corner* war so etwas wie der heilige Boden, was bescheidene Schreibinstrumente anging. Er befand sich in bester Lage an einer Straßenecke in einem edwardianischen Haus mit einem Turm, dessen in die Spitze eingelassene Uhr mir verriet, dass ich altmodisch früh dort war. Die schwarze und goldene Schrift auf dem Ladenschild und die Buntglasscheiben über den Fenstern hielten all die Versprechen einer stillen Bibliothek. Ich hatte vorgehabt, draußen auf Martha zu warten, aber meine Willenskraft hielt ganze zwei Minuten an, bis ich einen Mont-Blanc-Füller im Schaufenster entdeckte, der förmlich um eine nähere Inspektion bettelte.

Sobald ich den Laden betrat, spürte ich, wie meine Schultern sich entspannten und meine Nase diesen besonderen Duft aus Papier, Leder und Tinte aufnahm. Glaskästen stellten diskret Reihen von Parker- und Cross-Stiften sowie Kaligraphiespitzen aus, als handelte es sich um wertvolle Juwelen. Hinter dem Tresen gab es Ledertaschen, die mich an Hemingways verlorenen Roman erinnerten. War er in einer Tasche wie dieser aufbewahrt worden? Das war es, was jeder Literaturstudent annahm, wenn er mit einer exakten Kopie dieser Tasche über der Schulter über den Campus schlenderte.

Neben mir befanden sich noch zwei oder drei andere Kunden im Laden, und als ich mich umdrehte, um zu schauen, ob ich meinen Füller fände, sah ich sie unsicher im Eingang stehen.

„Martha, du bist gekommen." Nun ja, man konnte mir nicht vorwerfen, eine Gelegenheit auszulassen, das Offensichtliche zu verkünden.

Sie lächelte nur und ließ die Tür langsam hinter sich zufallen. „Was tun wir hier?"

„Eine Existenzialistin, ich wusste es."

Sie sah mich misstrauisch an.

„Nur ein wenig Humor, kein Grund, alarmiert zu sein." Mein Gott, wieso klang ich wie ein verdammter Irrer? Es war, als hätte ich alle Fähigkeiten, wie ein normaler Mensch zu sprechen, verloren.

„Kann ich Ihnen helfen, Sir?", erklang eine Stimme hinter dem Tresen.

„Ja. Ich meine, ja bitte. Ich würde mir gerne den Mont Blanc aus dem Fenster anschauen."

„Ah, *Le Petit Prince*", sagte er, sofort wissend, welchen Füller ich meinte. Das zeichnete einen exzellenten Verkäufer aus.

„Warum hast du mich hierherbestellt?", fragte Martha, nachdem der Verkäufer außer Hörweite war.

„Der Laden ist umwerfend, oder? Auch wenn er nicht der Ort ist … Ich meine, wir gehen hiernach woanders hin."

„Okay."

Sie klang alles andere als okay.

„Da wären wir, Sir. Das Meisterstück in der *Le Petit Prince*-Edition."

Er war wunderschön. Burgunderfarben mit einem winzigen goldenen Stern auf dem Clip.

„Wie Sie sehen, ist er mit einem Zitat aus dem Buch graviert."

Ich las es laut vor: *„On ne voit bien qu'avec le cœur."*

„Du sprichst Französisch?", fragte sie.

„Nur ein wenig. Ich habe einen Sommer lang in einem Gästehaus in Südfrankreich gearbeitet."

„Okay", wiederholte sie und ihre Augen weiteten sich kurz, bevor sie auf ihre Füße starrte.

„Es bedeutet, dass man nur mit dem Herzen gut sieht."

Ich sah, dass die Worte sie auf eine Weise berührten, die ich nicht vorausgesehen hatte. Genau wie im Park, als ich ihr die Geschichte des verlorenen Manuskripts erzählt hatte, schien sie tief gerührt zu sein. Ich hatte mich an das nachsichtige Lächeln und Nicken von „Laien" gewöhnt, wenn ich über meine Leidenschaft sprach, aber sie wirkte aufrichtig interessiert, sodass ich den Instinkt, stolz die Brust zu recken, niederringen musste. Es war mir egal, was andere sagten, Antoine de Saint-Exupéry zu zitieren war in jeder Sprache beeindruckend.

„Soll ich den für Sie einpacken?", unterbrach der Verkäufer den Moment.

„Äh, ja. Wie viel kostet er?"

„799 Euro inklusive Steuern."

Das ließ mich schlucken. Ich hatte Martha beeindrucken wollen, und nun hatte ich mich selbst in eine finanzielle Ecke gedrängt. Ich wusste nicht, wie ich da wieder herauskommen sollte, und am Ende sagte ich, dass ich mir den Stift als Belohnung kaufen würde, sobald ich meine Abhandlung fertig geschrieben hätte. Er starrte mich einfach mit den toten Augen eines Ladenbesitzers an, der wusste, dass ich nicht zurückkommen würde.

„Aber wissen Sie was? Ich nehme eines der Moleskine-Notizbücher", sagte ich und hoffte, damit diese Episode aus den Gedächtnissen aller Beteiligten zu löschen – außer aus meinem.

13. Kapitel

OPALINE

Paris, 1921

Ich stand sofort wieder auf, packte alle meine Bücher und sonstigen Habseligkeiten in meine Tasche und flog förmlich die Treppe hinunter. Ich dachte, wenn ich es nur bis zum Laden schaffte, würde Sylvia wissen, was zu tun sei, wie sie mir helfen könnte. Ich winkte Madame Rousseaus Angebot eines Frühstücks ab und drückte die Haustür auf, nur um mich meinem Bruder gegenüber zu sehen, der dort auf mich wartete. Und er war nicht allein.

„Da ist sie ja", sagte er, einen neuen schwarzen Gehstock in der Hand. „Sieh nur, Bingley, sie ist von Emotionen förmlich überwältigt."

Ich stand mit offenem Mund da wie eine Idiotin und versuchte, das alles zu verarbeiten. Da war mein Bruder, triumphierend und entspannt, und dieser Bingley-Charakter wirkte sehr begierig mit seinem großen Blumenstrauß in der Hand.

„Steh nicht einfach so da rum, Mann, gib ihr die verdammten Dinger, bevor sie welken."

„Miss Carlisle, ich bin höchst erfreut, endlich Ihre Bekanntschaft zu machen", sagte er und reichte mir die Blumen.

Ich sagte immer noch nichts, sondern umfasste den Griff meiner Tasche nur fester und fragte mich, ob ich schneller laufen könnte als die beiden.

„Keine Sorge, Schwester, der gute alte Bingley ist dir nicht gram, weil du ihn bei der letzten Gelegenheit, als ihr zwei Turteltauben einander treffen solltet, versetzt hast."

Ich konnte seine Stimme nicht einordnen. Das war nicht mein Bruder, der da sprach, sondern irgendein Hochstapler mit Unmengen an Charme.

„Wie hast du mich gefunden?“, fragte ich schließlich.

„Was glaubst du wohl? Deine gute Freundin Jane fand ein Foto von dir in einem Magazin, und ihr Ehemann war nur zu erfreut, es mit deiner stolzen Familie zu teilen.“

Er musste meinem Gesichtsausdruck ansehen, wie dumm ich mir in diesem Moment vorkam.

„Ach, komm schon“, sagte er und packte meinen Arm fest. „Wir sind immerhin Männer von Welt. Wir verstehen, dass du vor der Ehe deine Flügel ein wenig spreizen musstest. Ein letztes Hurra. Ist es nicht so, Bingley?“

„Fürwahr, fürwahr“, stimmte er zu und musterte mich von Kopf bis Fuß, als wäre ich seine nächste Mahlzeit. Er war groß, mit rot geäderten Wangen, einer Hakennase und einem fliehenden Haaransatz. Sie beide rochen nach Brandy, was ihr übertriebenes Gebaren erklärte. Alles wirkte unerhört seltsam – der Kontrast zwischen meinem Bruder und seinem Begleiter in *meinem* Paris. Mir fiel kaum auf, dass sie mich in Richtung eines Hotels führten.

„Wo gehen wir hin?“, fragte ich. „Ich muss zur Arbeit.“

„Arbeit! Wir haben eine Sozialistin in unserer Mitte, Bingley!“, fuhr mein Bruder mit dieser seltsam jovialen Stimme fort, die nicht zu ihm passte. Es war wie der Wolf, der zu Rotkäppchen sprach. „Natürlich sollte ich dich Lord Bingley nennen“, fuhr er fort und geleitete uns beide vor sich in ein luxuriös aussehendes Foyer.

„Das ist ja alles schön und gut“, setzte ich an, aber wieder brachte Lyndon mich mit seinem übersprudelnden Monolog zum Schweigen.

„Champagner. Wir haben etwas zu feiern!“

Er winkte einem Kellner, der gerade im Foyer einem älteren Paar ihren Kaffee servierte. Ich sah, dass ihn die Arroganz meines

Bruders beleidigte, doch er nickte trotzdem und arrangierte für uns ein paar Sessel um einen Tisch.

„Ich werde meiner Schwester für heute Abend ein privates Zimmer buchen", sagte er und zeigte zum Tisch des Concierges. „Immerhin sollten wir die Tradition aufrechterhalten. Nach der Hochzeit habt ihr beide noch ausreichend Zeit, einander besser kennenzulernen."

Hochzeit? Er schlug doch sicher nicht vor, dass ich diesen Fremden heiratete? Natürlich wollte ich vor so vielen Menschen keine Szene machen, deshalb fragte ich, als er sich zum Gehen wandte, leise: „Lyndon, hast du dir eine Auszeit von deinem gesunden Menschenverstand genommen?"

„Ich werde dir oben alles erklären", antwortete er und drückte mich förmlich in den Sessel.

Allein mit Lord Bingley gab ich mein Bestes, so zu tun, als wäre ich stumm. Er fragte, ob ich meine Zeit in Paris genossen hätte, und ich nickte nur und verzog meine Lippen zu etwas, das einem Lächeln ähnelte. Der Kellner kehrte zurück und stellte einen mit Eis gefüllten Kühler auf den kleinen Tisch neben uns. Dann löste er leise den Korken des Champagners und schenkte einen winzigen Schluck in Bingleys Glas. Natürlich musste er ihn erst probieren, und diese ganze Scharade ließ mich innerlich vor Ungeduld schreien. Gieß das verdammte Zeug einfach ein, wollte ich sagen. Ich brauchte einen Drink.

Bingley stieß mit mir an und trank auf unsere Zukunft. Ich lächelte wieder und dachte, dass unsere Zukunft so lange anhalten würde, wie ich benötigte, um den Klauen meines Bruders zu entfliehen. Ich sah zu Lyndon, der immer noch mit dem Concierge plauderte. Meine Gedanken rasten – vielleicht könnte ich die beiden betrunken machen und mich davonstehlen?

„Er ist ein ziemlicher Charakter, Ihr Bruder."

„Ja."

„Wir haben zusammen in der Armee gedient, wissen Sie?"

„Ach?“

„Ein Mann mit Überzeugungen.“

„Wirklich?“

„Ja, Miss Carlisle. Opaline. Darf ich Sie Opaline nennen?“

Tja, darfst du das, dachte ich und fragte mich, wie lange ich diese Scharade noch mitspielen müsste. Mir kam der Gedanke, dass Sylvia diese vorgespielte Höflichkeit ohne Erbarmen verspotten würde. Wenn ich nur Amerikanerin wäre!

„Im Schützengraben lernt man viel über den Charakter eines Menschen. Man muss manch unbequeme Entscheidung treffen.“

Ich wusste, worauf der sich bezog. Das war ein steter Stein des Anstoßes zwischen Lyndon und meinem Vater gewesen.

„Ja, ich bin mir bewusst, dass mein Bruder einen seiner Männer wegen Feigheit erschossen hat“, sagte ich, und es gelang mir nicht länger, das falsche Lächeln beizubehalten. Der Gedanke allein widerte mich an – seine eigenen Männer zu töten, nur weil die Angst sie überwältigt hatte.

„*Einen* seiner Männer? Oh, es war mindestens das Zehnfache“, sagte er beinahe prahlerisch. „Sehen Sie, wenn man Männer anführt, muss man ein Exempel statuieren.“

„Ein Exempel?“

„Er hat sich einen Spitznamen verdient: der Sensenmann.“ Er riss die Augen auf, und ich verspürte einen Anflug von Furcht über mein Rückgrat huschen.

In dem Moment kehrte Lyndon mit einem Zimmerschlüssel in der Hand zu uns zurück.

„Komm, bringen wir dich auf dein Zimmer“, sagte er und zog mich an meinem Arm hoch.

Ich hatte das Gefühl, gehorchen zu müssen, bis sich mir der rechte Moment zur Flucht bieten würde. Gemeinsam betraten wir den Fahrstuhl. Der Fahrstuhlführer zog die Gittertür zu und drückte den Knopf für unsere Etage. Niemand sprach ein Wort, und ich senkte den Blick auf meine Füße, wobei ich sah, dass meine Strümpfe von der vorherigen Nacht eine Laufmasche hatten. Armand. Oh, mein Herz knüllte sich zusammen wie ein weggeworfener Liebesbrief. Mit einem Mal war ich sehr erschöpft. Ich sehnte mich danach, in der tröstenden Umgebung von *Shakespeare and Company* zu sein, Seite an Seite mit Sylvia zu arbeiten, Bücher zu katalogisieren und Kunden zu begrüßen.

„*Troisième étage*", verkündete der Fahrstuhlführer und öffnete das Gitter für uns.

Auf dem Weg den langen, mit Teppich ausgelegten Flur hinunter, der auf beiden Seiten von großen Topfpflanzen gesäumt wurde, versuchte ich, meine Gedanken zu sammeln, aber es war sinnlos.

„Da wären wir", sagte Lyndon. „Ich habe dir das Zimmer neben unserem gebucht."

Ich trat ein und wollte gerade meine Tasche aufs Bett stellen, als ich zu Verstand kam und mich umdrehte, um zu gehen. „Ich kann nicht hierbleiben, Lyndon."

Er stand in der Tür und versperrte mir den Weg. „Du wirst tun, was ich dir sage, kleine Schwester." Mit einer Bewegung, die ich nicht kommen sah, schubste er mich so fest gegen die gegenüberliegende Wand, dass ich mir die Stirn anschlug und wie betäubt zu Boden sackte.

Dort saß ich noch, als er ruhig die Tür hinter sich schloss und ging.

Ich war mir nicht sicher, wie lange ich dort auf dem Boden lag, die Knie an die Brust gezogen. Es könnten zwanzig Minuten oder zwei Stunden gewesen sein.

„*Ménage!*", rief der Zimmerservice.

Ich hatte keine Energie, zu reagieren, aber das Klopfen ließ nicht nach.

„*S'îl vou plait?*"

Ich rappelte mich hoch und schloss die Tür auf. „Was um alles in der Welt …?"

Es war Armand.

Er schlenderte ins Zimmer und nahm meine Tasche und meinen Mantel. „Komm schnell."

„Aber wo … wie?"

„Das erkläre ich dir später. *Dépêches-toi.*" Er packte meine Hand und zog mich mit zur Tür.

Wir eilten den Flur hinunter in die entgegengesetzte Richtung, aus der ich gekommen war. Zu einer Hintertreppe. Ich hatte keine Zeit, nachzudenken, sondern konnte nur stumm beten, dass wir nicht erwischt wurden. Er hielt meine Hand ganz fest, und sobald wir im Erdgeschoss waren, wandten wir uns in Richtung des Flures für die Angestellten und liefen durch die Küche, wo die Köche kaum Zeit hatten, uns anzuschreien, bevor wir die Seitentür fanden, die auf die Straße hinausging. Wir liefen die Gasse hinunter und überquerten mehrere Kopfsteinpflasterstraßen. Armand fand seinen Weg durch die Abkürzungen der Stadt wie ein Gassenjunge. An Straßenhändlern vorbei, die Blumen und Obst verkauften, unter Brücken hindurch und auf einen großen Boulevard, den ich wiedererkannte. Wir waren auf dem Weg zu *Shakespeare and Company.*

„Warte, warte!", keuchte ich außer Atem. „Nur … einen Moment." Ich stützte mich an einer Straßenlaterne ab.

Armand ließ meine Hand los, die er die ganze Zeit fest im Griff gehalten hatte. Sofort spüre ich den Verlust, und als ich in sein Gesicht schaute, in die braunen Augen, die die Straße absuchten, stiegen die Bilder der letzten Nacht wieder klar in mir auf.

„Er weiß von der Buchhandlung", sagte ich. „Das ist der erste Ort, an dem er suchen wird."

„Sylvia will, dass du kommst. Sie hat einen Plan."

„Du hast mit ihr gesprochen?"

„Heute früh kam ich zu deiner Unterkunft …“ Er zögerte. „Ich konnte es nicht erwarten, dich wiederzusehen.“ Kurz erhellte ein Lächeln sein Gesicht. „Da habe ich gesehen, wie sie dich mitgenommen haben, also bin ich euch gefolgt.“

„Aber woher wusstest du, in welchem Zimmer ich war?“

„Das wusste ich nicht“, erwiderte er kopfschüttelnd. „Ich habe an jede Tür geklopft.“

„Oh.“ Ich war überrascht.

„Jetzt müssen wir uns beeilen.“

Sylvia erwartete mich am Hintereingang. Sie zog mich kurz in eine feste Umarmung, dann reichte sie mir einen Schlüssel.

„Ein Freund von mir hat ein Haus außerhalb von Paris, in der Nähe von Tours. Dort kannst du bleiben, bis …“

„Du verstehst das nicht. Ich muss sofort gehen. Für immer. Was ich getan habe, vor dieser Hochzeit davonzulaufen …“

„Hochzeit?“, wiederholte Armand.

Ich öffnete den Mund, um es zu erklären, merkte dann aber, dass mir die Kraft dazu fehlte.

„Wie geht es allen auf der Stratford-on-Odéon heute?“, fragte Mr. Joyce und steckte den Kopf durch die Tür. Mein Herz tat einen Satz – er musste durch den Laden gekommen sein, ohne dass einer von uns es bemerkt hatte.

„Wir haben keine Zeit, es zu erklären, Jimmy. Opaline muss das Land sofort verlassen“, sagte Sylvia.

Nach einem zweideutigen Zwinkern in Richtung Armand schlug er einen schnellen Abgang nach Dublin vor.

„Ich habe dich bisher immer nur über dein Land klagen hören“, sagte Armand, was der Wahrheit entsprach. Wir alle hatten ihn über Irlands Mangel an Kultur und seine Ignoranz, sein Genie zu erkennen, jammern hören.

„Ja, aber ich bin ein Schriftsteller. Ein Künstler. Von mir wird verlangt, mein Heimatland zu verfluchen. Aber nein.“ Er lehnte sich an die Wand und zündete sich eine Zigarette an. „Ich glaube,

Irland würde perfekt zu dir passen."

Ich dachte darüber nach. Wir sprachen dieselbe Sprache. Um Himmels willen, bis zu dem Unsinn mit dem Abkommen war Irland sogar Teil von Großbritannien gewesen.

„Wo ich jetzt so darüber nachdenke", sagte Joyce und schnippte mit den Fingern. „Ich habe einen Freund, der eine Nostalgiehandlung betreibt. Ein rarer Gentleman in diesen Zeiten. Mr. Fitzpatrick. Wenn du meinen Namen erwähnst, wird er dir mit Sicherheit eine Anstellung geben und dir vermutlich auch helfen, eine Unterkunft zu finden."

„Das klingt ein wenig weit hergeholt", erwiderte ich.

„Aber welche andere Option bleibt dir?", fragte Sylvia.

Und damit war es beschlossen. Joyce schrieb hastig den Namen und die Adresse des Ladens auf, während er versprach, seinem Freund ein Telegramm zu schicken, damit er mit meiner Ankunft rechnete.

Was er eigentlich damit meinte, war, dass er Sylvia dazu bringen würde, es zu tun.

Danach verlor sich alles in einem Schleier aus Tränen. Ich hatte das Gefühl, entzweizubrechen, und niemand kam, um mich wieder zusammenzusetzen.

„Nun, nun, kein Grund für all das", sagte Sylvia und reichte mir einen Umschlag mit der Adresse und meinem Gehalt. „Du bist eine erwachsene Frau mit einem klugen Kopf, zwei gesunden Armen, um Bücher zu tragen, und zwei starken Beinen, um dich dorthin zu bringen, wo du hinmusst."

„Was wirst du tun, wenn mein Bruder auf der Suche nach mir hierherkommt?", fragte ich.

„Nun, ihm natürlich ein Buch verkaufen!"

Armand brachte mich zum Hafen und sicherte mir eine Überfahrt. Als wir gemeinsam darauf warteten, dass ich an Bord gehen konnte, nahm er die Kette von seinem Hals ab. Der goldene Anhänger in Form einer Hand funkelte hell im Sonnenlicht.

„Das nennt sich eine *Hamsa*“, erklärte er. „In meiner Kultur glauben wir, dass sie den Träger vor dem bösen Blick beschützt.“

„Wie ein Amulett?“

„*Exactement.* Solange du sie trägst, wirst du immer in Sicherheit sein.“

Es war an der Zeit, zu gehen.

„Du hast meine Adresse – das ist der sicherste Weg, um mit Sylvia zu kommunizieren. Dein Bruder weiß nichts von mir.“

Ich nickte. Mir war nicht bewusst gewesen, dass ich weinte. Doch nun spürte ich die Tränen auf meinen Wangen trocknen – oder vielleicht waren sie auch in der Seeluft verdunstet. Er zog mich ein letztes Mal in seine warme Umarmung. Es gab nichts mehr zu sagen. Er überquerte die Straße und schaute sich nicht noch einmal um. Ich spürte, wie mein Herz rapide sank, wie ein Anker in einem bodenlosen Meer.

14. Kapitel

MARTHA

Ich hatte keine Ahnung, warum er mit mir in einen Laden voller Stifte hatte gehen wollen, die ich mir nicht leisten konnte. Und was genau war ein Drehbleistift? Vor dem Geschäft stand ein Schild, auf dem sie verkündeten, diese zu führen, aber ich brachte es nicht über mich, danach zu fragen, für den Fall, dass ich wie eine komplette Idiotin dastehen würde. Ich erinnere mich, dass jemand mal sagte, es wäre besser, den Mund zu halten und dumm zu wirken, als ihn zu öffnen und alle Zweifel auszuräumen. Oder irgendetwas in der Art auf jeden Fall. Henry hingegen hatte keine solchen Bedenken.

„Ah, die alten Parlamentsgebäude", sagte er und zeigte auf ein großes, cremefarbenes Gebäude, das aussah, als wäre es gerade aus dem alten Rom hier gelandet. „Wundervolle Architektur. Palladianischer Stil, glaube ich."

Er sagte einfach solche Sachen, frei aus dem Bauch heraus, als wäre das total normal. Er war nicht mal von hier, und doch wusste er mehr über die Stadt als ich. Ich hielt mich an meine Regel, zustimmend zu nicken, während ich keine Ahnung hatte, wovon er da sprach.

„Wo genau gehen wir hin? Ich muss zurück, um …" Ich wollte gerade sagen, *um ihrer Ladyschaft das Abendessen zuzubereiten*, ertrug aber nicht, wie ordinär und banal das im Vergleich zu ihm klang. „Um an meiner Bewerbung für die Uni zu arbeiten."

„Fabelhaft! Dann sind wir zu dem genau richtigen Ort unterwegs."

Es war schön, eine Ablenkung zu haben. Mein Rücken schmerzte noch von dem frischen Tattoo, das ich mir am Vortag hatte stechen lassen, um die neue Zeile zu den alten hinzuzufügen. Es hatte sich gut angefühlt; als wäre es eine Art Erlösung, den Worten eine gewisse Dauerhaftigkeit zu verleihen. Aber danach schmerzte es höllisch.

Wir überquerten die Straße, traten durch eine Pforte und dann durch eine riesige hölzerne Bogentür, in die eine kleinere Tür eingelassen war. Mit einem Mal fiel mir auf, dass er mich zum Trinity führte, und ich zuckte zurück wie ein verschrecktes Pferd.

„Da kann ich nicht hineingehen!"

„Warum nicht?"

„Weil … Ich weiß nicht, muss man nicht registriert sein oder so?"

Er sah mich an, als wäre ich ein Einfaltspinsel.

„Meine Güte, du hast recht. Daran hatte ich nicht gedacht. Was ist, wenn wir von der Polizei aufgegriffen werden?"

„Ich bin noch nie hier gewesen", gestand ich und stieß gegen andere Leute, während ich mich im Kreis drehte, um alles in mich aufzunehmen. Das im Laufe der Jahrhunderte glatt getretene Kopfsteinpflaster war wie an einem Set für einen Historienfilm.

„Wirklich? Ich war einfach davon ausgegangen, dass du das hier kennst. Hier habe ich die meiste Zeit verbracht, seitdem ich hergekommen bin – es ist besser, als in meinem Bed and Breakfast herumzusitzen."

Man stelle sich vor, einfach hier hineinzuschlendern, weil man gelangweilt ist. Er bewohnte eine komplett andere Welt als ich, so viel stand fest. Er wusste, dass er ohne Frage dazugehörte. Ich versuchte, die Eifersucht zu ignorieren, die meinen Magen zusammenzog.

„Da drüben ist die *Glucksmann Library*, das Zentrum für kartografisches Material. Ich habe versucht, dort eine Karte mit dem darauf eingezeichneten Buchladen zu finden, hatte bisher aber kein Glück."

„Es gibt ein Zentrum für kartografisches Material?" Ich war

baff. All das existierte, und ich hatte keine Ahnung. „Das ist wie in diesem Film … Narnia!“

„Du meinst die Bücher von C.S. Lewis.“

Ich hatte es getan – ich hatte lauthals verkündet, dass ich ein Dummkopf war.

„Ja, genau die meinte ich. Es ist genauso.“ Es gab sogar einen Laternenpfahl.

„Hm, ich schätze, auf gewisse Weise stimmt das. Das Zentrum hat über eine halbe Million Landkarten und Atlanten – es ist ein kleines Labyrinth mit Untergrundwächtern für Übergrundkarten, die alles im Blick behalten für den Fall, dass wir uns verlaufen. Aber meinen Buchladen habe ich trotzdem nicht gefunden.“

„Deinen Buchladen?“ Ich zog eine Augenbraue in die Höhe.

„Ja. Aber wir werden heute nicht nach Landkarten suchen, sondern hier hineingehen.“ Er zeigte auf ein Schild, auf dem stand: „Book of Kells.“ Davor standen Menschen Schlange, hauptsächlich Touristen, die gekommen waren, um ein sehr altes, sehr berühmtes Buch zu sehen. Meine Haut fing an zu kribbeln – das Einzige, das ich noch einschüchternder fand als Bücher, waren sehr, sehr alte Bücher. Wer wusste schon, welches Wissen sie enthielten, welche Macht sie besaßen? Es ergab keinen Sinn. Aber mit Henry fühlte ich mich, als wäre in mir eine winzige Tür aufgegangen, und ich ertappte mich dabei, zu denken: *Vielleicht würde es nicht schaden, einen Blick zu riskieren?*

„Ich weiß, was du denkst. Wen interessiert schon das Neue Testament, richtig?“

Nein, das war nicht richtig, und es war auch nicht das, was ich dachte. Meine Gedanken waren zu meinem ersten Date mit Shane zurückgeschossen (nicht, dass das heute mit Henry ein Date war). Wir waren ins Kino gegangen, um uns einen Film über einen Rennfahrer anzusehen. Danach sind wir mit einer Flasche Wein nach Hause gegangen und hatten Sex in seinem schmalen Einzelbett.

„Ich bin nicht sonderlich religiös“, sagte ich.

„Warte es nur ab. Du wirst schon sehen.“

Er freute sich so darauf, ein paar alte Seiten eines Manuskripts zu sehen, das vor Hunderten von Jahren von Mönchen geschrieben worden war. Irgendwie mochte ich ihn. Aber ich wusste, dass er mit seinem Herzen woanders und das hier für ihn nur ein lustiger kleiner Umweg war, eine Erkundung dieser literarischen Wonnen, bevor er in sein echtes Leben zurückkehren würde. Es fühlte sich bittersüß an, neben ihm zu stehen, und dieses Gefühl warf mich beinahe um – dieses Empfinden, einen kurzen Blick auf ein Leben zu werfen, das hätte sein können.

Und er hatte recht. Sobald wir einmal drinnen waren, vergaß ich alles andere. Die Dunkelheit des Raumes und das Licht, das auf die Seiten fiel und sie wie Blattgold schimmern ließ ... Es fühlt sich an, als würde ich Zeugin von etwas Wichtigem werden, etwas, das über die Fingerspitzen meines Verständnisses hinausging und doch Widerhall in meiner Seele fand.

„Es ist achthundert vor Christus von Mönchen um Kolumban im Kloster Iona auf einer Insel vor der Küste Schottlands geschrieben worden.“

Ich folgte den Menschen vor mir und betrachtete staunend die in Glaskästen ausgestellten Manuskriptseiten.

„Wie hat das alles so lange überleben können?“, flüsterte ich.

Ein Lächeln breitete sich auf seinen Lippen aus.

„Ah, jetzt zieht es dich doch in den Bann, oder?“

Ich verdrehte nur die Augen, aber er lag nicht falsch. Natürlich hatte ich Nachdrucke des Book of Kells in Büchern und sogar auf Geschirrhandtüchern gesehen, aber wo ich sie nun in echt sah, die feinen Zeichnungen und den handgeschriebenen Text, war es schwer, sich nicht in die Geschichte hineinziehen zu lassen.

„Es wurde 1007 von den Wikingern aus Kells gestohlen. Sie entfernten alles Gold, das ging, vom Einband und ließen das, was sie für ein wertloses Manuskript hielten, unter einer Torfschicht zurück."

Unwillkürlich stieg in mir die Frage nach dem Leben der Menschen auf, die diese Schrift verfasst hatten. Alles auf Latein. Doch mir blieb nicht viel Zeit zum Nachdenken, da ständig neue Besucher nachrückten und es an der Zeit war, in die *Long Room Library* weiterzugehen.

Ich weiß nicht, was ich erwartet hatte, aber bei ihrem Anblick bekam ich eine Gänsehaut. Es war wie eine Kathedrale der Bücher; Galerien aus Holz bogen sich vom Boden bis zur Decke, und sie waren alle mit ledergebundenen Büchern gefüllt. Der Hauptgang, durch den wir kamen, wurde von marmornen Büsten gesäumt; Philosophen, deren Namen mir vage vertraut vorkamen, aber von denen ich nicht hätte sagen können, wofür sie bekannt waren. Umgeben von all dieser Gelehrsamkeit war es schwer, nicht das Gefühl zu bekommen, dass man, egal, wie viel man lernte, nicht auch nur einen Zentimeter des Wissens erringen würde, das dieser Raum enthielt.

„Beeindruckend, oder?", fragte er und ignorierte die Besucherströme, die uns vorwärtsdrängten.

„Warum hast du mich hierhergebracht?"

Er nahm sich einen Augenblick, steckte die Hände in die Hosentaschen und schaute zu den höchsten Zwischengeschossen hinauf, wo behandschuhte Konservatoren arbeiteten.

„Ich wollte dir zeigen, dass alles möglich ist." Er trat beiseite, um einer Gruppe amerikanischer Studenten Platz zu machen, die laut plappernd an uns vorbeigingen. Dann kam er ein Stück näher an mich heran, sodass ich seinen Atem fühlte. „An dem Tag in der Bücherei habe ich gesehen, dass du dazugehören möchtest. Und ich wollte dir zeigen, dass du das tust."

Ich hörte die Leute um uns herum nicht mehr, nahm kaum

wahr, dass sie an uns vorbeizogen. Niemand hatte mich je so gesehen wie Henry gerade jetzt. Und selbst wenn sie es getan hätten, hatten sie nie etwas unternommen, um mir zu helfen. Mir fehlten die Worte, und meine Kehle war wie zugeschnürt von einer Traurigkeit, die zu fühlen ich mir nie gestattet hatte. Er strich sich mit der Hand durchs Haar, das ihm stets in die Stirn fiel, wenn er den Kopf neigte, was er in diesem Moment tat.

„Willst du irgendwo ein Bier trinken?"

Ich nickte und lächelte, als er zurücktrat und den Weg freimachte, damit ich vorangehen konnte.

~

Er fand einen Pub in einer kleinen Seitenstraße, der aussah, als hätte er seine Inneneinrichtung seit hundert Jahren nicht verändert. Dunkles Holz mit Schichten über Schichten von Lack, die im Laufe der Jahre beinahe samtig geworden waren, und kleine Sitznischen mit tief hängenden Glaslampen. Es war ruhig, nur ein paar Stammgäste am Tresen, und so setzten wir uns in eine Nische, die sogar eine kleine Tür hatte, falls man komplette Privatsphäre wünschte. Wir ließen sie offen und bestellten zwei Pints Guinness und zweimal den Shepherd's Pie. Draußen setzte ein leichter Regen ein, und als die Tropfen gegen die Scheibe prasselten und die Vorübergehenden ihre Regenschirme aufspannten, spürte ich in mir eine Wärme, wie ich sie schon seit langer Zeit nicht mehr empfunden hatte. Sobald unser Essen kam, nahmen wir beide einen ersten Bissen und stöhnten genussvoll auf, weil es so gut schmeckte. Langsam fing ich an, mich in Henrys Gegenwart wohler zu fühlen, auch wenn mir immer noch ab und zu der Atem stockte, wenn er mir in die Augen schaute.

„Wie bist du überhaupt zu all dem gekommen?", fragte ich, weil ich es nicht erwarten konnte, mehr über ihn zu erfahren.

Wie um Zeit zu gewinnen, trank er einen großen Schluck von

seinem Guinness.

„Als ich noch ein Kind war, hat mein Dad mich zu sogenannten Kofferraumverkäufen mitgenommen. Das war wie ein riesiger Flohmarkt auf einem Feld mitten im Nirgendwo, wo die Leute ihre Schätze aus den Kofferräumen ihrer Autos heraus verkauft haben. Im Rückblick war ich ihm vermutlich für den Tag aufs Auge gedrückt worden, und für ihn war es entweder das oder der Pub. Wir haben immer zwischen allen anderen geparkt und den Tag damit verbracht, uns den alten Kram von anderen Leuten anzugucken. Er nannte es eine Schatzsuche – in dem Versuch, es für mich aufregend klingen zu lassen. Und manchmal haben wir tatsächlich etwas Besonderes gefunden. Ihm gefielen alte Kriegsandenken – Medaillen und so weiter – aber ich habe mich schon damals an meine Bücher gehalten."

Er nahm seine Gabel wieder zur Hand und widmete sich seinem Essen, doch ich spürte, dass ihn irgendetwas beschäftigte. Ich wusste nicht, wie mir das zuvor hatte entgehen können – vermutlich, weil ich so geblendet gewesen war von seinem augenscheinlich perfekten Leben. Irgendetwas war mit seinem Vater vorgefallen. Sie hatten seit Jahren nicht mehr miteinander gesprochen. Ich wollte ihn nicht bedrängen, und ich hatte herausgefunden, wenn man Leuten genügend Raum gab, sprachen sie manchmal von allein die Worte aus, die sie in ihrem Inneren verfolgten.

„Er muss jetzt sehr stolz auf dich sein, einen Experten und Gelehrten."

Er bedachte mich mit einem Blick, den ich bisher noch nie an ihm gesehen hatte. In seinen Augen spiegelten sich Schmerz und Wut. Erneut hob er sein Glas an die Lippen und trank es in einem Zug aus, bevor er dem Kellner bedeutete, eine weitere Runde zu bringen.

Ich schwieg und konzentrierte mich auf mein Essen. Danach entschuldigte ich mich und ging auf die Toilette, und als ich zurückkam, hatte sich die Atmosphäre verändert. Ich spürte, dass es ihm leidtat, in eine solche Laune gefallen zu sein, und ich wollte einfach nur seine Hand drücken und ihm sagen, dass es in Ordnung sei. Ich wusste, dass die Menschen, die man liebte, einen verletzen konnten, und es gab nichts, was man dagegen unternehmen konnte.

„Als ich fünfzehn war, habe ich in einem Secondhand-Buchladen eine Ausgabe von *Der Herr der Ringe* gefunden. Damals war ich schon ein klein wenig ein Dealer."

Ich schnaubte, denn meiner Erfahrung nach bedeutete ein fünfzehnjähriger Dealer zu sein etwas ganz anderes. Doch ich nickte ihm zu, fortzufahren, und trank einen Schluck von meinem zweiten Pint. Ich hatte die Filme nie gesehen, aber gehört, dass sie auf den Büchern basierten.

„Ich hatte etwas über den Wert von seltenen Ausgaben gelernt und darüber, was Sammler bereit waren, für sie zu bezahlen. Das war eine nette Quelle für ein zusätzliches Taschengeld, das zudem noch leicht verdient war. Ich habe die Märkte und Secondhand-Läden nach Büchern durchsucht, deren wahren Wert die Besitzer nicht kannten, und habe sie dann an die etwas hochwertigeren Antiquariate verkauft. Zu dem Zeitpunkt brauchte ich das Geld bereits, denn das Trinken meines Vaters war schlimmer geworden, und zu Hause lief es nicht wirklich gut."

Sein Blick schoss durch den Raum, aber ich fühlte, dass er das hier loswerden wollte.

„Wie auch immer, als ich nach Hause kam, schaute ich mir die Ausgabe gründlich an und entdeckte unter der Klappe der Broschur einen Brief."

Gefesselt von seiner Welt der literarischen Schatzsuche lehnte ich mich vor.

„Er war von 1967, die Adresse war in Oxford, und er war mit J.R.R. Tolkien unterschrieben."

„Wow."

„Ja, wow. Es war ein handgeschriebener Brief an ein kleines

Mädchen, das ihm offenbar einen Fanbrief geschickt hatte. Ich konnte nicht fassen, was ich da in den Händen hielt, und damals hatte ich keine Ahnung, wie ich ihn authentifizieren lassen könnte. Also habe ich meinen Vater gefragt, ob er jemanden kennen würde, und das war das Letzte, was ich von dem Brief gesehen habe."

„Was ist passiert?"

„Er hat ihn für fünfhundert Pfund verkauft."

„Na ja, das ist doch nicht so schlecht, oder?"

„Er war das Zehnfache wert. Und nicht nur das, es ging um das Prestige, ihn gefunden zu haben, etwas Verlorenes in die Welt zurückzubringen. Das hat er mir genommen und den Gewinn seine Kehle hinuntergeschüttet." Er blinzelte ein paar Mal und verlagerte das Gewicht auf der Bank.

„Das tut mir leid."

„Ich werde dir die gekürzte Fassung erzählen. Der Alkoholismus meines Vaters ist wie eine Fußnote zu jedem Kapitel meines Lebens. Manchmal fühle ich mich, als würde ich nie frei davon sein."

Dieses Mal streckte ich meine Hand aus und legte sie sanft auf seine. Er schenkte mir ein schmales Lächeln und bedeutete dem Kellner dann, noch eine Runde zu bringen. Ich verlor jegliches Zeitgefühl, als wir uns dort am Tisch gegenübersaßen. Er ließ mich in seine Welt, und es fühlte sich gut an, meine Welt für eine Weile verlassen zu können. Er sprach von der Abhandlung, die er über verlorene Manuskripte schrieb.

„Ein Buch zu lesen ist nur der Anfang – ich will alles darüber wissen. Wer es geschrieben hat, wann und wo und wie und warum. Wer es gedruckt hat, was es kostete, wie es überlebt hat, wo es seitdem gewesen ist, wann es verkauft wurde, warum und von wem, wie es dorthin gelangt ist … Es gibt keine Grenze dessen, was ich über ein Buch wissen will."

Ich spürte, dass er inzwischen ein wenig beschwipst war; seine Worte prallten willkürlich aufeinander. Ich fühlte mich auch leicht angesäuselt. Und ich hatte Madame Bowden komplett vergessen.

„Das ist die Faszination von Büchern – es ist nicht nur die Geschichte zwischen den Buchdeckeln, sondern die Geschichte ihrer Entstehung, wo sie herkamen, wem sie gehört haben. Ein Buch ist so viel mehr als nur ein Vehikel für seinen Inhalt“, fuhr er fort und gestikulierte wild mit den Händen. Er hörte erst auf, zu reden, als ihm bewusst wurde, dass ich lachte.

„Was ist? Ich plappere, oder?“

„Nein, es ist nur, dass ich noch nie jemanden gehört habe, der wegen irgendetwas so überdreht war! Aber jetzt ergibt es Sinn, warum du hier bist.“ Ich brach ab, denn irgendetwas machte mir zu schaffen. „Aber was ist mit der Geschichte? Ist es dir egal, worum es in dem Buch geht?“

„Natürlich nicht. Aber wenn man Sammler ist, werden die Bücher selbst zu Artefakten. Die meisten Sammler lesen sie nicht einmal.“

„Hm, das kommt mir nicht richtig vor.“

„Sagt die Frau, die keine Bücher liest.“

„Das ist etwas anderes!“, gab ich angespannt zurück. Er nahm die Veränderung in meiner Stimmung nicht wahr und hakte weiter spielerisch nach.

„Ich will ja nicht der Überbringer schlechter Nachrichten sein, aber das Leben an einer Universität neigt dazu, sich um Bücher zu drehen.“ Sein Lächeln schwand, als er meine Miene sah. Ich war niemand, der schnell weinte, und schon gar nicht in der Öffentlichkeit. Aber nun brannten meine Augen und ich kämpfte darum, die Tränen zurückzuhalten, indem ich die Augenbrauen zusammenzog.

„Mein Gott, Martha, es tut mir leid. Das war unverzeihlich dumm von mir.“

Unsere Nische fühlte sich heiß und stickig an, und als ich mich umdrehte, sah ich, dass sich der Pub inzwischen mit Menschen gefüllt hatte. Es war laut geworden, nicht mehr so willkommen heißend, und ich musste hier weg.

„Wie spät ist es? Ich muss los."

Ich schnappte meine Sachen, und er sprang neben mir auf.

„Ich begleite dich nach Hause. Also wenn dir das recht ist."

Ich zuckte mit den Schultern. Was machte das schon für einen Unterschied?

Als wir auf die Straße hinaustraten, sorgte die frische Luft dafür, dass ich mich fühlte, als hätte ich das Doppelte von dem getrunken, was ich wirklich getrunken hatte. Anstelle des warmen, weichen Glühens von vorhin war ich jetzt gereizt und mir war übel. Es war dunkel, die Leute kehrten von der Arbeit nach Hause zurück, sodass der Verkehr auf den Straßen beinahe zu einem Stillstand gekommen war, voller Autos und Hupen und ungeduldigen Fahrern.

„Hier", sagte Henry und nahm mich an der Hand, um mich in eine ruhigere Seitenstraße zu führen. Die Berührung seiner warmen Hand hatte eine mächtige Wirkung. Ich verspürte ein Gefühl der Sicherheit, das ich nicht für möglich gehalten hätte. Vermutlich hätte ich die Hand loslassen sollen, sobald wir um die Ecke gebogen waren, aber das wollte ich nicht. Und er, wie es aussah, auch nicht.

„Es tut mir leid, wenn ich deine Gefühle verletzt habe, Martha." Er sprach so sanft, dass es mir beinahe das Herz brach.

Als wir uns kennenlernten, hatte ich angenommen, dass er das perfekte Leben führte. Aber nachdem er mir von seinem Vater erzählt hatte … nun ja. Schließlich traf ich eine Entscheidung, atmete tief ein und erzählte ihm, was ich noch nie jemandem erzählt hatte.

„Mach dir keine Gedanken über meine Gefühle. Es gibt schlimmere Arten, einem Menschen wehzutun, das weiß ich jetzt. Ich hatte zwei gebrochene Rippen, eine ausgekugelte Schulter, geprellte Nieren. Und ich habe vier Zähne verloren."

Henry sah mich entsetzt an. Ich spürte, dass es trotz allem, was er mit seinem Vater durchgemacht hatte, keine Gewalt gegeben hatte. Wenn man sie nie erlebt hat, ist es leicht, sich vorzumachen, dass es niemals passieren könnte. So kommt es, dass Menschen durch einen hindurchsehen, dass man unsichtbar wird. Denn die eigene Geschichte existiert nicht. „Aber das sind nur die körperlichen Verletzungen. Sie heilen im Laufe der Zeit. Vielleicht nicht perfekt, aber sie heilen. Das Schlimme ist die konstante Angst, mit der er mich zurückgelassen hat. Das ist eine Wunde, die nicht verheilen will. Ich habe nicht nur Angst vor ihm, sondern Angst vor dem Leben."

„Wie …", setzte er an und hielt sofort wieder inne.

Wir standen vor einer kleinen Kirche, und er zeigte auf die Bank direkt hinter der Pforte, die auf den Vorhof führte. Ich lächelte. Das hier war der richtige Ort für eine Beichte. Ich mochte vielleicht keine Sünde begangen haben, aber ich trug die Schuld dennoch mit mir herum. *Wie hatte ich so etwas nur zulassen können?*

„Die Sache ist die: Anfangs erkennt man nicht wirklich, was passiert, und wenn man es endlich tut, ist es zu spät, etwas dagegen zu unternehmen. Man glaubt, es handle sich um eine einmalige Sache. Es tut ihm so leid, er fühlt sich schrecklich. Aber dann passiert es wieder. Und ehe man sich versieht, kennt man nichts anderes mehr."

„Du musst es mir nicht erzählen, wenn du nicht möchtest", sagte er.

Mir wurde bewusst, dass er noch meine Hand hielt. Oder ich seine. Ich konnte ihn immer noch gut lesen und wusste, dass er meine Geschichte sicher bewahren würde.

„Es fing während meines ersten Jahres auf der technischen Universität an. Ich hatte mich für einen Kurs in Verwaltung entschieden und mir ein Zimmer in einem Haus mit zwei anderen Mädchen gemietet. Unter der Woche blieb ich in Galway und fuhr über die Wochenenden nach Hause. Damals wohnte ich noch bei meinen Eltern, hatte aber angefangen, ab und zu bei Shane in seiner Wohnung zu übernachten. Im Rückblick glaube ich, dass er eine Art Flucht vor der Atmosphäre zu Hause war. Als wir noch zur Schule gingen, war alles gut. Ich meine, er war ab und zu ein wenig eifersüchtig, aber nicht so, dass ich glaubte, er würde sich von anderen Jungs unterscheiden."

Das Schwerste daran, meine Geschichte zu erzählen, waren die Flashbacks – in der einen Minute war ich hier, in Dublin, und dann, *bumm*!, war ich wieder dort, kauerte auf dem Boden und versuchte, mich zu schützen. War das wirklich passiert oder handelte es sich um einen schlimmen Albtraum, den ich mir eingebildet hatte? Denn sicherlich konnte niemand so eine Misshandlung über sich ergehen lassen, oder? Ich dachte an den Tag, an dem meine beiden Freundinnen vorbeikamen und mich im Kleiderschrank in meinem Zimmer fanden, wo ich mich versteckt hatte. Ich erinnere mich, herausgekommen zu sein und meine Hände in die Taschen meiner Jeans gesteckt zu haben, damit sie nicht sahen, wie sehr sie zitterten. Ich versuchte, es als Witz darzustellen, als hätte ich vorgehabt, Shane zu überraschen. Es war mir so peinlich – ich hätte alles gesagt, um es anders aussehen zu lassen, als es offensichtlich war. Er war für den Abend nach Galway gekommen, und ich hatte es nicht erwarten können, ihn herumzuzeigen. Aber er war die ganze Zeit über übellaunig gewesen, hatte sich über meine Freunde lustig gemacht und sich eifersüchtig gegenüber jedem einzelnen Jungen aus meinem Kurs verhalten. *Woher kannten sie meinen Namen? Flirtete ich mit ihnen?* Am Ende des Abends war er sturzbetrunken und nannte mich eine Schlampe. Auf dem Weg vom Pub nach Hause beschimpfte er mich die ganze Zeit, und als wir schließlich an meiner Tür ankamen, hatte er sich in einen regelrechten Wutanfall hineingesteigert. Ich brüllte ihn an, dass er kein Recht hätte, so mit mir zu reden. Das Nächste, was ich hörte, war ein Knall. Er hatte mir mit der flachen Hand eine schallende Ohrfeige versetzt. Ich war zu bestürzt, um etwas zu sagen. Er nahm mir die Schlüssel ab und schloss die Tür auf. Ich werde nie vergessen, was er zu mir sagte, als er an mir vorbeiging.

„Das wird dich lehren, keine Widerworte zu geben."

Immer noch stumm vor Benommenheit, folgte ich ihm hinein. Ich wollte die Mädchen nicht wecken. Also legte ich mich voll bekleidet neben ihm aufs Bett. Sobald sein Kopf auf das Kissen traf, war er auch schon schnarchend eingeschlafen. Nach einer Weile stand ich auf, doch ich wusste nicht, wohin ich gehen sollte. Ich hatte panische Angst. Also versteckte ich mich im Schrank, bis ich ihn am nächsten Morgen gehen hörte. In jenem Jahr, in dem es um mein erstes Studienjahr hätte gehen sollen, drehte sich alles um Shane und seine Eifersucht. Meine Mitbewohnerinnen wussten, was vor sich ging. Sie sahen die Prellungen selbst unter dicken Schichten von Make-up. Das Schlimmste war, dass sie mich kurz vor dem Examen überzeugten, mit ihm Schluss zu machen. Was ich tat. Ganze zwei Monate war ich frei von ihm. Aber dann starb sein Vater, und er tat mir so leid. Er schwor, dass er sich geändert hätte und sich für das schämte, was er getan hatte. Er sagte, er wäre damals nicht er selbst gewesen, und ich glaubte ihm, weil es stimmte; er war nicht er selbst gewesen. Das war nicht die Person gewesen, in die ich mich verliebt hatte. Und so glaubten wir beide die Geschichte, dass er irgendwie von einem wilden Anflug von Eifersucht besessen gewesen war und es natürlich nie wieder vorkommen würde. In jenem Sommer rasselte ich durch meine Prüfungen, und das war das letzte Mal, dass ich nach Galway zurückkehrte. Ich sah den Blick der Mädchen, als ich ihnen erzählte, dass ich wieder mit ihm zusammen wäre. Ich glaube, sie fühlten sich verraten und verwirrt. Wie konnte ich, nachdem ich einem Mann entkommen war, der mich schlug, zu ihm zurückgehen? Ich ertrug ihre Verurteilung nicht. Denn sie hatten recht, oder? Seine

Versprechen bedeuteten gar nichts, und ich war ein Dummkopf, weil ich ihm glaubte.

Ich war so verloren in meinen Erinnerungen, dass ich beinahe vergaß, wo ich war und was wir hier taten. Als ich aufschaute, sah ich das Mitgefühl in Henrys Augen. Aber zum Glück kein Mitleid. Das hätte ich nicht ertragen.

„Es tut mir leid, ich glaube, ich kann das hier nicht."

„Ist schon gut", erwiderte er und machte Anstalten, mich zu umarmen, besann sich aber eines Besseren „Äh, willst du eine Umarmung?"

Ich nickte. Ja, ich wollte eine Umarmung. Sehr sogar. Ich hatte nie irgendjemanden um irgendetwas gebeten, aber das, was ich brauchte, so angeboten zu bekommen, war eine selige Erleichterung.

15. Kapitel

HENRY

Als ich sie in meinen Armen hielt, fragte ich mich, welcher Mann dieser Frau so viel Schmerz und Terror hatte zufügen können, dass es sie zerbrach. Denn so fühlte sie sich in meinen Armen an; wie zerbrochene Teile, die nicht länger zusammenpassten. Ich fragte mich auch, ob da noch mehr gewesen war als sie erzählt hatte, aber ihr Pokerface war das Beste, das ich je gesehen hatte. In diesem Moment klingelte mein Handy, und sie zog sich zurück. Ich durchsuchte meine Taschen, um es auszuschalten.

„Blödes Ding", murmelte ich, bis ich es endlich fand. Doch es glitt mir durch die Finger und fiel zu Boden. Wir beugten uns beide vor, um es aufzuheben, wobei wir mit den Köpfen zusammenstießen, und schließlich hob sie es auf.

„Isabelle", sagte sie nach einem Blick auf das Display, und reichte es mir.

Ich starrte das Handy einfach nur an, bis es aufhörte, zu klingeln. Isabelle. Irgendwie war es mir gelungen, sie komplett aus meinen Gedanken zu verbannen. Als hätte ich mein Leben in London in einem separaten Ordner in meinem Kopf abgeheftet. Nachdem ich den unglaublichsten Tag mit Martha verbracht hatte, wir unsere Vergangenheit auf eine Weise offengelegt hatten wie nie zuvor, und noch dazu in einem fremden Land, fühlte ich mich wie ein anderer Mensch. Es war, als würde ich nicht länger rennen. Zumindest für den Moment. Bis zu diesem Punkt war ich mein ganzes Leben lang vor etwas davon gerannt, hatte mich in Büchern verloren und bei Gott gehofft, dass niemand das große Loch in mir sah, wo etwas Wichtiges hätte sein sollen. Ich schaute Martha an; die Verletzlichkeit in ihrem Blick forderte mich und meine Neigung heraus, anstelle der Wahrheit einfach das zu sagen, was die Menschen hören wollten. *Sie ist nur eine Freundin*, hätte ich sagen können. Aber da war etwas in Marthas Blick, das mir verriet, dass sie mich durchschaute.

„Isabelle ist meine Freundin."

„Oh."

Es entstand ein Vakuum, das ich dummerweise mit weiteren Worten füllte.

„Ehrlich gesagt sollte ich sie vermutlich meine Verlobte nennen. Ich habe ihr kurz vor meiner Abreise einen Antrag gemacht."

„Oh", sagte sie wieder. „Tja, herzlichen Glückwunsch." Sie lächelte mit einer erzwungenen Fröhlichkeit, bei der ich mich noch schlechter fühlte.

Warum hatte ich ihr das nicht schon früher erzählt? Ich hätte es ihr gleich am Anfang sagen sollen. Denn so machten normale Menschen das. Ich spürte ihre Verlegenheit, die unangebracht war, denn ich war derjenige, der verlegen sein sollte. Ich versuchte, Trost in dem Gedanken zu finden, dass zu lügen und nicht die Wahrheit zu sagen zwei Paar Schuhe waren, aber selbst ich glaubte mir das nicht. Sie schaute dann mit übertriebener Geste auf die Uhr auf ihrem Handy und sagte, dass sie besser nach Hause zurückkehren sollte. Allein. Dieser Punkt war fett gedruckt und doppelt unterstrichen. Ich hatte es vermasselt.

~

Zurück in meinem B&B fand ich Nora vor dem Fernseher im Wohnzimmer vor, wo sie eine Quizshow schaute. Sie saß in dem Sessel mit den hölzernen Armlehnen; ihr Aschenbecher balancierte unsicher auf einer davon, während ein Jack Russel Terrier friedlich auf ihrem Schoß schnarchte. Ich schaute mich nach den anderen beiden um, bevor ich bemerkte, dass sie meine Schuhe beschnüffelten. Vermutlich konnten sie riechen, wo ich gewesen war – und was für ein Idiot ich war.

„Oh, du bist zurück“, sagte sie, obwohl ich ihr nicht gesagt hatte, dass ich ausgehen würde. Sie hatte einfach diese Vertrautheit mit jedem, der in ihr Haus kam. Wie eine Mutter für uns alle.

„Willst du eine Tasse Tee oder ein Sandwich?“, fragte sie und schob die dickballigen Füße in ihre Hausschuhe.

„Den mache ich“, antwortete ich. „Du bleibst, wo du bist.“

Sie sah mich an, wie man in das Gesicht eines Heiligen schaute, was mich erkennen ließ, wie wenig es brauchte, um jemanden glücklich zu machen – und wie selten es passierte. Ich spülte die braune Teekanne aus und stellte Tassen und eine Packung Waffelkekse auf ein Tablett.

Sobald sie den Tee in der Hand und eine weitere Zigarette angezündet hatte, wandte sie mir ihre Aufmerksamkeit zu.

„Erzähl, wer ist sie?“

„Wie bitte?“

Sie machte sich sogar die Mühe, den Fernseher leiser zu stellen.

„Du hast diesen Ausdruck im Gesicht.“

„Was für einen Ausdruck?“, fragte ich und versuchte sofort, ihn zu ändern, was schwer ist, wenn man nicht weiß, dass man überhaupt einen Ausdruck hat.

„Ich bin nicht auf der Brennsuppe dahergeschwommen“, sagte sie und aschte ab, bevor sie sich für ihre Befragung bequemer hinsetzte. „Du bist ein Brüter – ein wenig wie der da draußen.“ Sie nickte in Richtung des Schuppens, in dem sich, wie ich vermutete, ihr Mann noch immer versteckte. „Er war vor seiner Pensionierung Fensterputzer. Das kommt jemandem wie dir vermutlich nicht sonderlich grandios vor, aber es wird immer Fenster geben, die geputzt werden müssen.“

Ich nickte, denn gegen diese Logik war nichts einzuwenden. Und es hatte auch keinen Sinn, ihr zu sagen, dass „jemand wie ich“ dank des Trinkens meines Vaters auf Stipendien und Studienkredite angewiesen gewesen war.

„Wie auch immer, vor Jahren hatte er die Gelegenheit, mit diesem Typen ins Geschäft zu kommen. Sie glaubten, zusammen könnten sie mehr Kunden gewinnen und größere Jobs an Land ziehen. Also fing er an, darüber zu brüten. Und zu brüten und zu brüten, bis es zu spät war. Der Typ fand jemand anderen, der die Chance ergriff, und sie erhielten einen Vertrag für die Hälfte der Hotels in der Stadt!"

In dem Moment stapfte ihr Mann, nur in einem Feinripphemd und Hose, die Treppe herunter und klatschte die Zeitung auf den Tisch im Eingangsflur.

„Zum letzten Mal, Frau, ich habe Höhenangst!", verkündete er, bevor er ein Hemd überzog und durch die Haustür stürmte. Sie fiel so schwer ins Schloss, dass die verschiedenen Päpste an der Wand auf unheilige Art bebten. Wir starrten mit offenem Mund in Richtung Flur, wo er nicht länger stand.

„Er hat es nie überwunden", sagte sie mit einem leicht verurteilenden Unterton, und ich fragte mich, was der Kleber war, der Paare zusammenhielt. Gegenseitige Verachtung? Mangelnde Alternativen? „Wie auch immer", fuhr sie ungerührt fort. „Es ist nicht gut, zu brüten."

Vielleicht hat sie recht, dachte ich, während ich an meinem Tee nippte und die Lautstärke des Fernsehers wieder anstieg. Worüber brütete ich überhaupt? Ich war hergekommen, um das Manuskript zu finden, nicht um in eine Schwärmerei für eine andere Frau zu verfallen. Wenn überhaupt kam Zeit mit Martha zu verbringen nur meiner Recherche in die Quere. Ich fing an, mich für diese Idee zu erwärmen, denn sie bedeutete, dass die Schuld mir von den Schultern genommen wurde. Ich verabschiedete mich von Nora und ging nach oben zu meinem Laptop. Zwei E-Mails warteten auf mich. Die erste war von Isabelle:

Geh an dein Telefon!

Das war typisch Isabelle. Direkt und auf den Punkt. Sie war eine Frau, die hohe Maßstäbe an sich selbst und alle um sich herum legte. Sie war Life Coach und sprach oft in mitreißenden Aussagen wie: *Mach es ganz oder gar nicht!* Oder: *Wenn es dich nicht herausfordert, wird es dich auch nicht verändern!* War ich von ihrer nicht nachlassenden Energie ein wenig eingeschüchtert? Vielleicht. Aber es war auch das, was mich an ihr anzog. Sie war alles, von dem ich spürte, dass ich es sein sollte.

Wir hatten uns zwei Jahre zuvor auf der Hochzeit meiner Schwester kennengelernt. Sie war die Hochzeitsplanerin gewesen. Das war ihre vorherige Inkarnation, wie sie es nannte. Sie schien alle paar Jahre eine neue Karriere einzuschlagen, und sie war in allen von ihnen brillant. Ich wusste aus sicherer Quelle, dass sie davor eine fabelhafte Yogalehrerin gewesen war; das hatte ich vom Bräutigam, der immer noch die Beine über den Kopf biegen konnte, was für mich ein wenig zu viel Information gewesen war, um ehrlich zu sein. Ihr Selbstbewusstsein hatte mich sofort fasziniert, und als wir das glückliche Paar in die Flitterwochen verabschiedeten, hatte sie klar gemacht, dass das, was auch immer ich im Sinn hatte, für sie auf Versuchsbasis stattfinden würde. Ähnlich wie ihre Berufe. Sie hatte mich angeschaut wie jemand, der überlegte, ob er einen lädierten Apfel pflücken und ihn probieren sollte. Und so kam es, dass ich konstant versuchte, sie (und mich) davon zu überzeugen, dass ich, unter den richtigen Umständen, ein Erfolg werden könnte. Wie eine Zimmerpflanze. Ich wusste, wenn ich jemanden wie Isabelle in meinem Leben hätte, würde alles wesentlich besser, größer, heller werden! Nie hatte ich irgendetwas oder irgendjemanden gehabt, auf das oder den ich stolz sein konnte – über das oder den ich sagen konnte: „Seht mal, was ich habe." Flashbacks des Gesichts meines Vaters verfolgten mich, diese tränendurchtränkten Nächte, wenn er versuchte, meine Mutter zu überzeugen, ihn zurückzunehmen. Aber manchmal war ich einfach so müde. War es so leid, mich zu beweisen. War es leid, zu versuchen, jemanden dazu zu bringen, etwas in mir zu sehen, von dem ich mir nicht sicher war, ob es überhaupt da war.

Ich beschloss, eine ebenfalls knappe Antwort zu schicken:

> ***In meine Recherche vertieft! Ist morgen okay?***

Dann öffnete ich die zweite E-Mail. Sie war von einem Kollegen in London, der das Archiv der Carlisle-Familie auf der Suche nach irgendeiner Erwähnung von Opaline durchkämmt hatte. Nach ihrem einundzwanzigsten Geburtstag gab es nichts mehr, was erwähnenswert wäre. Es war, als wäre sie vom Erdboden verschwunden. Das Leben ihres Bruders hingegen war sehr gut dokumentiert. Er war im Ersten Weltkrieg ein hochrangiger Offizier gewesen. Er hatte sich den eher grimmigen Spitznamen „Der Sensenmann" verdient. Das war nicht viel, um darauf aufzubauen, und es brachte mich dem verlorenen Buchladen auf der Ha'penny Lane kein Stück näher. Oder der flüchtigen jungen Frau, die nebenan wohnte. Der Frau, die mir geholfen hatte, Opalines echten Namen herauszufinden. Ich konnte den Finger nicht genau darauf legen, aber ich hatte das seltsame Gefühl, dass Martha irgendwie der Schlüssel zu allem war. Oder vielleicht musste ich mir das auch nur einreden, um ihr, egal zu welchem Preis, nahe sein zu können.

16. Kapitel

OPALINE

Dublin, 1921

„Ich fürchte, Mr. Fitzpatrick ist vor zwei Monaten verstorben. Wir werden den Laden zum Verkauf anbieten …"

Das waren die ersten Worte, die ich nach einer langen, unbequemen Zugreise von Cork nach Dublin hörte. Ich stand im Salon eines Backsteingebäudes aus dem 18. Jahrhundert, dessen hohe Fenster auf eine geschäftige Straße hinausgingen.

„Aber ich bin den ganzen Weg hierhergekommen", sagte ich ziemlich verzweifelt. „Sie haben mein Telegramm erhalten?"

Der Mann, mit dem ich sprach, schien von meinem plötzlichen Auftauchen in seinem Leben recht verblüfft zu sein.

„Ja. Mr. Joyce hat von Paris aus telegrafiert. Er erwähnte, dass Sie in einer Buchhandlung gearbeitet haben. Shakespeare?"

„*Shakespeare and Company.*"

„Verzeihen Sie, aber ich bin mir nicht ganz sicher, warum er vorschlagen würde …" Er zögerte einen Moment. „Dass jemand wie Sie herkommt, um für meinen Vater zu arbeiten."

Ich versuchte, die unterschwellige Bedeutung zu überhören.

„Mr. Fitzpatrick war Ihr Vater? Mein Beileid, Sir", sagte ich und schüttelte seine Hand.

Er dankte mir, und es schien, als wäre unser Gespräch zu Ende.

„Ich schätze, dass ich Sie nicht noch um ein paar zusätzliche Informationen bitten darf?"

„Natürlich können Sie das. Ich helfe gerne."

„Können Sie mir ein anständiges Hotel empfehlen, oder vielleicht einen Ort, an dem ich für einen vernünftigen Preis ein Zimmer mieten kann?“

„Sie haben keine Unterkunft?“, fragte er, offenbar erstaunt, dass jemand mit meinem Akzent und meinem Auftreten sich in so einer Lage wiederfinden konnte. Eine Frau der Mittelschicht, die allein reiste, keinen Ort zum Unterkommen und nur wenig Geld hatte.

„Ich fürchte, meine Abreise fand unter einer gewissen Eile statt.“ Gott allein wusste, was er aus dieser Erklärung schließen würde. Ich wollte ihm versichern, dass ich keine Gesetze gebrochen hatte, doch das hätte ihn nur noch misstrauischer gemacht.

„Nun, es ist nicht viel“, sagte er, bevor er ein Schlüsselbund von einem Haken an der Tür nahm und mich nach draußen und die Treppe vor dem Haus hinunterführte. „Im Souterrain des Ladens gibt es eine kleine Wohnung“, erklärte er, als er nach rechts abbog und vor dem Laden stehen blieb.

Ich schaute mir das Gebäude mit einem gehörigen Maß Skepsis an. Es verjüngte sich nach oben, beinahe als wäre es wie ein stures Unkraut zwischen den Häusern zu beiden Seiten gewachsen. Dem Mann fiel meine Miene auf, die ich im Licht des frühen Abends verzogen hatte.

„Es sollte eigentlich gar nicht hier sein“, sagte er und murmelte etwas von Baugenehmigungen.

Ich auch nicht, dachte ich. Es kam mir alles so surreal vor, als wäre ich auf seltsame Weise von mir selbst getrennt; eine verwunderte Zuschauerin, die sich fragte, was als Nächstes passieren würde. Die Überfahrt nach Irland hatte den ganzen Tag und den Großteil der Nacht gedauert. Da es keine Passagierfähren gab, hatte ich auf einem Post- und Lebensmittelboot mitfahren müssen, das mich nach Cork brachte. Wieder einmal hatte ich mit meiner kleinen Reisetasche auf einem Boot gestanden und war in Richtung Freiheit geflohen. Ich hatte versucht, auf dem provisorischen Bett zu schlafen, das eigentlich nur eine Bank mit einer dünnen

Auflage war. Ich hatte mich in einen Eimer übergeben und auch in ihn hinein geweint. Die Überfahrt hatte keinerlei Ähnlichkeit mit der Überquerung des Kanals gehabt. Die See war rau und erbarmungslos. Als das Boot im Hafen von Rosslare anlegte, war der Regen auf uns herniedergeprasselt und der Wind hatte mich in wütenden Böen angegriffen und gedroht, mich von meiner Tasche zu trennen. Einer der Matrosen hatte mich zu einem kleinen Bed and Breakfast in der Nähe geführt, wo ich mich vor Antritt der Zugfahrt nach Dublin hatte frisch machen können.

Matthew Fitzpatrick war ein angenehmer Mann der wenigen Worte, wofür ich in diesem Moment unendlich dankbar war. Ich war nicht in geselligster Stimmung. Ich war müde und hungrig und hatte Heimweh nach der Art Zuhause, die ich nie gekannt hatte. Jedes Anzeichen von Güte in meine Richtung hätte in einem Tränenausbruch enden können, deshalb war ich froh, die Sache oberflächlich halten zu können. Noch einmal ließ ich meinen Blick prüfend über die Fassade des Hauses gleiten. Im Erdgeschoss hatte es nur Platz für ein Sprossenfenster, das leicht nach außen gebogen war; ein identisches, jedoch etwas kleineres Fenster befand sich im ersten Stock, und es gab ein winziges, wie ein Diamant geformtes Fenster im obersten Geschoss, das spitz zulief wie der Hut eines Hexenmeisters. Das Schild über dem untersten Fenster war in dem in Paris so beliebten *Art nouveau*-Stil gehalten, mit vielen Wirbeln und Verzierungen. *Mr. Fitzpatrick's Nostalgieladen.*

Die Tür öffnete sich mit einem Seufzen, gefolgt von einem lang gezogenen Quietschen. Matthew drehte sich zu mir um und lächelte entschuldigend. Ich blieb einen Moment auf der Türschwelle stehen, um ihm Zeit zu geben, die Lichter anzuschalten. Ich hörte ein Klicken und erhaschte meinen ersten Blick auf den Laden in dem warmen Schein eines gelben Lampenschirms. Der Fußboden im Schachbrettmuster hieß meine Füße willkommen, als ich in die verrückte Welt des Nostalgieladens eintrat. Die dunkelgrünen Wände vermittelten den Eindruck, einen dichten Wald zu betreten, und die hölzernen Regale erstreckten sich wie Äste über den gesamten Raum. Es gab allen möglichen Schnickschnack und Ornamente, dazu alles von Seifen und Handspiegeln bis zu Spielzeugsoldaten und Kandelabern in einer Vielfalt, wie ich sie noch nie zuvor gesehen hatte – bunt bemalt und reich verziert, schimmerten sie golden und silbern in dem weichen Licht.

„Das ist wunderschön", sagte ich und meinte es auch so. „Als würde man durch ein Märchen wandern."

Er warf mir einen seltsamen Blick zu, und für einen Moment war es, als blickte ich in das Gesicht eines Jungen. Verschwunden war der gehetzte Mann mit Hut und Mantel. Es schien, als würde auch er eine Verkleidung tragen.

„Es freut mich, dass Sie das so empfinden."

So wenige Worte und doch waren sie von Bedeutung erfüllt. Es war, als hätte ich einen unsichtbaren Test bestanden.

„Hören Sie, ich weiß, Sie sind hergekommen, um für meinen Vater zu arbeiten, aber was würden Sie dazu sagen, den Laden selbst zu führen?"

„Ich?", quiekte ich. So viel dazu, ihn zu beeindrucken.

„Sie könnten ihn mieten. Probeweise. Ich habe schon länger darüber nachgedacht, aber niemand Passenden gefunden. Bis heute."

Ich schaute mich in dem Laden um und verspürte ein aufgeregtes Kribbeln.

„Ich bin mir nicht sicher, ob ich mir das zusätzlich zu meiner Miete leisten kann", sagte ich.

„Nun, wie es der Zufall will, ist die Wohnung in der Ladenmiete enthalten. Hier, lassen Sie mich sie Ihnen zeigen." Er ging voran die Treppe hinunter.

Mein Blick fiel auf seinen Nacken, wo seine blonden Haare dunkler waren. Auf der letzten Stufe musste er sich bücken, um sich den Kopf nicht an einem Holzbalken zu stoßen. Dann trat er beiseite, um mich vorgehen zu lassen. Sein sanfter, melodischer

Akzent, als er mir das Bett und die kleine Küchenecke zeigte, konnte nicht die unzähligen Fragen verbergen, die er über meine hastige Abreise aus Paris hatte. Ohne Zweifel fand er mich befremdlich. Und doch schien ihn meine Anwesenheit vor allem zu faszinieren. Mit einem Mal fühlte es sich sehr intim an, so mit ihm hier zu stehen, und wie in stiller Übereinkunft beschlossen wir beide, die Führung kurz zu halten.

„Es ist perfekt. Ich bin mir sicher, dass ich alles finde, was ich brauche“, sagte ich mit einem Selbstvertrauen, das, wie ich hoffte, irgendwann in der nahen Zukunft zu mir finden würde.

„Das bezweifle ich nicht. Ich werde einen Mietvertrag aufsetzen lassen.“

Als wir die schmale, glänzend gelackte Treppe nach oben gingen, fiel mir auf, dass auf jede Setzstufe ein Wort gemalt war.

gefunden
Dinge
seltsame
werden
Verloren
namens
Ort
einem
An

„Er hat es selbst gebaut, deshalb müssen Sie die leicht exzentrische Natur des Gebäudes verzeihen“, erklärte Matthew und legte mit einem zärtlichen Ausdruck des Stolzes im Gesicht eine Hand an den Treppenpfosten. „Das Holz hat er aus einer alten Bibliothek in Italien herschiffen lassen. Das ist ehrlich gesagt eine seltsame Geschichte – er hat meine Mutter für die Flitterwochen in dieses kleine Dorf in den Bergen gebracht, und dort haben sie die verlassene Bibliothek gefunden. Sie sollte abgerissen werden, doch mein

Vater war die Art Mann, der nicht zusehen konnte, wie etwas, das so viel Geschichte beherbergte, weggeworfen wurde. Also hat er das Gebäude gekauft und es auseinandernehmen und hierherbringen lassen."

„Wollten die Einheimischen nichts davon behalten?"

„Ah, tja, das war das Ding: Viele der Einwohner glaubten, dass die Bibliothek von Geistern bewohnt sei."

„Guter Gott!"

„Aber natürlich war das nur Aberglauben", versicherte er mir.

„Ich wünschte, ich hätte Ihren Vater kennenlernen können. Er muss so ein interessanter Mann gewesen sein." Ich schaute mich mit neuen Augen im Inneren des Ladens um, der einem zusammengesetzten Puzzle ähnelte.

Matthew lächelte in sich hinein.

„Exzentrisch, so würden die meisten Leute ihn beschreiben." Seine Miene konnte die bittersüßen Erinnerungen an seinen Vater nicht verbergen.

„Einige Leute haben einfach keine Fantasie."

Diese Einschätzung schien ihm zu gefallen und vermutlich fühlte er sich dadurch sicherer, sich ein wenig mehr zu öffnen. „Er sagte immer, dass er sich wünschte, die Leute würden die Tür zu diesem Laden öffnen, wie sie ein Buch öffneten, um eine Welt zu betreten, die weit über ihre Vorstellung hinausgeht." Er schenkte mir ein schiefes Lächeln, das von Trauer und Verlust geformt wurde.

„Er klingt ein wenig wie mein Vater."

„Ist er auch ein Buchhändler?"

Ich schüttelte den Kopf und konnte damit nicht aufhören, bis ich die Augen fest zukniff, um die Tränen zurückzuhalten, die zu fallen drohten. Warum hatte ich Vater erwähnt? Es sorgte dafür, dass die Realität krachend über mir zusammenbrach. Alles, was passiert war: Lyndon, Armand, die Flucht auf dem grauenhaften Boot. Ich fühlte mich immer noch wie auf See. Wer war ich jetzt? Ich schämte mich für meine Nacht mit Armand und dafür, wie enttäuscht mein Vater von seinem kleinen Mädchen wäre. Ich schien unter Schock zu stehen, denn so sehr ich mich auch bemühte, ich konnte das alles nicht mehr in mir halten und meine Schultern begannen zu beben, bis ich schließlich ein verzweifeltes Keuchen ausstieß.

„Miss Carlisle, Opaline, was habe ich nur gesagt?“

Die Worte wollten sich nicht bilden. Er nahm mich an den Schultern, wie um mich aufrechtzuhalten, aber ich fiel in seine Arme und schluchzte für eine sehr lange Zeit. Er hielt mich fest und nahm all die Trauer und den Schmerz auf, ohne ein Wort zu sagen. Als ich mich schließlich wie ausgewrungen fühlte und meine Ohren unter dem Klang meines abgehackten Atems pochten, beeilte ich mich, mich aus seiner Umarmung zurückzuziehen.

„Bitte verzeihen Sie, Mr. Fitzpatrick. Ich habe uns beide mit diesem unangemessenen Ausbruch in Verlegenheit gebracht.“

Er erwiderte nichts, sondern reichte mir nur ein Taschentuch, das er aus seiner Tasche zog. Ich wischte mir über die Augen und putzte mir die Nase, bevor ich Anstalten machte, es ihm zurückzugeben. Unsere Blicke trafen sich, und wir lächelten beide.

„Vielleicht sollte ich es zuerst waschen“, sagte ich und stieß misslicherweise ein schnaubendes Lachen aus. Das war die klassische Albernheit nach so einer spontanen Intimität.

Es schien nicht mehr viel zu sagen zu geben und ich war zu ausgelaugt, um denken zu können. Er ersparte mir die Mühe, indem er so tat, als wäre überhaupt nichts Problematisches vorgefallen.

„Wenn es Ihnen recht ist, werde ich in ein paar Tagen vorbeischauen, um die Einzelheiten zu arrangieren?“

Ich nickte und begleitete ihn zur Tür.

„Danke, Mr. Fitzpatrick. Und entschuldigen Sie bitte noch einmal …“

„Dafür gibt es keinen Grund. Trauer ist eine konstante Gefährtin, nicht wahr?“

Er setzte seinen Hut auf und wandte sich zum Gehen.

„Angesichts der Geschichte dieses Ortes müssen Sie seine kleinen Exzentrizitäten entschuldigen", sagte er, als wäre der Laden ein schelmisches kleines Kind.

„Ich glaube, da passen wir gut zusammen", antwortete ich, entschlossen, ihm zu zeigen, dass ich mich nicht so leicht ins Bockshorn jagen ließ.

Ich trug meine alte Reisetasche nach unten und hängte den einzigen Rock und die einzige Bluse, die ich besaß, in den Schrank. Dann entzündete ich den Herd und kochte Wasser in einer kleinen Teekanne. Nur hatte ich keinen Tee mitgebracht. Mir wurde klar, dass ich ausgehen und ein paar Lebensmittel würde kaufen müssen. Mit einem Mal schien das Gewicht all dessen, das passiert war, und die Anstrengung, weiterzumachen, zu viel zu sein. Ich ließ mich auf das Bett fallen und bereute es sofort, als die Sprungfedern sich sehr unbequem in meine Rippen bohrten. Ob es Glück oder Mut war, über das ich in Paris verfügt hatte, hier schien es mich verlassen zu haben. Vielleicht hatte Lyndon recht und ich ergab mich kindischen Fantasien. Denn so funktionierte die Welt nicht. Wenn ich Glück hatte, würde ich lediglich als Anomalie betrachtet werden. Ich drehte mich auf die Seite. Die Matratze war nackt. Ich hatte nicht einmal einen Bettbezug. Den würde ich auch kaufen müssen.

„Keine Tränen", ermahnte ich mich, doch es half nichts. Ich spürte sie bereits über meine Wangen laufen. Egal, wie sehr ich hatte glauben wollen, dass ich wie Sylvia und ihre Partnerin Adrienne sein könnte, es stimmte nicht. Sie waren Ausnahmen, sie interessierten sich nicht länger für die Art von Gesellschaft, die sie nicht akzeptierte. Stattdessen bewohnten sie eine Welt voller Künstler und Freigeister, die die Unbeständigkeit eines nicht konformen Lebens dem Komfort und der Sicherheit des Status quo vorzogen. Und außerdem hatten sie einander. Ich hatte mich noch nie so allein gefühlt, so weit entfernt von dem einzigen Zuhause, das ich kannte. An diesem Abend weinte ich mich in den Schlaf, mit einem leeren Magen und nur meinem Mantel zum Wärmen.

Mitten in der Nacht erwachte ich von einem kratzenden Geräusch, als würde ein Ast über ein Fenster schaben. Ich wusste nicht, was es sein konnte, denn auf der Straße gab es keine Bäume. Ich setze mich für einen Moment auf und merkte, dass es von über mir aus dem Laden kam.

Als ich den Lichtschalter an der Wand betätigte, tat sich nichts. Mr. Fitzpatrick der Jüngere hatte mich gewarnt, dass das Gebäude „launisch" sein konnte. Zum Glück hatte ich eine Kerze auf dem Küchentisch erblickt, wo ich meine Handtasche abgelegt hatte, und so tastete ich mich vorsichtig durch das Zimmer. Meine Finger suchten und fanden eine kleine Streichholzschachtel daneben, und bald schon tauchte der Raum aus den Schatten auf. Ich stieg die Treppe hinauf und las die Worte, die Mr. Fitzpatrick dort geschrieben hatte: *An einem Ort namens Verloren werden seltsame Dinge gefunden.* Ich fühlte mich wahrlich seltsam und fehl am Platz. Für einen Augenblick hielt ich inne und fragte mich, was um alles in der Welt ich tun würde, wenn ich die Quelle des Geräusches fände. Was, wenn es ein Eindringling war? Dann hörte ich es erneut, ein leises Klopfen, wie Zweige im Wind. Ich atmete tief durch und ging weiter die Treppe hinauf.

Im Laden selbst herrschte eine Atmosphäre der Stille und Erwartung, als würde er auf mich warten. Der Schein der Kerze wurde sanft von den Kuriositäten auf den Regalen zurückgeworfen. Zwischen diesen Dingen kam ich mir selbst wie ein Eindringling vor, und ich zögerte, irgendetwas zu berühren. Fein verzierte Spieluhren standen auf einem gläsernen Schaukasten, der mit Taschenuhren und gravierten Schmuckanhängern gefüllt war. Ein Holzkabinett mit breiten, flachen Schubladen, wie sie für die Aufbewahrung von botanischen Zeichnungen benutzt wurden, war voller alter Knöpfe und Briefmarken. Ich zuckte zusammen, als eine Kuckucksuhr von der gegenüberliegenden Wand die Stunde verkündete. Drei Rufe. Das erinnerte mich an eines meiner Lieblingsbücher, das ich als Kind wiederholt gelesen hatte. Es war von Mrs. Molesworth, und in ihm schlossen ein junges Mädchen namens Griselda und der Kuckuck aus einer Kuckucksuhr eine ungewöhnliche Freundschaft. Ich sprach den ersten Satz des Buchs laut aus: „Es war einmal ein sehr altes Haus in einer alten Straße in einer alten Stadt."

Eine Kollektion von russischen Matroschka-Puppen, die in rot und blau bemalt waren, schaute mich erwartungsvoll von einem der Regale an. Ich konnte nicht widerstehen, eine zu öffnen, woraufhin eine Kleinere zum Vorschein kam. Die öffnete ich auch, und so weiter und so fort, bis ich fünf Puppen hatte, die alle immer kleiner wurden und so perfekt in die größte passten. Genauso fühlte ich mich: Ich war eine erwachsene Frau, doch in mir steckte immer noch das kleine Mädchen.

Ein dumpfer Schlag ließ mich erschrocken umdrehen. Ich hielt die Kerze am ausgestreckten Arm vor mich.

„Hallo?", flüsterte ich und kam mir ein wenig albern vor. Vielleicht war eine Katze durch ein offenes Fenster gekommen. Ich ging zum hinteren Bereich des Ladens, von wo das Geräusch gekommen war. Dort gab es eine schlichte Glasvitrine mit Büchern; die Türen standen offen, und ein Band lag auf dem Boden. Es war so kalt und ich war barfuß, also beugte ich mich schnell vor, um es zurückzustellen. Ein flüchtiger Blick auf den Einband ließ mein Herz stocken – *Dracula* von Bram Stoker. Ein furchterregendes Bild von einem Vampir zierte den Titel. Ich schaute mich im Laden um. Nun war alles still. Ich stellte das Buch zurück und wollte gerade wieder nach unten gehen, als ein weiterer Schlag mich zusammenzucken ließ. Ich drehte den Kopf und sah, dass das Buch erneut auf dem Boden lag.

„Das ist sehr seltsam“, sagte ich laut und versuchte, ruhig zu klingen. Die Tatsache, dass ich dachte, jemand (oder etwas) würde zuhören, bestätigte meinen Geisteszustand. Ich hob das Buch auf. „Ja, ich glaube, ich sollte das Buch mit ins Bett nehmen“, sagte ich ein wenig unsicher, bevor ich es mit nach unten nahm. Ich las, bis die Kerze heruntergebrannt war, verängstigt, aufgeregt und nicht sicher, ob das Buch eine Einladung oder eine Warnung war.

17. Kapitel

MARTHA

Die Risse wurden größer. Ich saß am Tisch und aß mein Weetabix, bevor ich nach oben gehen musste, um Madame Bowdens Frühstück zuzubereiten. Bei jedem Löffel, den ich aß, schaute ich zu den dunklen Linien hinauf, die sich wie die Äste eines Baumes über die Wand erstreckten. Es war nicht so, dass der Putz bröckelte, aber das Wachstum war dennoch unverkennbar. Ein dunkles Material war zum Vorschein gekommen, und langsam hob ich meine Hand, um es zu berühren. Mit einem leichten Zittern fuhren meine Finger über die Ränder, und ich spürte, dass die Oberfläche, die ich berührte, holzähnlich war. Nein, sie war nicht nur holzähnlich, es *war* Holz. Hier, in diesem Kellerraum, wuchsen Äste. Nun würde ich Madame Bowden davon erzählen müssen. Das konnte nichts Gutes bedeuten. Was, wenn die Bausubstanz des Hauses nicht sicher war?

„Oh, ich würde mir darüber keine allzu großen Gedanken machen“, beschwichtigte Madame Bowden mich, nachdem sie endlich nach unten gekommen war, um es sich anzuschauen. „Alte Gebäude haben so ihre Eigenarten. Ich glaube, ich sollte heute Croissants zum Frühstück haben, Martha. Du kannst eben zur französischen Bäckerei hinüberlaufen“, sagte sie, bereits im Gehen begriffen.

Ich stand mit offenem Mund da.

„Aber das sind ziemlich große Risse, und sie waren nicht hier, als ich eingezogen bin!“, verkündete ich, unsicher, ob sie sich der Ernsthaftigkeit der Situation bewusst war. „Sollten Sie nicht einen Gutachter anrufen?“

Ein sehnsüchtiger Ausdruck trat in ihre Augen, als sie die Fingerspitzen auf einem der Risse ruhen ließ. Sie berührte die Wand so, wie man die weiche Wange eines Kindes berühren würde.

„Es war schon immer ein so seltsamer kleiner Ort", flüsterte sie beinahe wie zu sich selbst. „O Martha, hör auf, dich so sehr zu sorgen, davon bekommst du nur Falten."

„Falten?", fragte ich verblüfft (was mir noch mehr Falten verursachte).

In dem Moment erblickte sie die Flyer auf dem Tisch.

„Du willst deinen Plan also weiterverfolgen?", fragte sie und hob die Lesebrille, die sie an einer Perlenkette um den Hals trug, an die Augen, um die Flyer zu studieren.

„Mit der Universität? Äh, ja. Das würden Sie wissen, wenn Sie an Ihrer Dinnerparty teilgenommen hätten. Wo waren Sie da überhaupt?"

Sie bedachte mich mit einem abwehrenden Blick und einer hastigen Erinnerung daran, dass sie immer noch diejenige war, die mein Gehalt bezahlte, und ich unter ihrem Dach wohnte.

„Ich kann diese Frauen nicht ausstehen."

„Warum laden Sie sie dann ein?"

Sie wanderte im Raum herum und zog den Seidenschal enger um ihre Schultern.

„Vielleicht wollte ich mich ein wenig amüsieren; sehen, wie du mit ihnen zurechtkommst. Nach allem, was ich gehört habe, hast du dich tapfer geschlagen."

Hatte ich?

„Warten Sie mal, was …?"

„Ich nehme an, dass du deine Vorlesungen um deine Pflichten hier im Haus herum planen wirst?", unterbrach sie mich.

„Natürlich. Ich denke, ich werde mit einem Teilstudium anfangen." Mist. Ich hatte nicht darüber nachgedacht, wie ich sie darum bitten sollte. Würde ich meinen Job behalten können? Das Dach über meinem Kopf? Ich versuchte, meine Gedanken zum Schweigen zu bringen und Madame Bowdens Geschichte zu lesen. Oft konnte man das Verhalten eines Menschen anhand seiner Vergangenheit vorhersagen. Denn meistens änderten sich Menschen nicht. Mit Betonung auf meistens.

Ich merkte, dass sie mich anstarrte.

„Croissants, Martha. Und frischen Kaffee. Zackzack." Und damit ging sie wieder nach oben.

~

„Also, wann haben Sie dieses Haus gekauft?" Ich bemühte mich, so nonchalant wie möglich zu klingen, als würde die Antwort nicht viel bedeuten. Denn ich wusste, wenn sie glaubte, ich würde nach Informationen fischen, würde sie nicht anbeißen. Vielleicht lag es an ihren schauspielerischen Fähigkeiten, dass sie so schwer zu lesen war.

„Martha, jemand wie ich kauft kein Haus, sondern *erwirbt* ein Haus."

Ich musste mich arg zusammenreißen, um nicht die Augen zu verdrehen.

„Okay, dann also: Wann haben Sie Nummer 12 *erworben*?"

„Oh, das ist schwer zu sagen. Es fühlt sich an, als wäre ich schon immer hier gewesen. Ehrlich gesagt fällt es mir schwer, mich an eine Zeit zu erinnern, in der ich woanders gelebt habe."

Ich staubte die Bilderrahmen auf dem Kaminsims ab und nahm eines der schwarz-weißen Hochzeitsfotos in die Hand.

„Das war 1965", fing sie an und setzte sich an den von mir gedeckten Frühstückstisch im Esszimmer. „Ich war eine wunderschöne Braut. Viele der Gäste verglichen mich mit Grace Kelly. Oh, das mag man heute nicht mehr glauben, aber ich war natürlich blond."

Und eine geübte Lügnerin, dachte ich. Es war schwer zu sagen, ob ihre Geschichten wahr oder eine Ausschmückung der Wahrheit waren – Geschichten, die sie im Laufe der Zeit aufgeschnappt und zu ihren eigenen gemacht hatte. Ich betrachtete die Frau auf dem Foto. Es stimmte, sie sah aus wie ein Hollywood-Starlet aus alten Zeiten, aber eine Ähnlichkeit zu Grace Kelly konnte ich nicht entdecken. Der Mann war groß, dunkelhaarig und sehr attraktiv; er hatte die Ausstrahlung von jemandem, der den Mond vom Himmel geholt hatte.

„Er war Pilot", fuhr sie fort und bestrich ihr Croissant mit Butter. „Viel zu alt für mich, zumindest hat meine Mutter das gesagt. Aber ich war hoffnungslos in ihn verliebt. Er war so schneidig. Ein Amerikaner, weißt du, und für ein zwanzigjähriges irisches Mädchen war er, nun ja, wie Clark Gable."

Für einen Moment verlor sie sich in der Vergangenheit.

„Er hat dieses seltsame kleine Haus angebetet. Aber er war ein Perfektionist, hat immer versucht, Dinge zu reparieren. Du musst verstehen, alte Häuser haben ihre Marotten. Einige Dinge sind dazu gedacht, fehlerhaft zu sein. Darin liegt ihre Schönheit." Sie war eine fesselnde Geschichtenerzählerin. Ich wusste, dass diese Wände eine besondere Geschichte bargen, und was immer es auch war, es musste lange vor Madame Bowdens Erscheinen geschehen sein.

„Was ist aus Ihrem Ehemann geworden, wenn ich die Frage stellen darf?"

„Ein Flugzeugabsturz. Wir waren erst ein Jahr verheiratet, als sein Flugzeug über Gibraltar vom Himmel fiel."

„Oh, das tut mir leid", sagte ich.

„Ja, das war eine schwierige Zeit. Damals habe ich Archie kennengelernt."

„Archie?"

„Meinen zweiten Ehemann. Ein Arzt aus Cork."

„Ich dachte, Sie hätten gesagt, er wäre Russe gewesen?"

„O nein, das war Ehemann Nummer drei."

„Was ist mit Archie passiert?" Mir war bewusst, dass mich das überhaupt nichts anging, aber ich konnte nicht anders. Wenn man ihr Alter erreichte, interessierten einen solche unwichtigen Details vielleicht nicht mehr.

„Archie steckte sich mit Malaria an, als er in Afrika gearbeitet hat. Der arme Kerl."

Ich fragte mich, was aus dem russischen Mathematiker geworden war – Tod durch Zahlen?

„Was hat es mit all diesen Fragen auf sich? Ich hoffe, du hast nicht vor, mich um die Ecke zu bringen, um das Haus in deine Finger zu kriegen?"

„Ehrlich, Madame Bowden, wenn jemand sich Sorgen machen sollte, um die Ecke gebracht zu werden, dann bin das, glaube ich, ich."

Sie starrte mich einen Moment an, und ich war mir sicher, dass sie mich wegen meiner Unverschämtheit feuern würde, doch dann stieß sie ein enormes Lachen aus. Ich musste wirklich mehr Zeit mit Menschen meines Alters verbringen.

Ich verbrachte den gesamten Tag damit, das Haus gründlich zu putzen. Diese Arbeit hatte ich schon immer genossen. Nicht weil ich ein Fan von Hausarbeit war, sondern weil das methodische Vorgehen dabei der einzige Weg war, den ich bisher gefunden hatte, meinen Gedanken Einhalt zu gebieten. Gedanken wie: Ich hatte einen Tyrannen geheiratet. Ich hatte mein Leben verschwendet. Und jetzt konnte ich noch etwas Neues auf die Liste setzen: Ich hatte mich vor Henry zutiefst peinlich benommen. Warum war mir seine Meinung so wichtig? Außerdem war es nicht meine Schuld, dass er es versäumt hatte, mir von seiner Verlobten zu erzählen. Doch in Wahrheit hatte ich es bereits gewusst. Ich hatte in seinen Augen lesen können, dass sein Herz vergeben war. Warum also hatte ich so getan, als wäre es eine große Überraschung? Und warum war es überhaupt wichtig? Was für eine Idiotin würde anfangen, Gefühle für jemanden zu entwickeln, nachdem sie gerade erst aus einer gewalttätigen Ehe entkommen war? Das hätte das Ende der Geschichte sein sollen. Ich konnte mir einfach nicht erlauben, irgendetwas zu fühlen.

Als ich an diesem Abend in mein Zimmer im Souterrain zurückkehrte, war ich bis auf die Knochen erschöpft. Ich putzte mir die Zähne im Badezimmer und zog mich schlaftrunken fürs Bett um. Erst als ich die Decke zurückschlug und mich auf die Matratze fallen ließ, sah ich es. Da, wo vorher die Risse in den Wänden gewesen waren, gab es nun ein Regal. Mit einem einzelnen Buch darauf. Das aufrecht stand. Ich schaute mich im Zimmer um – wonach, wusste ich selbst nicht. Beinahe war mir danach, laut zu sagen: „Kann noch jemand das sehen?" Ich fürchtete mich, aus dem Bett zu steigen, und so lag ich einfach eine Minute wie erstarrt da. Ansonsten passierte nichts; es gab auch keine Geräusche. Ich hatte keine Ahnung, wie das Buch dahingekommen war; Madame Bowden musste es dort hingestellt haben, als ich damit beschäftigt gewesen war, die Vorhänge dampfzureinigen oder das Badezimmer mit Bleiche zu putzen. Schließlich siegte meine Neugierde und ich stand auf, um das Buch zu inspizieren. *Ein Ort namens Verloren*, aber der Autor war anonym. Ich ging ins Bett zurück und öffnete den wunderschönen, in Leinen gebundenen Einband. Darauf befand sich das Bild einer antiken Ladenfront mit bunten Bleiglasfenstern. Ich musste zugeben, dass es so weit sehr einladend war.

Ich las die erste Zeile laut: „Es war einmal ein sehr altes Haus, das in einer alten Straße in einer alten Stadt stand."

Ich hatte meiner Arbeitgeberin nichts von meinem Problem mit Büchern erzählt oder davon, warum ich beim Gedanken daran, eines zu lesen, beinahe Ausschlag bekam. Also konnte sie es nicht wissen. Vielleicht war es eine Geste von ihrer Seite, und es wäre unhöflich von mir, sie nicht anzunehmen. Also entschied ich, dass ich versuchen sollte, das Buch zu lesen, für den Fall, dass sie mich danach fragen würde. Außerdem musste ich diese mentale Blockade durchbrechen, wenn ich auch nur den Hauch einer Hoffnung hegen wollte, an die Universität zurückzukehren. Ich musste meiner Angst ins Auge sehen.

18. Kapitel

HENRY

Auf dem gesamten Weg übte ich, was ich sagen wollte, doch als ich an ihr Fenster klopfte, war mein Kopf so leer wie der eines Schauspiellaien am Premierenabend.

„Was machst du hier?", fragte sie, während sie das Fenster öffnete und es irgendwie schaffte, sich hindurchzuhieven, indem sie auf einen Stuhl stieg.

„Vorsichtig." Ich stellte die Kaffeebecher ab, die ich mitgebracht hatte, um ihre Arme zu ergreifen, was eigentlich nicht nötig war – für eine so zierliche Frau war sie erstaunlich stark. In eine alte Jeans und ein Sweatshirt gekleidet, die Haare zu einem unordentlichen Dutt auf dem Kopf zusammengefasst, sah sie noch attraktiver aus, als ich sie in Erinnerung hatte, und ich musste mich konzentrieren, um meinen Fokus nicht zu verlieren.

„Ich … ich konnte das zwischen uns nicht so stehen lassen."

„Ist schon gut …"

„Nein. Hör mal", unterbrach ich sie, entschlossen, offen und ehrlich mit ihr zu sein. Nach allem, was sie durchgemacht hatte, war es das Mindeste, was sie verdiente. „Ich hatte vorher keine Gelegenheit, es zu sagen, deshalb will ich es jetzt tun. Was du mir erzählt hast … über deinen Ehemann. Ich kann mir nicht vorstellen, wie viel Mut das gekostet hat. Und ich wollte dir danken, dass du es mir anvertraut hast."

Sie sah mich an, als wäre sie ein wenig erleichtert.

„Und ich hätte dir von Isabelle erzählen sollen. Ich weiß ehrlich gesagt nicht, warum ich es nicht getan habe", sagte ich, auch wenn mir in diesem Augenblick ganz klar war, warum ich nicht gewollt hatte, dass sie von ihr erfuhr. Jedes Mal, wenn ich Martha sah, wurden meine Gefühle für sie stärker, doch keiner von uns konnte diesen Gefühlen nachgeben. Sie war verletzlich, und ich hatte ein Versprechen gegeben. Ende.

„Ich hoffe, wir können unsere Freundschaft weiterführen", fuhr ich fort und klang wie jemand aus einem Roman von Jane Austen. Doch besser konnte ich es nicht ausdrücken, und ich meinte es aufrichtig. Ihre Freundschaft bedeutete mir mehr, als mir bewusst gewesen war, und wenn ich nichts anderes haben konnte, würde sie reichen müssen.

„Sind das Doughnuts?"

„Was?" Ich hatte mit allem gerechnet, aber nicht mit dieser Frage.

Sie setzte sich im Schneidersitz auf den rauen Boden mit dem fleckigen Rasen und den Unkräutern und öffnete die Schachtel mit den Doughnuts, die ich mitgebracht hatte, während sie gleichzeitig einen Schluck Kaffee trank.

„Natürlich können wir Freunde sein, du Clown!", sagte sie zwischen zwei Bissen durch zuckerbestäubte Lippen.

Ich setzte mich neben sie und lehnte mich gegen die Wand. Mir fiel kein Ort ein, an dem ich in diesem Moment lieber gewesen wäre.

„Ich meine, abgesehen von Madame Bowden bist du der einzige Freund, den ich seit meiner Ankunft hier kennengelernt habe."

„Ah, ich verstehe. Es ist also eher aus Mangel an Optionen", sagte ich und löste den Deckel von meinem Kaffeebecher, um über die Flüssigkeit zu pusten, die inzwischen allerdings bereits eiskalt geworden war.

„Tja, einsame Leute können nicht wählerisch sein", erwiderte sie achselzuckend und versuchte, ein verschmitztes Grinsen zu unterdrücken.

Geplänkel. Das war ein sicherer Hafen. Ich nahm mir einen mit Pudding gefüllten Doughnut, dankbar dafür, dass zwischen uns wieder alles gut war. Ich wusste nicht, warum sie sich mir anvertraut hatte, und ich war nicht sicher, warum ich ihr von den dunkelsten Zeiten meines Lebens erzählt hatte, aber vielleicht war der Trick, es nicht zu hinterfragen. Ihm kein Etikett zu verpassen, so klischeehaft das auch klang.

„Gibt es etwas Neues bezüglich des Manuskripts?“

Ich machte mir die mentale Notiz, jedes Mal, wenn ich an Marthas Fenster auftauchte, Zucker dabei zu haben. Ihre Laune war ohne Zweifel gut.

„Äh, nein, nicht wirklich. Ein Kollege hat etwas über ihren Bruder Lyndon gefunden. Er war ein Soldat im Krieg – ein General oder so. Es ist seltsam“, sagte ich und riss einen Schoko-Doughnut in zwei Hälften, wovon ich ihr eine reichte. „Man würde meinen, eine Frau wie sie, die mit Menschen wie Hemingway verkehrte und Kontakte zu den Top-Buchhändlern in Amerika hatte, würde eine Spur hinterlassen, oder?“

Sie nahm sich Zeit, um darüber nachzudenken, und sobald sie den letzten Bissen des Doughnuts verspeist und sich die Hände an der Jeans abgewischt hatte, schaute sie mir direkt in die Augen.

„Du findest es seltsam, dass eine Frau zum Schweigen gebracht wurde? Vergessen wurde? Aus der Geschichte herausgeschrieben wurde? Henry, was hat man dir nur beigebracht?“

„Okay, du hast recht, das klang dumm, aber du weißt, was ich meine.“

„Tja, vielleicht ist dein Problem, dass du Opaline aus Sicht eines Mannes betrachtest. Hemingway, ihr Bruder, der andere Typ …“

„Rosenbach.“

„Ja, Rosenbach. Warum versuchst du nicht, mehr über Sylvia und den Buchladen in Paris herauszufinden?“

Wieso war mir das nicht eingefallen?

„Weißt du, du bist hierin echt gut.“

„Worin?“

„In der Recherche. Was wolltest du noch mal studieren?“

Sie sackte in sich zusammen wie eines dieser aufblasbaren

Männchen vor Autohändlern, wenn ihnen die Luft ausgeht.

„Uff, lass uns nicht davon reden." Sie schaute auf ihr Handy und sagte, sie müsse zu ihrer Arbeit zurückkehren. Mit einem Bein durchs Fenster hielt sie noch einmal kurz inne. „Madame Bowden hat mir etwas erzählt, das ein wenig … seltsam war. Etwas über den Buchladen."

Ich spürte, wie sich die Härchen auf meinen Armen aufrichteten.

„Ach, vergiss, dass ich etwas gesagt habe. Du wirst es sowieso nur albern finden."

„Okay, jetzt hast du es geschafft, mich noch neugieriger zu machen. Spuck es aus …" Ich wollte ihren Nachnamen sagen, aber mir fiel ein, dass ich den immer noch nicht kannte.

„Die Sache ist die, dass Madame Bowden dazu neigt, ihre Geschichten ein wenig auszuschmücken, also musst du das Ganze mit Vorsicht genießen …"

„Erzähl es mir einfach."

Sie zog ihr Bein aus dem Fenster zurück und stellte sich erneut neben mich.

„Eine ihrer Freundinnen – die zu dem Zeitpunkt damals vermutlich schon sehr betrunken war – behauptete, den Buchladen gesehen zu haben. Und nicht nur das, sie sagte auch, sie wäre hineingegangen."

Ich reagierte nicht. Ich konnte es nicht riskieren, den Mund zu öffnen und etwas zu sagen.

„Das war in den Sechzigerjahren, also, du weißt schon … halluzinogene Drogen und so. Aber ich dachte, dass du es vielleicht wissen wolltest. Wie auch immer, ich muss jetzt wirklich los."

Damit schlüpfte sie wieder durch das Fenster und schloss es hinter sich. Ich blieb auf dem Stück Rasen, wo der Buchladen hätte sein sollen, und wanderte langsam im Kreis herum, bis meine Beine sich anfühlten wie Gelee. Ich wollte es ihr erzählen, aber wie sie gesagt hatte, es klang albern. An meinem ersten Abend in Irland, nach zu vielen Gin Tonics auf dem Ryanair-Flug, nahm ich ein Taxi direkt in die Ha'penny Lane. Ich hatte fest damit gerechnet, einen Buchladen zu finden, und genau den fand ich auch. Selbst der Taxifahrer musste ihn gesehen haben. Glaube ich. Ich erinnere mich, ausgestiegen zu sein, ihm das Geld gereicht zu haben und zur Tür gegangen zu sein. Die Lichter im Laden brannten und ein goldener Schimmer fiel durch die Buntglasfenster. Im Inneren war es warm und behaglich, und in der Luft lag der typische Duft einer Buchhandlung nach alten Einbänden und etwas Würzigem wie Zimt. Die Wände zierten Regale voller bunter Bücher und ich spürte, wie es mir in den Fingerspitzen juckte, sie zu berühren. Aber zuerst wollte ich mit den Besitzern sprechen – ihnen den Brief zeigen, den ich gefunden hatte, und gucken, ob sie mir etwas zu seinem Inhalt sagen konnten. Ich hörte, wie die Glocke über der Tür klingelte, und als ich mich umdrehte, um zu sehen, wer hinter mir hereingekommen war, stand ich auf einmal wieder auf dem Bürgersteig. Einfach so. Ich hatte meine Füße nicht bewegt, und doch war ich wieder hier.

Ich drehte mich zu der Stelle um, an der ich den Laden gefunden hatte, doch da war nichts außer der Dunkelheit der Nacht; als hätte sie den Buchladen in Gänze verschluckt. Aus irgendeinem Grund tastete ich mich ab, vielleicht um zu sehen, ob ich immer noch da war, obwohl der Laden, in dem ich eben noch gestanden hatte, es eindeutig nicht war. Ich machte diese lächerliche Sache, wo man sich auf der Stelle im Kreis dreht, wie ein Hund, der seinen Schwanz jagt, für den Fall, dass sich das, was man sucht, direkt hinter einem befindet. Aber wie könnte jemand einen Buchladen verlieren? Die einzige logische Erklärung war, dass ich sehr, sehr betrunken gewesen sein musste. Das redete ich mir zumindest ein. Ich war in einem betrunkenen Nebel gefangen und der Buchladen war nur eine Fata Morgana gewesen. Aber ich war schon viele Male zuvor betrunken gewesen und hatte nie ein Gebäude heraufbeschworen, geschweige denn, es betreten. Doch nun hatte ich eine Verbündete. Jemanden, der den Laden ebenfalls gesehen hatte.

Die Frage war jetzt: Was hatte ihn dazu gebracht, zu verschwinden – und wie konnte ich ihn zurückholen?

19. Kapitel

OPALINE

Dublin, 1922

Meine ersten Wochen in Mr. Fitzpatrick's Nostalgieladen zeichneten sich durch eine Reihe seltsamer Ereignisse aus. Es schien, als hieße das Gebäude mich nicht gerade mit offenen Armen willkommen, doch ich war entschlossen, mich als würdige Verwalterin zu erweisen. Ich traute mich, die Wendeltreppe hinaufzugehen, die zum Dachboden führte, wo all das aufbewahrt wurde, für das im Laden kein Platz war. Ganz oben gab es eine winzige Tür, vor der ich den Kopf ein wenig einziehen musste, und als ich dagegen drückte, war es, als würde das Holz Widerstand leisten. Ich trat einen Schritt zurück, um etwas Anlauf zu nehmen, und beim dritten Mal schwang die Tür auf und ich fiel platt auf die Nase.

„Ich verstehe", sagte ich laut. „So läuft das also?"

Ich stand auf und klopfte mir den Staub ab, wobei ich versuchte, die Eigenarten einer alten Gebäudepersönlichkeit nicht persönlich zu nehmen. Ein winziges Fenster mit einem runden Rahmen, blind dank grüner Flechten, war die einzige Lichtquelle. Ich fand ein Victrola-Grammofon und stellte es sofort beiseite, um es mit nach unten zu nehmen. Auf den ersten Blick sah es hier oben aus wie in einem vergessenen Museum, wo funkelnde Schätze unter Staubtüchern hervorblitzten. In einer Ecke stand ein Teleskop hinter alten Möbeln und vielen Kisten. Auf einem Regal erblickte ich eine Arbeitshose und schaute an meinem unpraktischen Rock hinunter, der von Staub befleckt und an einigen Stellen schon ganz abgetragen war. Die Entscheidung war gefällt, ich zog den Rock aus und die lohfarbene Hose an. Sie passte nicht schlecht, und ich zog den Gürtel durch die Schlaufen und fest um meine Taille. Mr. Fitzpatrick musste ein eher schlanker Mann gewesen sein – und sehr gewissenhaft, denn die Hose war so gut wie neu. Die Beine waren jedoch ein wenig zu lang, sodass ich sie erst einmal, dann zweimal umkrempelte, bis ich den Absatz meiner Stiefel sehen konnte. Als ich einen Blick auf mich im Spiegel erhaschte, der launigerweise mit Federboas behängt war, lächelte ich mir zu.

„Hallo Miss Carlisle“, sagte ich und drehte mich von einer Seite zur anderen. Dann fuhr ich mir mit den Fingern durch die Haare und strich sie zurück, was mir ein androgynes Aussehen verlieh. Meine Bluse sah so, in den Hosenbund gesteckt, erstaunlich gut aus, und ich wünschte, ich hätte eine Krawatte, um den Look zu vervollständigen, so wie die Pariser Autorin Colette. Vielleicht könnte ich auch nur unter meinem Vornamen bekannt werden und meine Identität verbergen. Opaline war allerdings kein besonders geläufiger Name. „Hallo Miss …“ Ich erblickte ein Buch, das auf dem staubigen Boden lag. *Das Bildnis des Dorian Gray*. „Hallo Miss Gray.“ Nicht schlecht.

Erpicht darauf, die Händler seltener Bücher in Dublin zu erkunden und zu sehen, was ich dort erstehen könnte, machte ich mich kurz darauf auf den Weg und überquerte die Ha'penny Bridge, die sich wie ein mit Laternen dekorierter Walrücken über den Fluss bog, um *Webb's Bookshop* am Kai zu besuchen. Sylvia hatte mir den Namen vor meiner Abfahrt genannt, und ich hatte ihn mir nur merken können, indem ich mir ein Spinnennetz vorstellte. Auf der Brücke nahm ich mir einen Moment, um mich gegen das Eisengeländer zu lehnen und zu den grünen Kuppeln der Kathedrale und der Four Courts hinaufzuschauen. Mein Blick folgte dem Fluss Liffey, der stadteinwärts in Richtung *The Custom House* floss, das erst kürzlich von der Irish Republican Army niedergebrannt worden war. Als Joyce vorschlug, dass ich hierher flüchten sollte, hatte er vergessen, zu erwähnen, dass sich das Land mitten in einem Bürgerkrieg befand. Vom Regen in die Traufe, wie man so schön sagte.

In meiner Arbeitshose und mit meinem Pseudonym fühlte ich mich wie eine Schauspielerin, die eine Rolle spielte. Mr. Hanna war einer dieser seltenen Typen, die absolut keine Acht auf meine Erscheinung gaben und stattdessen eine Kiste mit beliebten Titeln füllte, die mich „über Wasser halten würden", wie er sagte. Allein die Erwähnung von James Joyces Namen hatte gereicht, um meinen guten Ruf zu besiegeln. Ich schaute schnell durch seine Dickens-Kollektion, nur für den Fall, dass sich das Exemplar meines Vaters von *David Copperfield* darunter befand. Das war mir zu einer Angewohnheit geworden, meine Art, ihn in meinem Herzen zu bewahren. Sein Exemplar war eine Sonderausgabe gewesen, und ich sah auf einen Blick, dass sie nicht dort war. Egal, sagte ich mir. Ich würde sie eines Tages finden.

Bewaffnet mit meinen neuen Büchern und einer Liste an Händlern, die ich kontaktieren konnte, kehrte ich mit neu erwachter Sinnhaftigkeit in die Ha'penny Lane zurück. Ich schaute mich im Laden um – die tiefgrünen Wände und die kleinen Tiffany-Lampen, die ihren bunten Schein auf all die Schätze warfen, die ihren Atem angehalten und darauf gewartet hatten, dass die Türen sich nach Mr. Fitzpatricks Tod wieder öffneten. Es fühlte sich beinahe an wie Dornröschens Zimmer im Turm, als müsste ich nur den richtigen Zauberspruch finden, um sie aufzuwecken. Ich hatte darauf bestanden, Mr. Fitzpatricks Inventar zu behalten, denn der Laden hätte nur mit meinem kleinen Schatz an Büchern nackt ausgesehen. Doch ich hatte keine Ahnung, wie sich diese beiden Ideen zusammenfügen würden. Zuerst schaute ich mir das Schaufenster an, das seit Schließung des Ladens nicht verändert worden war. Wenn ich Kunden anlocken wollte, musste ich meine Vorstellungskraft nutzen. Es gab ein Karussell mit einem Aufziehmechanismus, das ein fröhliches Lied spielte, während die Pferde sich elegant im Kreis drehten. Eine Perlenkette und anderer Modeschmuck waren kunstvoll über eine Schatulle drapiert, und von der Decke hingen mehrere bunte Heißluftballons mit kleinen Körben daran. In diesem Moment küsste mich die Inspiration.

Ich öffnete die Kiste mit den Büchern von Mr. Hanna und fand genau das, wonach ich gesucht hatte: Die Oz-Bücher von L. Frank Baum. Sie waren unglaublich magisch und passten perfekt zu den Heißluftballons. Ich würde Mr. Fitzpatricks Kuriositäten nutzen, um einen visuellen Erzählbogen für die Bücher zu erschaffen. Ich war so von mir selbst angetan, dass ich kaum bemerkte, wie die Stunden verflogen, während ich die Bücher mit den passenden Requisiten zusammenführte, als würde ich ein Gesellschaftsspiel spielen. Ich hatte mehrere Beatrix-Potter-Bücher erhalten, die bei Kindern ebenfalls sehr beliebt waren, und wie durch Magie zwei kleine, samtene Hasen mit Fliegen um den Hals gefunden. Nun hatte das Fenster das verlockende Aussehen einer Schatzkiste – auch wenn die sich eher an ein jüngeres Publikum richtete. Egal, dachte ich. Kinder waren die wahren Pioniere einer jeden Familie und würden ihre Eltern durch jede Straße und jedes Gebüsch zerren, um ihre Herzenswünsche erfüllt zu bekommen. Für alle Fälle stellte ich draußen einen kleinen Tisch mit einigen günstigen gebrauchten Büchern auf, der Passanten anlocken mochte.

Mir fehlte nur eine Sache: ein Schild. Ich suchte nach einem Stück Karton, das ich natürlich in der Schreibwarensektion fand; ein dickes, cremefarbenes Pergament. Dazu erblickte ich einen wunderschönen Kalligrafiestift, der auf einem Stück Marmor lag. In dem Moment fiel mir auf, dass ich keinen Schreibtisch hatte. Doch auch dafür fand ich das perfekte Exemplar – einen Konsolentisch aus dunklem Walnussholz, auf dem im Moment eine alarmierend große Sammlung an Fröschen in allen Formen, Größen und Posen ausgestellt war. Das war das Amüsante daran, zu sammeln: Man wusste nie, was einen Wert hatte oder für wen. Waren wir alle vorkonditioniert, bestimmte Dinge zu mögen? Ein Moment aus der Kindheit, in den Erinnerungen verloren, aber dennoch unauslöschlich in unsere Seele gebrannt? Für mich war die Aussicht, etwas zu finden, von dem ich nicht wusste, dass ich danach suchte, der Reiz an dem Spiel.

Ich zog den Tisch in die Ecke am Fenster, damit ich gutes Licht und den perfekten Überblick über den Laden hatte. Ich fand einen stabilen Stuhl, ebenfalls aus dunklem Holz und mit einem Brokatstoff aus tiefdunklem Rot und Gold gepolstert. Eher unbewusst modellierte ich mir meine Umgebung nach dem Vorbild von *Shakespeare and Company*. Die Erinnerung zog mir das Herz zusammen, und ich wünschte, ich könnte mit Sylvia sprechen und sie um Rat fragen. Doch ich wusste, was sie sagen würde. Dass ich meinem Bauchgefühl vertrauen sollte. Und mein Bauchgefühl sagte mir, dass es ja gut und schön war, davon zu träumen, meinen ersten Katalog der seltenen Bücher zu drucken, ich aber erst einmal Kunden anziehen und den Leuten verkünden musste, dass der Laden wieder geöffnet war.

Und so setzte ich mich zum ersten Mal an meinen Tisch, breitete das Pergament vor mir aus und stellte, den Stift in der Luft haltend, fest, dass ich mir noch keinen Namen für den Laden überlegt hatte.

„*Gray Books?*“, fragte ich laut. Das klang furchtbar langweilig. „Bitte treten Sie ein und kaufen Sie ein paar graue Bücher!“, plapperte ich vor mich hin und erkannte, dass mein neues Pseudonym keine gute Wahl war. Ich dachte an die Titel meiner Lieblingsbücher.

„*Wuthering Books?*“ Noch so ein trostloser Name, der keine Kunden anziehen würde. Sofort fiel mir Emily Brontës Pseudonym ein – Ellis Bell. *Bell Books?* Oder *Belle Books*, um dem Ganzen ein wenig französisches Flair zu verleihen? „Perfekt!“, sagte ich, gratulierte mir selbst und schrieb den Namen in meiner besten Handschrift. Darunter setzte ich in kleinerer Schrift: „Verkauf von seltenen und gebrauchten Büchern“. Das Schild stellte ich ins Fenster und nickte zufrieden. Egal, was käme, ich hatte meine Bücher, und in der stillen Morgenluft hörte ich sie geduldig und stetig atmen. Wie der Nachhall einer Klaviernote, die noch lange, nachdem sie gespielt wurde, in der Luft schwebte.

~

Ich zuckte zusammen, als die Glocke über der Tür schrill erklang, und drehte mich zu meinem ersten Kunden um.

„Ich bin gekommen, um ein Buch zu kaufen, falls das in Ordnung ist."

Es war Matthew. Sofort errötete ich bei der Erinnerung an meinen Ausbruch und daran, wie er mich in den Armen gehalten hatte. Seitdem hatte ich ihn nicht mehr gesehen, obwohl er nebenan wohnte.

„Nun, da sind Sie definitiv am richtigen Ort", antwortete ich ein wenig überflüssig. Er ging langsam durch den Laden und notierte die Veränderungen, die ich vorgenommen hatte, mit einem kleinen Nicken. Er war ein großer Mann mit durchdringenden blauen Augen und blonden Haaren, die sich an den Enden wellten. Er hielt den Hut mit Daumen und Zeigefinger an der Krempe fest, als fürchtete er, ihn abzunehmen. Denn wenn er es täte, würde er womöglich bleiben wollen.

„Was für Bücher lesen Sie gern?", fragte ich und beschäftigte mich damit, ein paar Schreibwaren neu zu ordnen.

„Oh, generell Sachbücher", sagte er und drehte sich kurz zu mir um, wobei er meinen Aufzug bemerkte. „Sind … sind das die Arbeitshosen meines Vaters?"

Ich errötete erneut. Ich hätte nicht gedacht, dass ihm das auffallen würde. Nicht die Tatsache, dass ich Hosen trug (jeder, der in den Laden käme, würde das bemerken), sondern dass sie mir nicht gehörten.

„Ich habe sie auf dem Dachboden gefunden. Ich hoffe, es macht Ihnen nichts aus."

„Überhaupt nicht“, sagte er, konnte seine Verwunderung aber nicht verbergen.

„Hier drüben habe ich ein paar neue Sachbücher, wenn Sie mögen …“, setzte ich an, um das Thema zu wechseln.

„Oh, es ist nicht für mich, sondern für meinen Sohn. Ollie.“

Ich musste ihm die Informationen förmlich aus der Nase ziehen. Nicht weil er sie nur unwillig gab, sondern weil er glaubte, dass ich nicht daran interessiert wäre. War ich interessiert? Es fühlte sich an, als sollte ich es sein. Immerhin sollten Frauen sich für Kinder interessieren. Doch mir wurde bewusst, dass eine Frau zu sein war, wie eine Rolle zu spielen, für die man alle Einsätze und Textzeilen lernen musste. Ich wusste, wie ich mich verhalten und was ich sagen sollte, ich war nur nicht ganz sicher, ob ich das auch wollte.

„Er hat eine lebhafte Fantasie.“ Er hielt seine Sätze kurz und doch bedeutungsschwer.

„Sie sagen das, als wäre das etwas Schlimmes, Mr. Fitzpatrick.“

„Matthew bitte.“

„Hat er schon eines der Oz-Bücher gelesen?“

Ich ging zum Fenster und nahm den ersten Band der Serie vom Regal.

„Worum geht es da?“

„Nun, um einen großen Zauberer, der in einer smaragdenen Stadt lebt …“

„Ich glaube nicht, Miss …“

„Opaline bitte.“

„Opaline. Seine Mutter wünscht, dass er ins Familienunternehmen einsteigt.“

Für einen Moment stieg Panik in mir auf, weil ich glaubte, wieder arbeits- und obdachlos zu werden.

„Das Unternehmen *ihres* Vaters. Bankwesen.“

„Ah.“ Ich schaute mich im Laden nach etwas um, das zu einem jungen Banker passen würde. Nichts. Das Schweigen war mir unangenehm, bis die Kuckucksuhr die Stunde schlug und wir beide zusammenzuckten.

„Kann ich Ihnen einen Tee anbieten?“, fragte ich, nicht sicher, warum. Vermutlich, weil ich überzeugt war, dass er ablehnen würde. Doch er überraschte uns beide, indem er Ja sagte. Ich ging nach unten und stellte ein paar Sachen auf ein Tablett.

„Und … läuft es gut?“, rief er die Treppe hinunter.

Ich war nicht sicher, ob er sich Sorgen um das Geschäft oder um meine Fähigkeit machte, die Miete zu bezahlen.

„Gut genug!“, rief ich zurück.

„Ich habe gesehen, dass Sie die Antiquitäten meines Vaters in die Präsentation der Bücher eingebaut haben. Sehr clever.“

Ich schaute durch die Tür und sah ihn an der maritimen Ecke stehen, die ich erschaffen hatte, mit *Moby Dick* und *Robinson Crusoe*, die auf einem Meer aus blauem Musselin mit Meerjungfrauen und Segelbooten in unglaublich winzigen Flaschen trieben Ich hatte sogar eine Ausgabe von *Peter Pan* dort, mit einem Spielzeugkrokodil, das nach einer Ecke schnappt.

„Das ist wirklich fabelhaft“, sagte er und schien endlich zum Leben zu erwachen. „Der Laden wirkt irgendwie … größer.“

Ich kehrte in die Küche zurück und drehte den Wasserhahn auf, doch es wollte kein Wasser kommen. Die Rohre gurgelten und rülpsten wie jemand mit Verdauungsproblemen. Ich ließ es laufen, bis es prustete und klapperte, dann kam Stille. Die Hände in die Hüften gestemmt trat ich einen Schritt zurück. Das ergab keinen Sinn, genauso wenig wie die Tür zum Dachboden oder der Dracula-Band, der aus dem Regal gefallen war. Den Kessel in der Hand stieg ich die Treppe hinauf.

„Tragen Sie heute den Hut des Vermieters?“, fragte ich und hob den Kessel ein wenig an. „Ich fürchte, ich benötige einen Klempner.“

„Ich schaue mir das mal an“, sagte er auf diese Weise, wie Männer es tun, die davon ausgehen, dass das Problem einfach genug ist, um von ihnen gelöst zu werden. Bevor ich mich versah, hatte er sein Jackett ausgezogen und kniete auf dem Boden, wo er mit den Rohren unter der Spüle kämpfte. Ich hatte nicht einmal gewusst, dass es dort einen Schraubenschlüssel gab, doch es war höchst unwahrscheinlich, dass er einen mit sich herumtrug. Beinahe hätte ich ihn gefragt, ob er sicher sei, was er da tat, doch stattdessen fragte ich, ob er wüsste, worin das Problem bestünde.

„Vermutlich irgendeine Verstopfung", sagte er mit angestrengter Stimme. „Das haben wir in Nullkommanichts geregelt. Ich schalte einfach …"

Bevor er den Satz beenden konnte, flog der Deckel vom Rohr und das Wasser begann, wie ein Geysir zu sprudeln. Ich stürzte vor und stopfte einen alten Lappen in das Loch, auf dem der Deckel gesessen hatte, um die Flut zurückzuhalten, bis er den Haupthahn zugedreht hatte.

„Vielleicht hätte ich doch den Klempner rufen sollen", keuchte er und stand vom Boden auf, wobei er sich die nassen Haare aus der Stirn wischte.

Wir schauten einander an und sahen, dass wir beide komplett durchnässt waren. Ich spürte ein Kichern hinter meinen Rippen aufsteigen, versuchte aber, es zu unterdrücken … bis ich sah, wie er sich das Wasser aus den Hemdzipfeln drückte. Er sah so albern aus, dass meine Schultern anfingen, zu beben. In dem Moment schaute er zu mir auf, und seine grimmige Miene wich einem breiten Lächeln.

„Sie finden mich wohl amüsant, wie?", fragte er, als ich mich vor Lachen bog.

„Es … es tut mir leid", keuchte ich und drehte ihm den Rücken zu in dem Versuch, das Lachen zu ersticken. Als ich mich wieder umdrehte, hatte er sein Hemd ausgezogen und wrang es über der Spüle aus. Er trug ein Unterhemd, das ebenfalls nass war.

„Kann ich das für einen Moment vor den Ofen hängen?"

„Natürlich", erwiderte ich und legte schnell noch ein wenig

Holz aufs Feuer. Ich hängte sein Hemd über die Rückenlehne eines Stuhls und zog diesen näher an die Hitze heran. Er hätte einfach nach Hause gehen können, schließlich wohnte er nebenan, doch es herrschte ein schweigendes Einvernehmen zwischen uns, dass zu erklären, was passiert war, zu kompliziert wäre. Meine Kleidung war auch nass, aber ich konnte mich nicht umziehen, während er hier war, also schlang ich mir ein Tuch um die Schultern, stellte mich neben ihn und schaute in die Flammen.

„Ich lasse gleich morgen früh jemanden kommen, um das zu reparieren."

Wieder hatte sich sein Tonfall geändert. Ich wusste, dass ich mir das nicht einbildete, diese Nähe, die er vorübergehend erlaubte, eine Intimität, bevor er die Zugbrücke wieder hochzog. Ich musste mich aus dieser albernen Anziehung herausreißen. Sie entstammte lediglich einer Mischung aus Heimweh und Einsamkeit – ein fehlgeleiteter Fokus für alle meine durcheinandergeratenen Gefühle. Er war nett zu mir in einer Zeit, in der ich Trost brauchte, aber ich wusste, dass es gefährlich war und aufhören musste.

„Danke, Mr. Fitzpatrick."

Ein Moment verging, und als hätte er ein entferntes Geräusch gehört, das ihn rief, schnappte er sich sein noch immer feuchtes Hemd und zog es an. Ich wurde ebenfalls aktiv, hob sein Jackett vom Boden auf und reichte es ihm. Unsere Fingerspitzen berührten einander, als er es entgegennahm. Ich schaute ihm nicht in die Augen, sondern hielt den Blick auf die Stelle gerichtet, wo sein Hals in seine Brust überging. Ich dachte nicht bewusst daran, ihn zu berühren, stellte aber fest, dass meine Hand bereits auf seiner Brust über seinem Herzen lag. Sein Atem ging schwerer, und in einer fließenden Bewegung zog er mich an sich und unsere Lippen kollidierten – erst ungelenk, dann leidenschaftlich, verzweifelt. Sein Mund war weich und doch begierig. Die plötzliche Erkenntnis, was er für mich empfand, löste ein Feuerwerk hinter meinen Augenlidern aus. Zu wissen, dass das hier niemals wieder passieren durfte, passieren konnte, sorgte dafür, dass keiner von uns es beenden wollte. Ich weiß nicht, wie lange wir dort standen, vergraben in unserer Umarmung. Wir sprachen nicht. Ab und zu streichelten seine Finger meinen Nacken, aber den Großteil der Zeit hielt er mich einfach nur und zog mich immer enger an sich. Ich wollte mich nicht bewegen. Oder denken. Oder mich fragen, was es bedeutete. Diese Intimität war alles, wonach ich mich sehnte. Und dann war es vorbei. Ich war mir nicht sicher, wer sich zurückgezogen hatte, aber wir berührten einander nicht mehr. Er schob die Arme in die Ärmel seines Jacketts und knöpfte es zu. Kurz trafen sich unsere Blicke, und in seinen Augen sah ich Angst.

„Es tut mir leid."

Ich versuchte, etwas zu erwidern, fand aber keine Worte. Mein Mund formte das Wort: „Ich", doch es kam kein Laut. Dann war er fort, und die Glocke läutete zu seinem Abschied. Ich saß zitternd an meinem kleinen Tisch. Was tat ich hier? Matthew war ein verheirateter Mann mit Kindern. Ich konnte, ich würde nicht die andere Frau sein. Aber zwischen uns war etwas, und ich war nicht sicher, wie wir das in Zukunft unterdrücken sollten.

In Paris hatte ich gewusst, dass Armand mein Herz brechen würde, aber Matthew – er würde meine Entschlossenheit brechen, was viel, viel schlimmer wäre.

Die Lösung kam am nächsten Morgen mit dem Briefträger. Ein Brief mit dem Absender auf einem goldenen Etikett auf der Rückseite des Umschlags erfüllte mich mit Aufregung – *Honresfield Library*. Ich hatte ihnen geschrieben und um Zugang zu ihrer umfangreichen Sammlung an Papieren, Manuskripten und Briefen gebeten, vor allem denen, die mit den Brontë-Schwestern in Zusammenhang standen. Die Besitzer, Alfred und William Law, waren zwei durch eigene Kraft zu Industriellen aufgestiegene Brüder, die in der Nähe des Hauses der Brontë-Familie aufgewachsen waren und von einem Literaturhändler einige ihrer Manuskripte gekauft hatten. Ich tätigte meine ersten, vorsichtigen Schritte als Literaturdetektivin – was ich Sylvia zu verdanken hatte, die bei *Shakespeare and Company* meine Leidenschaft für einen zweiten Roman von Emily Brontë entzündet hatte. Es gab nur ein Problem: Ich würde nach England zurückreisen müssen, um weitere Nachforschungen anzustellen.

Das war ein Risiko, aber hierzubleiben erschien mir in diesem Moment noch riskanter. Ich musste etwas Distanz zwischen mich und Matthew legen. Außerdem: Wollte ich all meine Energie in eine weitere zum Scheitern verurteilte Liaison legen oder mich auf meine Arbeit konzentrieren? Ich nickte. *Meine Arbeit.* Da lag meine wahre Leidenschaft. Ich dachte über die Logistik nach; die *Honresfield Library* lag in Rochdale, in der Nähe der Law-Fabrik. Das war über zweihundert Meilen von London entfernt, also war es unwahrscheinlich, dass ich jemandem über den Weg laufen würde, den ich kannte. Ich dachte an Emilys Gedicht: „No Coward Soul Is Mine", und hatte, ohne es zu merken, meine Entscheidung getroffen, zu gehen. Denn ich war auch kein Feigling.

Endlich fühlte ich mich, als würde ich Opaline Carlisle, das Mädchen, hinter mir lassen. Miss Gray würde die Frau werden, die ich immer hatte sein wollen. Als ich auf die Straße hinausschaute, fiel mir auf, dass sich das Muster der Buntglasscheibe verändert hatte und nun eine weite Moorlandschaft zeigte, durch die ein Weg zu einem großen Farmhaus führte.

„*Sturmhöhe*", flüsterte ich.

20. Kapitel

MARTHA

Ich fing an, das Buch abends zu lesen. Diese stillen, dunklen Augen auf dem Titel hatten etwas Geheiligtes an sich, sodass es sich ganz besonders anfühlte. Ich entzündete ein paar Kerzen (trotz Madame Bowdens wiederholter Warnungen) und arrangierte einige Kissen auf dem Boden. Ab und zu fühlte es sich beinahe wie eine Séance an, weil die seltsamen Geräusche in den Wänden erst aufhörten, wenn ich mich zum Lesen hingesetzt hatte. Die Äste, die sich über die Wände erstreckten, lösten sich inzwischen vom Putz, und ich erwartete beinahe, dass ihnen Blätter wachsen würden. Doch stattdessen erschien ein neues Buch. *Normale Menschen* von Sally Rooney; das Buch, das ich in der Bibliothek gesehen hatte.

Es war Madame Bowden. Ich wusste nicht, wie sie es machte, aber mit ihrem Hintergrund als Theaterschauspielerin war alles möglich. Ihre drollige Art, mich zum Lesen zu bringen, war eigentlich ganz süß. Wenn sie nur wüsste, dass ich die Geschichte von jemand anderem auf meiner Haut trug. An diesem Morgen war eine weitere Zeile zu mir gekommen, während ich die Böden polierte. Ich wusste, dass mein Kopf keine Ruhe geben würde, bis ich sie dauerhaft auf meiner Haut verewigt hätte. Ich hatte keine Ahnung, was die Geschichte bedeutete, wie lang sie sein würde oder wessen Worte es waren, aber das größte Rätsel war, warum sie mir erzählt wurde. Ich konnte mit niemandem darüber reden; Stimmen zu hören war definitiv noch immer verpönt, so weit ich wusste. Aber das war es ja – ich hörte nicht eine Stimme, sondern die Worte tauchten einfach auf.

Ein Ort namens Verloren war eine wesentlich leichter zu verstehende Geschichte, die für Kinder geschrieben zu sein schien, was mir nur recht war. In Kinderbüchern passierte wenigstens nichts Schreckliches, und falls doch, wurde zum Ende hin immer alles wieder gut. Es erzählte die Geschichte einer alten Bibliothek in einem abgelegenen italienischen Dorf. Es war sogar so abgelegen, dass man sagte, nur die Menschen, die vom ausgetretenen Pfad abwichen und sich hoffnungslos verloren, könnten es finden. Die Bibliothek war ein charmantes Gebäude aus Holz, das vom Boden bis zur Decke mit uralten Büchern gefüllt war, deren Zusammenstellung keinem offensichtlichen Muster zu folgen schien. Der Wächter der Bibliothek war so alt, dass niemand sich an eine Zeit erinnern konnte, in der er nicht dort gewesen war.

Doch eines Tages, als er das äußere Tor am Tagesende abschloss, kam ein gewalttätiger Sturm wie aus dem Nichts, und der arme alte Mann wurde vom Blitz getroffen. Doch das war nicht das Ende der Geschichte. Trotz der Abwesenheit des Wächters stolperten immer noch auf Abwege geratene Wanderer über die entlegene Bibliothek und fühlten sich von einem bestimmten Buch angezogen und fanden nach dem Lesen, dass sich die Richtung ihres Lebens komplett verändert hatte. Es war, als könnte die Bibliothek selbst, die Essenz ihres Seins, intuitiv erkennen, welches Buch einer verlorenen Seele helfen würde, ihren wahren Weg zu finden. Doch die Einheimischen fürchteten das, was sie nicht verstanden, und wollten, dass die Bibliothek zerstört wurde. Sie glaubten, in dem Gebäude würde es spuken, und dass in den Seiten der Bücher gefangene Geister darauf warteten, von einem Leser freigelassen zu werden. Und so geschah es, dass die Bücher herausgeholt und im ganzen Land verteilt wurden; doch bevor das Gebäude abgerissen werden konnte, kam ein junger Mann in seinen Flitterwochen mit einem Angebot. Er würde das Holz kaufen, um seinen eigenen Laden zu bauen. In Irland.

Ich wusste, dass diese Geschichte kein Zufall war. Ehrlich gesagt fühlte es sich manchmal, wenn ich langsam die bezaubernden

Zeilen auf jeder Seite las, so an, als wäre mein gesamtes Leben ein ausgefeilter Handlungsstrang, der nun irgendwie einen Sinn ergab: in diesem Kontext, an diesem Ort und mit diesen Menschen. Dieser Person. Henry. Ich spürte bereits, wie meine Fähigkeit, ihn zu lesen, schwand, und ich wusste, was das bedeutete. Mein Urteilsvermögen wurde von dem einen Gefühl getrübt, das zu empfinden ich mir nicht länger erlauben konnte: Liebe.

Bevor ich die Kerze ausblies, las ich eine Zeile, die meinen Entschluss festigte. In der Geschichte gab es eine junge Frau, die in die Bibliothek kam. Sie war meilenweit von ihrem wahren Zuhause entfernt. Sie las eine Geschichte über ein Mädchen, das an eine Weggabelung gekommen war und sich so sehr davor fürchtete, die falsche Entscheidung zu treffen, dass sie blieb, wo sie war, zusammengekauert in einem Loch im Baum. Nach mehreren Tagen kam eine alte Frau des Weges und stellte ihr ein Rätsel. Sie fragte: „Was ist etwas, das du tust, selbst wenn du nichts tust?“. Die Antwort lautete: eine Entscheidung treffen. Zu entscheiden, nichts zu tun, war trotzdem eine Entscheidung.

Ich war dabei, mich nicht an der Uni einzuschreiben, weil ich zu viel Angst hatte. Mir war jedoch nicht klar gewesen, dass ich mich damit auch entschied, dort steckenzubleiben, wo ich war. Was mir noch mehr Angst einflößte.

~

Am folgenden Morgen rief ich im Zulassungsbüro der Universität an und machte einen Termin für den nächsten Tag aus. Ich fühlte mich ermächtigt, stark, verängstigt und aufgeregt. Jetzt gibt es kein Zurück mehr, versicherte ich mir, und dachte mir kaum etwas dabei, als es an der Tür klingelte, nachdem ich Madame Bowden ihr Frühstück serviert hatte. Ich öffnete die Tür mit einem spontanen Lächeln im Gesicht, das in dem Moment in sich zusammenfiel, als ich ihn dort stehen sah.

Es war zu spät, um wegzulaufen. Außerdem hatte er diesen Ausdruck im Gesicht. Den reumütigen, mit dem er mir einen Neustart versprechen würde. Ich erblickte den zerknautschten Blumenstrauß in seiner Hand – selbst der sah spröde und halbherzig aus. Ich kannte die Routine; wir hatten sie schon so oft durchgemacht. Ich merkte, wie mein Körper immer schwerer wurde, je näher ich ihm kam. Das Gewicht, in seiner Nähe zu sein, erdrückte mich bereits.

„Hey wie geht's?", fragte er schüchtern, den Kopf gesenkt. Ganz die Unschuld in Person.

„Was machst du hier, Shane?"

Er öffnete den Mund, um etwas zu sagen, doch da brach sich ein Gedanke in mir Bahn. „Wie hast du mich gefunden?"

„Ein Kumpel von mir war hier, shoppen mit der Missus. Er hat dich gesehen."

„Wo?"

„Auf der Grafton Street."

„Hm …" Ich versuchte, das zu verstehen. „Woher wusste er, dass ich hier wohne? Ist … ist er mir gefolgt? War es Mitch?" Ich musste nicht fragen. Ich wusste, dass es Mitch gewesen war. Er war Shanes bester Freund und würde sich nichts dabei denken, mir hinterherzuspionieren.

„Hör mal", sagte er und kam einen Schritt näher, was mich dazu brachte, einen Schritt nach hinten zu machen. Er wirkte davon sichtlich bestürzt, als wäre meine Angst vor ihm eine komplette Überreaktion. „Martha, ist es wichtig, wie ich dich gefunden habe?"

„Ja, das ist es. Findest du es normal, mich von einem deiner Schlägertypen verfolgen zu lassen?"

„Mitch ist kein Schlägertyp. Herrgott."

Ein vorbeigehendes Pärchen warf uns einen misstrauischen Blick zu.

„Können wir reingehen?", fragte er. „Ich will nur reden."

Ich antwortete nicht. Ich wollte sagen: *Nein, geh weg, verschwinde und komm nie wieder, vergiss mich, tu so, als hätte ich nie existiert.* Doch aus meinem Mund kam nichts. Ich drehte nur den Kopf und schaute auf die Straße.

„Deiner Mutter geht es nicht gut."

Mein Kopf wirbelte zu ihm zurück.

„Deshalb bin ich hier. Sie will, dass du nach Hause kommst."

„Was ist mit ihr? Ist es etwas Ernstes?"

„Ernst genug. Sie ist im Krankenhaus."

„Meine Güte." Ich presste mir eine Hand aufs Herz. Es war, als wäre jeglicher Sauerstoff aus meinem Körper gewichen. Mir war schwindelig, und nichts fühlte sich mehr real an. Weder die Gebäude noch die Straße noch mein fadenscheiniges Leben hier in Dublin. Er nahm meinen Arm, und ich zuckte nicht länger zurück. Es war Shane. Er kannte mich und ich kannte ihn. Egal, was zwischen uns passiert war, er war hier, um mir zu helfen. Ich schaute in seine Augen und sah die Traurigkeit, die dort gewesen war, als sein Vater starb. Er wusste, wie ich mich fühlte. Er wollte helfen.

„Okay, komm rein", gab ich nach und ging den Flur hinunter zu der Treppe, die in den Keller führte, doch als ich mich herumdrehte, folgte er mir nicht. „Ich lebe hier unten in der Wohnung", sagte ich und zeigte auf die Treppe.

„Meine Güte, das ist ein feines Haus, was?", merkte er an und legte die Blumen auf den Konsolentisch, um dann in den Salon zu wandern.

„Da kannst du nicht reingehen."

Er verschwand aus meinem Blickfeld. Nach ein paar Augenblicken folgte ich ihm. Madame Bowden war außer Haus, also schätzte ich, dass kein Schaden entstehen würde.

„War es ein Unfall oder ist sie krank?", fragte ich.

„Was? Oh, es ist Krebs."

Meine Beine gaben unter mir nach, und ich sank aufs Sofa. Ich konnte es nicht glauben. Es fühlte sich an wie ein Albtraum.

„Warum hat sie mir nichts gesagt?" Ich erwartete keine Antwort von ihm, sondern versuchte nur, das alles zu verstehen.

„Wie sollte sie? Niemand von uns wusste, wo du bist. Du hast nicht mal eine Nachricht hinterlassen, Martha. Ich habe mir solche Sorgen um dich gemacht."

„Wirklich?" Ich wusste, das hätte ich nicht sagen sollen. Ich konnte sein Gesicht lesen wie das Wetter, und der Kommentar machte ihn wütend. Das Bild, wie er mich mit einem Mopp verprügelte, blitzte ungebeten vor meinem inneren Auge auf. Instinktiv schlang ich die Arme um meine Rippen. Er drehte mir den Rücken zu und wanderte langsam durch das Zimmer.

„Du hast es hier nicht schlecht getroffen. Ich kann verstehen, warum du deine Familie vergessen hast."

„So ist das nicht."

Das war alles so verdreht. Ich verspürte den Drang, zu beweisen, dass ich ihn noch immer liebte, nur um unsere Begegnung zivil zu halten. Aber ich liebte ihn nicht. Ich hasste ihn, verdammt noch mal. Ich stand auf und ging zur Tür, die zum Flur führte

„Wo willst du hin?"

„Ich packe besser ein paar Sachen. In welchem Krankenhaus ist sie?"

„Dem *Regional*."

Er hatte nur einen kurzen Moment gezögert, aber es war ausreichend, um ein paar Zweifel zu wecken.

„Wer sind Sie?", hörte ich Madame Bowdens gebieterische Stimme hinter uns. Sie stand in der Tür, die zum Wohnzimmer führte. Ich hatte sie nicht kommen gehört und musste den Drang bekämpfen, sie für ihr perfektes Timing zu umarmen. Sie hielt ihren Gehstock mehr wie eine Waffe, die darauf wartete, geschwungen zu werden, als wie eine Hilfe.

„Noch ein *Freund* von dir?"

O Gott, sag das nicht so.

„D-das ist mein Ehemann, Madame Bowden." Ich zitterte am

ganzen Leib. Ich glaubte nicht, dass etwas Schlimmes passieren würde, solange sie hier war, aber ich konnte mir nicht sicher sein.

„Ehemann? Guter Gott, das hast du aber schön für dich behalten."

Ich wünschte, sie würde den Mund halten. Sie machte alles nur noch schlimmer. Ich war wie gelähmt. Die Vergangenheit und die Gegenwart kollidierten in diesem Raum, und niemand schien zu verstehen, wie furchteinflößend das war. Sie fuhren fort, spitze Höflichkeiten auszutauschen, und ich stand einfach da und meine Gedanken rasten ins Nirgendwo. Ich wünschte mir, dass Henry hier wäre.

„Nun, wir gehen dann besser." Shane kam auf mich zu und nahm mich am Arm. Ich erinnerte mich daran. Wie normal es wirkte, weil niemand sah, dass er die Finger in meine Haut grub.

„Ach, wohin geht ihr denn? Habt ihr etwas Schönes vor? Im *Bewleys* gibt es ein bezauberndes Mittagsmenü ..."

„Zurück nach Sligo. Marthas Mutter liegt im Krankenhaus, also bringe ich sie nach Hause."

Madame Bowden sah aufrichtig traurig aus, auch wenn ich nicht sagen konnte, ob aus Mitgefühl für mich oder weil sie sich nun selbst ihr Frühstück zubereiten musste. Ihre Laune war an ihren besten Tagen unvorhersehbar – sanft und gütig in der einen Minute, kalt und gleichgültig in der nächsten. Ich konnte mich nicht darauf verlassen, dass sie mich aus dieser Situation herausholen würde.

„Tja, es tut mir leid, das zu hören", sagte sie und senkte den Blick auf seine Hand an meinem Arm.

„Ich muss erst noch ein paar Sachen packen", krächzte ich und meine Stimme brach.

„Dafür haben wir keine Zeit. Wir wollen nicht in den Berufsverkehr kommen."

„Ich sagte, dass es mir leidtut, das zu hören, weil Martha heute unmöglich gehen kann. Nein, ich fürchte, ich habe heute ein sehr wichtiges Abendessen, das ich ohne sie nicht meistern kann. Ich bin mir sicher, dass sie am Morgen selbst ihren Weg dorthin findet. Wir haben einen sehr verlässlichen öffentlichen Fernverkehr", fügte sie an und schien zu genießen, wie er sich unter ihrer Einmischung sichtlich wand.

„Ihre Mutter ist ernsthaft erkrankt. Ich denke, das ist wichtiger als Ihr Abendessen oder was auch immer."

Ich schaute von einem zum anderen. Ich wusste nicht, was ich tun sollte.

„Ich würde gerne Marthas Meinung zu der Angelegenheit hören, wenn es Ihnen nichts ausmacht."

Sie gab mir Raum zum Atmen, und ich musste ihn ergreifen, zumindest, bis ich selbst herausgefunden hatte, was hier los war.

„Äh, ich bleibe heute Abend besser hier", sagte ich und hasste den flehenden Unterton in meiner Stimme. Fünf Minuten mit Shane und ich war wieder das verängstigte Mädchen, das sich in einem Kleiderschrank versteckte. Ich hasste ihn dafür, dass er dieses Gefühl in mir auslöste, aber mich hasste ich auch. Warum konnte ich nicht stärker sein?

Er riss ungläubig die Augen auf und schüttelte dann den Kopf. „Schön zu sehen, wo deine Prioritäten liegen."

„Das hier ist mein Job, Shane. Ich rufe heute Abend zu Hause an und nehme morgen früh den ersten Bus."

„Da haben Sie Ihre Antwort", sagte Madame Bowden und trat vor mich.

„Ruf nicht zu Hause an, da ist keiner." Es wirkte, als würde er aufgeben. Was sollte er in ihrer Anwesenheit auch schon tun? Er schaute sich noch ein letztes Mal um, dann füllte er seinen Mund mit Speichel und spuckte auf den Boden, bevor er rausmarschierte und die Haustür hinter sich zuknallte. Meine Lungen weiteten sich, und ich merkte erst jetzt, dass ich für wer weiß wie lange den Atem angehalten hatte. Die Erleichterung über seine Abwesenheit wurde nur von der Verlegenheit verdorben, die ich vor meiner

Arbeitgeberin empfand.

„Das wische ich auf", sagte ich und griff in meiner Schürzentasche nach einem Tuch, bevor ich versuchte, so schnell wie nur möglich zu verschwinden, um meine Tränen zu verbergen.

„Martha Winter, du wirst nichts in der Art tun", befahl sie. „Ich glaube, es ist an der Zeit, dass du mir sagst, was hier wirklich vor sich geht."

21. Kapitel

HENRY

„Ich folge einer neuen Spur."

Das Seufzen am anderen Ende der Leitung ließ keinen Raum für Interpretationen.

„Ich frage mich nur, ob es das alles wirklich wert ist", sagte Isabelle.

Ich stieß mein eigenes frustriertes Seufzen aus. Sie hatte ja keine Ahnung. Und wie könnte sie auch? Ich war so lange kryptisch gewesen, was meine Recherchen anging, dass sie das Interesse, nachzufragen, verloren hatte.

„Für mich ist es das wert."

„Gut. Ich schätze, es hat keinen Sinn, dir zu sagen, dass ich dich vermisse, da es für dich kaum relevant zu sein scheint."

„Natürlich ist es relevant. Ich vermisse dich auch, Issy." Und da war sie. Meine erste Lüge. Oder besser gesagt, die erste Lüge, derer ich mir so schmerzhaft bewusst war, als würde man in die Sonne starren und den schlimmsten Teil seiner selbst verdunkelt sehen. Ich wollte niemand sein, der einem anderen Menschen einfach das sagte, was derjenige hören wollte, aber ich wusste nicht mehr, was die Wahrheit war. Oder vielleicht wusste ich es doch, hatte aber keine Ahnung, wie ich sie aussprechen sollte. Ich versuchte, Zeit zu schinden. Machte mich das zu einem schlechten Menschen?

„Deine Mutter hat angerufen."

„Was? Meine Mutter hat dich angerufen?"

„Ja, Henry. Sie ist meine zukünftige Schwiegermutter. Falls wir jemals heiraten sollten."

Ich schluckte.

„Sie meinte, dein Vater hätte sich in eine Entzugsklinik eingewiesen."

Ich bin mir nicht sicher, wie viele Sekunden vergingen.

„Henry? Bist du noch da?"

Ich räusperte mich. Meine Kehle fühlte sich an, als würde etwas darin feststecken, das ich nicht hochkommen lassen wollte.

„Jupp, ich bin noch da."

„Willst du gar nichts dazu sagen?"

Das war typisch für meine Mutter – jemand anderen zu nutzen, um mir die Nachricht zukommen zu lassen, die sie mir persönlich hätte sagen sollen. Ich hasste und bemitleidete sie gleichzeitig. Sie versteckte sich ständig hinter irgendjemandem oder irgendetwas. Vielleicht schämte sie sich für die ganze Angelegenheit. Ich wusste, dass ich es tat.

„Was soll ich dazu sagen? Sollte ich beeindruckt sein? Er wird für zwei Wochen trocken sein, vielleicht drei Wochen, wenn er einen Lauf hat, und wenn wir gerade anfangen, zu glauben, dass er sich geändert hat, wird er eines Abends nicht nach Hause kommen und dann hören wir wieder ein paar Jahre nichts von ihm. Es ist immer dasselbe."

„Oh, okay. Das tut mir leid."

Ich ballte meine Hand zur Faust und schlug mir gegen die Stirn. Was dachte ich mir dabei, ihr solche Dinge zu erzählen?

„Nein, mir tut es leid. Du solltest da nicht mit hineingezogen werden. Ich werde mit Mom sprechen. Und ich komme bald nach Hause. Versprochen."

~

Ich verbrachte zwanzig Minuten damit, zu versuchen, die Archivarin der Princeton University am Telefon zu umgarnen. (Meine Definition von Umgarnen war, meinen britischen Akzent besonders zu betonen und zu hoffen, dass ich dadurch wichtig klänge.) Wie sich herausstellte, waren meine Fähigkeiten zum Umgarnen entweder aus Mangel an Gebrauch eingerostet oder wurden weit überschätzt. Und zwar von mir.

„Sir, Sie dürfen gerne die Leseräume hier besuchen. Dazu müssen Sie nur einen Termin ausmachen …"

„Ja, das verstehe ich, es ist mir nur derzeit finanziell nicht möglich, so eine Reise anzutreten", sagte ich zum dritten Mal. So sehr ich einen Trip nach New York geliebt hätte, ich konnte mir im Moment kaum das B&B leisten, in dem ich untergekommen war. „Besteht irgendeine Möglichkeit, Sylvia Beachs Briefe nach irgendeiner Korrespondenz mit einer Opaline Carlisle zu durchsuchen?"

„Sie wollen also, dass ich alles stehen und liegen lasse, um Ihre Recherchen durchzuführen, ist das korrekt, Mr. Field?"

„Wenn Sie es so ausdrücken …"

„Wie gesagt, Sie können online einen Antrag stellen – wie alle anderen – um die speziellen Sammlungen zu konsultieren."

„Ja, aber die Zeit drängt."

„Das tut sie, Mr. Field. *Meine* Zeit drängt, und ich habe davon so viel, wie ich gewillt bin, in diesen Anruf investiert. Auf Wiederhören."

Ich starrte mein Handy an. „Ich glaube, das lief ganz gut", sagte ich und nahm mein Portemonnaie vom Bett.

~

Als ich den Haupteingang der Universität erreichte, sah ich sie.

„Was für ein Zufall, dich hier zu treffen", sagte ich und wünschte, mir wäre etwas Originelleres eingefallen. Zum Glück schien sie es nicht zu bemerken. Sie war blasser als sonst und ihre Augen waren blutunterlaufen. Hatte sie geweint?

„Ist alles in Ordnung?"

„Äh, ja, alles gut."

Passanten rempelten uns an, als sie bewegungslos vor dem Eingang stand.

„Willst du nicht hineingehen?“

Ihr Blick schoss nervös hin und her, dann schüttelte sie den Kopf. „Ich weiß ehrlich gesagt nicht, was ich hier überhaupt mache.“

„Tja, lass uns doch erst einmal ein Stück beiseitetreten“, schlug ich vor und hakte mich bei ihr unter, um sie zu einer ruhigen Ecke des Innenhofs zu führen.

„Ich weiß nicht, was ich hier tue. Ich glaube, ich habe meine Meinung geändert“, sagte sie und schaute sich mit großen Augen um wie ein gefangenes Tier.

„Kann ich dir irgendwie helfen?“

Es war klar, dass sie mich nicht hörte. Sie war in Gedanken ganz woanders.

„Ich dachte, meine Mutter wäre krank. Ich kann nicht am Telefon mit ihr sprechen und mein Vater nimmt meine Anrufe nicht mehr an, seit …“ Sie brach ab.

Seitdem sie ihren sie misshandelnden Ehemann verlassen hatte? Was für eine Familie würde so etwas tun? „Ich habe meinem Bruder eine Nachricht geschickt. Er sagte, es ginge ihr gut, und dass es sich wohl um ein Missverständnis handeln müsse.“

„Das sind doch gute Neuigkeiten.“

Ich verstand nicht, was los war, aber sie war deswegen eindeutig verstört.

„Wollen wir spazieren gehen? Damit würdest du mich vor einem langweiligen Nachmittag in der Bibliothek retten.“

Das war eine unverfrorene Lüge. Bibliotheken waren für mich alles andere als langweilig, aber ich wusste, dass das etwas war, das Menschen manchmal sagten, und zu meiner Erleichterung nickte sie. Ich hatte keine rechte Ahnung, wohin wir gehen würden, aber das schien ihr nichts auszumachen. Solange es ruhig war. Wir ließen die Hauptstraße hinter uns und wanderten durch kleinere Straßen mit Boutiquen und Cafés. Ich fand den Heiligen Gral: *Tomes & Tea,* einen Secondhand-Buchladen mit einem Teesalon im ersten Stock. Ich wartete, bis Martha eine Kanne Tee und einen Scone mit extra viel Marmelade vor sich hatte, bevor ich wieder das Wort ergriff.

„Wir sind Freunde, richtig?“

Sie nickte nichtssagend und häufte einen Löffel Sahne auf ihren Scone.

„Und Freunde können einander Dinge erzählen, ohne Angst zu haben, verurteilt zu werden.“

„Henry, ich …“

„Aber sie können einander auch Dinge *nicht* erzählen und sich trotzdem auf den anderen stützen. Wenn sie es wollen. Was ich sagen möchte, ist, ob du es mir erzählen willst oder nicht, liegt ganz bei dir. Aber ich bin für dich da, egal wie.“

„Bis du dein Manuskript findest.“

„Nun ja …“ Sie durchschaute mich. Ich hatte ihr nichts anzubieten; selbst dieser Olivenzweig der Freundschaft war nur ein fadenscheiniger Ersatz für das, was ich wirklich empfand.

„Wenn wir ehrlich miteinander sein sollen, dann verstehe ich nicht, wie du jemandem einen Antrag machen und dann sofort in ein Flugzeug in ein anderes Land hüpfen kannst, um dort nach etwas zu suchen, das vermutlich nicht existiert.“

Diese Art Ehrlichkeit hatte ich nicht im Sinn gehabt.

„Du bist wohl kaum in der Position, mir Vorhaltungen über mein Liebesleben zu machen“, schoss ich zurück und bereute es sofort. „Ich meinte nicht …“

Ihr Stuhl schabte über den Boden, als sie aufstand. Ihre Augen brannten vor Verletztheit und vielleicht sogar Hass. Ich hasste mich selbst. Was für ein dummer Kommentar. Ich lief ihr nach, die Treppe hinunter, bat sie leise, zu warten, um keine Aufmerksamkeit zu erregen. Auf dem Weg durch den Buchladen betrat sie irrtümlich ein Vorzimmer, und dann waren wir beide ganz allein.

„Bitte, Martha. Es tut mir leid. Ich habe nicht nachgedacht. Das war ein dummer Kommentar.“

Sie schaute zur Decke und versuchte, die Tränen zurückzuhalten.

„Es ist egal. Ich hätte das nicht sagen dürfen, das war nicht nett von mir."

„Du hattest recht", sagte ich und trat näher. „Ich bin vor Isabelle weggelaufen. Vielleicht nicht bewusst, aber ich habe einen Weg gefunden, um nicht dort sein zu müssen. Ich weiß es nicht." Ich fuhr mir mit der Hand durchs Haar. „Ich dachte, es wäre das, was ich wollte, und dann habe ich Panik bekommen."

Die Bücherregale um uns herum dämpften unsere Worte. Blonde Strähnen fielen Martha ins Gesicht, und ihre Wangen glühten rot unter dem Gefühlsaufruhr in ihrem Inneren.

Sie biss sich auf die Unterlippe und lehnte sich gegen ein Bücherregal, während sie ihre Worte sorgsam wählte. „Liebe ist furchteinflößend."

„Jemand sollte ein Buch mit dem Titel schreiben."

Sie lächelte und schaute mir direkt in die Augen, als versuchte sie, etwas zu entscheiden. „Bist du verliebt?"

Das war so eine einfache Frage, doch von ihr, in diesem Kontext, kannte ich die Antwort darauf nicht. Wusste ich, wie sich Liebe anfühlen sollte? War ich je verliebt gewesen? Ich kannte die anfängliche Anziehung, danach eine Art Behaglichkeit, gefolgt von einem Gefühl des ... was? Des Unwohlseins. Als hätte ich die ganze Zeit gewusst, dass ich den praktischsten Weg eingeschlagen hatte und nun jeden Schritt darauf hasste. Als hätte ich mich auf der Universität für den falschen Kurs eingeschrieben und fühlte mich mit jedem Tag mehr und mehr gefangen. Als schaute ich über meine Schulter zu dem Leben, das ich hätte haben sollen, und wäre in meinem wirklichen Leben niemals wirklich präsent.

Sie gab es auf, auf eine Antwort zu warten.

„Ich glaube langsam, dass Liebe nicht furchteinflößend sein sollte. Vielleicht habe ich Shane gar nicht geliebt. Ich dachte, ich täte es, aber das ist die Falle, oder? Zu glauben, dass es der eigene

Fehler ist, weil man es nicht richtig macht. Aber wenn ich gewusst hätte, dass es nicht wirklich Liebe war, wäre ich früher gegangen."

Sie sprach nicht mehr mit mir, dennoch klangen ihre Worte in meinen Ohren wahr. Es war wie eine Unterhaltung, die sie schon mehrmals mit sich selbst geführt hatte.

„Ich dachte, das wäre Liebe: bei jemandem zu bleiben, egal, was passiert. Darauf zu warten, dass der Mensch, in den ich mich anfangs verliebt hatte, wieder zum Vorschein kommen würde."

Ich wollte die Arme nach ihr ausstrecken, sie halten, war mir aber nicht sicher, ob es das Richtige wäre.

„Wie konnte er dir nur wehtun?", flüsterte ich und sah das kleine Mädchen in ihr, das einfach nur geliebt werden wollte. Nicht grün und blau geschlagen. Sie schaute mich mit einem komplett ungeschützten Ausdruck im Gesicht an. Dieses Mal dachte ich nicht allzu viel darüber nach, sondern streckte die Hand aus und berührte ihre Wange, wischte die Tränen fort. Sie ließ es zu, und ich spürte, wie sie sich in meine Berührung schmiegte. Bevor ich mich versah, war sie in meinen Armen, ihr Gesicht zwischen meiner Schulter und meiner Brust vergraben. Wir tauschten keine Worte mehr miteinander. Es fühlte sich an, als würden die Bücher uns beschützen, und ich hoffte, dieser Moment würde nie vergehen, während ich ihren Nacken streichelte und meine Finger in ihren Haaren verlor.

„Mein Gott", sagte ich schließlich, nicht sicher, ob ich das laut ausgesprochen hatte oder nicht, bis sie sich zurückzog und mich ansah.

„Was ist?"

Ich suchte nach Worten, die sie nicht verschrecken oder mich wie einen Idioten klingen lassen würden. „Ich mag dich wirklich. Sehr sogar. Und ich weiß nicht, was ich deswegen machen soll."

Ihre ernste Miene wurde von einem Lächeln vertrieben, und dann lachte sie.

„Oh, danke. Danke dafür", sagte ich sarkastisch, die Arme immer noch um sie geschlungen.

„Ich glaube, ich mag dich auch sehr. Und ich weiß ebenfalls nicht, was ich deswegen tun soll."

Das stellte sich als unwahr heraus, denn sie wusste sehr genau, was sie tun sollte. Ganz langsam hob sie den Kopf und schaute mir direkt in die Augen, während sie sich mir näherte, bis unsere Lippen einander berührten. Zu sagen, dass ich ein Feuerwerk sah, wäre übertrieben, aber zu sagen, dass ich ein Feuerwerk in all meinen Adern *spürte*, war hundert Prozent korrekt. Ich beugte den Kopf und küsste sie so, als wäre es das erste Mal, dass ich jemanden küsste. Es fühlte sich ganz neu an. Wir passten perfekt zueinander. Ihre Fingerspitzen huschten von meiner Brust zu meinem Kiefer und dann durch meine Haare. Ich zog ihre Hüften näher an mich und hörte Martha seufzen.

Einen Moment lang hielt ich inne, und als ich sprach, hatte meine Stimme den rauen Ton von Barry White angenommen. „Ist das hier okay?"

Sie nickte, und dann waren ihre Lippen wieder auf meinen. Ich weiß nicht, wie lange wir da so standen. Es konnten zwanzig Minuten oder zwanzig Sekunden gewesen sein, bevor ein Kunde hereinkam und sich laut räusperte. Während ich stumm schwor, ihn im Schlaf zu erwürgen, fand ich Marthas Hand und umfasste sie.

„Willst du mit zu mir kommen?"

„Es gibt etwas, das ich vorher erledigen muss", sagte sie und zog mich im Laufschritt mit sich aus dem Laden.

„Wo gehen wir hin?"

„Trinity. Ich habe noch fünf Minuten, um mich für meinen Kurs einzuschreiben."

22. Kapitel

OPALINE

England, 1922

Meine Reise begann wie geplant, mit einem Besuch der *Brontë Society*. Einfach nur dort zu stehen, wo die Brontë-Schwestern gestanden hatten, auf die Moore hinauszuschauen, die Emilys Schreiben inspiriert hatten, war eine unglaublich berührende Erfahrung. Das Haus selbst stand wie eine Festung aus grauen Backsteinen, deren Strenge durch die großen Schiebefenster gemäßigt wurde. Ich versuchte, mir vorzustellen, wie es gewesen sein musste, hier zu leben, als Töchter eines streng religiösen Mannes, eng gedrängt an die Wildnis einer unnachgiebigen Landschaft. Junge Frauen, alte Jungfern wie ich selbst, ignoriert von der Welt der Männer und der Literatur, die ihre Herzen und ihre Leidenschaften in ihr Schreiben ergossen und die männlichen Pseudonyme Currer, Ellis und Acton Bell annahmen. Ich stand dort in Mr. Fitzpatricks Hosen und einem langen Mantel, ähnlich im Widerspruch zu den Beschränkungen unseres Geschlechts. Es war auch eine Verkleidung, für den Fall, dass Lyndon seine Spione losgeschickt hatte.

Nach Patrick Brontës Tod war der gesamte Haushalt entweder auf einer Auktion versteigert oder an diejenigen verschenkt worden, die in Haworth gearbeitet hatten. Die *Brontë Society* hatte das Glück gehabt, viele dieser Habseligkeiten zu erstehen, und ihre Archive waren recht beeindruckend. Ich fand Gedichte von Emily mit Anmerkungen ihrer älteren Schwester Charlotte, was mir sofort den Eindruck eines Machtkampfs zwischen den Schwestern vermittelte, wenn auch eines liebevollen. Es war allgemein bekannt, dass Charlotte das Meisterwerk ihrer jüngeren Schwester kritisch gesehen hatte. Im Vorwort zu der 1850er-Ausgabe von *Sturmhöhe*, in der Emilys Autorenschaft endlich anerkannt worden war, schrieb Charlotte:

> Ob es recht oder ratsam ist, Gestalten wie Heathcliff zu kreieren, weiß ich nicht; ich glaube es kaum. Sturmhöhe wurde in einer unwirtlichen Werkstatt mit einfachen Werkzeugen und aus heimatlichen Materialien geschaffen.

Charlotte war die Einzige der beiden, die geheiratet hatte. Und zwar Arthur Bell Nicholls, einen Vikar, der mit ihrem Vater zusammengearbeitet hatte und im Ort nicht sonderlich beliebt gewesen war. Ich hatte gelesen, dass er nach ihrem Tod – nur neun Monate nach ihrer Hochzeit – all ihre Habseligkeiten geerbt hatte. Vielleicht hatte die Ehe doch nicht zu ihr gepasst. Später war er in seine Heimat Irland zurückgekehrt und hatte dort seine Cousine geheiratet. Die *Honresfield Library* hatte viele der Manuskripte und Vermögenswerte aus seinem Besitz erworben, was mir einen Funken Hoffnung gab, dass ich dort bei meinem Besuch am nächsten Tag einen Hinweis finden würde.

Ich beschloss, im Inn zu Abend zu essen, das nur einen kurzen Spaziergang von meiner Unterkunft entfernt war. Ich bestellte mir einen herzhaften Shepherds Pie und saß am Fenster, wo ich an einem kleinen Glas Gin als Aperitif nippte. Kurz sprach ich mit dem Besitzer des Inns, der sich mit den Brontës auszukennen schien. Er verdiente gutes Geld mit den Besuchern des Pfarrhauses und sah es als seine Bürgerpflicht an, die Touristen über all das zu informieren, was der Kurator des Museums ausließ. Ich saß dort und las Elizabeth Gaskells Biografie über Charlotte Brontë. Leider konnte das, was über Emily bekannt war, kaum eine Seite füllen. Doch es wurde eine gewisse Martha Brown erwähnt – das

Dienstmädchen, das im Pfarrhaus gearbeitet hatte. Als der Sohn des Inn-Besitzers meinen Teller abräumte und den Tisch abwischte, bestellte ich noch ein Getränk und fragte, ob er, da er aus der Gegend stammte, etwas über deren Familie wüsste.

„Oh, aye, die Küstertocher. Sie hat nie geheiratet", sagte er auf eine Weise, die sehr trist klang.

Ich trank einen Schluck von meinem Gin. Warum wurde eine Ehe immer als Schlüssel zum Glück angesehen?

„Also gab es keine Familie, die sich um sie kümmern konnte, als sie krank wurde", fuhr er mit seiner unbarmherzigen Rufschädigung der unverheirateten Frau fort. „Ich glaube, sie starb allein in einer kleinen Hütte."

Ich trank noch einen Schluck. Mit einem Mal sah meine Zukunft recht düster aus.

„In dem Buch hier steht, dass sie einige der Familienandenken der Brontës geerbt hat. Ich frage mich, ob sie andere Verwandte hatte, denen sie die hatte vererben können?"

„Wie es der Zufall so will, ist mein Onkel John mit einem ihrer Neffen zur Schule gegangen."

Ich klatschte in die Hände. Es fühlt sich an, als hätte ich eine Spur entdeckt.

„Kann ich mit deinem Onkel sprechen?"

„Er ist im letzten Jahr gestorben."

„Oh, das tut mir sehr leid." Ich hielt meine Hände gefaltet, als würde ich für seine Seele beten.

„Ich erinnere mich, dass er sagte, die beiden Brüder hätten eine Buchhandlung in London. Einer von ihnen lebt dort noch. Vielleicht könnten Sie dort nachfragen?"

„O wundervoll. Kennst du den Namen?"

Er schaute, nach Inspiration suchend, nach oben.

„*Brown's Bookshop*?"

„Fabelhaft", sagte ich und reichte ihm ein paar Münzen für mein Mahl, bevor ich zu meiner Unterkunft zurückging.

Mein Termin, um die Sammlung in Honresfield zu studieren, war um neun Uhr morgens. Mr. Law war geschäftlich unterwegs, sodass seine Assistentin, eine sehr pflichtbewusste junge Dame namens Miss Pritchett, mich willkommen hieß. Während das Anwesen groß und der Wohlstand offensichtlich war, herrschte im Haus selbst eine eher praktische Atmosphäre. Ein Flügel war komplett einer bemerkenswerten Sammlung britischer Literatur gewidmet und enthielt Manuskripte von Robert Burns, Sir Walter Scott und Jane Austen.

„In ihrem Brief stand, dass Sie Interesse an der Brontë-Sammlung haben?", fragte Miss Pritchett und öffnete die großen hölzernen Flügeltüren zu einem kleineren Vorraum. „Ich glaube, hier finden Sie alles, was Sie brauchen." Sie reichte mir einen Bibliothekskatalog und ein paar weiche, weiße Handschuhe. „Mr. Law bittet darum, dass alle Besucher diese tragen. Wir müssen die Integrität des Papiers schützen."

„Natürlich", stimmte ich zu, während mein Blick schon über die Regale an den Wänden huschte, die alle möglichen Reichtümer beherbergten, die nur darauf warteten, entdeckt zu werden. Erstausgaben von *Stolz und Vorurteil* und *Die Abtei von Northanger*, ohne Zweifel von faszinierender Provenienz, doch ich musste mich auf die vor mir liegende Aufgabe konzentrieren. Mit großer Sorgfalt zog ich eine Erstausgabe von *Sturmhöhe* von einem Regal. Ich trug sie zum Tisch, auf dem eine Art kleine Staffelei stand, um das Buch aufzustellen. Es hatte noch seinen originalen Leineneinband und befand sich in tadellosem Zustand. Auf der ersten Seite entdeckte ich zu meiner Faszination, dass es mit einer Inschrift von Reverend Patrick Brontë an niemand anderen als Martha Brown versehen war, der Haushälterin der Familie und einem unbestreitbar sehr geschätzten Mitglied des Hausstands. Meine Sinne prickelten mit Verbindungen – was war ihr noch hinterlassen worden, und wo war es geblieben, wenn es nicht auf einer Auktion versteigert worden war?

Es gab viele Kästen mit unterhaltsamen, doch unwichtigen Briefen zwischen den Schwestern und Ellen Nussey, dazu etwas interessantere Korrespondenz zwischen Charlotte und ihrer ehemaligen Biografin Elizabeth Gaskell. Dann wurde es interessanter. Ich fand einen Brief von Charlotte an ihre Herausgeber, in dem sie sich über Thomas Cautley Newby beschwerte, den Mann, der *Sturmhöhe* und *Agnes Grey* veröffentlicht hatte. Er war allem Anschein nach ein kleiner Halunke, der von den Schwestern verlangte, fünfzig Pfund vorab zu zahlen, und zudem Kapital aus der Verwirrung um den Namen Bell schlug. Die damalige Theorie war, dass alle drei Bücher von einem Mann geschrieben worden waren. Natürlich hätte das nicht weiter von der Wahrheit entfernt sein können, denn Charlotte und Anne waren nach London gereist, um zu bestätigen: *Wir sind drei Schwestern.* Emily hatte die Anonymität ihres Pseudonyms vorgezogen und war zu Hause geblieben. Im Gegensatz zu ihren Schwestern suchte sie weder die Anerkennung der Londoner Literaturszene noch schien sie sich von Cautleys gierigem Charakter beunruhigen zu lassen. Vielleicht verstand sie, dass er sich nur seiner Natur gemäß verhielt, so wie sie auch.

Mir fiel ein Brief ohne Adresse auf, und ich überflog ihn schnell, denn mein Magen knurrte vor Hunger. Die Worte sorgten dafür, dass die Zeit stehen blieb.

London
15. Februar 1848

Sehr geehrter Herr,
ich bin sehr dankbar für Ihre freundliche Nachricht und werde mit größtem Vergnügen Arrangements für Ihren nächsten Roman treffen. Seine Fertigstellung würde ich nicht übereilen, denn ich glau-

be, Sie haben recht, ihn nicht in die Welt hinausziehen zu lassen, bevor Sie voll und ganz damit zufrieden sind, dazu hängt zu viel von Ihrem neuen Werk ab; wenn es eine Verbesserung Ihres ersten Romans ist, werden Sie sich als erstklassiger Novellist etabliert haben, aber wenn er dagegen abfällt, werden die Kritiker nur zu gerne sagen, dass Sie Ihr Talent in Ihrem ersten Roman aufgebraucht haben. Daher werde ich das Manuskript mit Freude annehmen unter dem Verständnis, dass seine Fertigstellung allein nach Ihrem Gutdünken stattfindet.
Glauben Sie mir,
geehrter Herr
Mit freundlichen Grüßen
T C Newby

Ich saß da und starrte die Worte vor mir blinzelnd an. *Ihr nächster Roman.* Hier war er, der unwiderlegbare Beweis, dass Emily – oder Ellis Bell – begonnen hatte, an einem zweiten Manuskript zu arbeiten. Es gab keine Aufzeichnungen über die „freundliche Nachricht", die sie geschickt hatte, aber offenbar hatte es ihrerseits ein leichtes Zögern bezüglich einer übereilten Veröffentlichung gegeben. Womöglich war sie schon damals nicht mehr ganz auf der Höhe gewesen und hatte sich der Aufgabe nicht gewachsen gefühlt? Oder sie war eine Perfektionistin gewesen, was wahrscheinlicher war, und hatte mehr Zeit gebraucht, um den Roman zu vollenden? Mein Kopf summte nur so vor Aufregung.

Auf der Suche nach einer weiteren Erklärung schaute ich mir den Eintrag im Katalog an.

> Brief von T.C. Newby, gefunden in Emilys Schreibtisch mit einem begleitenden Briefumschlag, der schlicht an Acton Bell adressiert war.

Aber ich wusste, dass er nicht für Anne gedacht sein konnte, weil ihr zweiter Roman bereits für die Veröffentlichung eingereicht worden war. Nein, das hier war eine Korrespondenz mit Emily bezüglich eines Nachfolgers zu *Sturmhöhe*. Ich wusste es! Ich lehnte mich auf dem Stuhl zurück und schaute aus dem breiten Schiebefenster in den Garten. Wenn Charlotte nach Emilys Tod deren Unterlagen zerstört hatte, würde ich das Manuskript niemals finden. Meine Hoffnung stieg und fiel mit jedem widerstreitenden Argument.

Dann erblickte ich etwas, das ich in einer Million Jahren nicht vorausgesehen hätte. Den Weg zum Haus hinauf kam ein Mann, von dem ich mir sicher gewesen war, ihn nie wiederzusehen. Armand Hassan.

~

„Was um alles in der Welt tust du hier?“, fragte ich, in der Eingangstür stehend und Miss Pritchett den Weg versperrend.

„Opaline.“

Er sagte nur meinen Namen, und sofort kam alles zu mir zurück. Paris, seine Wohnung, die Berührung seiner Lippen auf meiner Haut, der Duft seiner Haarpomade. Es war süchtig machend. Er schaute mir tief in die Augen, bis ich den Blick abwandte. Ich dachte, ich hätte meine Gefühle für ihn weit hinter mir gelassen, doch nun, wo ich ihn wiedersah, erkannte ich, dass ich sie nur versteckt hatte. All die Sehnsucht und der Schmerz waren noch da und noch genauso stark wie immer. Er nahm meine Hand und gab mir einen Kuss aufs Handgelenk, bevor er nähertrat und mich auf beide Wangen küsste.

Miss Pritchett räusperte sich hinter mir.

„Mr. Hassan?“, fragte sie. „Ich habe die Bücher, die Sie gewünscht haben, in den Salon gebracht.“

Ich trat zurück und ließ die beiden übers Geschäft reden. Dabei konnte ich nicht anders, als ihn zu beobachten; er war, wie immer, makellos gekleidet in eine cremefarbene Leinenhose und ein dunkelblaues Jackett. Seine Haut war nun noch dunkler, was zweifelsohne seinen Reisen zu verdanken war. Sein Haar glänzte wie Onyx, und ich musste mich zusammenreißen, um nicht die Hand auszustrecken und es zu berühren.

„Ich bin hier, um ein paar Illustrationen für eine Klientin anzuschauen. Doch morgen Nachmittag gehe ich zu einer Auktion von *Sotheby's*, falls das für dich von Interesse ist."

„*Sotheby's!*", wiederholte ich, und es gelang mir nicht, die Aufregung aus meiner Stimme herauszuhalten. Ich konnte unmöglich hingehen. Es war zu riskant, London aufzusuchen. Mein Lächeln fiel in sich zusammen.

„Nein, ich muss nach Irland zurück."

Er sah mich an, als würde er in meinen Augen nach Erinnerungen suchen. Ich wandte den Blick ab.

„Du trägst immer noch die Kette, wie ich sehe."

Instinktiv berührte ich das goldene Hamsa-Amulett, das er mir vor meiner Abreise aus Paris gegeben hatte. Kurz schlich sich ein ungebetenes Lächeln auf meine Lippen.

Natürlich hätte ich ihn abweisen sollen. Doch ich redete mir ein, dass ich Neuigkeiten aus Paris und von Sylvia benötigte. Dass er einer der wenigen Freunde war, die mir geblieben waren, und ich ohne seine Hilfe vermutlich zurück in London und in einer arrangierten Ehe gefangen wäre.

„Nun, vielleicht kann es nicht schaden, wenn ich mitkomme", sagte ich.

Oh, wie sehr ich mich irrte.

Er hielt mir den Verschlag eines glänzenden schwarzen Wagens auf. Wenn ich es nicht besser gewusst hätte, hätte ich gesagt, dass er zu Geld gekommen war, aber es wäre zu vulgär gewesen, ihn danach zu fragen.

„Meine Klientin", beantwortete er meine unausgesprochene Frage. „Sie ist sehr großzügig."

Sie. Ich schaute aus dem Seitenfenster, um den Anflug von Eifersucht zu verbergen, der mich durchstach. Unsere gemeinsame Zeit in Paris war mehrere Monate her; wie konnte es sein, dass ich immer noch diese Gefühle hegte?

„Ich bin so froh, dich zu sehen, Opaline. Oft habe ich mich gefragt, wie es dir wohl ergangen ist."

Und doch hatte er mir nie einen Brief geschrieben.

„Bist du noch immer in Dublin?"

„Natürlich", erwiderte ich recht angespannt. Wo sollte ich sonst sein? Hatte er erwartet, dass ich die Welt bereiste und in jedem Hafen einen Geliebten fand, so wie er? Den Großteil der Fahrt über schmollte ich und fragte mich, warum ich überhaupt mitgekommen war.

Wir bogen in eine geschäftige und schmuddelige Straße ein, die von Gebäuden aus dem achtzehnten Jahrhundert gesäumt war, in denen sich Läden befanden. An einem Ende rollten Straßenbahnen vorbei, am anderen die Busse von High Holborn.

„Ich dachte, wir würden zu *Sotheby's* gehen." Ich schaute mich um und zog meine Kappe tiefer in die Stirn, um mein Gesicht zu verbergen. Ich hatte mich entschieden, mich von Kopf bis Fuß in Männerkleidung zu kleiden, und mein großer Mantel verbarg meine Gestalt.

„Nur ein kurzer Zwischenstopp. Ich glaube, es wird dir gefallen."

„Bist du immer so rätselhaft?", fragte ich, als fände ich das nicht charmant. Er wusste, wie man Menschen einfing. Vor allem Frauen.

Wir befanden uns vor einer kleinen Buchhandlung direkt neben einem Trödelladen. Auf dem Bürgersteig standen die üblichen staubigen Schütten voller unverkäuflicher Waren, und das altmodische Schaufenster war in kleine quadratische Scheiben unterteilt. Daran entdeckte ich ein Schild:

Das hier sind die einzigen schmuddeligen Bücher, die wir führen.
Bitte vergeuden Sie nicht meine Zeit,
indem sie nach anderen fragen.

„Was um alles in der Welt …?“

Ich schaute auf und sah den Namen, der über der Tür angeschlagen war: *The Progressive Bookshop, 68 Red Lion Street.*

„Sollen wir?“ Armand hielt mir die Ladentür auf.

Ich war nicht sicher, in was für eine Lasterhöhle wir hier eintraten, hatte aber das wundervolle Gefühl, dass wir etwas Außerordentliches finden würden.

Ein nervös aussehender Mann in unserem Alter kniete auf dem Boden, den Kopf halb in einem Karton steckend, und murmelte Flüche vor sich hin, während er etwas suchte.

„Ich habe erfahren, dass Sie Werke vertreiben, die gegen das britische Gesetz gegen Obszönitäten verstoßen“, sagte Armand in einem ganz passablen Londoner Akzent.

Der Mann sprang auf und drehte seinen drahtigen Körper mit einer solchen Hast zu uns herum, dass ich einen Schritt zurücktrat (was in dem engen Laden eine beachtliche Leistung war).

„Armand Hassan, du Bastard!“, rief er aus, was Armand breit lächeln ließ, bevor die Männer einander umarmten wie lange verloren geglaubte Brüder.

„Ich wusste, dass du es bist“, sagte der Ladenbesitzer mit dem Anflug eines deutschen Akzents.

„Herr Lahr, darf ich Ihnen meine Kollegin vorstellen: Mademoiselle Opaline …“

„Gray“, unterbrach ich ihn. „Miss Gray“, wiederholte ich und streckte ihm die Hand hin.

„Freut mich", sagte er auf Deutsch, was ich als gutes Zeichen deutete.

Er bot uns einen Kaffee an, den Armand jedoch ablehnte, weil uns vor der Auktion nicht mehr viel Zeit blieb.

„Ich habe dein Exemplar hier. Preis wie vereinbart – immerhin muss ich mich für mögliche juristische Konsequenzen wappnen, du verstehst?"

„Natürlich", sagte Armand. „Meine Kundin ist ganz begierig darauf."

Meine Neugierde fühlte sich beinahe wie eine vierte Person im Raum an! Als er Armand das kleine, in braunes Packpapier gewickelte Paket überreichte und Armand anfing, die Geldscheine abzuzählen, fragte ich, ob ich es öffnen dürfte.

„Warum nicht?", erwiderte Armand.

Langsam und aufreizend wickelte ich das Buch aus, bis ich den Titel sehen konnte: *Lady Chatterleys Liebhaber*.

„D.H. Lawrence", sagte Armand.

„Der Mann ist ein literarisches Genie, und doch müssen wir seine Bücher unter dem Ladentisch verkaufen", warf Herr Lahr ein.

Ich wollte so dringend auch ein Exemplar dieses Buches. Nein, ich wollte zwanzig. Doch ich war mir bewusst, dass solch kontroverse Literatur zu verkaufen meinem kleinen Laden unwillkommene Aufmerksamkeit einbringen könnte. Aber ich musste es einfach lesen, und so verhandelte ich einen Preis für mein eigenes Exemplar, bevor wir zu *Sotheby's* fuhren, unsere verbotene Literatur hinter uns auf der Rückbank.

Eine aufgeregte Menge drängte durch *Sotheby's* dunkle Gänge in die große Auktionsgalerie und riss uns einfach mit. Armand nahm meine Hand und führte mich zu einem kleinen Alkoven an einer Seite des Raumes, wo wir eng nebeneinander gegen die Wand gepresst standen. Für einen schwindelig machenden Moment atmete ich seinen Duft ein und wurde wieder zu jener Nacht und der Hitze seines Körpers zurückgetragen. Ich hustete und lenkte mich damit ab, zu versuchen, die Anzahl der Anwesenden zu zählen.

„Mein Gott, was für ein Spektakel! Ich frage mich, was heute zur Auktion steht."

„Du hast den Katalog nicht gesehen? Es ist das Originalmanuskript von Lewis Carrolls *Alice im Wunderland*."

„Herr im Himmel!"

Armand borgte sich eine Broschüre von einem Mann, der hinter uns saß, und reichte sie mir.

„Ein Weihnachtsgeschenk für ein liebes Kind in Erinnerung an einen Sommertag." Ich hatte dieses Buch als Kind geliebt und war überrascht, zu erfahren, dass Charles Dogson (Lewis Carroll), ein Mathematiker in Oxford, das Buch 1864 als Geschenk an die Familie Liddell liebevoll geschrieben und illustriert hatte. Die Legende besagte, dass er sein surreales Märchen den Töchtern von Dekan Henry Liddell das erste Mal auf einer Bootsfahrt auf der Themse erzählt hatte. Irgendwann hatte er sich überzeugen lassen, das Werk zu veröffentlichen, und der Rest war Geschichte.

„Das ist faszinierend!", sagte ich, die leidenschaftlichen Gedanken von gerade eben vollkommen vergessen.

„Es gibt Gerüchte, dass die Gebote zehntausend Pfund übersteigen könnten."

Armand zeigte auf eine kleine, ältere Frau in einem schwarzen Kleid, die in der Menge kaum auffiel, und sagte mir, dass es sich um Alice Liddell Hargreaves handelte.

Ich schaute ihn aus großen Augen an. „Du meinst doch nicht … das kann nicht sein!"

Er nickte, zufrieden, derjenige zu sein, der über dieses Wissen verfügte.

„Sie ist die originale Alice. Sie hat die ganze Zeit an dem Manuskript festgehalten, aber seit dem Tod ihres Ehemannes ertrinkt sie in Steuerzahlungen."

„Doch nicht Reginald Hargreaves, der Kricketspieler?" Sie waren ein hoch angesehenes Paar in der Londoner Gesellschaft gewesen. Es musste sehr schmerzhaft für sie sein, das Manuskript zur Auktion freizugeben. Sie saß ganz vorn, mit erhobenem Kopf und intaktem Stolz.

Die Gebote begannen zögernd, wie es so oft ist, während die Bieter einander einschätzten. In einem Auktionssaal wird eine Art Poker gespielt, und niemand will seine Hand zu früh zeigen.

„Achttausendfünfhundert für den Mann im Alkoven", verkündete der Auktionator in dem Moment, in dem ich fühlte, wie Armand den Arm hob.

„Du hast mir nicht gesagt, dass du mitbieten willst", flüsterte ich.

„Für eine Kundin", sagte er auf seine geheimnistuerische Weise. Eine weitere reiche Klientin; die schien er zu sammeln wie Schneeglöckchen im Frühling.

Während die Gebote stiegen und stiegen, konzentrierte sich die Aufmerksamkeit auf einen kleinen, gut gekleideten Mann, der eine unmissverständliche Autorität ausstrahlte.

„Fünfzehntausend Pfund", verkündete er mit einem starken amerikanischen Akzent, als wollte er diese Scharade zu einem Ende bringen.

„Wer ist das?", fragte ich.

„*Merde!* Das, meine liebe Opaline, ist der Schrecken des Auktionssaals."

Der Hammer fiel mit einem entschiedenen Knall, und die angespannte Stille zersplitterte in einem Stimmengewirr. Einige verwundert, andere entsetzt, dass so ein ur-britisches Werk nun an einen Amerikaner verloren war. Der Mann putzte seine Brille, während einige seiner Mitbieter ihm gratulierten.

„Er hat mich dieses Jahr auf jeder Auktion überboten“, sagte Armand in einem stacheligen Tonfall, der von widerstrebender Bewunderung für den Mann zeugte. Als wir auf dem Weg aus dem Saal an ihm vorbeikamen, nickten die beiden Männer einander zu.

„Mr. Hassan, sagen Sie der Baroness, dass sie sich nächstes Mal mehr anstrengen muss.“

Unter diesem Geprahle plusterte Armand sich auf und versuchte, mich schnell aus dem Saal zu geleiten.

„Und wer ist Ihre Begleitung? Wollen Sie uns einander nicht vorstellen?“

„Abe Rosenbach, darf ich vorstellen, Mademoiselle ...“

„Gray“, unterbrach ich ihn wieder. „Ich bin eine Buchhändlerin aus Irland“, sagte ich und liebte, wie das klang.

„Wirklich? Hier, nehmen Sie meine Karte“, sagte er und zog eine Visitenkarte aus seiner Tasche. „Man kann nie wissen, wann wir mal Geschäfte zusammen machen.“ Sein Lächeln war von einer Zweideutigkeit getränkt, die ich ignorierte.

„Herzlichen Glückwunsch zu Ihrer Akquisition, Mr. Rosenbach.“

„Danke Ihnen, Miss Gray. Aber das hier ist nicht einfach nur eine Akquisition. Ich will dieses Manuskript schon seit vielen Jahren. Sehen Sie, es war das Buch, das meine verstorbene Mutter mir vorgelesen hat, als ich mit Windpocken im Bett lag. Ich schätze, bei meinem Fieber hatte ich den Eindruck, dass sie mir eine Geschichte aus ihrer Kindheit erzählte. Ich dachte, sie wäre Alice. Sie ist kurz darauf gestorben, und seitdem lese ich dieses Buch jeden Abend.“

Seine Geschichte rührte mich beinahe zu Tränen, und auch Armand wirkte ergriffen.

„Ha! Seien Sie nicht albern!“, bellte Rosenbach. „Vertrauen Sie niemals einem Buchhändler, der Sentimentalitäten in den Weg kommen lässt. Ich musste es besitzen, weil es das Einzige auf der Welt ist – mehr steckt nicht dahinter. Wenn ich es besitze, kann es niemand anderes haben. Ich kenne Männer, die ihr Vermögen in Gefahr bringen, halb um die Welt reisen, Freundschaften vergessen und sogar lügen, betrügen und stehlen, alles nur, um ein bestimmtes Buch zu ergattern."

„Mr. Rosenbach, es ist Ihnen gelungen, mich komplett zum Narren zu halten!", sagte ich, gereizt, weil ich mich von seiner Geschichte hatte einlullen lassen.

„Entschuldigen Sie vielmals, meine Liebe. Ich konnte nicht widerstehen. Nach der Liebe ist Bücher zu sammeln der aufregendste Sport der Welt."

„Was für ein Prolet", flüsterte ich Armand zu, als wir den Auktionssaal verließen, doch er antwortete nicht. Die beiden waren aus dem gleichen Holz geschnitzt, er und Rosenbach. Sie verspürten keine Schuldgefühle, keine Reue, und würden tun, was immer nötig wäre, um das zu kriegen, was sie wollten. Es ängstigte und faszinierte mich in gleichem Maße; so wie zu nah an einer Flamme zu stehen und zu hoffen, dass man nicht von ihrer Hitze verschlungen wird.

23. Kapitel

MARTHA

„Was lässt dich so dreinschauen wie die Katze, die den Kanarienvogel gefressen hat?“, fragte Madame Bowden, während ich ihr Bett machte. Das passierte nun ständig – ich befand mich mitten in den alltäglichsten Erledigungen und dachte daran, wie Henry mich geküsst hatte, und meine Wangen schmerzten, weil ich so sehr lächelte.

„Ich schätze, ich bin einfach glücklich“, antwortete ich.

„Unsinn. Der einzige Grund, warum eine Frau so errötet, ist ein Mann. Es ist der Gelehrte, oder?“

Nach unserem Besuch im Buchladen hatte er mich in sein B&B mitgenommen, aber wie sich herausstellte, hatte seine Vermieterin Geburtstag und im Haus wimmelte es nur so vor Gästen einer Überraschungsparty.

„Vielleicht.“

Er hatte mich danach nach Hause begleitet, aber ich hatte ihn nicht hereingebeten. Das mit uns war noch neu, und ich hatte das Fiasko mit der Geburtstagsfeier als Hinweis verstanden, nichts zu überstürzen. Allerdings hatte ich ihm einen Abschiedskuss gegeben. Wenn ich an diesen Kuss dachte, schmerzten meine Wangen am meisten, weil es der romantischste Kuss meines Lebens gewesen war. Unter einer Straßenlaterne, seine Hände in den Taschen meines Mantels, meine unter seinem Pullover, während seine Lippen langsam ihren Weg zu meinem Hals und meinem Schlüsselbein gefunden hatten. Noch nie war ich so geküsst worden, mit einer verlockenden Zärtlichkeit, als würde er mir sagen, dass ich noch viel mehr zu erwarten hätte. Das Kribbeln in meinem Unterleib drohte, mich komplett aufzulösen. Ich musste mich auf etwas

Banales konzentrieren.

„Haben Sie etwas für die Wäsche?“, fragte ich und merkte erst jetzt, dass sie mich die ganze Zeit mit einem wissenden Grinsen im Gesicht angeschaut hatte.

Ich sammelte die Wäsche ein und brachte sie in die Waschküche, die direkt neben der Küche lag. Während ich Weiß- und Buntwäsche sortierte, gingen meine Gedanken zu meiner Mutter. In einem Haus voller verwöhnter Männer hatten wir die Hausarbeit immer zusammen erledigt. Dabei hatte ich die Zeichensprache und meine Gabe, Menschen lesen zu können, an ihr geübt. Aber sie mochte es nicht allzu sehr, wenn ich sie las. Sie meinte, es wäre nicht richtig für eine Tochter, so viel über das Leben ihrer Mutter zu wissen. Ich habe sie nie gefragt, warum, aber als ich älter wurde, versuchte ich, diese Regel zu brechen. Doch im Gegensatz zu allen anderen Menschen, die ich bis dahin getroffen hatte, war meine Mutter auf diese Form des Eindringens vorbereitet und blieb wachsam. Es gab etwas, das sie vor mir verbarg, so viel war sicher. Und so fing auch ich an, Dinge vor ihr zu verbergen. Als ich später Shane kennenlernte, war unsere Beziehung schon sehr distanziert geworden, und zwischen uns herrschte eine andere Form der Stille. Sie sagte mir, dass ich einen Fehler beginge, dass sie ihm nicht traue, aber da war es bereits zu spät. Als wollte ich versuchen, etwas zu beweisen oder sie zu bestrafen (oder mich), bin ich in meine Ehe geschlafwandelt, wie man in den vorbeirauschenden Verkehr tritt. Und ich konnte niemand anderem die Schuld daran geben als mir.

Ich war gerade dabei, den Kamin im Wohnzimmer anzuzünden, als ich glaubte, eine Bewegung am Fenster zu sehen. Sofort dachte ich, dass es Henry sein könnte, und eilte zur Haustür, nur um kurz vorher meine Schritte zu verlangsamen. Als ich die Tür aufzog, wurde mir bewusst, dass Henry niemals durch die Haustür kommen würde; er klopfte immer an mein Fenster im Souterrain. Doch der Gedanke kam mir zu spät. Bevor ich Zeit hatte, zu reagieren, spürte ich einen harten Schlag gegen meinen Wangenknochen, der mich seitlich gegen die Wand stürzen und zu Boden gehen ließ. Shane. Ich schaute auf und sah, wie er ein Stück Papier auf die Straße warf, bevor er die Tür hinter sich zuschlug. Ich berührte mein Gesicht und spürte Feuchtigkeit, dann sah ich das Blut. Shanes harte Miene und sein angespannter Kiefer verrieten mir alles, was ich wissen musste. Er hatte jetzt die Kontrolle.

„Du scheinst deine Erinnerungen zu verlieren, Martha."

„W-was?"

„Du hast wohl vergessen, dass du verheiratet bist."

„Ich …"

„Ich habe dich verflucht noch mal gesehen."

„Wovon redest du da?"

„Gestern Abend. Du hingst an dem Kerl wie eine Schlampe. Willst du es mir so heimzahlen?"

Heimzahlen? Was? Ich roch den Alkohol an ihm. Niemand konnte vorhersagen, was er jetzt tun würde. Schnell überschlug ich im Kopf die sichersten Optionen: Wenn ich mit ihm ginge und meine Strafe, wie auch immer sie ausfallen würde, annähme, könnte ich erneut versuchen, zu fliehen – sofern ich dazu noch in der Lage wäre. Wie konnte es sein, dass ich mich wieder in dieser Situation befand? Er trat meine Beine mit dem Fuß zur Seite und ging in den Flur hinein. Mit einem Mal sah ich eine Zukunft vor mir, in der ich vorsichtig planen und die am wenigsten gefährlichen Möglichkeiten abwägen musste, um mit diesem Mann zu leben. Mein Dasein wäre darauf reduziert, Shanes Gewalt zu überleben.

„Wenn Mitch gestern Abend nicht bei mir gewesen wäre, als ich gesehen habe, wie er dich geküsst hat, hätte ich den Kerl mit meinen eigenen Händen erwürgt."

„Henry? Bitte sag, dass du ihm nichts angetan hast!“ Bilder, wie Shane ihn auf dem Heimweg gestern Abend überfiel, blitzten vor meinem inneren Auge auf.

„Henry? Was zum Teufel ist das für ein Name?“

Er packte meinen Arm und versuchte, mich hochzuziehen, aber ich blieb auf dem Boden.

„Du bist meine Frau, Martha. Du gehörst mir!“

„Ich gehöre mir selbst“, erwiderte ich, denn ich war es leid, zu versuchen, ihn zu beschwichtigen. Was spielte es noch für eine Rolle? Was ich auch sagte, er würde immer dieser wütende Mensch sein. Ich sah jetzt, dass ich nicht der Grund dafür gewesen war.

„Ich erinnere mich nicht, Sie hereingebeten zu haben“, ertönte eine Stimme hinter uns. O je, Madame Bowden. Ich wollte lieber sterben, als so von ihr gesehen zu werden. Als Opfer.

„Ich habe es bereits gesagt. Deine Mutter hat Krebs und will, dass du nach Hause kommst.“

„Du verdammter Lügner!“ Ich fand meine Stimme wieder. „Wie konntest du es wagen, wegen so etwas zu lügen? Und selbst wenn meine Mutter auf dem Sterbebett läge, würde ich nicht dorthin zurückkehren.“

Er zögerte, aber nur einen Moment.

„Ich bringe dich jetzt nach Hause.“

„Sie ist keine Topfpflanze“, sagte Madame Bowden mit einem Sarkasmus, der in dieser Situation kaum angemessen war. Sie würde noch dafür sorgen, dass wir beide umgebracht würden.

„Ich werde nicht mit dir gehen“, sagte ich und rutschte auf dem Fußboden nach hinten, um Madame Bowden zu schützen. Ich vertraute meinen Beinen nicht, dass sie mich aufrechthalten würden.

Shane schüttelte ungläubig den Kopf.

„Du undankbare Schlampe … Ich habe dir alles gegeben.“ Er machte einen Schritt auf mich zu und fing an, mich an den Haaren zu ziehen, aber ich klammerte mich an den Pfosten des Treppengeländers.

„Warum tust du das, Shane? Warum willst du mich zurückhaben? Wir sind nicht glücklich zusammen … Wenn wir es wären, würdest du mir nicht so wehtun“, sagte ich und zeigte auf das Blut auf meinem Gesicht.

Diese Frage hatte ich ihm nie zuvor gestellt. Weil mir der Mut gefehlt hatte. Meine Stimme klang wie von meinem Körper getrennt. Aber es schien zu wirken, denn er hielt einen Moment inne, die Hände immer noch um meine Handgelenke gekrallt.

„Du treibst mich dazu, Martha. Das weißt du.“

Ich war der Sündenbock für alles, was in seinem Leben schiefgelaufen war. So musste er sich nie irgendetwas stellen. Selbst jetzt noch gab er mir die Schuld, bedachte mich mit allen Schimpfwörtern unter der Sonne. Ich drehte den Kopf zu Madame Bowden, doch sie war nicht länger hinter mir.

„Du hörst nicht auf, meine Knöpfe zu drücken …“

Und dann berührte ihn etwas, schubste ihn so hart, dass er durch die hölzernen Spindeln des Geländers auf die Treppe stürzte, die zum Souterrain führte. Das Brechen des Holzes war wie eine Maschinengewehrsalve, gefolgt von einem Übelkeit erregenden Aufprall und einem Knacken.

„Was ist passiert?“, fragte ich. Im Flur war es dunkel, und ich hatte auf einmal das Gefühl, dass ich allein war. Die Stille war furchteinflößend. Ich konnte mich nicht bewegen. Mein Blick verschwamm.

„Ist er tot?“ Sobald die Worte ausgesprochen waren, flog meine Hand zu meinem Mund.

Endlich hörte ich das Geräusch von Madame Bowdens Gehstock auf dem Boden. Sie schaute sehr lange den Treppenabgang hinunter, dann drehte sie sich um und fragte mich, ob mit mir alles in Ordnung wäre. Ich kam mir vor wie in einem Traum. Die Geräusche der Menschen vor dem Haus verrieten mir, dass die

Welt sich noch drehte, aber ich hatte trotzdem das Gefühl, dass sie geendet hatte. Ich rappelte mich auf und schaute über Madame Bowdens Schulter. Runter, runter, runter und da war er. Er lag ausgebreitet auf dem Boden, ein Bein in einem unmöglichen Winkel unter ihm gefangen. Der Knochen ragte aus seiner Haut. Ich fürchtete, mich übergeben zu müssen, und behielt die Hand auf den Mund gepresst. Als mein Blick seine Augen erreichte, wurde deutlich, dass auch sein Kopf nicht richtig war. Irgendetwas stimmte nicht, aber ich konnte nicht sagen, was.

„Ich will, dass du deinen Mantel anziehst und für mich einkaufen gehst."

„W-was? Wovon reden Sie da?"

Madame Bowden wirkte verstörend ruhig.

„Ich brauche einen Braten für heute Abend und eine schöne Flasche von dem französischen Beaujolais, den ich so mag."

„Ist das Ihr Ernst? Haben Sie gesehen, was gerade passiert ist?"

Ich schaute wieder zu Shane. Es war seltsam, unsere Rollen so vertauscht zu sehen; ich, die über seinem verletzten Körper stand. Ich suchte nach einem Anflug von Erkenntnis in seinen Augen – vielleicht lebte er noch. Aber da war nichts. Ich begann, am ganzen Körper zu zittern.

„Martha", wiederholte sie und legte mir eine Hand auf die Schulter. „Ich will, dass du das Haus verlässt und tust, worum ich dich gebeten habe. Bei deiner Rückkehr wird alles gut sein."

Ich ging die Straße hinunter, ohne etwas zu sehen. Hier draußen konnte ich beinahe glauben, dass es nicht passiert war. Dass ich irgendeine Art Anfall gehabt und mir die ganze Sache eingebildet hatte. Ich tat genau das, worum Madame Bowden mich gebeten hatte. Ich ging zum Schlachter und kaufte einen Braten. Ich ging zum Spirituosenhändler und fand den Wein, den sie so mochte.

Und doch schwammen die ganze Zeit dieselben Worte in meinem Kopf herum: *Hatte sie ihn geschubst?*

Ich ging ein Dutzend Male die Ha'penny Lane hoch und runter; die Griffe der Einkaufstüten schnitten mir in die Finger. Wie könnte ich dorthin zurückkehren? Und was meinte Madame Bowden mit: „Alles wird gut sein!" Rief sie einen Arzt oder Krankenwagen? Auf der Straße war davon nichts zu sehen. Ich könnte einfach gehen, dachte ich. Ich könnte weggehen und nie wieder zurückkommen. Aber was war mit Henry? Ich brauchte mein Handy, um zu hören, ob es ihm gut ging, und das Handy befand sich im Haus.

Ich nutzte meinen Schlüssel, um die Haustür aufzuschließen. Im Flur war es jetzt heller. Die Blumen in der Vase standen in voller Blüte und das zerbrochene Treppengeländer war repariert. Ich ließ die Einkaufstüten auf dem Boden stehen und zwang mich, über das Geländer zu schauen. Shane war fort.

„Ich fürchte, Ihr Ehemann ist gestern Abend aus dem Fluss gezogen worden." Ein Detective stand vor mir, das kleine schwarze Notizbuch aufgeklappt, den Stift gezückt. „Seine Mutter hat ihn vor über einer Woche als vermisst gemeldet. Hatten Sie während dieser Zeit Kontakt zu ihm, Mrs. Winter?"

„Nein." Ich war keine Schauspielerin. Ich stand immer noch komplett unter Schock.

„Gehe ich recht in der Annahme, dass Sie schon seit einiger Zeit getrennt waren?"

Ich nickte und biss mir auf die Lippen, um das Zittern zu unterdrücken.

„Ich verstehe." Er schaute an mir vorbei in den Flur. „Und darf ich fragen, wo Sie letzten Donnerstag am Nachmittag waren?"

„Ja, äh, Donnerstagnachmittags erledige ich die Einkäufe."

„Kann das irgendjemand bestätigen?"

„Natürlich." Ich gab ihm den Namen und die Adresse eines jeden Ladens, den ich an jenem Tag aufgesucht hatte.

Ich erhaschte einen Blick auf mich im Flurspiegel. Meine Wange hatte ich dick überschminkt, aber ich wusste nicht, wie lange das halten würde.

„Ich muss zu Hause anrufen, ihnen erzählen, was passiert ist", sagte ich, und er klappte dankbarerweise sein Notizbuch zu.

Ich drückte die Tür hinter ihm fest ins Schloss und kehrte ins Wohnzimmer zurück, wo Madame Bowden auf mich wartete. Ich lehnte mich gegen den Türrahmen und schaute ihr direkt in die Augen.

„Was haben Sie getan?"

„Ich habe gar nichts *getan*. Ich habe nur dafür gesorgt, dass sich um die Angelegenheit gekümmert wird. Und ich schlage vor, dass du den anklagenden Ton aus deiner Stimme heraushältst."

„Wir haben das Gesetz gebrochen! Das glaube ich zumindest."

„Welches Gesetz? Das, das besagt, man darf den Leichnam eines gewalttätigen Mannes nicht aus seinem Souterrain entfernen und woanders ablegen? Ich habe uns beiden viele Probleme erspart. Es würde dir nicht wehtun, ein wenig Dankbarkeit zu zeigen."

„Ist das allen Ihren Ehemännern passiert?", rief ich, nicht länger sicher, auf wen oder was ich wütend war.

„Die Gefühle sind in Aufruhr", sagte Madame Bowden und stand langsam aus dem Sessel auf. „Daher werde ich so tun, als hätte ich das nicht gehört." Damit ging sie die Treppe hinauf zu ihrem Schlafzimmer.

Ich sackte auf der Couch zusammen. Seit jenem Tag hatte sie sich um mich gekümmert. Sie hatte meine Mahlzeiten zubereitet und mich ermutigt, zu essen, wenn ich das Gefühl hatte, keinen Bissen runterzubekommen. Sie hatte mir versichert, dass das, was mit Shane passiert war, nicht meine Schuld wäre. Es war ein Unfall. Sie hat mich überzeugt, dass der Polizei die Wahrheit zu sagen nur Misstrauen erregen und mich zu einer Verdächtigen mit Motiv machen würde.

„Wir waren beide hier“, hatte sie gesagt und meine Hand getätschelt. „Wir wissen beide, was passiert ist. Es war ein Unfall.“

„Ja, ein Unfall“, hatte ich wiederholt. „Wir waren beide hier.“

24. Kapitel

HENRY

Ich dachte, ich würde nie aus Heathrow herauskommen. Reisende aus allen Ecken der Welt schienen es darauf angelegt zu haben, mein Fortkommen zu verlangsamen. Oder vielleicht bewegte ich mich auch nur mit mehr Elan, als ich es gewohnt war. In der Metro dachte ich an Isabelle und daran, was ich sagen würde, wenn ich dort wäre. Es war, wie an eine alte Bekannte zu denken und nicht an die Frau, mit der ich vor wenigen Wochen noch geplant hatte, den Rest meines Lebens zu verbringen. Wie war das passiert? Ich wusste nur, dass ich das mit uns beenden musste, und zwar von Angesicht zu Angesicht. Martha zu küssen hatte keine Zweifel in mir zurückgelassen. Ich hatte ihr einen Brief geschrieben, in dem ich alles erklärte, und ihn auf der Treppe neben den Milchflaschen zurückgelassen. Es war zu früh gewesen, um sie zu wecken, und außerdem war es einfacher, mein Herz auf Papier auszuschütten. Ich konnte nicht wissen, was die Zukunft bereithielt, aber ich war mir darüber im Klaren, dass Isabelle und ich füreinander nicht richtig waren. Nicht, nachdem ich nun das Gefühl empfunden hatte, nach dem ich mich mein ganzes Leben gesehnt hatte und nur zu verängstigt gewesen war, um es zu verfolgen.

Ich hörte die Ankündigung für die Pimlico, stieg aus und eilte die Stufen der Station hinauf. Die Straßen waren jetzt ruhiger, wo der Berufsverkehr vorbei war, und die Parks spielten Gastgeber für Eltern, die zuschauten, wie ihre kleinen Kinder die eigene Unabhängigkeit auf Klettergerüsten erprobten. Ich probte auch etwas. Meinem Bauch zu vertrauen. Ich kam in der Denbigh Street an, die von reich verzierten Reihenhäusern mit Balustraden im Erdgeschoss und zarten, gelben Londoner Backsteinen in den beiden oberen Stockwerken gesäumt war. Als ich auf die Klingel drückte, spürte ich die Übelkeit in meinem Magen toben.

Ein Licht ging an und ich hörte ihre Schritte, bevor sie die Tür öffnete.

„Henry!"

Sie zog mich in eine Umarmung, und ich war nicht sicher, was ich tun sollte. Nachdem ich ihr gesagt hätte, was ich zu sagen hatte, würde sie mich nicht mehr umarmen wollen.

„Warum hat du nicht gesagt, dass du kommst? Ich habe Cassie und James auf ein paar Drinks eingeladen. Das macht dir doch nichts aus?" Sie war eine manikürte Version von Schönheit. Ihre glänzenden, dunkelbraunen Haare waren zu einem perfekten Dutt zusammengesteckt, das cremefarbene Seidenkleid fiel perfekt über ihren athletischen Körper.

„Äh, ich muss mit dir reden. Allein."

Meine Miene war unmissverständlich.

„Was ist? Ist alles in Ordnung?"

Ich stand immer noch auf der Türschwelle. Mein Gott, mein ganzes Leben schien sich auf Türschwellen abzuspielen. Niemals richtig drinnen oder draußen, niemals mit dem Gefühl, irgendwo hinzugehören. Sie trat zu mir nach draußen und zog die Tür hinter sich zu.

„Es ist zu kalt für dich", sagte ich.

„Das ist egal. Ich habe das Gefühl, dass diese Unterhaltung nicht allzu lange dauern wird."

Ich schaute sie an. Sie hatte schon immer eine bessere Intuition besessen als ich. Sie war die klügste Frau, die ich je kenngelernt hatte. Es hatte keinen Sinn, zu versuchen, die „richtigen" Worte zu finden, weil es die einfach nicht gab.

„Du bist eine großartige Frau …"

„O Gott."

„Was?"

„Bitte alles, nur nicht die *Es liegt nicht an dir, es liegt an mir*-Ansprache. Das ist beleidigend, Henry."

„Aber es stimmt! Es liegt an mir. Ich bin das Problem."

„Das weiß ich. Also warum verlässt du mich?"

Mist. Das war der Grund, warum Menschen logen. Es war wesentlich leichter, jemanden anzulügen, als zu sehen, wie sie den Schmerz deiner achtlosen Worte ertrugen.

„Weil ich glaubte, zu wissen, was Liebe ist. Ich dachte, es wäre etwas, das ich … managen könnte. Du und ich, wir wissen, wie wir zusammen sein könnten. Wir hatten eine gute Beziehung. Aber ich weiß, wenn du ehrlich bist, denkst du dasselbe. Wir waren kein …" Ich suchte den Himmel nach einer Inspiration ab. „Feuerwerk."

„Wow." Sie wischte sich eine einsame Träne aus dem Augenwinkel.

„Du musst doch auch Zweifel gehabt haben, Issy." Dummerweise dachte ich, dass sie mir zustimmen würde.

„Erwarte nicht, dass ich dir das hier leichter mache, Henry. Weißt du, die Sache ist die: Ich liebe dich. Sehr sogar. Und ich dachte, wir hätten Feuerwerk." Sie hatte die Arme fest um ihre Mitte geschlungen.

Ich fühlte mich zehn Kilo schwerer. Was konnte ich sagen, um es besser zu machen?

„Es tut mir leid. Isabelle. Wirklich. Ich wollte dir niemals wehtun."

Sie sagte nichts, mochte mir nicht mal in die Augen schauen.

„Ich fühle mich schrecklich", gestand ich.

„Du fühlst dich schrecklich? Versuch mal, auf der Türschwelle von deinem Verlobten abserviert zu werden, bevor wir noch Gelegenheit hatten, einen Ring auszusuchen! Das hier muss eine Art Rekord sein."

Nichts, was ich sagte, kam richtig rüber.

„Du bist ohne mich besser dran."

„Endlich etwas, in dem wir uns einig sind."

Damit ging sie ins Haus zurück und knallte mir die Tür vor der Nase zu. Ich vergrub das Gesicht in den Händen und merkte kaum, als die Tür wieder aufging.

„Und hier ist dein ganzer Scheiß", sagte sie und reichte mir einen schwarzen Müllsack. „Ich hoffe, sie ist es wert." Wieder knallte die Tür ins Schloss.

Es war schon spät, als ich nach Hause zurückkehrte. Das Gebäude nebenan war von einem Gerüst eingekleidet, was es im Licht der Abendsonne aussehen ließ, als wäre es in einem goldenen Käfig gefangen. Ich ging unsere Auffahrt hinauf und bemerkte ein E-Bike, das dort stand, wo der alte VW-Golf meiner Mutter immer gestanden hatte. Als ich den Schlüssel im Schloss umdrehte, wurde ich von dem Duft eines Brathähnchens willkommen geheißen, was in mir den Appetit auf eine Mahlzeit weckte, von der ich geglaubt hatte, sie nie wieder zu essen. Nicht nach meinem Gespräch mit Isabelle. Noch nie hatte ich mich so unsicher gefühlt, wer ich war, und das sagte so einiges über einen Mann, der sein ganzes Leben im Schatten der Meinung anderer Leute verbracht hatte. Ich fühlte mich leer.

„Henry!", rief meine Mutter von der Küche und eilte in den Flur. Sie zog mich in eine feste Umarmung, und ich fragte mich abwesend, warum sie ein langes, weißes, mit Farbe bespritztes Hemd und ein Bandana auf dem Kopf trug. Sie war normalerweise eine Perlen-und-Twinset-Frau, die die Illusion aufrechterhielt, dass wir noch Geld besaßen und mein Vater nicht alles versoffen hatte.

„Du siehst anders aus", sagte ich.

„Ich habe mit dem Malen angefangen! Annie von nebenan geht jeden Donnerstag zu einem Kurs und …"

„Das machen sie nur, damit sie sich junge, nackte Models anschauen können“, kam die unverwechselbare, monotone Stimme meiner Schwester, die mit ihrem Mann Neil im Schlepptau in schweren Doc Martens die Treppe hinunterkam.

„Ach Lucinda, wirklich!“, protestierte meine Mutter und verdrehte gespielt beleidigt die Augen.

Die Augen meiner Schwester waren schwarz umrandet, und während ihr pechschwarzes Haar ihr beinahe bis zum Po reichte, hatte sie sich den Pony in einer sehr harten, geraden Linie geschnitten, der ihr ein ernstes Aussehen verlieh. Wir alle machten einen Hindernislauf daraus, aus dem Flur in die Küche zu gehen, und es war unbeholfen, aber vertraut, und dafür war ich dankbar.

„Warum hast du nicht gesagt, dass du kommst? Ein Anruf wäre nett gewesen“, sagte Mum und zog sich Ofenhandschuhe an, bevor sie sich vorbeugte und das Hähnchen und die Röstkartoffeln aus dem Ofen holte. Ich deckte den Tisch, während Lucinda und Neil sich weiter küssten, als wären wir nicht da.

„Das war eine sehr spontane Entscheidung.“

„Eine Überraschung für Isabelle?“

Ich ließ das Geräusch der Teller und des Bestecks die nutzlose Antwort übertönen, die mir auf der Zunge lag.

„Das mit Isabelle und mir war ein Fehler“, sagte ich schließlich, und in diesem Moment wurde mir erst bewusst, wie wahr das war. „Das wussten wir beide. So ist es besser.“ So. Kein Raum für irgendwelche Debatten.

Meine Mutter blieb einen Moment wie eine Statue stehen, den Mund zu einem „o“ geformt.

„Ihr jungen Leute heutzutage“, scherzte meine Schwester und boxte mir gegen den Oberarm, was die Situation ein wenig rettete.

„Mein Gott, du bist unglaublich schwanger“, sagte ich, als ich den Umfang ihres Bauchs bemerkte.

„Jupp, sie ist in den letzten paar Wochen ordentlich aufgegangen“, stimmte Neil zu, was ihm einen Tritt gegen das Schienbein einbrachte.

„Es sind noch zwei Wochen bis zum Stichtag", stöhnte sie, aber es sah aus, als wäre Neil derjenige, der leiden würde.

~

Beim Abendessen lauschte ich, wie sie sich angeregt über ihre Zukunftspläne unterhielten, und mir wurde klar, dass sich in meiner kurzen Abwesenheit die Dinge zu Hause verändert hatten. Und zwar zum Guten. Meine Mutter war zu einer Art Ökokriegerin Schrägstrich militanten Radfahrerin geworden, und Lucinda wirkte, nun ja, glücklich.

„Also, wie war Irland?", fragte Neil. Seine dunklen Augen schimmerten unter dem stark zurückgekämmten dunklen Haarschopf. „Lu meinte, du würdest nach einem alten Buchladen suchen. Das klingt cool."

Ich trank meinen letzten Schluck Wein, bevor ich antwortete.

„Er entzieht sich mir. Aber ich habe vielleicht etwas anderes Interessantes gefunden", sagte ich und spürte das Lächeln auf meinen Lippen.

„Was?", fragte Mutter, die auf der Arbeitsplatte ein *Vienetta*-Eis in Scheiben schnitt. Sie liebte ein klassisches Dessert.

„Ich habe jemanden kennengelernt. In Irland. Ich werde mit dem nächstmöglichen Flieger zurückfliegen."

Alle Gesichter wandten sich mir zu. Ich konnte kaum glauben, dass ich das eben gesagt hatte. Aber so sicher war ich mir.

„Du willst ernsthaft das Land verlassen, nur damit du keine Windeln wechseln musst?", fragte meine Schwester verblüfft.

„Das ist ein bisschen extrem, Mann", stimmte Neil ihr zu.

Mutter schnitt noch eine Scheibe von der Eiscreme ab. Sie entschied, dass es ein Thema war, das sie allein angehen sollte.

„Henry, mein Süßer, ich weiß, du bist ein kleiner Spätentwickler, aber ich will nicht, dass du dich jetzt in eine Art Schürzenjäger verwandelst."

Ich konnte nicht anders, als zu lachen. Wenn sie nur wüsste.

„Du bist also nur zurückgekommen, um dich mit Isabelle zu treffen? Was ist mit Dad?"

Lucinda war immer sein größter Fan gewesen. Ihr war es irgendwie gelungen, die schlimmsten Zeiten seines Trinkens zu verpassen, und er hatte seine Launen nie an ihr ausgelassen.

„Was soll mit ihm sein?"

„Willst du ihn nicht besuchen? Er hat nach dir gefragt."

„Du hast ihn gesehen?"

„Natürlich", antwortete sie und warf meiner Mutter einen Blick zu.

„Du auch?", fragte ich.

Sie schüttelte den Kopf.

„Nein, ich mache mit meinem Leben weiter. Ich muss jetzt meine Bedürfnisse an erste Stelle setzen. Ihr seid beide erwachsen und könnt eure eigenen Entscheidungen treffen. Er wird immer dein Vater sein, Henry, aber alles andere liegt allein bei dir."

Wenn es bei mir läge, wäre er ein besserer Vater gewesen. Es hatte nie bei mir gelegen. Immer nur bei ihm.

25. Kapitel

OPALINE

England, 1922

Am nächsten Morgen erwachte ich von dem Geräusch des Milchwagens, der seine Lieferungen machte. Das Tageslicht hatte kaum begonnen, die rosafarbenen Vorhänge zu durchdringen, doch ich konnte den Umriss seiner Schulter ausmachen und das dunkle Haar auf dem Kissen. Armand schlief so fest, dass es mich meine ständigen Selbstzweifel infrage stellen ließ. Immerzu zweifelte ich mich selbst an, meine Entscheidungen, meine Bedürfnisse und meine Fähigkeiten. Oh, ein Mann zu sein, der sich seiner selbst immer sicher ist! Und seines Platzes in dieser Welt.

Indem ich Miss Gray wurde, versteckte ich mich nicht nur vor Lyndon, ich versteckte mich vor allen und allem. Vor den Erwartungen an mein Geschlecht, das zu sein, was ich nicht länger war – rein, schüchtern, passiv. Ich wünschte, wir wären noch immer in Paris, wo normal zu sein verpönt wurde und die Regeln zu brechen zum Erwachsenwerden dazugehörte.

Ich hatte nicht gut geschlafen, oder gar nicht. Meine Gedanken waren ständig zu Matthew zurückgekehrt. Er hatte den Laden kurz besucht, bevor ich abgereist war. Ich glaube, ihm war das, was passiert war, peinlich; wie wir einander an jenem Abend gehalten hatten. Ich dachte, dass er gar nicht gekommen wäre, wenn er nicht die Miete hätte kassieren müssen. Aber seine guten Manieren hatten ihn davor bewahrt, sich rein geschäftlich zu geben, und so hatte er angefangen, über den Laden zu sprechen und über seinen Kindheitstraum, Zauberkünstler zu werden.

„Ein Zauberer?“, wiederholte ich ungläubig. Wie um seinen Punkt zu beweisen, griff er hinter mein Ohr und fand eine kleine gläserne Murmel. Ich streckte die Hand aus, um sie zu nehmen, doch irgendwie hatte sie sich in Luft aufgelöst.

„Wie hast du das gemacht?“, fragte ich mit einem breiten Lächeln.

„Ah, das kann ich nicht verraten.“

Wenn ich meine Gefühle nur so leicht hätte verschwinden lassen können. An den Tagen, an denen er vorbeikam, war alles heller, sonniger, glücklicher. Aber wenn er zu seiner Familie zurückkehrte, fühlte ich mich elendig.

„*Mon Opale*“, flüsterte Armand und vergrub sein Gesicht an meinem Hals.

Ich ließ ihn seine Arme um mich legen, um die Einsamkeit zu verscheuchen. Ich hatte nicht vorgehabt, mit auf sein Zimmer zu gehen, aber ich schätze, von der Minute an, in der wir einander in Yorkshire gesehen hatten, war es unausweichlich gewesen. Und doch kam ich nicht umhin, zu denken, dass ich gegenüber den anderen Frauen, mit denen er ins Bett ging, keinen besonderen Platz in seinem Herzen einnahm. Tja, ich würde ihn nicht denken lassen, dass mir etwas an ihm lag. Auf diese Weise würde ich nicht verletzt werden. Das war die Begründung einer Idiotin, aber wie sagt man so schön: Liebe macht blind.

„Ich muss gehen“, sagte ich schließlich und gab ihm einen leichten Kuss auf die Wange.

„*Mais non, reste.*“

„Das geht nicht. Mein Schiff läuft diesen Abend aus, und ich muss mich vorher noch um einige geschäftliche Dinge kümmern.“

„Geschäfte?“ Er stützte sich auf einen Ellbogen und sah zu, wie ich mich anzog. Mein Gott, er war umwerfend! Ein Adonis. Ich musste ihm den Rücken zuwenden, während ich meine Bluse zuknöpfte.

„Ein Buch.“

„Natürlich geht es um ein Buch. Erzähl mir davon."

Ich drehte mich um und sah ihn an. Ja, er war wunderschön, und ja, er war eine wertvolle Verbindung in der Welt des Buchhandels. Er hatte mir außerdem geholfen, aus Paris zu fliehen. Und doch war mir bei *Sotheby's* bewusst geworden, dass er aus dem gleichen Holz geschnitzt war wie Rosenbach. Rücksichtslos, zielstrebig und gierig. Was Bücher anging, war ich das vielleicht auch, denn in diesem Moment wurde mir klar, dass es unter Dieben womöglich Ehre gab, man das Gleiche aber nicht über Buchhändler sagen konnte.

„Vielleicht kann ich noch ein wenig bleiben", sagte ich und kniete mich neben ihm aufs Bett, sodass er mir die Bluse wieder aufknöpfen konnte. Einsamkeit ist kein wählerischer Bettgefährte. Im Gegenteil, je unangemessener die Begleitung, desto mehr passte sie zu meiner fatalistischen Einstellung, was die Liebe anging. Etwas sagte mir, dass ich sie nie finden würde, warum also sollte ich mir die Mühe machen, mich für sie aufzusparen?

Ich hatte nicht viel Zeit. Das Klappern meiner Absätze auf dem Bürgersteig hallte in meinen Ohren, als ich die Nummern an den Haustüren überflog. Meine Suche hatte mich nach Soho geführt, in ein kleines Gassengewirr hinter der Regent Street. Ich war meinem Wort treu geblieben und hatte Armand nichts von meiner Detektivarbeit bezüglich Emily Brontës zweitem Roman erzählt. An diesem Morgen hatte ich einen Entschluss gefasst, an den ich mich für den Rest meines Lebens halten würde: Die Arbeit käme immer an erster Stelle. Doch ich hatte ihn gefragt, ob er mir einen Händler nennen könnte, der sich mit Buchhandlungen auskannte, die nicht länger existierten. Nach einem interessanten Vormittag in Mayfair wurde mir die Adresse von *Brown's Bookshop* gegeben.

Dort befand sich jetzt das Büro eines Anwalts, aber aus verlässlicher Quelle wusste ich, dass die vorherigen Besitzer das Apartment über dem Laden behalten hatten. Ich klopfte längere Zeit an die Tür, bevor eine ganz in schwarz gekleidete Frau mittleren Alters mir öffnete.

„Mrs. Brown?“, riet ich.

„Ja“, erwiderte sie und hob ihren Kopf ein wenig an, um durch die Brille zu gucken, die ihr auf der Nase herunterrutschte. „Kenne ich Sie?“

„Nein, wir kennen einander nicht, und es tut mir leid, Sie zu stören, aber ich hatte gehofft, mit ihrem Mann sprechen zu können. Es geht um seinen Buchladen und seine Tante, Martha Brown.“

Sie lächelte auf traurige Weise. „Oh, es ist eine Weile her, dass wir einen von denen bei uns hatten, nicht wahr, Reginald?“

Es war niemand außer uns da, aber ich nahm an, dass Reginald oben war, denn sie schaute in den Himmel.

„Einen was?“

„Einen Brontë-Fan. Kommen sie herein“, sagte sie einladend, denn es hatte angefangen, zu nieseln. Wir stiegen die Treppe hinauf und kamen in einen hübschen kleinen Salon, der auf die Straße hinausging. Auf jeder Oberfläche lagen Spitzendeckchen, aber nirgendwo war auch nur ein einziges Buch zu sehen. Das war kein guter Anfang. Ich nahm an dem angebotenen kleinen, runden Tisch vor dem Kamin Platz.

„Wir sollten einen Tee trinken“, sagte sie, wieder zu einer unsichtbaren Person. Innerhalb weniger Minuten trug ein junges Mädchen mit misslicher Miene ein Tablett mit Tassen, Untertassen und einer silbernen Teekanne herein.

„Danke“, sagte ich, ohne eine Antwort zu erhalten.

„Nun, sie mag zu Recht verärgert wirken. Ich werde ihre Anstellung auflösen und bei meiner Schwester in Cornwall leben müssen. Ich kann es mir nicht länger leisten, hier zu wohnen“, erklärte Mrs. Brown traurig.

Nachdem ein höflicher Zeitraum vergangen war, fragte ich nach Mr. Brown, und ob ich wohl mit ihm sprechen könnte.

„Oh, aber meine Liebe, Sie kommen vierzehn Tage zu spät. Mein geliebter Reginald ist von uns gegangen, in genau jenem Sessel." Sie zeigte auf einen Ohrensessel in der Ecke. „Daher der Umzug zu meiner Schwester."

„Ah, ich verstehe", sagte ich und verfluchte meine schlechte Planung. „Ihr Verlust tut mir sehr leid, Mrs. Brown, und ich werde nicht mehr von Ihrer Zeit mit meiner albernen Detektivarbeit in Anspruch nehmen."

Sie bat mich, noch ein wenig zu bleiben, zumindest, bis der Regen nachgelassen hatte, der inzwischen zu einem wahren Monsun angewachsen war.

„Außerdem habe ich nicht mehr oft die Gelegenheit, über unsere alte Buchhandlung zu reden. Ich habe es genossen, dort zu arbeiten."

„Darf ich fragen, was aus Ihren Beständen geworden ist? Haben Sie alles verkauft?"

„Alles, was jemanden wie Sie interessieren könnte, fürchte ich. Oh, damals gab es viele Händler, die begierig darauf waren, alles, was mit der Brontë-Familie zu tun hatte, in die Finger zu kriegen. Selbst ein Buch über Vögel, das der Familie gehört hatte!", rief sie verwundert aus. „Ich meine, mal ehrlich, es gibt doch einen Punkt, an dem man eine Grenze ziehen muss."

Sie hatte keine Ahnung, mit wem sie hier sprach! Wenn es um die Suche nach Büchern ging, gab es keine Grenze. Alles, was mit dem Leben eines Autors zu tun haben könnte, war von Interesse. „Außerdem, wenn ich jetzt noch etwas zu verkaufen hätte, würde ich mich nur zu gerne davon trennen. In meinem Alter werde ich alle Mittel benötigen, die ich bekommen kann."

Für eine alleinstehende Frau war das Leben schwierig, das wusste ich. Ich erzählte ihr von meinem Geschäft in Dublin und, so jämmerlich das auch klingen mochte, aalte mich in ihrem Lob über meine Unabhängigkeit.

„Aber nun muss ich wirklich gehen, Mrs. Brown. Wenn auch widerstrebend“, sagte ich, als ich mir der Zeit bewusst wurde Ich musste den Zug nach Liverpool erreichen, um rechtzeitig zu meinem Schiff zu kommen.

„Oh, es tut mir so leid, dass Sie den ganzen Weg hierhergekommen sind in der Hoffnung, etwas zu finden, und ich Ihnen so gar keine Hilfe war“, sagte sie und bemühte sich, aufzustehen, um mich zur Tür zu geleiten. „Warten Sie, vielleicht habe ich doch etwas, das Sie interessiert.“ Sie verschwand in einem anderen Zimmer. Als sie zurückkehrte, hielt sie eine kleine Blechdose in den Händen.

„Die hatten wir im Laden, aber sie ist nie verkauft worden“, erklärte sie und reichte sie mir.

„Was ist das?“

„Ein altes Nähkästchen, das Charlotte gehörte.“

Ich riss die Augen auf. Ich konnte es nicht fassen, dass ich eine ihrer bescheidenen und doch persönlichen Habseligkeiten in Händen hielt, etwas, das sie jeden Tag benutzt hat. Ich klappte den Deckel auf und enthüllte eine ordentliche Reihe von Nähgarnen in dunklen Tönen und ein besticktes Nadelkissen, in dem verschiedene Nadeln steckten.

„Laut meinem Ehemann, der es natürlich von Martha selbst gehört hatte, war es ein Geschenk von Branwell an Charlotte gewesen. Auch wenn es Gott weiß kein großartiges Geschenk war! Er war dem einen oder anderen Gläschen gegenüber nicht ganz abgeneigt.“

Ich wusste durch meine Recherchen, dass er mehr als nur nicht abgeneigt gewesen war; er hatte während seines gesamten Lebens mit Alkohol- und Drogenabhängigkeit zu kämpfen gehabt. Ich habe mich oft gefragt, ob Hindley Earnshaws chaotischer Absturz ins Glückspiel und die Sucht in *Sturmhöhe* auf Branwell basierte, der oft unter Delirium tremens litt, wenn er versuchte, trocken zu werden.

„Zwei Pfund und es gehört Ihnen“, sagte sie.

In jeder anderen Situation hätte ich nach einem Beweis für die Herkunft eines solchen Gegenstandes verlangt, aber ich beschloss, ihr zu glauben. Außerdem dachte ich, wie amüsant es wäre, wenn sie eine Schwindlerin wäre, die mir ihr eigenes Nähkästchen verkaufte, indem sie es als Sammlerstück der Brontës ausgab.

Ich reichte ihr das Geld, das, wie sie sagte, in ihren Pensionsfonds gehen würde, und machte mich auf die Rückreise in meine Anonymität in Dublin. Vielleicht war ich überwachsam, aber in London gelang es mir nicht, das Übelkeit erregende Gefühl abzuschütteln, beobachtet zu werden.

Mein Ausflug nach England war drei Monate her, und auch wenn ich nicht damit gerechnet hatte, von Armand zu hören, war es ein wenig verletzend, meine Gedanken jeden Morgen vom Briefträger bestätigt zu bekommen. Doch ich fand ein Gefühl der Erfüllung in dem, was ich erreicht hatte, und in dem Erfolg meines wundervollen kleinen Ladens, der irgendwie immer Platz für die wachsende Anzahl von Büchern zu finden schien, die ich führte. Ich vermutete schon länger, dass hier etwas vor sich ging, das außerhalb meines Verständnisses lag, als hätte Mr. Fitzpatrick einen Zauber über den Ort gelegt. Nachts, wenn sich der Schlaf wie ein Fluchtpunkt meinem Zugriff entzog, machte ich mir oft einen Kakao und saß, in eine Decke gewickelt, auf dem Boden des Ladens. Das atmende Geräusch, das ich hören konnte, seitdem ich ein Kind gewesen war, beruhigte meine Nerven sofort. Es waren die Geschichten, die sich zwischen den Seiten zur Ruhe begaben. Nur hörte ich nun auch andere Geräusche. Ich schlurfte zu einer der Wände und presste, obwohl ich mir ein wenig dumm vorkam, ein Ohr daran. Ein leises Knarren, wie die Äste eines Baumes, der sich leicht im Wind bog. Ich lächelte und sank oft so in einen tiefen Schlaf, zusammengerollt in einer Ecke der dunkelgrünen Wände, während über mir die hölzernen Regale mit flatternden Buchblättern schimmerten.

~

Ich erwachte im Morgengrauen, und ein pfirsichfarbenes Licht fiel durch die Fenster. Ich hatte einen sehr lebhaften Traum von der Art gehabt, die einen in ein Gefühl getränkt zurücklässt, dessen Bedeutung man nicht ganz greifen kann. In dem Traum lauschte mein Vater den Büchern und lächelte. Sagte mir, ich solle gut zuhören. Ich hielt mir eines ans Ohr und hörte einen Herzschlag. Dann zwei; der zweite leichter, schneller. Und wie ein Apfel, der zu Boden fiel, fiel das Verständnis über mich. Ich legte eine Hand auf meinen Bauch und spürte einen leichten Tritt. Seit meiner Heimkehr hatte ich meine Monatsblutungen nicht gehabt, was ich auf das Reisen geschoben hatte oder auf alles andere als das, was es wirklich bedeutete. Jetzt spürte ich die Wölbung meines Leibes; es war real. Eine Träne rollte mir über die Wange.

„Das wird nicht leicht werden", flüsterte ich mir oder dem Laden zu. Ich war mir nicht sicher. Aber ich konnte die Freude nicht leugnen, die in mir aufstieg. Ein Baby. Ein Baby! Widerstreitende Gefühle stürmten durch mich hindurch: Angst, Aufregung, Furcht, Dankbarkeit. Ich fühlte mich zu jung, zu unfähig, um Mutter zu sein, aber gleichzeitig genoss ich die Vorstellung, eine eigene Familie zu haben.

Ich verlor jegliches Zeitgefühl, während ich mir eine ideale, komplett andere Zukunft für mich vorstellte. An diesem Tag öffnete ich den Laden sehr spät, aber es fühlte sich an, als wäre es der erste Tag meines Lebens. Alles war von Optimismus vergoldet und in Bedeutung verwurzelt. Ich sah jeden Kunden als das Kind, das er einst gewesen war, oder das Elternteil, zu dem er werden würde. Ich sah uns alle als miteinander verbunden, eine universelle Familie. Und in den ruhigeren Minuten stellte ich mir das Leben, das in mir wuchs, wie eine kleine Rosenknospe vor; eine unvergleichliche Schönheit, die die Welt allein durch ihre Anwesenheit zu einem helleren Ort machen würde. Erst als die Nacht hereinbrach, fing mein glühendes Herz an zu zweifeln. Die Realität übertrat meine Türschwelle in Form von Matthew, der kam, um die Miete zu kassieren. Ich musste es ihm sagen. In einem Monat oder so würde er es selbst sehen. In weiteren sechs Monaten würden zwei von uns hier leben. Mit einem Mal schien alles sehr schwer zu wiegen. Was würde er von mir denken?

Ich wünschte, der Laden könnte sich um uns herum schließen und uns in Sicherheit hüllen, die Welt draußen halten. Ich wünschte, wir könnten uns für immer innerhalb dieser Wände verstecken.

26. Kapitel

MARTHA

Sobald die Autopsie abgeschlossen wäre, würde der Leichnam innerhalb weniger Wochen zur Beisetzung freigegeben werden. Es wurde beschlossen, dass ich an der Beerdigung teilnehmen müsste, um jegliches Misstrauen zu zerstreuen. Das waren nicht meine Pläne, sondern die von Madame Bowden. Bei ihrer ruhigen Herangehensweise an dieses Thema fing ich wirklich an, mich zu fragen, ob sie ihre Ehemänner aus dem Weg geräumt hatte. Und ich erkannte, wie vorausschauend es von ihr gewesen war, dafür zu sorgen, dass ich ein Alibi hatte, das meine Geschichte bestätigen konnte.

„Warum tun Sie das für mich?", fragte ich sie später an jenem Abend, als ich trotz meiner Erschöpfung nicht schlafen konnte. Jedes Mal, wenn ich die Augen schloss, spielte sich die Szene wieder in meinem Kopf ab.

„Warum tue ich was? Ich stelle nur sicher, dass der Gerechtigkeit genüge getan wird."

„Aber so ist es nicht gewesen." Ich konnte immer noch nicht mit Sicherheit sagen, was passiert war. War er so betrunken gewesen, dass er das Gleichgewicht verloren hatte und gefallen war? Jedes Mal, wenn ich die Vorgänge im Kopf durchging, sah ich, dass er geschubst wurde. Aber von wem oder was? Von einer unsichtbaren Macht? Steckte mehr in Madame Bowden, als man auf den ersten Blick sah? Ich wusste nicht, ob sie mein Schutzengel war oder der Teufel in Verkleidung. Sie zu lesen war schwer. Es gab so viele Geschichten, die mich ablenkten; zu viele für ein einziges Leben. Sie hatte mir mal erzählt, dass sie als Schauspielerin ihre Rollen glaubhaft hatte verkörpern müssen. Vielleicht lebten die immer noch in ihr, wie Geister.

„Martha, Tatsache ist, dass Shane betrunken und mit bösen Absichten hergekommen ist. Er war der Architekt seines eigenen Untergangs, und das ist das Einzige, das es wert ist, von jenem Tag in Erinnerung behalten zu werden."

Sie klang so überzeugend, dass ich versuchte, mich an ihren Worten festzuhalten wie an einem Rettungsring, wann immer ich drohte, in der Dunkelheit zu ertrinken. Ich war nicht sicher, wie ich die Beerdigung durchstehen sollte. Meine Familie. Shanes Eltern. Ich dachte darüber nach, Henry zu bitten, mich zu begleiten, aber das wäre auf so vielen Ebenen falsch gewesen. Außerdem hatte ich mich immer noch nicht bei ihm gemeldet. Der Schock über Shanes Tod hatte meine Sinne gelähmt. Ich überlegte, ihm eine Nachricht zu schicken, aber was sollte ich sagen? Ich musste ihn persönlich sehen.

Ich nahm den Bus nach Rialto und fand das Bed & Breakfast, zu dem er mich mitgenommen hatte. Das fühlte sich jetzt an, als wäre es in einem anderen Leben gewesen.

„Ah, hallo meine Liebe, Sie suchen nach einem Zimmer?"

Ein kleiner Mann mit über die Halbglatze gekämmten Haaren öffnete die Tür, wobei er ein Bein quer über die Schwelle stellte, als ein bellender Hund versuchte, in die Freiheit zu flüchten.

„Nein, ehrlich gesagt suche ich nach jemandem, der hier wohnt. Henry Field? Er ist Engländer", fügte ich an, als der Name ihm nichts zu sagen schien.

„Oh, Henry. Natürlich. Nein, meine Liebe, der ist nach Hause zurückgekehrt."

„Nach Hause?"

„Nach England."

Ich stolperte einen Schritt zurück, als wäre ich angeschossen worden. Es fiel mir schwer, das alles aufzunehmen.

„Geht es Ihnen gut? Sie sehen ein wenig blass um die Nase aus, wenn ich das sagen darf."

Ich nickte und versuchte, einen zusammenhängenden Satz zu bilden. „Wann ist er abgereist?"

„Oh, das ist schon ein paar Tage her."

„Ich … ich …"

„Sorry, meine Liebe, im Fernsehen wird das Spiel übertragen", sagte er mit sehnsüchtigem Blick den Flur hinunter, wo ein Torjubel zu hören war.

„Kein Problem."

Die Tür wurde geschlossen, bevor ich noch mehr sagen konnte. Der Schock wich einem anderen Gefühl. Demütigung. Ich schaute auf mein Handy. Es gab nicht einmal eine Nachricht von ihm. Es war offensichtlich: Nach unserem Kuss musste er erkannt haben, dass das ein Fehler gewesen war, den er nun bereute. Natürlich bereute er ihn. Ich presste mir die Handballen auf die Augen. Vielleicht hatte ich ihm nur leidgetan. Ja, das musste es sein. Er hatte Mitleid mit mir gehabt, und ich hatte es als aufrichtiges Interesse fehlinterpretiert. Vermutlich hatte es ihm nichts bedeutet. Oder ihm war zu spät bewusst geworden, dass er einen Fehler begangen hatte, und nun wusste er nicht, wie er mir das sagen sollte. Meine Finger zitterten, als ich seinen Kontakt aufrief. Ich blockierte ihn, bevor ich das Handy in meine Hosentasche zurücksteckte.

Dann stolperte ich die Straße hinunter. Ich hatte nicht damit gerechnet, dass es so sehr wehtun würde. Ich wusste immer, dass er abreisen würde, aber nie hätte ich gedacht, dass er ohne ein Wort seine Sachen packte. Ich blieb stehen und atmete tief durch. Nie wieder würde ich einem Mann die Macht geben, mir wehzutun. Wenn es eines gab, in dem ich gut war, dann darin, allein zu sein. Nun konnte mich nichts mehr verletzen.

Die Zeit verging unberechenbar. Ich verlor ganze Tage an Flashbacks und Erinnerungen, um dann wieder in eine Realität zurückkatapultiert zu werden, von der ich kaum glauben konnte, dass sie passierte. Wieder zurück im Dorf zu sein, war ein Schock für mein System. Aber für die Beerdigung meines Mannes zurück zu sein, war noch mal eine ganz andere Geschichte. Es fühlte sich surreal an. Die Leute hatten mich schon immer ein wenig „seltsam" gefunden. Ich hatte versucht, mich wie jeder andere zu benehmen, passte aber nie so ganz dazu. Ich hatte nie das Gefühl gehabt, hierher zu gehören.

Shanes Mutter leitete nach dem Tod seines Vaters den örtlichen Supermarkt allein, und sie wurde oft als Säule der Gemeinschaft bezeichnet. Sie hatte mich immer gut, wenn auch ein wenig reserviert behandelt. Auch sie wusste, dass ich irgendwie anders war. Oder vielleicht kannte sie ihren Sohn nur besser, als sie sich anmerken ließ. Besser, als ich ihn gekannt hatte. Möglicherweise hatte sie die Prellungen gesehen und gewollt, dass ich schwieg. Sie konnte nicht zulassen, dass so ein Skandal ihr geschäftlich schadete. Und ich hatte schweigend mitgemacht. Ich hatte auch keinen Staub aufwirbeln wollen und irgendwie geglaubt, dass ich zum Teil schuld an allem war. Ich musste etwas falsch gemacht haben. Wenn ich sie las, sah ich nur, dass sie eine Frau war, die ihre Familie nahezu mit blinder Hingabe liebte.

Madame Bowden hatte angeboten, mich zu begleiten, aber ich wollte sie nicht dort haben. Das Dorf und seine Bewohner waren mir peinlich. Ich musste einfach nur den Tag überstehen, dann wäre alles vorbei. Zumindest redete ich mir das ein.

Ich saß mit Shanes Mutter zusammen in einer schwarzen Limousine.

„Tja, ich hoffe, dass Dublin das wert war."

„Wie bitte?"

„Was für eine Frau stellt ihren Job über ihren Ehemann?" Sie hatte geradeaus auf die Straße gestarrt, aber nun war der Blick aus ihren rot geäderten Augen auf mich gerichtet.

„Das habe ich nicht."

„Und mein armer Shane, er hat deinen Träumen nie im Weg gestanden. Er sagte, es würde ihm nichts ausmachen, wenn du ein paar Monaten weg wärst. Oh, aber er hat sich so darauf gefreut, dich wieder mit nach Hause zu bringen."

Er hatte ihr nicht erzählt, dass ich ihn verlassen hatte. Ich atmete tief ein. Natürlich hatte er das niemandem erzählt. Wie sollte er das erklären? Entweder hatte seine Mutter keine Ahnung von seinen Gewalttätigkeiten, oder ihr Kopf ließ nicht zu, dass sie sah, was ihr ins Gesicht starrte. *Nicht mein Sohn.*

„Wenn der Unfall nicht gewesen wäre …" Sie brach ab, schluckte ihre Worte hörbar hinunter und presste sich ein Taschentuch an die Nase. „Warum warst du wirklich dort, Martha?"

„Ich …" Meine Stimme brach. „Es tut mir leid."

Sie umklammerte meine Hand so fest, dass ich fürchtete, meine Knochen würden brechen.

„Ich weiß, was die Leute sagen; dass es Selbstmord war. Aber das glaube ich nicht."

Ich nickte und spürte, wie mein Körper von einer Mischung aus Schuldgefühlen und Erleichterung erschüttert wurde. Niemand hegte einen Verdacht.

Der Tag verging in kurzen Sequenzen wie ein Avantgarde-Film. Die Rede seines Onkels in der Kirche. Der offene Sarg. Shanes kaltes, weißes Gesicht, das so unschuldig aussah wie das eines Kindes. Der Friedhof und das Weinen seiner Mutter, als der Sarg in die Erde hinabgelassen wurde. Das Hotel danach, und seine Freunde, die erzählten, wie Shane und ich einander kennengelernt hatten. Liebe auf den ersten Blick. Meine Brüder, die mit Pints anstießen und sagten, was für ein feiner Kerl er gewesen war. Immer bereit, die Autos seiner Kumpels zum Freundschaftspreis zu reparieren. Niemals versucht, sich um seine Runde im Pub zu drücken. Als würde das einen guten Mann ausmachen. Ich weinte nicht ein einziges Mal. Ich machte mir Sorgen, dass die Leute das seltsam finden würden, aber der Priester versicherte mir, dass wir alle unsere Trauer auf unterschiedliche Weise ausdrückten.

Meine Eltern boten an, mich zu der Wohnung zurückzufahren, die ich mir mit dem Mann geteilt hatte, der versucht hatte, mich zu töten. Der Mann, der nun selbst tot und begraben war. *Es war ein schrecklicher Unfall.* Diesen Satz hatte ich mir wie ein Mantra wieder und wieder vorgesagt. Wenn man etwas oft genug sagte, wurde es wahr. Das war zumindest der Plan. Ich drehte den Schlüssel im Schloss, aber sobald ich eintrat, wusste ich, dass ich nie wieder hierbleiben könnte. Wo ich auch hinschaute, sah ich all die Male, bei denen er mich bedroht, mich angeschrien, mich geschlagen hatte. Kurzfilme ohne Anfang und Ende. Ich wusste nie, wo die Streitigkeiten begannen. Ich hatte versucht, sie zu irgendeinem logischen Anfangspunkt zurückzuverfolgen, aber den gab es nie. Alles konnte seine Wut entzünden, und je mehr ich versuchte, die Teile von mir abzulegen, die ihn zu nerven schienen, desto weniger blieb von mir übrig. Ich existierte nur in seiner Welt, zu seinen Bedingungen, und alles nur, um diese „Liebe auf den ersten Blick“ zu überleben.

Ich wandte mich zu meiner Mutter um, und ohne dass ich etwas sagen musste, verstand sie, worum ich sie bat. Ich fuhr mit ihnen nach Hause.

Ich schlief nicht, sondern lag nur in dem Bett meiner Kindheit und fragte mich, wie ich an diesen Punkt gelangt war. Als die ersten Strahlen der Morgensonne durch die dünnen Vorhänge fielen, hatte ich ein paar Entscheidungen getroffen. Ich würde nie wieder in dieses Dorf zurückkehren. Egal, wie es passiert war, mir war eine zweite Chance für einen Neuanfang gegeben worden. Ich zog mich schnell an und ging auf Zehenspitzen zur Hintertür. Gerade, als ich den Riegel zurückschob, hörte ich eine Stimme hinter mir, deren Worten ich kaum zu trauen wagte.

„Ich bin froh, dass er tot ist", sagte sie.

Ich drehte mich um und sah meine Mutter dort in ihrem alten Morgenmantel stehen, die Arme eng um ihre Mitte geschlungen. Das waren die ersten Worte, die ich je von ihr gehört hatte. Rostig und halb geflüstert, bestätigten sie, was ich die ganze Zeit vermutet hatte – sie hatte sich selbst verstummen lassen. Aber warum? In diesem Moment wurden all die ungeweinten Tränen in mir entfesselt, und wir hielten einander sehr lange fest.

„Komm mit mir", sagte ich schließlich.

Ich wusste, dass sie meinen Vater nicht verlassen würde. Er war ein guter Mann. Es war nur so, dass einige Menschen eine sehr andere Definition von „gut" hatten.

Sie zeichnete mit den Händen, dass ich gehen sollte, dass ich frei sein und mein Leben genießen sollte. Das wäre alles, was sie je für mich gewollt hatte.

„Ich hätte dich vor ihm retten müssen."

Ihr Gesicht war weiß wie die Wand. Erst jetzt erkannte ich, wie viel Schuld sie sich selbst gab.

„Das hättest du nicht gekonnt. Er hat mich von allen isoliert, hat mir das Gefühl gegeben, es wäre allein meine Schuld. Ich konnte es niemandem erzählen, weil ich mich so geschämt habe."

„Ach Liebes, ich dachte, du würdest dich für *mich* schämen! Deshalb habe ich mich ferngehalten."

Ich umarmte sie erneut so fest wie ich nur konnte. Jetzt war es so offensichtlich, wie sehr er mich manipuliert hatte. Ich würde ihm niemals verzeihen. Niemals.

27. Kapitel

HENRY

Felicity Grace Field beschloss, ihren Eintritt in die Welt zwei Wochen zu früh zu absolvieren. Lucinda hatte mich überzeugt, noch ein paar Tage in London zu bleiben, um Neil zu helfen, letzte Hand ans Kinderzimmer zu legen. Um drei Uhr am Morgen hörte ich panische Stimmen vor meiner Zimmertür – meine Mutter, die Neil laut nach der Krankenhaustasche fragte, Neil, der sich selbst schalt, weil er die Autoschlüssel verlegt hatte, meine Schwester, die beide anbrüllte, sie sollten aufhören, so eine stresserfüllte Umgebung für das Baby zu produzieren. Ich sprang aus dem Bett und lief auf den Flur, wo Lucinda mit nackten Füßen in einer Pfütze stand.

„Was ist los?", fragte ich dümmlich.

„Ich bekomme ein Baby", erwiderte sie, und es gelang ihr tatsächlich noch, sarkastisch zu klingen.

„Wie, jetzt?"

„Ja, jetzt", äffte sie mich nach.

In dem Moment kam meine Mutter mit Hausschuhen und einem Mantel in der Hand zu uns. Ich stand bewegungslos da und sah zu, wie sie beide sich abmühten, Lucinda fürs Krankenhaus anzukleiden.

„Henry! Du bist entweder Teil der Lösung oder Teil des Problems!", rief meine Mutter mir zu und sagte mir dann, ich solle Neil helfen, die Autoschlüssel zu suchen. Ich gehorchte und fand sie mitten auf dem Küchentisch, an dem Neil zum x-ten Mal blind vorbeigegangen war.

„Meine Güte", sagte Neil panisch mit weit aufgerissenen Augen. „Ich glaube, ich bin hierfür noch nicht bereit."

„Okay. Aber ich bin mir nicht sicher, ob wir das in dieser Situation berücksichtigen können."

„Wie zum Teufel soll ich fahren? Ich glaube, ich kann nicht mal richtig gucken, mein Blick ist ganz verschwommen. Ist das normal?"

Ich fuhr. Lucinda saß zwischen Mom und Neil, die ihre Wangen aufpusteten und durch geschürzte Lippen ausatmeten wie zwei verrückte Kugelfische. Ich war mir nicht sicher, ob es half, aber ich konnte Lucinda am Gesicht ansehen, dass sie einfach nur froh war, dass die beiden den Mund hielten. Das war eine Verbesserung gegenüber dem Geschrei von vorher. Schweigend gratulierte ich mir dafür, in dieser Situation der Fels zu sein, als ich vor der Notaufnahme anhielt.

„Da wären wir", sagte ich, als würde ich sie für einen vierzehntägigen Urlaub am Flughafen absetzen.

„Das … ist nicht … die Geburtsstation", stieß Lucinda mit sehr leiser, sehr bedrohlicher Stimme aus und gab dann einen Laut von sich, den ich nur als das Muhen einer Kuh beschreiben konnte. Ich drückte das Gaspedal durch und folgte den Schildern zur Geburtsstation, wo ich erneut vor der Tür anhielt. Nachdem ich ihnen beim Aussteigen geholfen hatte, parkte ich den Wagen, und als ich endlich auf der Station ankam, war alles schon vorbei.

„Es ist ein Mädchen", flüsterte meine Mutter durch Tränen, und ich umarmte sie fest unter dem flackernden Licht einer kaputten Neonröhre. Ich konnte kaum glauben, dass wir zu viert angekommen waren und zu fünft wieder gehen würden. „Sie kümmern sich gerade um die Nachgeburt."

„Mum, bitte keine Einzelheiten."

„Um Himmels willen", sagte sie und schlug mir leicht auf den Arm. „Eines Tages bist du dran."

Wirklich? Ich war nicht sicher, ob ich Vater sein wollte. Ich wollte das, was ich erlebt hatte, niemand anderem zumuten.

„Ihr könnt jetzt reinkommen." Neil steckte den Kopf durch die

Tür. Er trug eine Plastikschürze über seiner Kleidung, als hätte er das Baby auf die Welt gebracht. Er weinte. „Freudentränen", sagte er, und ich konnte nicht anders, ich musste ihn umarmen. Es war rührend, ihn so verletzlich zu sehen.

Im Zimmer summte es vor einer Energie, die verriet, dass hier gerade etwas Wichtiges passiert war. Dann sah ich meine Schwester; der dunkle Pony klebte an ihrer verschwitzten Stirn, ihre Nacktheit war mit einem Tuch bedeckt, und in ihrer Armbeuge ruhte ein kleiner, dunkelhaariger Kopf.

„Felicity, es ist an der Zeit, deinen Onkel Henry kennenzulernen."

Und dann weinte ich. Was nicht so viel auszumachen schien, denn das Baby weinte jetzt auch. Dann lachten und weinten wir alle, bis die Krankenschwester uns bat, das Zimmer zu verlassen, weil sie Lu zeigen musste, wie sie Felicity „anlegen" konnte. Sie würde erst mal keine Ruhe finden, das stand fest. Und vermutlich nie wieder.

~

Wir verbrachten die Nacht gemeinsam im Krankenhaus, denn keiner von uns wollte die kleine Glücksblase durchstechen, die wir erschaffen hatten. Oder besser gesagt, die Neil und Lu erschaffen hatten. Ein neuer Mensch war in unsere Familie gekommen, und ohne es zu sagen, schienen wir uns alle einig zu sein, dass ihre Erfahrungen besser sein sollten als unsere. Für sie würden wir bessere Menschen werden. Der Prozess hatte bereits begonnen. Vielleicht bezeichneten die Leute ein neues Leben deshalb als Wunder, weil es die Macht hatte, alles zu ändern.

Mit einem Mal verspürte ich die überwältigende Sehnsucht, Martha zu sehen, ihr alles zu erzählen, was passiert war. Ich wollte sie hier haben, bei meiner Familie. Ich wollte, dass sie ein Teil davon war. Ich ging los, um Frühstück zu besorgen und noch ein paar Dinge für Lu zu holen – was eigentlich nur eine Ausrede dafür war, Martha anrufen zu können. Doch es klingelte nicht. Ich sagte mir, dass sie ihr Handy ausgeschaltet hatte. Eine ganz einfache Erklärung. Während ich auf die Kaffees wartete, schickte ich ihr eine Reihe von Textnachrichten mit Baby-Emojis, was so untypisch für mich war, dass sie womöglich vermutete, ich wäre entführt worden und versuchte, meinen Standort durchzugeben. Doch als die Stunden vergingen und ich immer noch keine Antwort erhalten hatte, machte sich in mir das Gefühl breit, dass etwas nicht stimmte. In dem Brief, den ich ihr hinterlassen hatte, hatte ich alles erklärt, aber vielleicht hatte sie ihre Meinung geändert. Vielleicht war ich zu aufdringlich gewesen. Ich zweifelte immer noch an mir, als ich in Lus Zimmer zurückkehrte und beinahe mit jemandem zusammengestoßen wäre. Mit einem Mann. Meinem Vater.

„Was macht der hier?"

„Henry, ist schon gut", sagte Lu.

Es war nicht gut. Es war alles andere als gut, aber der Vorteil daran, gerade ein Kind zur Welt gebracht zu haben, war, dass die eigenen Gefühle die aller anderen übertrumpften.

„Ich warte draußen", sagte ich und ließ das Frühstück im Zimmer zurück.

~

Ich lief draußen im Kreis um den Raucherbereich herum. Warum hatte sie ihn angerufen? Warum wollte sie ihn hier haben? Jedes Mal, wenn ich ihn sah, kam der alte Schmerz wieder an die Oberfläche. *Mein Sohn ist kein Weichei.* Das hatte er gesagt, als ich das erste Mal von meinem Fahrrad gefallen war und angefangen hatte, zu weinen. Dann hat er mir einen Klaps verpasst, der mich wieder hatte stürzen lassen. *Du musst abhärten, wenn du in dieser Welt überleben willst.* Mit ihm als Vater musste ich definitiv abhärten.

Was für ein Großvater wird er wohl sein? fragte ich mich. Das machte mich nur noch wütender. Vermutlich würde er der perfekte Großvater sein – würde nun, wo er seine Fehler an mir gemacht hatte, dieses Mal alles richtig machen. Lu hatte den Großteil seines Verhaltens nicht abbekommen. Vielleicht, weil sie ein Mädchen war. Manchmal verübelte ich ihr das, aber meistens war ich erleichtert, dass sie das nicht hatte durchmachen müssen.

Wieder dachte ich an Martha. So lange hatte ich die Teile von mir, die unwiderruflich gebrochen schienen, versteckt. Aber sie hatte meine dürftigen Versuche durchschaut, jemand zu sein, den die Menschen mögen würden, und die Brüche in mir zu verbergen, die mich darin immer versagen ließen. Ich hatte nichts von meinem Vater gelernt, außer, mich ständig unzulänglich zu fühlen. Das war das hohle Vermächtnis, das von den Männern meiner Familie von Generation zu Generation weitergegeben wurde, wie ich jetzt erkannte. Wir verbrachten unsere Leben damit, zu tun, was immer nötig war, um wie starke Männer zu wirken. Doch wie ein Gerüst war das nur dazu gedacht, vorübergehend zu sein. Nur solange das Innere renoviert wurde. Doch wurde es das nie. Und irgendwie hatte Martha meine Gebrochenheit gesehen und dafür gesorgt, dass es in Ordnung war. Sie erwartete keine Perfektion, sondern nur Ehrlichkeit. Güte. Nach allem, was sie durchgemacht hatte, war sie immer noch gewillt, das in mir zu sehen. War gewillt, den Mut zu haben, noch einmal Gefühle für jemanden zu entwickeln. Ich schaute erneut auf mein Handy. Nichts. Wenn ich mit Martha zusammen sein wollte, musste ich zuerst dafür sorgen, dass ich ihrer auch würdig war.

28. Kapitel

OPALINE

Dublin, 1922

Es war kurz vor Weihnachten. Matthew kam mit ein paar Stechpalmenzweigen, um den Laden zu schmücken, und kleinen Paketen mit Schinken, Biscuits und Kuchen. Was auch immer er für sein eigenes Haus gekauft hatte, ich wusste, dass er stets etwas für mich zur Seite legte, und die Güte dieser Geste sorgte dafür, dass mein Herz sich schmerzhaft zusammenzog. Ich war nicht in der Position, seine Wohltätigkeiten abzulehnen. Obwohl sich die Bücher aus meinem Katalog in Irland und sogar in den Staaten sehr gut verkauften, war das Geld immer noch knapp, und ich versuchte, ein wenig für die Zukunft beiseitezulegen. Kaum war Matthew durch die Tür getreten, da bildete sich auch schon ein Mistelzweig auf dem Buntglasfenster.

„Hör sofort damit auf!", sagte ich streng.

„Womit?", fragte Matthew, den Stechpalmenzweig erhoben.

„Ach nichts." Ich errötete. „Das Baby tritt mich nur."

Er legte den Zweig auf den Tisch und schenkte mir ein schiefes Lächeln.

„Ich erinnere mich noch, als Muriel mit dem kleinen Ollie schwanger war. Er hat seine Gymnastikübungen gerne nachts durchgeführt."

Das Baby trat mich nicht wirklich. Das hatte ich nur als Ausrede benutzt, aber Matthew machte einen Schritt auf mich zu und fragte, ob er meinen Bauch berühren dürfe. Ich wollte es, aber ich konnte nicht sprechen, deshalb nickte ich nur. Sobald er seine Hand sanft auf die Rundung meines Leibs gelegt hatte, fing das Baby an, sich zu bewegen.

„Ha! Da ist sie." Er grinste. „Das ist wahre Magie."

Er hatte mich nicht verurteilt, als ich ihm von der Schwangerschaft erzählt hatte. Er hatte nicht einmal nach einer Erklärung verlangt, wer der Vater sei oder wo er wäre. Er hatte mich nur gefragt, ob er irgendetwas für mich tun könnte.

„Warum hast du den Laden nicht übernommen?", fragte ich. „Als du jünger warst, hast du das doch bestimmt gewollt."

Er nahm die Hand weg, und ich spürte die Abwesenheit seiner Wärme sofort.

„Ich bin erwachsen geworden", sagte er nur achselzuckend und schaute sich mit umflortem Blick im Laden um. „Außerdem ist er jetzt in den richtigen Händen."

„Ich weiß nicht." Ich strich mit den Fingern über ein Regal und fragte mich, ob er das Knacken der Buchrücken und das Seufzen der Seiten genauso hörte wie ich.

„Mein Vater ist nie ein wohlhabender Mann gewesen, Opaline. Zumindest nicht finanziell. Und doch erinnere mich, dass er auch in schweren Zeiten nie an sich gezweifelt hat. Er hat einfach gesagt, dass der Laden vielleicht wieder eine Bibliothek werden wollte. Und wo ich jetzt deine Bücher hier sehe, glaube ich, er hatte recht. Der Laden wollte keine Nostalgiehandlung oder gar ein Zauberladen sein." Er streckte eine Hand aus und tätschelte die Holzwand. „Er ist zu seinen Wurzeln zurückgekehrt."

Als er ging, füllte ich die Stille mit einer saisonalen Aufnahme von Tschaikowskys *Nussknacker* auf dem Grammofon und nahm die Ausgabe von E.T. A. Hoffmanns *Der Nussknacker und der Mausekönig* zu Hand, auf der das Ballett basierte. Ich erinnere mich an einen Brief von einer Bibliothek in Yorkshire, in dem stand, dass er einer von Emily Brontës Lieblingsautoren gewesen war. Wenn ich mich recht erinnerte, hatte sie seinen Roman *Der Sandmann* in der originalen deutschen Fassung gelesen. Und es war dieser schlichte Gedankenfaden, der mir etwas ins Gedächtnis rief, was ich weggepackt und an das ich seit meiner Rückkehr aus London nicht mehr gedacht hatte: Das Nähkästchen.

Ich beugte mich vor und holte es heraus, um es vor mir auf den Tisch zu legen. Dann strich ich mit den Fingern über die Oberfläche und schloss die Augen, als könnte ich so seine Herkunft spüren. Es war nicht einmal ein richtiges Nähkästchen, sondern eine alte blecherne Gelddose. Darin befand sich eine Sammlung aus Spulen, Nadeln, Fingerhüten und Garnen. Ich nahm alles, eins nach dem anderen, heraus, wie ich es beim ersten Mal auf dem Schiff von Liverpool zurück getan hatte. Vielleicht war mir etwas entgangen – ein Name, der ins Metall eingekratzt war, oder irgendein Hinweis. Aber nichts.

In der Ferne hörte ich den Donner grollen, und als ich aufschaute, prasselten die ersten dicken Regentropfen gegen die Scheibe. Ich strich über meinen Bauch. „Keine Sorge, meine Kleine, die Götter spielen in den Wolken", sagte ich sanft. Normalerweise hasste ich Stürme, aber ich war entschlossen, diese Angst nicht weiterzugeben. Außerdem lag ein magisches Gefühl in der Luft, als könnte etwas Aufregendes passieren.

Ich stand auf, um die Fensterläden zu schließen, und schlang mir ein Wolltuch um die Schultern. Dann nahm ich das Nähkästchen wieder in die Hand und versuchte erneut, irgendwie die Vergangenheit zu spüren. Ich hatte von Menschen gelesen, die ein Objekt berühren und eine Vision des vorherigen Besitzers sehen konnten. Es war natürlich albern, aber ich schloss dennoch die Augen, und als ich das Kästchen in meinen Händen drehte, fand ich etwas. Ich wagte es kaum, die Augen zu öffnen, für den Fall, dass mein Tastsinn mich betrogen hatte, aber da war es: eine beinahe unsichtbare Einkerbung am Boden des Kästchens. Wenn jemand in diesem Moment an meinem Laden vorbeigekommen wäre und mein Gesicht gesehen hätte, bin ich mir sicher, dass ich wie eine Schatzsucherin am Eingang einer altägyptischen Grabstätte ausgesehen hätte!

Langsam zog ich die äußere Hülle zurück, und heraus glitt ein kleines schwarzes Notizbuch von der Größe einer Spielkarte. Ich keuchte auf. Was hatte ich da entdeckt? Wie lange steckte es schon in diesem Geheimfach, und wer hatte es dort hineingesteckt? All die Möglichkeiten prallten aufeinander, und eine ganze Weile stand ich wie erstarrt da. Mir war nicht einmal aufgefallen, dass ich eine Hand auf mein heftig schlagendes Herz presste, während ich den Kopf zum Schreibtisch beugte, als würde das Notizbuch irgendwie zu mir sprechen.

Auch wenn ich den köstlichen Moment genoss, kurz bevor das Unbekannte bekannt wurde, konnte ich es nicht länger hinauszögern. Meine Neugierde hatte ihren Höhepunkt erreicht. Zögernd griff ich nach dem Einband und klappte ihn vorsichtig auf. Ein trockener, holziger Geruch stieg in die Luft. Sofort stellte ich mir eine junge Frau vor, die vor einem Feuer saß und sich Notizen machte – als wäre der Duft immer noch mit der Umgebung getränkt, in der er entstanden war.

> *1846*
> *Mein ganzes Leben habe ich der Suche nach einem Weg gewidmet, der Enge dieses erbärmlichen Ortes zu entfliehen, nur um mich stärker in seinen knorrigen Wurzeln zu verfangen und von seinen aufragenden Türmen erdrückt zu werden. Ich bin mir nun sicher, dass niemand, der auf diesem Land geboren ist, den Staub von seinen Hacken abwischen kann.*

Ich presste mir die Hände an die erhitzten Wangen. Was war das? Etwa das, wonach ich all diese Jahre gesucht hatte?

> *Wrenville Hall ist ein Spuk, der uns alle von einer Generation zur nächsten verfolgt …*

Ich fürchtete mich beinahe, das Papier zu berühren – ich hatte eine irrationale Angst, dass es, nachdem es all diese Jahre überlebt hatte, unter meinen Händen zerbröseln würde. Ich suchte in der Schublade nach einer Lupe, denn die Schrift war so klein und so eng auf der Seite, dass sie schwer zu lesen war. Ich zog meine Schreibtischlampe näher heran und beugte mich über das kleine Büchlein. Die schwarze Tinte war verschmiert, einige Worte waren durchgestrichen und neue an den schmalen Rand gequetscht worden. Da ich in Haworth einige der originalen Tagebucheinträge der Schwestern gesehen hatte, war ich mir sicher, dass es sich hier um Emilys Handschrift handelte, aber das würde ich beglaubigen lassen müssen. Außer …

Da erblickte ich es – eine winzige Signatur. EJB.

Es war, als würde ein Feuerwerk in meinen Adern explodieren. Das Baby trat, die Luft knisterte, und ein Rauschen schoss durch meine Ohren. War das hier der zweite Roman oder wenigstens ein Entwurf davon? Mir wurde schwindelig, und meine Füße klopften nervös auf den Boden. Ich schloss die Augen und fuhr die Freude auf meinem Gesicht mit den Fingerspitzen nach, um sie mir für immer ins Gedächtnis einzuprägen. Mein Herz schlug gegen meine Rippen wie ein Vogel an ein Fenster. Ich las weiter.

> *Durch den Tod meines Vaters und die erzwungene Liquidation meiner Schulden an meine Schuldner in London, kehrte ich nun auf das Anwesen in Irland zurück … eine undurchdringliche Düsternis suchte jede Ecke dieses verfluchten Landes heim, und eine Woche mit treibendem Regen hatte den Boden gründlich durchnässt und in einen Morast verwandelt. Eine Hungersnot wütete im Land …*

Hier wurde der Text unlesbar, und der nächste Absatz schien einen Teil der Geschichte zu überspringen.

Das hier würde meine Strafe sein, meine Verbannung an diesen höllischen Ort. Ich passierte die beiden großen Säulen und betrat die Allee, die nach Wrenville Hall hinaufführte. Gesäumt von aufragenden Eiben, herrschte in ihr eine einzigartige Beschaulichkeit, die von Terror gefärbt war. Ich erinnerte mich, wie bei meinem ersten und einzigen Aufenthalt an diesem Ort als Kind die alten Hausdiener von Geistern und Dämonen gesprochen hatten, die in den Wäldern hinter dem Anwesen wohnten. Das Haus hob sich stark von dem dunklen Himmel ab. Die Wasserspeier, die an der Fassade des grauen, einer Festung ähnelnden Hauses in Sicht kamen, starrten mich mit entzücktem Horror durch den nachmittäglichen Nebel an …

Es war Abend und die Kerzen waren entzündet, als ich im Esszimmer allein ein annehmbares Mahl aus Steinbutt zu mir nahm. Draußen tobte ein erbitterter Sturm und trieb den Regen gegen die Fenster. Mit einem Mal blitzte es, und ich sah ihr Gesicht am Fenster. Ich lief hin und öffnete den Riegel. Ein flammenhaariges Mädchen, bis auf die Haut durchnässt und in einem schlichten weißen Kleid, das wie ein Leichentuch an ihrem zarten Körper klebte. Sie war totenbleich und wehrte sich nicht, als ich sie durch das Fenster zog und wir wie zwei ertrunkene Welpen auf dem Boden landeten. Ihre Haut war durchsichtig, weiß wie ein Dämon oder Vampir, und doch war ihre Schönheit mit nichts aus Gottes Schöpfung zu vergleichen.

Wütendes Bellen eines Mastiffs; meines Vaters alter Hund kam in den Raum gesprungen und pinnte sie auf dem Boden fest, die Augen glühend, die Reißzähne blitzend.

„Helsig!“

Auf mein Kommando hin zog sich der Hund zurück, bellte das Mädchen aber weiterhin an.

„Wer sind Sie?“, fragte ich. „Sie haben unberechtigt privaten Boden betreten.“

Diese Bemerkung ließ ihre Leidenschaft heller entflammen. Sie sprach zu mir in ihrer Muttersprache, eine seltsam expressive und erbittert klingende Ansprache, die in mir keinen Zweifel über die Botschaft ließ, wenn ich auch die genaue Bedeutung nicht verstand. Sie verschränkte die Arme und nahm mit einem Hochmut, der ihrer Position im Leben kaum zustand, am Feuer Platz.

Ihre Wangen röteten sich in der Wärme der Flammen, und schwach, wie sie war, fiel sie in einen leichten Schlaf. Ich saß einige Zeit dort und musterte ihre Gesichtszüge, während sie schlief. Zum ersten Mal seit meinem Exil aus Paris sehnte ich mich schmerzhaft danach, zu zeichnen, zu malen. Von einer Liebe zur Kunst gequält zu werden, aber kein Talent zu besitzen, um darin erfolgreich zu sein, hatte mir nicht mehr eingebracht als eine Reduzierung meiner pekuniären Mittel. Doch hier, jetzt, fühlte es sich an, als würde ihr Geist mit mir zusammenarbeiten, mich herausfordern, ihn auf Papier zu bannen. Im Schlaf kapitulierte ihre wilde Schönheit, die, wie die Landschaft, die sie geboren hatte, sowohl Himmel als auch Hölle sein konnte. Ich wurde immer hektischer in meinen Versuchen, sie noch lebensechter einzufangen. Jeder Entwurf schien mich etwas näherzubringen, an dem es mir in all meinen Jahren vor der Staffelei gemangelt hatte. Ich war von ihr verhext.

Meine Leidenschaft nutzend, kratzten die Borsten meines Pinsels fieberhaft über die Leinwand. Ich beschloss, egal, wie lange es dauerte, ich würde mein Meisterstück erschaffen, während diese Sehnsucht, sie zu besitzen, an mir zerrte. Mein Körper schmerzte, die Nacht wich dem Morgen und brach erneut herein, bis ich endlich zurücktrat und hinschaute. Ich hatte meine Rose in voller Blüte auf der Leinwand festgehalten. Erst da sah ich, dass sie still wie ein Grab war. Ich lief zu ihr, die grausame Wahrheit nicht glaubend, und berührte ihr Gesicht. Kalt wie Marmor. Sie war tot.

Mir wurde bewusst, dass ich meine Bluse fest an meiner Brust umklammert hielt. Es war echt. Ich hatte es gefunden. Ich sprang von meinem Stuhl auf und setzte mich wieder. Ich stieß einen Schrei aus und fragte mich sofort, ob es wirklich wahr sein konnte. War das hier ein Auszug aus Emilys Roman? Mein Herz fühlte sich an wie ein Ballon kurz vor dem Platzen! Ich schlug mir die Hände vor den Mund und atmete aufgeregt in sie hinein. Es konnte nicht sein, oder? War ich immer noch in meinem kleinen Laden und las, was die größte literarische Entdeckung der modernen Zeiten sein würde? Ich legte eine Hand auf mein Herz und versuchte, seinen Schlag zu beruhigen, bevor ich weiterlas.

Es war der grobe Abriss einer Geschichte über einen anglo-irischen Landbesitzer, Egerton Talbot, der sich in eine seiner Mieterinnen, Rose, verliebte, und die vor der Kulisse der irischen Hungersnot spielte. Rose wurde von dem Grundstücksverwalter als *„heimtückische, verschlagene Kreatur mit der Boshaftigkeit Satans"* beschrieben, und dass sie seine Lordschaft mit einem Zauber belegt hatte. *„Selbst in ihrer Entsetzlichkeit verzaubert sie!"*

Ich war fasziniert und hingerissen und vollkommen überwältigt. Noch immer fürchtete ich mich ein wenig davor, das Papier zu berühren, für den Fall, dass ich ihm schadete.

Was hatte Emilys Geschichte inspiriert? Ich wusste, dass ihr Bruder Branwell eine Art gequälter Künstler gewesen war; vielleicht hatte er die Rohfassung für diesen Egerton-Charakter geliefert? Er war es auch, der um diese Zeit herum Liverpool besucht hatte, wo sich die mangelernährten Opfer drängten, die vor der Hungersnot geflüchtet waren. Ihre Bilder, die in der *Illustrated London News* veröffentlicht worden waren, wären Emily bekannt gewesen: dem Hungertod nahe, in Lumpen gehüllte Vogelscheuchen. Einige Gelehrte argumentierten, dass Heathcliff selbst – „ein schmutziges, zerlumptes, schwarzhaariges Kind", das eine Art „Kauderwelsch" sprach – irisch sei und als Rohling und Dämon dargestellt wurde.

Mein Kopf schwirrte vor Bildern von Millais *Ophelia* und wie seine Muse, Elizabeth Siddall, beinahe umkam, während sie in einem kalten Bad für sein Porträt saß. Oder Oscar Wildes Bild, das eine Öffnung zwischen zwei Welten zu zeigen schien, Tod und Jugend. Mir schien, dass der leicht geistesgestörte Egerton nicht sehen konnte, dass seine Muse starb, so wie die englischen Aristokraten sich weigerten, zu sehen, dass Irland durch die Hungersnot starb.

Ich überprüfte meine Notizen und die Daten, die mit dem Brief übereinzustimmen schienen, den Emily an ihren Verleger Cautley geschickt hatte. Das war es – ich hatte unbeabsichtigt eines der wichtigsten literarischen Rätsel des zwanzigsten Jahrhunderts gelöst!

Ich konnte es nicht erwarten, der Welt von meiner Entdeckung zu erzählen. Ich kehrte zu meinem Schreibtisch zurück und nahm den Telefonhörer in die Hand, um ihn dann ganz sanft wieder zurückzulegen. Das hier war ein seltener Moment – nein, einer, der nur einmal in tausend Leben vorkam. Und er gehörte allein *mir*. Ich wollte ihn genießen. Also setzte ich mich und begann, eine Kopie des Manuskripts anzufertigen. Das hatte ich als Kind oft gemacht; ich hatte ganze Passagen aus Büchern abgeschrieben, die ich liebte, nur um zu wissen, wie es sich anfühlte, diese Worte zu schreiben. Außerdem wollte ich meine eigene Kopie behalten, sobald das Original sein rechtmäßiges Zuhause gefunden hatte – öffentlich sichtbar innerhalb der Wände eines Museums, wie ich hoffte. Es war schwer, mir vorzustellen, welchen Preis es bei einer Auktion wohl erzielen würde.

Ich kehrte in Gedanken in die Gegenwart zurück. Fünfzehn Seiten, in ein Miniaturnotizbuch geschrieben, wurden in meiner eigenen Handschrift beinahe zum Doppelten. Ich fragte mich, ob sie Irland je selbst besucht hatte? Diese Entdeckung lieferte mehr Fragen als Antworten! Vielleicht analysierten die Gelehrten ihr Werk deshalb so intensiv, in dem nutzlosen Versuch, die Frau zu verstehen, die so leidenschaftlich und gewalttätig schrieb – eine mutige Autorin, deren Roman uns in die Tiefen des menschlichen Herzens entführte und in die äußeren Bereiche des Übernatürlichen. Ich spürte ihre Gegenwart auf der Seite, voller Vitalität, als würde sie immer noch kommunizieren. Manche Dinge entzogen sich einer Erklärung. Emily Brontë war eines davon.

29. Kapitel

MARTHA

„Ich will es nicht. Ich will nichts damit zu tun haben."

Es war ein Brief der Hypothekenbank. Meine Mutter hatte ihn mir weitergeleitet. Ich war wieder in Dublin und räumte die Küchenschränke aus, während Madame Bowden auf einem Barhocker saß und mich beobachtete, wobei sie an einem Kräutertee nippte und bei jedem Schluck das Gesicht verzog.

„Aber es ist dein Zuhause."

„Das hier ist mein Zuhause!" Ich hatte nicht laut werden wollen. „Ich meine, solange Sie einverstanden sind, mich zu behalten."

Sie lächelte wissend. Was wusste sie? Ich las ihr Gesicht. Sie glaubte, ich würde für den Rest meines Lebens hierbleiben. Tja, dessen war ich mir nicht so sicher.

„Es ist mir egal, was aus der Wohnung wird. Die Bank kann sie behalten. Oder meinetwegen abbrennen. Ich könnte nie wieder dort leben."

„Meine Liebe, die Bank verfügt so schon über genügend Reichtum. Warum verkaufst du die Wohnung nicht?"

Ich wollte diese Unterhaltung nicht führen. Ich wollte nicht an Shane denken oder daran, was passiert war.

„Ich weiß es nicht. Vielleicht."

„Im Moment magst du denken, dass es keinen Unterschied macht, aber glaub mir, mit der Zeit wirst du dir wünschen, du hättest dir genommen, was rechtmäßig dir gehört. Betrachte es einfach als Wiedergutmachung." Sie sagte den letzten Satz, als wäre er ein Fakt.

Was meine Haut kribbeln ließ. Nichts konnte je wiedergutmachen, was er mir angetan hatte, und nichts konnte die Schuld ausradieren, die ich wegen seines Todes mit mir herumtrug. Aber ob es nun richtig oder falsch war, ich dachte an die Worte meiner Mutter – die ersten Worte, die ich je aus ihrem Mund gehört hatte. *Ich bin froh, dass er tot ist.* Und schon fühlte ich mich nicht mehr so schlecht. Ich war endlich frei, und Madame Bowden hatte recht, diese Chance konnte ich nicht vergeuden.

Die Abende waren am schwersten. Der Drang, mit Henry zu sprechen, war so stark, dass ich das Haus verlassen und spazieren gehen musste, bis er nachließ. Trotz allem, was sonst noch los war, kehrten meine Gedanken ständig zu ihm und seiner unangekündigten Abreise zurück. Vielleicht war es eine Kurzschlussreaktion gewesen, seine Nummer zu blockieren, aber es war auch Selbstschutz. Ich wollte seine Gründe nicht wissen oder hören, warum er mich sanft im Stich ließ. Ich konnte ihn nicht länger lesen, und das bereitet mir eine Todesangst. Es fühlte sich an, wie ohne Sicherheitsnetz auf einem Hochseil zu balancieren. Ich hatte mich in ihn verliebt, und niemand wusste besser als ich, was für ein Risiko das war. Ich konnte – *wollte* – das nicht noch einmal zulassen.

Es half nicht, dass meine Füße mich an all die Orte trugen, an denen wir zusammen gewesen waren. Ich fand mich vor dem *Pen Corner* wieder und dachte an sein schiefes Lächeln, den Klang seiner Stimme, wenn er Französisch sprach, seinen warmen Atem an meinem Hals. Es war spät und der Laden war geschlossen. Ich lehnte mich mit der Stirn an das Schaufenster und betrachtete die ausgestellten Füller und Notizbücher.

In dem Moment passierte es; im goldenen Schein des Fensters kamen die Worte wie im Rausch zu mir. Ich sah sie vor meinem inneren Auge. All die Wörter, Zeilen um Zeilen einer seltsam düsteren Geschichte, ergossen sich in meinen Geist. Ich war so aufgeregt, dass ich, so schnell ich konnte, in Richtung des Tätowierstudios lief.

„Hör mal, der erste Termin, den ich dir anbieten kann, ist Dienstag", sagte sie.

Ein junger Kerl mit einem halb fertigen Tiger auf dem Arm saß auf dem Stuhl.

„Es ist nur … ich habe das Gefühl, dass ich es jetzt gleich machen lassen muss. So schnell wie möglich."

„Das verstehe ich", sagte der Tigermann. „Manchmal muss man einfach schmieden, solange das Eisen heiß ist."

„Ganz genau", sagte ich leicht außer Atem. „Er versteht das."

„Okay, ich könnte anfangen, sobald ich hier fertig bin, aber ich werde nicht alles machen können."

Ich sagte ihr, dass das in Ordnung wäre, und schnappte mir Zettel und Stift, während ich wartete, für den Fall, dass ich die Worte vergessen würde. Aber dieses Mal schien es unmöglich zu sein, sie zu vergessen. Sie waren mir ins Gehirn eingebrannt. Der Klang der Nadel surrte weiter durch den Raum, bis ich dran war. Ich zog meinen Pullover hoch, um ihr zu zeigen, wo die Zeilen hinsollten. Sie brauchte eine Lupe – ich wollte sie weiterhin so klein geschrieben haben, wie sie mir erschienen.

„Äh, warte mal, was sagtest du noch, was die letzte Zeile war?"

„Kalt wie Marmor. Sie war tot."

„Das steht hier bereits."

„Was? Das kann nicht sein."

Sie führte mich zu einem Ganzkörperspiegel und gab mir einen kleineren Spiegel in die Hand. Mein Rücken war komplett bedeckt. Die gesamte Geschichte war mir bereits in die Haut tätowiert.

„Das ist seltsam", sagte sie.

Es war nicht seltsam. Es war unmöglich. Und doch stand es da.

„Das ist eine coole Geschichte." Sie versuchte, die Situation etwas weniger unangenehm zu machen, indem sie meinen geschockten Gesichtsausdruck ignorierte und sich auf das konzentrierte, was real war. Ich bemühte mich, es ihr gleichzutun.

„Ja." Mehr brachte ich nicht heraus.

„Irgendwie gothic."

Sie erinnerte mich sanft daran, dass sie jetzt schließen wollte und ich offenbar doch kein Tattoo benötigte.

Ich konnte mich nicht einmal daran erinnern, nach Hause gegangen zu sein. So leise wie möglich betrat ich das Haus. Madame Bowden schaute eine Sendung in dem Fernseher, von dem sie behauptet hatte, ihn nicht benutzen zu wollen, die Lautstärke so aufgedreht, dass sie Tote wecken könnte. Ich ging hinunter in meine Wohnung und sah sie auf einmal mit neuen Augen. Alles wirkte heller, klarer. Als ich meine Jacke auszog und sie an den Haken hängte, fühlte mein Körper sich anders an. Ich fühlte mich stärker und freier, als hätten meine Muskeln unsichtbare Zwänge losgelassen. Ich schaute auf mein kleines, ordentlich gemachtes Bett und die Äste, die in einem Bogen darüber wuchsen, zu der kleinen Küche mit den hübschen Wandfliesen, die ich immer für blau gehalten hatte, die aber nun ein kleines Blumenmuster aufwiesen. Mir wurde klar, dass ich es liebte, hier zu wohnen, und seltsamerweise fühlte ich mich auf einmal so, wie ich es in Madame Bowdens Gesicht gelesen hatte: Ich fühlte, dass ich hier nie wieder weggehen wollte. Als würde ich hierher *gehören*. Aber warum?

Ich stellte einen kleinen Topf mit Milch auf den Herd und machte mir mit zwei Löffeln Nutella einen heißen Kakao. Das war ein alter Trick, den meine Mutter immer genutzt hatte, als ich noch ein Kind gewesen war. Ich breitete meinen Quilt auf dem Boden aus und legte ein paar Kissen dazu, und dann versuchte ich, meinen Geist zu beruhigen. Was nach der Entdeckung des vollständigen Tattoos keine leichte Aufgabe war. Wo war die Geschichte hergekommen und was bedeutete sie? Sie war sehr alt, so viel war klar. Die Sprache war altmodisch. Und warum war sie zu mir gekommen? Diese Gedanken wurden von einer anderen Frage unterbrochen, über die nachzudenken ich mich seit meiner Rückkehr geweigert hatte: Hatte meine Mutter immer sprechen können? Und falls ja, warum hatte sie geschwiegen? Es gelang mir nicht, dem einen Sinn zu geben. Als ich jünger war, hatte sie mir immer vermittelt, dass es ein besonderes Geschenk wäre, weil sie so die Dinge besser hören konnte.

Ich trank meine heiße Schokolade und ließ mich von dem Haselnussaroma in der Zeit zurücktragen. Erneut versuchte ich, Stille in meinem Geist zu schaffen und einfach nur zu lauschen. Inzwischen war ich an das Knacken und Krachen der Äste gewöhnt, die sich über die Wände meines Zimmers zogen. Aber nun war da noch ein anderes Geräusch, eine Art leises Atmen … ein und aus. Vielleicht war es mein eigener Atem. Vielleicht nicht. Dieser Ort hatte etwas Besonderes. Ich konnte es nicht erklären, spürte aber, dass ich genau da war, wo ich sein sollte.

Ich nahm mein Buch zur Hand, *Ein Ort namens Verloren*. Die Geschichte ging weiter mit dem Mann, der die alte Bibliothek den ganzen Weg von Italien nach Irland gebracht hatte. Er hatte nur wenig Geld, begann jedoch, den Laden mit seinen eigenen Händen auf einem kleinen Stück vergessenen Landes in einer Kopfsteinpflasterstraße zu bauen. Er war ein Mann, der glaubte, dass die Imagination das größte Werkzeug von allen wäre. Seine clevere Frau glaubte, Liebe würde alles besiegen, und gemeinsam erbauten sie aus der geheimnisvollen italienischen Bibliothek einen Laden voller Erinnerungen und Träume. Im Nu und auf die Art, wie es oft passierte, fanden all die Dinge, mit denen sie gehofft hatten, ihr Geschäft zu füllen, den Weg zu ihnen. Schätze aus aller Welt belebten bald die Regale, die sich einst unter dem Gewicht von Büchern gebogen hatten. Das Gebäude war erfreut von seiner neuen Umgebung, hatte aber nicht sein ihm innewohnendes Verlangen verloren, seine Besucher in die Richtung ihres wahren Weges zu stupsen. Gegenstände fielen aus den Regalen (was vor allem im Winter eine Gefahr darstellte, wenn Mr. Fitzpatrick eine breite Auswahl an Schneekugeln ausstellte).

Bald hieß das Paar sein erstes Kind willkommen, einen Sohn. Mr. Fitzpatrick stellte sich den Tag vor, an dem er den Laden übernehmen würde, doch so sollte es nicht kommen. Eine Frau mit einem englischen Akzent, die Hosen und einen Männerhaarschnitt trug, würde die ungewöhnliche Besitzerin werden. Sie hatte keine Ahnung, dass sie sich in eine lange Reihe von speziell ausgewählten Personen einreihte, die dieses Portal der Entdeckung bewachen durften. Zum Glück liebte sie Bücher, und bald verstanden sie und Mr. Fitzpatricks Nostalgie-Laden einander sehr gut.

Eine Engländerin mit einer Liebe zu Büchern? In diesem Buch ging es um diesen Ort, um Opaline. Henry hatte die ganze Zeit über recht gehabt. Was hatte ihn zu diesem Ort, zu dieser Geschichte gezogen? Ich dachte an das verlorene Manuskript und die Frau, von der er sagte, sie hätte nebenan einen Buchladen betrieben. Opaline. Es war, wie einem Strickmuster zu folgen; ich konnte sehen, dass alles miteinander verbunden war, aber ich hatte keine Ahnung, wie oder warum oder wie das Resultat aussehen würde.

30. Kapitel

HENRY

Er lebte in Wales und hatte dort eine Art Gemeinschaft gefunden. Die Begegnung mit meinem Vater im Krankenhaus war unerwartet gewesen, aber ich hätte wissen müssen, dass er sein Enkelkind sehen wollen würde. Das konnte selbst ich ihm nicht verwehren. Doch Lucinda ließ das Thema nicht fallen. Sie erzählte mir, wie sehr er sich verändert hatte, dass er sich dieses Mal wirklich an das Programm hielt, weil er es für sich täte. Er hatte seinen Tiefpunkt erreicht, als meine Mutter ihn endlich verlassen hatte.

„Es könnte dir guttun, weißt du?", sagte sie, während sie Felicity in den Armen wiegte, die ihren Zeigefinger fest umklammerte.

„Du siehst aus, als hättest du das schon dein ganzes Leben lang getan."

„Ich glaube, ich stecke in einer Art Hormon-High. Eins mit Mutter Erde und so. Keine Sorge, ich werde schon früh genug zu meiner herrischen Art zurückkehren."

„Das bezweifle ich nicht."

Wir saßen auf der Couch im Wohnzimmer meiner Mutter und versuchten, zu verarbeiten, dass wir in der einen Minute Kinder waren, die Höhlen aus Decken gebaut hatten, und nun waren wir erwachsen. Das Ding war nur, ich fühlte mich immer noch wie ein Kind. Ich hatte keine Ahnung, was ich mit meinem Leben anstellte.

„Ich glaube nur, dass ich ihm nicht verzeihen kann", sagte ich und nutzte diesen seltenen Moment der Offenheit zwischen uns aus.

„Du musst ihm nicht verzeihen, Henry. Es geht gar nicht um ihn. Es ist für dich; um dir zu helfen, das hinter dir zu lassen."

„Willst du damit sagen, dass ich in der Vergangenheit feststecke? Denn das tue ich nicht. Ich denke kaum einmal an ihn."

„Es ist deine Entscheidung. Ich sage nur, dass es mir geholfen hat, ihn so zu sehen, wie er jetzt ist. Es ist der Anfang eines Prozesses oder so. Akzeptanz. So nennt mein Therapeut es."

„Du gehst zum Therapeuten?" Ich hatte nicht so geschockt klingen wollen.

„Ja. Genau wie Mom."

„Oh."

„Ich schätze, wir haben nicht die Macho-Denke, dass wir alles allein regeln können."

„Ist notiert. Auch wenn ich glaube, dass ich noch nie zuvor als Macho bezeichnet worden bin."

Sie verdrehte die Augen. Sie war ein überzeugender kleiner Lümmel, das musste ich ihr lassen.

„Was ist mit Isabelle passiert?"

„Oh, das."

„Ich fand nie, dass ihr gut zusammengepasst habt."

„Das kann man jetzt leicht sagen, oder?"

„Hör mal", fuhr sie fort und legte sich das Baby in den anderen Arm. „Die Frau, die du in Irland kennengelernt hast. Wenn du willst, dass das funktioniert, musst du ein wenig Ballast abwerfen."

„Mein Gott, bei dir klinge ich ja wirklich wie ein guter Fang! Ich glaube, diese Sitzung, in der wir uns gegenseitig das Herz ausschütten, hat ihr natürliches Ende gefunden."

Und so bin ich losgezogen, um ihn zu besuchen, und fand mich mitten in der walisischen Natur wieder. Meine Mutter hatte mir die Adresse eines alten, zerfallenen Herrenhauses gegeben, das von irgendeiner Wohltätigkeitsorganisation zu einem Zentrum für ehemalige Suchtkranke umgebaut worden war. Es war idyllisch, mit sorgfältig angelegten Gemüsebeeten und einem Schwarzen Brett mit Aktivitäten, die von Meditation bis Töpfern reichten. Es war nicht die Art Ort, an der ich erwartet hätte, meinen Vater zu finden, und vielleicht sah er deshalb so gut aus, als er die alten steinernen Stufen hinunterkam und auf den Rasen trat, um mich zu begrüßen. Das aufgedunsene Gesicht und die gerötete Haut waren einem gesünder aussehenden, leicht gebräunten Mann mit dem Ansatz eines Kinnbarts gewichen.

„Henry, mein Sohn", sagte er und breitete die Arme aus, um mich zu umarmen, bevor er es sich anders überlegte. Ich bot ihm meine Hand an. „Es ist schön, dich zu sehen."

Ich stellte fest, dass ich nach einer langen Zugfahrt, Jahren der Feindseligkeit und, dank Felicity, einer Nacht mit wenig bis keinem Schlaf nichts zu sagen hatte. Oder zumindest nichts Liebevolles.

„Das hier ist kein freundlicher Besuch", sagte ich und folgte dem Weg, der mit *Besinnung am Fluss* beschildert war.

Zwei Gefühle kämpften unter meiner kühlen Haltung miteinander: Erleichterung, dass es ihm gut ging, und Verbitterung darüber, dass er sein Leben nicht früher auf die Reihe bekommen hatte. Er wirkte glücklich, was in mir den Wunsch weckte, ihm sowohl die Nase zu brechen als auch ihn auf einen Tee einzuladen, um herauszufinden, wie er diese Kehrtwende geschafft hatte.

„Ich werde bald nach Irland zurückgehen", sagte ich, als hätte er überhaupt gewusst, dass ich außer Landes gewesen war. „Ich verfolge die Spur eines Manuskripts."

„Ich erinnere mich daran, dass du es als Junge geliebt hast, Bücher zu sammeln", sagte er, als wäre das hier ein launiger Spaziergang auf dem Pfad der Erinnerungen. Als könnten wir jetzt, wo er Zeit zum Nachdenken gehabt hatte, so miteinander reden, wie wir es früher nie getan hatten.

„Ich habe auch Devotionalien gesammelt. Erinnerst du dich noch, als ich den Brief von Tolkien gefunden habe?" Ich konnte nicht anders, ich musste es sagen. Wie konnte er es wagen, mit einem Mal eine Rolle in meinem Leben einnehmen zu wollen, die er nie gespielt hatte?

Ich schaute ihn an und sah, dass er vor Scham den Kopf gebeugt hatte. Tja, er konnte das Opfer spielen, so viel er wollte, ich würde mich davon nicht einwickeln lassen.

Wir waren stehen geblieben und standen nun am Ufer, wo wir beide auf den träge dahinfließenden Fluss schauten. Ich sah die Schatten von Fischen, die sich im seichteren Wasser tummelten. Dann warf ich einen Blick zu meinem Vater und sah einen Ausdruck, oder besser gesagt eine Offenheit, die mir erlaubte, den Mann und nicht die Karikatur zu sehen, zu der er geworden war. Vielleicht sogar für sich selbst. Er sah verletzt aus. Das Gefühl kannte ich nur zu gut.

„Nichts, was ich sage, könnte das, was ich getan habe, ungeschehen machen."

Das war unerwartet und anders. Normalerweise hatte er immer versucht, meine Gefühle zu manipulieren, hatte gebettelt und Ausreden gefunden. Das hier klang jedoch nach jemandem, der die Auswirkungen seiner Handlungen verstand.

„Es tut mir aufrichtig leid, dass ich nicht der Vater war, den ihr beide gebraucht habt. Ich schäme mich dafür, wie ich euch alle behandelt habe. Das hat mich immer dazu getrieben, wieder mit dem Trinken anzufangen."

„Was ist dieses Mal anders?" Ich schaute weiter auf meine Schuhe, als wollte ich sie per Gedankenkraft dazu zwingen, mich von hier fortzutragen. Aus irgendeinem Grund schien ich hier festgewurzelt zu sein.

„Ehrlich gesagt kann ich nicht versprechen, dass es dieses Mal anders ist, Henry. Aber ich bekomme hier gute Hilfe. Zum ersten Mal kann ich sehen, dass Sucht eine Krankheit ist. Allein das zu wissen hat irgendwie geholfen."

Eine Krankheit; so hatte ich das nie betrachtet. Es hatte sich immer so angefühlt, als würde er seine Kicks suchen, und wir waren diejenigen, die das ausbaden mussten. Als würde er das Trinken seiner Familie vorziehen.

„Kein Alkoholiker genießt es, zu trinken", fuhr er fort, als hätte er meine Gedanken gelesen. „Es ist das Einzige, woran man von dem Moment an, in dem man die Augen öffnet, denken kann; aber es ist, als würde man Gift schlucken."

Zum ersten Mal erkannte ich, dass er auch kämpfte. Er war in meinen Augen ein Monster geworden, aber hier war er, ganz Mensch, und ich musste mich zusammenreißen, um nicht um alles zu weinen, was wir verloren hatten; um nicht gegen seine Brust zu trommeln und ihm zu sagen, wie weh es getan hatte, ihn zu verlieren.

„Ich habe kein Recht, dir das zu sagen, und ich habe dabei eindeutig keine Rolle gespielt, aber du bist zu einem feinen Mann herangewachsen, Henry. Mein Sohn."

Ich nickte, um seine Worte anzuerkennen, war aber nicht sicher, was ich mit ihnen anstellen sollte. Ich konnte nicht länger bleiben, es war zu überwältigend, also sagte ich, dass ich einen Zug erwischen müsste.

„Meinst du, du würdest mich vielleicht noch mal besuchen? Und deine Schwester und Felicity mitbringen?"

„Vielleicht. Ich werde sie fragen."

Wir schüttelten einander die Hand, und er sagte, er wünsche mir Glück mit dem Manuskript. Allein zu wissen, dass er mir zugehört hatte und an meinem Leben interessiert war, war verstörend. Es war, als hätte ich zum ersten Mal meinen echten Vater getroffen und erkannt, dass der Tyrann, mit dem ich aufgewachsen war, eine Täuschung oder ein Imitator war, der alle Zeilen falsch gelernt hatte. Das hier war der Mann, den ich Dad nennen sollte, aber ich kannte ihn kaum. Er war ein vertrauter Fremder. Als ich ging, hatte ich das eindeutige Gefühl, das mein Leben ein Stück in zwei Akten war und die Zuschauer gerade in der Lobby ihre

Drinks austranken, um für den zweiten Akt zurückzukommen.

Ich schaute zum millionsten Mal auf mein Handy. Immer noch keine Antwort von Martha. Doch ich hatte eine E-Mail von der Princeton University. Ich klickte sie an und überflog die Nachricht, wobei ich hier und da einen Satz aufschnappte, wie: „Unterlagen, die Bezug auf ihr Privatleben nehmen", und: „Briefe, die sie kurz vor ihrem Tod erhalten hat". Aber die Worte, die mein Herz rasen ließen, waren: „Opaline Carlisle". Ich öffnete den Anhang und fand einen Scan von einem teefarbenen Brief, der auf den September 1963 datiert war.

> *Liebste Sylvia,*
> *wie wunderschön es war, dich letzten Monat in Dublin zu treffen und zu sehen, dass du bei so guter Gesundheit bist. Ich weiß, Mr. Joyce hätte sich darüber gefreut, dass du dich entschieden hast, das Museum am Martello Tower zu eröffnen, und es fühlte sich an, als hätte der Kreislauf unserer Leben sich geschlossen … Welch eine Vorstellung, dass wir beide eingekerkert waren, wenn auch unter ganz anderen Umständen. Ich bin mir sicher, dass du es den Deutschen gezeigt hast!*

Martha hatte recht. Ich hatte an den falschen Orten gesucht. Und nicht nur nach Opaline. Mit ein paar Klicks hatte ich meinen Rückflug nach Irland gebucht.

31. Kapitel

OPALINE

Dublin, 1923

Ich hatte arrangiert, mich an diesem Nachmittag mit Mr. Hanna von *Webb's Bookshop* beim Auktionshaus Bennet & Sons am Upper Ormond Quay 6 zu treffen. Durch die rote Tür betrat ich ein Gebäude, das schlicht, aber hell war, was es den großen Fenstern verdankte, die zum Fluss Liffey hinausgingen.

„Erster Eindruck?", fragte Mr. Hanna, als ein junger Mann uns einen Katalog reichte, bevor wir uns setzten.

„Nun ja, es ist nicht *Sotheby's*", sagte ich mit spitzer, adliger Stimme, als wäre ich Königin Mary.

„Nein, aber das Porter schmeckt besser", sagte er und zwinkerte mir zu.

Er hatte vorgeschlagen, dass wir eine Runde durch alle Auktionsräume drehen, um zu sehen, ob es irgendwelche verborgenen Schätze zu einem guten Preis gäbe. Ich erkannte einen oder zwei Buchhändler aus London, und kurz fragte ich mich, ob Armand wohl hier sein würde. Das war ein alberner Gedanke. Meines Wissens war er nie in Irland gewesen, und auch wenn ich nicht schlecht von meiner neuen Heimat sprechen wollte, wusste ich doch, dass es hier nichts gab, das jemandem mit seinem ausgefeilten Geschmack verlocken würde. Ein großer Mann mit einem beeindruckenden weißen Bart stand auf dem Podium und hieß uns willkommen. Ich erblickte im Katalog sofort etwas von Interesse und, wie es der Zufall so wollte, wurde es als erstes Los aufgerufen.

„Los Nummer 527, ein Buch über armenische Grammatik, ein

Geschenk von Lord Byron an Lady Blessington als Souvenir, als sich ihre Wege am 2. Juni 1823 in Genua trennten."

Die Assistentin des bärtigen Mannes, eine junge Frau mit rotblond-gefärbten Haaren, präsentierte das Buch mit behandschuhten Händen den eher verhaltenen Anwesenden.

„Eine Erinnerung an ihr beständigstes literarisches Werk, *Unterhaltungen von Lord Byron mit der Countess of Blessington*, 1834."

Ich drehte den Kopf ein wenig und versuchte, den Saal zu lesen. Es schien kein großes Interesse zu bestehen.

„Wer ist Lady Blessington?", fragte ich Mr. Hanna und stieß ihn mit dem Ellbogen an.

„Ich bin keine Enzyklopädie", antwortete er und verdrehte spielerisch die Augen.

„Oh, tun Sie nicht so, als würden Sie nicht alles wissen", schmeichelte ich ihm.

„Das ist ein wenig eine ‚Vom Tellerwäscher zum Millionär'-Geschichte. Sie wurde in Tipperary geboren ..."

„Ist sie Irin?", unterbrach ich ihn.

„Warum sollte sie das nicht sein?"

„Ich ... ich weiß nicht."

„Treffen Sie niemals Annahmen", sagte er weise. In dem Moment bot jemand fünf Pfund für das Buch. „Wie auch immer, verschiedene Umstände führten dazu, dass sie irgendwann Charles Gardiner, Earl of Blessington, heiratete und unglaublich reich und kultiviert wurde. Sie schrieb Reiseberichte und Romane und war damals ziemlich bekannt für ihren literarischen Salon in ihrem Haus am Hyde Park."

Ich starrte ihn aus großen Augen an, während ein anderer Bieter sieben Pfund bot.

„Wie kann es sein, dass ich noch nie von dieser Frau gehört habe?"

„Ah, ich schätze, diese Dinge geraten aus der Mode."

„Frauen, meinen Sie. Frauen geraten aus der Mode."

„Höre ich acht Pfund?“ Vielleicht weil er einen unbewussten Hinweis von Mr. Hanna aufgeschnappt hatte, fing der Auktionator an, über das berühmte Gore House von Lady Blessington zu reden, das abgerissen worden war, um Platz für die Royal Albert Hall zu schaffen. „Einer der führenden literarischen und politischen Salons; Dickens, Thackeray und Disraeli waren häufige Besucher.“

Die folgenden Lose waren kurzlebige Erinnerungen: Briefe und Haarsträhnen, gruselige Porträts von lang verstorbenen Menschen, die ich nicht kannte. Ein Mann setzte sich neben mich und nickte mir und Mr. Hanna zu. Er hatte keinen Katalog, also reichte ich ihm meinen. Mein Interesse begann zu schwinden, bis ich den Namen Lady Sydney Morgan hörte.

„Und hier haben wir ein signiertes Exemplar ihres bekanntesten Werkes, *The Wild Irish Girl*, ein Geschenk an die Zeitung *Irish People*.“

Ich rutschte auf meinem Stuhl so weit nach vorne, dass ich kaum noch darauf saß. Das Buch selbst war wunderschön – roter Einband mit einem goldgeprägten Titel; es hatte eine beinahe botanische Anmutung mit einer Schwalbe, die von der oberen linken Ecke hinabstürzte, hübschen Farnen, die nach oben wuchsen, und einem illustrierten Schmetterling unten rechts. Ich musste es einfach haben.

„Ein leidenschaftlich nationalistischer Roman“, fuhr der Auktionator fort, obwohl ich bereits meine Hand gehoben hatte – ein *Faux pas* im Auktionssaal! – „und ein Grundstein im Diskurs des irischen Nationalismus. Der Roman erwies sich in Irland also so kontrovers, dass Lady Morgan auf Beschluss des Dublin Castle unter Beobachtung gestellt wurde.“

Es war mir egal, was es kostete, ich würde dieses Buch erstehen. Mr. Hanna berührte meinen Arm auf eine Weise, die mein Temperament zügeln sollte, aber ich war Ratschlägen gegenüber nicht mehr offen. Außerdem, was hatte der Drucker aus Bath gesagt?

Frauenliteratur ist nicht so wertvoll wie die von Männern …

„Sechs Pfund für die junge Dame mit dem roten Hut."

„Ha!" Ich reckte die Faust in die Luft und machte mich vermutlich zum Affen, aber das war mir egal.

Mr. Hanna klopfte mir auf den Rücken, und ich verspürte eine Aufregung wie nie zuvor. Jetzt verstand ich, wie Mr. Rosenbach sich bei *Sotheby's* gefühlt haben musste.

„Herzlichen Glückwunsch, Mademoiselle", sagte eine Stimme neben mir und ließ mich erschrocken zusammenfahren. Ich drehte den Kopf und sah einen jungen Mann mit leuchtenden Augen und hellem Haar. Mein Herz fiel wieder in seinen normalen Rhythmus zurück.

„*Merci*, Monsieur …?"

„Ravel. Sie sprechen Französisch?", fragte er und schüttelte meine Hand.

„Wie der Komponist Maurice! Und nur ein wenig", gab ich zurück. „Haben Sie ein Interesse an irischer Literatur?"

„*Certainement.* Ich schreibe einen Artikel über irische Vampire." Das sagte er mit dem unschuldigsten Lächeln, was etwas verstörend war.

„Guter Gott." Ich stieß Mr. Hanna an. „Ich hoffe, so etwas existiert nicht."

„Ah, das wäre unser ganz eigener Bram Stoker."

„Oh. Ja, mit ihm bin ich vertraut. Was für ein faszinierendes Buch", fügte ich an.

Aber der Franzose schüttelte den Kopf. „Nicht nur Bram Stoker. Auch Le Fanu. Aber heute suche ich ein Buch, das noch älter ist. Ehrlich gesagt wird behauptet, dass Stoker sich davon hat inspirieren lassen."

„Oh, erzählen Sie. Welches Buch?"

In dem Moment lenkte der bärtige Mann unsere Aufmerksamkeit auf einen düster aussehenden Schinken.

„Und hier haben wir eine seltene Ausgabe von *Melmoth der*

Wanderer von Charles Maturin."

„Ah, das ist es!", sagte er.

Ich hätte nicht aufgeregter sein können, wenn ein Vampir bei uns im Raum gewesen wäre. Das war die Sache mit Büchern und Autoren und Geschichten – man wusste nie, wo man landen würde. Ich war so erfreut, als er seine Trophäe gewann, und gratulierte ihm.

„Sie sagen, dass Stoker von diesem Maturin inspiriert wurde. Wie sind Sie darauf gekommen?", fragte ich, als die Auktion beendet war und das Geräusch von über den Boden schabenden Stühlen die Luft erfüllte.

„In der *Marsh's Library*. Das war die erste öffentliche Bücherei in Irland. *Mais*, warum erzähle ich Ihnen das? Ich bin mir sicher, dass Sie das bereits wussten."

Ich schüttelte den Kopf und kam mir wie ein Dummchen vor, weil ich schon so lange in Dublin lebte und trotzdem noch unverzeihlich ignorant war, was sein reichhaltiges literarisches Erbe anging, das über die üblichen anglo-irischen Autoren hinausging, deren Werke in die Welt exportiert worden waren.

„Aber das sind keine irischen Namen, oder?" Ich wandte mich an Mr. Hanna, die wandelnde Enzyklopädie.

„Hugenottisch, richtig?", erwiderte er.

„Ja, in der Tat", stimmte der Franzose zu, und bevor ich mich versah, hatte er mich eingeladen, mit ihm zusammen die *Marsh's Library* zu besuchen.

Es war ein schöner Tag und es fühlte sich gut an, mir ein wenig die Beine zu vertreten. Mr. Hanna „ließ uns junge Leute mal machen", und wir unterhielten uns enthusiastisch, während wir den Liffey überquerten und die Fishamble Street entlang schlenderten. Wie sich herausstellte, war Mr. Ravel aus Paris und studierte irische Literatur am Trinity College. Er war angemessen beeindruckt, als ich ihm von meiner Zeit bei *Shakespeare and Company* erzählte, und wir fragten uns beide, wie es sein konnte, dass wir einander noch nie begegnet waren.

„Ich bin ständig dort gewesen! Ich habe meinen Kaffee *juste en face* getrunken."

„Ist das Leben nicht seltsam?"

„Das geht mir bei meinen Recherchen genauso. Ich habe zum Beispiel gerade erst herausgefunden, dass Charles Maturin der Großonkel von Oscar Wilde war."

„Das kann nicht Ihr Ernst sein?" Ich blieb abrupt vor der beeindruckenden Fassade der St. Patricks Cathedral stehen, deren graue Türme sich einem Himmel von strahlendem Blau entgegenreckten.

„Doch, es stimmt. Seine Nichte war Jane Wilde, Oscars Mutter. Sicherlich haben Sie ihre Werke gelesen?"

„Ich fürchte, mein akademisches Wissen um die irische Literatur weist im Vergleich zu Ihrem erhebliche Mängel auf, Mr. Ravel. Aber ich finde das alles sehr faszinierend."

„Ich muss Sie warnen, dass ihre Schriften recht anti-britisch sind."

Ich lachte, als wir den Weg fortsetzten und am Zaun entlanggingen, der den Kirchenhof einfriedete.

„Was das angeht, bin ich nicht so leicht zu beleidigen."

Er blieb an einer eisernen Pforte stehen und bedeutete mir, vor ihm hindurchzugehen.

Es war ein so schlichter Eingang für diese älteste öffentliche Bücherei in Irland. Das Gebäude war mit seinen roten Backsteinen genauso bescheiden, aber auf seine Weise durchaus einladend. Keine Kolonnaden oder große Statuen, sondern nur ein Schild mit den Öffnungszeiten.

„Es straft die Wichtigkeit dessen, was es enthält, Lügen", sagte er, als hätte er meine Gedanken gelesen.

Ich keuchte auf, als wir eintraten und ich den ersten vollen Blick auf die Bibliothek erhaschte. Wunderschöne Regale aus dunklem Holz beherbergten Reihen um Reihen an Büchern, die wie Laub in der Brise flüsterten. In jedem Alkoven gab es eine Bank, und die Luft war mit Wissen erfüllt. Vor Staunen verschlug es mir die Stimme.

„Kommen Sie, ich zeige Ihnen die Käfige", sagte und ließ erneut das süße Lächeln aufblitzen, das in einem solchen Gegensatz zu seinen schrecklichen Worten stand. „Maturin lebte ganz in der Nähe und verbrachte jeden Tag Stunden hier, um mit Heißhunger Bücher aus dem sechzehnten Jahrhundert zu lesen."

Wir kamen zu den „Käfigen", die in Wahrheit kleine Abteilungen mit Türen waren, die halb aus Holz, halb aus metallenen Gitterstäben bestanden. Es waren abgetrennte, mit Büchern gesäumte Räume für das private Studium.

„Auch wenn es eine öffentliche Bibliothek ist, ist es keine Leihbücherei. Die Bibliothekare bemerkten, dass viele ihrer unschätzbaren Manuskripte gestohlen wurden und …"

„Daher die Käfige. Sie schließen einen also ein, während man liest?"

In dem Moment glaubte ich, jemanden meinen Namen rufen zu hören, doch ich drehte mich nicht um.

„Mon Opale."

Ich verspannte mich. Wagte es nicht, zu hoffen.

„Bonjour", sagte Mr. Ravel zu demjenigen, der hinter uns stand.

Ich drehte mich um und sah Armand; er war noch attraktiver, als meine Erinnerung ihn heraufbeschwören konnte, und seine dunklen Züge wirkten hier noch schöner. Ich musste mich zusammenreißen, um ihm nicht in die Arme zu fallen, und wenn Mr. Ravel nicht neben mir gestanden hätte, würde ich wagen zu behaupten, dass ich es getan hätte. Doch stattdessen umarmten wir einander und gaben uns einen Kuss auf beide Wangen.

„Mr. Ravel, darf ich Ihnen meinen … Buchhändlerkollegen Mr.

Hassan vorstellen."

Die beiden Männer schüttelten einander die Hand, und ich hatte keine Ahnung, wie ich die Situation handhaben sollte. Instinktiv ging meine Hand zu meinem Bauch. Hier stand der Vater meines Kindes, aber die soziale Etikette verbat, dass ich auch nur ein Wort darüber verlor. Mr. Ravel war so gütig und galant gewesen, wie könnte ich ihn also bitten, zu gehen?

„Mr. Ravel, verzeihen Sie, aber ich habe eine sehr wichtige geschäftliche Angelegenheit mit Mademoiselle ..."

„Gray!", rief ich.

Beide Männer schauten mich an.

„Er spricht es immer falsch aus", stammelte ich und kam mir unglaublich dumm vor.

„Natürlich." Mr. Ravel verbeugte sich leicht auf eine so respektvolle Weise, dass ich einen Anflug von Schuldgefühlen verspürte, weil ich ihn hier einfach im Stich ließ.

„Kommen Sie doch einmal in meinem Laden vorbei", sagte ich und hoffte, dass er das tun würde.

Er lächelte gütig und verschwand.

Armand nahm meine Hand und zog mich in einen der offenen Käfige. Ich lehnte mich gegen die Leiter, die darin angebracht war, um die Bücher auf den höheren Regalen zu erreichen, und er presste sich gegen mich, den Mund an meinem Hals, als wäre er selbst ein Vampir. Wir sprachen nicht; das einzige Geräusch war unser Atem und das gelegentliche Umblättern einer Seite durch einen der Leser vor der Tür.

„Warte, warte. Stopp", sagte ich leicht atemlos. „Was tust du hier?"

Er schaute mich an und lächelte. Die nachmittägliche Sonne ließ die bernsteinfarbenen Flecken in seinen dunkelbraunen Augen aufleuchten. In diesem Moment wusste ich, dass ich ihn liebte. Ich liebte ihn wahnsinnig. Aber ich war nicht sicher, ob er mich je lieben könnte oder würde.

„Ich bin natürlich hinter einem Buch her", sagte er grinsend und zog den Ausschnitt meiner Bluse ein Stück hinunter, um die weiße Schwellung meiner Brust zu entblößen.

Also nicht meinetwegen. Er küsste mich, und ich vergaß mich für den Moment.

„Nein, ich meine, was machst du in Irland? Warum hast du kein Telegramm geschickt?"

Er trat einen Schritt zurück und setzte sich auf die Kante des Schreibtischs, auf dem ein paar aufgeschlagene Bücher lagen. Seine Körpersprache veränderte sich; er nahm einen Stift in die Hand und spielte damit herum. Als er mich wieder ansah, lag in seinen Augen die Enttäuschung darüber, dass ich diesen Moment mit meiner Frage zerstört hatte. Ich war mir nicht sicher, ob ich ihn je zuvor so aufmerksam beobachtet hatte, aber andererseits hatte ich bisher auch nie sein Kind in mir getragen. Eine unangenehme Wahrheit bildete sich als übles Gefühl in meinem Magen, und seine mangelnde Reaktion bestätigte meine Gedanken.

„Du wolltest mir nicht sagen, dass du hier bist, oder?"

Er stand wieder auf, ganz voller Charme.

„Das ist es nicht, Opaline. Du weißt, wie es ist, wenn man einer Spur folgt. Ich hatte nicht vorgehabt, herzukommen, aber ein Sammler hat ein sehr spezielles Manuskript verlangt …"

Ich hatte genug gehört. Ich richtete meine Bluse und kämpfte mit der Tür des Käfigs, als ich seine Arme um mich spürte.

„Bitte, *mon Opale*, es gibt keinen Grund für solch eine Hysterie. Ich bin jetzt hier. Lass uns das nicht zerstören."

Ich seufzte schwer und drehte mich zu ihm um.

„Ich muss dir etwas sagen", fing ich an, unsicher, wie genau ich es formulieren sollte.

„Fabelhaft. Dann lass uns heute Abend zum Essen treffen. Jetzt muss ich arbeiten."

Er sah so zufrieden mit sich aus, und mir wurde bewusst, wie sehr ich es mochte, diejenige zu sein, die ihn glücklich machte.

Vielleicht würde er das Baby ja doch wollen.

Ich schlug vor, dass er auf einen Aperitif zu meinem Laden kommen sollte. Meine Vorfreude machte mich aufgeregt und ungeschickt – während ich den Laden für seine Ankunft vorbereitete, ließ ich ein Glas fallen und verursachte einen Kratzer auf meiner Lieblingsschallplatte. Es war so überwältigend, dass Armand in Irland war. Ich wollte, dass er es so sehr liebte wie ich, also musste alles perfekt sein.

Kurz nachdem die Kuckucksuhr verkündet hatte, dass es acht Uhr war, hörte ich, wie die Tür geöffnet wurde und Schritte über die Fliesen hallten. Mutter hatte immer gesagt, dass Pünktlichkeit viel über eine Person aussagte. Ich strich mir die Haare hinter die Ohren und stieg die Treppe in den Laden hinauf.

„Opaline?"

„Ja, *j'arrive*." Ich hatte so lange kein Französisch mehr gesprochen, dass es seltsam klang und ich errötete. Als ich die oberste Treppenstufe erreichte, sah ich ihn in einem dunklen Anzug dastehen, die Haare feucht vom Regen. „Komm herein", sagte ich, obwohl er bereits drinnen war. Ich war so nervös, dass ich anfing, hektisch umherzugehen, um Getränke einzuschenken und Stühle zurechtzurücken, wobei ich über die Bücher in den Regalen und Mr. Fitzpatricks Antiquitäten plapperte. Auf alberne Weise wollte ich, dass er stolz auf das war, was ich erreicht hatte.

Irgendwann legte er eine Hand auf meine und bat mich, neben ihm Platz zu nehmen. Sofort füllte ich die Stille mit weiterer oberflächlicher Unterhaltung, als wären wir zwei vollkommen Fremde.

„Wo bist du untergekommen?"

„Im Shelbourne."

Natürlich. Für Armand nur das Beste. Oder besser gesagt für seine Auftraggeber.

„Was ist los? Du bist nicht du selbst."

Ich atmete tief durch. Ich konnte es nicht länger aufschieben.

„Ich habe dir etwas Wichtiges zu sagen und weiß nicht genau, wie ich es ausdrücken soll."

Er lächelte.

„Natürlich mit Worten."

Ich erwiderte sein Lächeln, doch meine Zweifel wuchsen.

„Weißt du, seitdem ich dich in England getroffen habe, hatte ich das Gefühl, dass du ein großes Geheimnis wahrst."

„Ach ja? Oh, Armand."

Wusste er es bereits? Vielleicht war er doch meinetwegen nach Irland gekommen.

„So etwas merkt man immer", versicherte er mir.

„Wirklich?" Ich verdeckte meinen Bauch.

„Natürlich! Du hast das Manuskript gefunden, nach dem du gesucht hast, oder? Man muss kein Genie sein, um zu erraten, warum du in Honresfield warst. Es hat etwas mit den Brontës zu tun, richtig?"

Mein Herz wurde schwer, aber ich behielt das erstarrte Lächeln auf meinen Lippen bei.

„Oh. Tja, du kennst mich zu gut."

Ich saß da, lächelnd wie eine Idiotin, während er höflich zurücklächelte.

„Und?"

„Was und?"

„Willst du es mir nicht zeigen?"

Wollte ich es ihm nicht zeigen? Ich wiederholte die Worte in meinem Kopf. Es war immerhin die Entdeckung, von der ich unbedingt jemandem hatte erzählen wollen. Und hier saß ich mit einem der größten Bücherscouts Europas, einem Mann, der einer kleinen, ausgewählten Gruppe an Menschen angehörte, die die Bedeutung und das Glück meines Erfolgs wirklich verstehen würden, und doch zögerte ich. In dieser Sekunde enthüllte mir mein Gewissen die Wahrheit, die zu sehen ich mich seit unserem ersten Treffen geweigert hatte: Ich vertraute ihm nicht. Und doch sah ich mich jetzt der Entscheidung gegenüber, ihm entweder von dem Baby oder dem Manuskript zu erzählen. Ich musste überlegen, was ich gewillt war, zu riskieren.

Ich wählte das Manuskript.

„Warte", sagte ich und holte das Nähkästchen aus der Schublade. Ich bestand darauf, dass wir beide Baumwollhandschuhe anzogen, und während er das Notizbuch untersuchte, erzählte ich ihm, wie ich Mrs. Brown in London gefunden hatte, und dass meine Entscheidung in letzter Minute, diese kleine Memorabilie zu kaufen, zu der Entdeckung von Emilys Manuskript geführt hatte. Er wusste es nicht, aber seine Reaktion würde alles für mich entscheiden.

„Non, mais c'est incroyable!"

„Ich weiß", sagte ich und rückte mit meinem Stuhl näher an ihn heran. Ich genoss diesen geteilten Moment. „Nachdem ich die Briefe in Honresfield studiert habe, bin ich mir sicher, dass es Emilys Handschrift ist."

„Bien joué, ma belle", sagte er und gab mir einen Kuss auf die Lippen. Ich fühlte mich, als würde ich auf einer Wolke sitzen.

Ich war noch nie so glücklich gewesen. Ich würde es ihm sofort erzählen.

„Armand …"

„Du musst mich diese Sache für dich händeln lassen", unterbrach er mich.

„Wie bitte?"

„Ich werde einige meiner Sammler ansprechen. Ich habe auch gute Kontakte zu Auktionshäusern. *Mon dieu*, wo soll ich nur anfangen?" Er lachte und war vor Aufregung ganz aufgedreht.

Ich streckte die Hand aus und nahm das Notizbuch und das Nähkästchen wieder an mich.

„Das ist nicht nötig. Ich bin sehr gut in der Lage, mich selbst um die Arrangements zu kümmern."

Er sah mich ein wenig verwirrt an.

„Ich habe auch Kontakte zur Welt der seltenen Bücher." Ich hatte vorgehabt, das leichthin zu sagen, aber selbst mir fiel der scharfe Unterton in meiner Stimme auf.

„Aber dieser Fund ist von großer Bedeutung, *mon Opale*. Wir müssen den höchsten Preis dafür erzielen. Das wird unseren Ruf für immer sichern."

Es war erstaunlich, wie schnell er angefangen hat, von „wir" und „unserem" zu reden. Dem flüchtigen Armand fiel es auf einmal sehr leicht, eine Verpflichtung einzugehen. Ich stand auf, legte das Nähkästchen in die Schublade zurück und schloss diese ab. Danach steckte ich den Schlüssel in meine Hosentasche. Endlich verstand ich, was es bedeutet, wenn einem jemand den Wind aus den Segeln nahm.

„Danke, Armand, aber wie du siehst, leite ich nun schon seit einiger Zeit ein erfolgreiches Geschäft. *Ich* habe das Manuskript gefunden, und ich werde entscheiden, was damit passieren soll. Außerdem bin ich mir nicht sicher, dass es in private Hände gehört. Für ein Museum könnte es von größerem Wert sein."

„Ach bitte, du kannst doch diesen kleinen Laden nicht mit der echten Welt der literarischen Antiquitäten vergleichen. Opaline, du musst Verstand annehmen. Ich wollte nicht gezwungen sein, es zu sagen, aber du lässt mir keine andere Wahl. Kein ernsthafter Sammler wird mit einer Frau verhandeln. Von dir kommend werden sie die Herkunft des Buchs niemals glauben, und selbst wenn, werden sie wissen, dass sie es dir zu einem zu niedrigen Preis abnehmen können."

Es war schwindelig machend, wie schnell Armand seinen wahren Charakter offenbarte. Nur wegen meines Geschlechts hielt er mich nicht für fähig oder der Aufgabe gewachsen.

„Ich dachte, wie wären Gleichgestellte", sagte ich.

Er stand auf und kam auf mich zu. Als er Anstalten machte, meine Hände zu ergreifen, zog ich sie weg.

„Jetzt bist du albern."

„Albern?“

„Ich stelle nicht deine Fähigkeiten infrage, ich bin nur realistisch. Das ist die Welt, in der wir leben.“

„Und du hast keinerlei Interesse, das zu ändern, oder? Es passt dir besser, den Status quo zu erhalten. So kannst du meinen Erfolg nehmen und ihn als den deinen ausgeben!“ Inzwischen war ich richtig laut geworden, denn mit einem Mal war Armand für mich hässlich. Der Mann, den ich die ganze Zeit angebetet hatte, obwohl ich immer vermutet hatte, dass er mich irgendwie benutzte.

„Warum bist du an jenem Tag zu mir ins Hotel gekommen? Ich habe nie wirklich verstanden, warum du dir solche Mühe gemacht hast, mir zu helfen.“

„Wovon redest du da?“

„Ich bin mir nicht sicher, ob du jemals etwas für einen anderen Menschen getan hast, wenn es dir nicht irgendwie genutzt hat.“

Er sah mich an, als wolle er mir einen Schlag versetzen, und die Frau in mir, die zu werden ich immer noch anstrebte, reckte das Kinn. Seine Augen brannten und sein Kiefer war angespannt.

„Vielleicht dachtest du, dass ich wertvoll für dich sein könnte. Ein weiterer Kontakt.“

Zum ersten Mal sah ich, wie unsicher er unter der glänzenden Fassade war. „Denn tief im Inneren glaubst du nicht, dass du allein etwas erreichen kannst, oder? Deshalb umgarnst du die Leute, dir ihre Geheimnisse zu verraten, damit du sie stehlen und zu deinen eigenen machen kannst.“

„Ferme la gueule, salope.“

Ich war mit französischen Schimpfwörtern nicht allzu vertraut, aber ich kannte das Wort für Hure. Damit drehte er sich auf dem Absatz um und verschwand, um nie zurückzukehren.

32. Kapitel

MARTHA

Ich erwachte vor dem Morgengrauen. Die ganze Nacht lang hatte ich mich hin und her gewälzt, und es hatte geklungen, als wäre es dem Haus genauso ergangen. Im morgendlichen Dämmerlicht fiel mir etwas ins Auge. Die Decke. Ich streckte die Hand aus, um die Nachttischlampe anzuschalten, und schaute auf. Wo die Lampe gehangen hatte, befanden sich nun Wurzeln. Ein Knoten von winzigen Ranken wuchs wie ein Kronleuchter aus dem Loch in der Mitte der Decke. Ich starrte sie eine Weile an, bis ich nur noch ihre verschlungene Schönheit sehen konnte. Jede Wurzel bestand aus kleineren Wurzeln, die sich wieder in noch kleinere Wurzeln teilten. Doch alle spielten eine wichtige Rolle. Sie schienen in der Luft zu hängen und nach etwas zu suchen, das sie ernähren konnte. Ich wollte die Hand ausstrecken und sie berühren, schreckte aber zusammen, als mein Wecker klingelte.

„Ich habe das Gefühl, als müsste ich mich gleich übergeben." Ich stand hinter Madame Bowden und bürstete ihr das Haar, während sie königlich vor ihrer Frisierkommode saß.

Im Raum war es düster, da sie die Vorhänge vor dem kalten, grauen Morgen zugezogen hatte. Heute war mein erster Tag als Studentin am Trinity (auch wenn es nur eine Abendvorlesung in Literatur war), und ich machte mir, ehrlich gesagt, in die Hose.

„Trockenes Toastbrot."

„Ich dachte, das wäre für Schwangerschaften?"

„Guter Gott, du bist doch wohl nicht schwanger?"

„Natürlich nicht!“ Ich stahl einen Blick auf ihr Spiegelbild. Es war seltsam, wie anders Menschen im Spiegel aussehen konnten – ihre Gesichtszüge schienen sich zu verschieben wie Schatten, wenn die Sonne über sie hinwegzog.

„Hör mir gut zu, Martha – wenn du keine Angst hast, lebst du nicht richtig.“

Ich war nicht sicher, ob ich in diesem Moment eine seltsame Aufmunterung brauchte, aber ich bekam sie. Ich schürzte die Lippen, bedachte Madame Bowden mit einem vernichtenden Blick und eilte nach unten, um uns beiden ein Toastbrot zu machen, bevor ich ging.

Meine Gedanken rasten und mein Kopf war voller Zweifel. Was, wenn ich mich lächerlich machte, weil ich nichts wusste? Würde ich irgendwelche Freundschaften schließen oder die ganze Zeit allein dasitzen? Was, wenn … was, wenn … was, wenn …? Die Gedanken waren endlos. Wohin war das Gefühl der Stärke von vor Kurzem verschwunden? Warum fühlte sich mein Leben immer an wie zwei Schritte vor und drei zurück? Ich schnappte mir meine Jacke und meinen neuen Rucksack von dem Haken im Flur und blieb kurz an der Stelle stehen, an der Shane übers Geländer gestürzt war. Ich streckte die Hand aus und berührte den neuen Treppenpfosten. Es fühlte sich unter meiner Hand glatt und solide an. Ich versuchte, tief in den Bauch hineinzuatmen, wie es ein Yoga-Mädchen auf YouTube empfohlen hatte. Offenbar sollte es helfen, ängstliche Gedanken zu beruhigen.

Ich zählte eins … zwei … drei.

Das Haus knarrte leise und ich schloss für einen Moment die Augen. Ich sah das Bild von einer Wiege vor mir, die sanft in Ästen gewiegt wurde. *Wenn du keine Angst hast, lebst du nicht richtig.* Bis jetzt hatte ich Angst nie mit etwas Positivem assoziiert. Aber vielleicht gab es verschiedene Arten von Angst.

„Es gibt nur einen Weg, das herauszufinden.“

Meine Augen flogen auf. Da war sie wieder, hatte sich erneut an mich herangeschlichen.

„Was?"

„Wenn du so weiter trödelst, verpasst du noch den Bus. Husch, husch."

Ich rührte mich nicht, sondern sah sie flehend an. „Was ist, wenn ich es nicht kann? Was, wenn alle anderen klüger sind als ich?"

„Ich erinnere mich nicht, dass du irgendwelche Zweifel hattest, was deine Arbeit hier anging – und ehrlich gesagt warst du am Anfang sehr mittelmäßig."

„Danke. Das hilft ungemein", erwiderte ich ausdruckslos.

Sie schürzte die Lippen und seufzte schwer.

„Sag mir, das Buch, das du in der Küche gelesen hast, wenn du glaubtest, ich würde es nicht mitbekommen …"

„*Normale Menschen*?"

„Ja, das. Hat es dir gefallen?"

Ich dachte über ihre Frage nach. Es war nicht das, was ich erwartet hatte. Ich wusste nicht, ob es mir an sich gefiel, aber ich konnte nicht aufhören, es zu lesen. Connell und Marianne fühlten sich für mich inzwischen wie echte Menschen an. Ich war komplett fasziniert, was ihr Leben anging.

„Es ist gut, weil ich das Gefühl habe, Mäuschen zu spielen und zuzusehen, wie sich alles entfaltet. Und ich mag es, dass Connell ein Junge vom Land ist, der sich am Trinity bewirbt." Ich lächelte.

„Die Charaktere sind also nachvollziehbar."

„Ja! Das sind sie. Aber ich werde immer so wütend auf Marianne. Ich meine, warum lässt sie zu, dass die Leute sie so behandeln?"

„Vielleicht glaubt sie, es verdient zu haben?"

Die Erkenntnis war kalt und hart. Selbst ich konnte nicht verstehen, warum jemand sich als so wenig liebenswert empfand, dass er diesen Missbrauch akzeptierte. Beim Lesen der Geschichte hatte ich mich unbehaglich gefühlt, aber gleichzeitig hatte ich das

Gefühl gehabt, als würde ich das alles nicht allein durchmachen müssen. Wenn es jemandem wie Marianne passieren konnte, die reich und intelligent war, konnte es jedem passieren.

„Ich glaube, wenn man jung ist, ist es leicht, verwirrt zu sein, was Liebe wirklich ist. Selbst der Titel des Buches deutet an, dass wir schlechtes Benehmen in Beziehungen normalisieren oder davon ausgehen, dass normal zu sein das Wichtigste ist, also verstecken wir all die hässlichen Dinge, die uns zustoßen. Ich meine, wer ist überhaupt normal?"

„Herzlichen Glückwunsch. Du hast gerade deine erste Kritik eines Buches geliefert. Und jetzt ab mit dir und Schluss mit diesem Unsinn."

Als ich die Stufen von 12 Ha'penny Lane hinunterging, schaute ich zurück und sah ihre schwindende Reflexion in der Fensterscheibe des Wohnzimmers. Das war genauso, als wenn ich versuchte, sie zu lesen; sie wurde vom Licht immer eher verdeckt als erhellt. Wie ein überbelichtetes Foto. Sie war anders als alle anderen, die ich je getroffen hatte, und vielleicht war das auch ganz gut so.

33. Kapitel

HENRY

Als ich an der O'Connell Street aus dem Bus stieg, fühlte sich die Luft irgendwie anders an. Man sagt, dass man niemals zweimal in den gleichen Fluss steigen kann, und vielleicht galt das auch für Länder. Die Straßen waren voll mit entschlossenen Menschen. So wie ich einer war.

Ich ging die Stufen zu Nummer 12 hinauf, hielt kurz inne, um mein Jackett zu richten und den Umschlag mit dem Brief in die Hand zu nehmen, den ich ausgedruckt hatte. Ich konnte nicht erwarten, Martha von Opaline, Sylvia und dem Buch zu erzählen. Fest, aber nicht übertrieben fest, betätigte ich den Klopfer an der Tür. Es waren die kleinen Dinge im Leben.

„Oh."

„Tja, Sie haben geklopft", sagte Madame Bowden. „Soll ich die Tür noch mal schließen und wir tun so, als wäre all das hier nie passiert?"

„Nein, es tut mir leid, ich …"

„Ja?"

„Ich hatte erwartet, Martha zu sehen, das ist alles."

„Ach, wirklich? Obwohl Sie ohne ein Wort gegangen sind, erwarten Sie, dass das Mädchen auf Ihre Rückkehr wartet? Vielleicht mit einem Taschentuch an ihre feuchten Augen gepresst?"

„Nein, natürlich nicht", antwortete ich zutiefst verlegen.

„Nun, dann können Sie dahin zurückkehren, woher Sie gekommen sind, und wir verlieren kein Wort mehr darüber."

„Nein, bitte. Ich habe einen Brief hinterlassen. Hat sie ihn nicht bekommen?" Ich spürte Panik in mir aufsteigen. „Wohnt sie noch hier?"

Die alte Dame seufzte und verdrehte die Augen, als wäre ich ein Welpe, der auf ihren Teppich gemacht hatte.

„Ah, wo Sie nun schon mal da sind, können Sie auch einfach reinkommen, denke ich."

Sie machte einen Schritt zurück, und ich trat ein. Ich war ein wenig genervt von … nun ja, von allem. Das hier lief nicht so, wie ich es geplant hatte.

„Ich fürchte, Sie müssen sich selbst bedienen, wenn Sie einen Tee wollen", sagte sie und drapierte sich auf dem cremefarbenen Sofa, das von Blumensträußen bewacht wurde, die auf den beiden Beistelltischen links und rechts davon standen. „Natürlich könnten wir die Nettigkeiten auch einfach hinter uns lassen und direkt zum Brandy übergehen." Sie nickte in Richtung eines kleinen Barwagens am Kamin, und ich schenkte uns zwei großzügige Gläser der bernsteinfarbenen Flüssigkeit ein.

„Also, warum sind Sie zurückgekommen?"

„Warten Sie mal, woher wissen Sie, wer ich bin?"

„Ach bitte, machen wir uns doch nichts vor. Sie hat mir von Ihnen erzählt. Der Gelehrte, der nach einem verlorenen Buchladen sucht. Ich war nicht sicher, was sie in Ihnen gesehen hat, aber nun, wo ich Sie persönlich vor mir habe", sagte sie und richtete ihre Brille. „Ja, ich schätze, ich erkenne da einen gewissen jungenhaften Charme. Ist es der, der Ihre Verlobte angezogen hat, Mr. Field?"

Mein Gott, sie hatte ihr wirklich alles erzählt.

„Sind sich Männer wie Sie je bewusst, welchen Schmerz sie verursachen, wenn sie so in das Leben der Menschen hineinwandern und wieder verschwinden? Nein, ich schätze nicht. Das würde einen gewissen Intellekt voraussetzen."

Es schien, als würde von mir keine Antwort erwartet. Ich sollte einfach nur meinem eigenen Rufmord durch eine Frau beiwohnen, die ich gerade erst getroffen hatte – und das Schlimmste war, dass sie mit ihrer Zusammenfassung furchterregend richtig lag.

Abgesehen von einem.

„Ich liebe sie."

„Woher wissen Sie das?"

„Wie bitte?"

„Was lieben Sie an Martha? Die Art, wie Sie sich mit sich selbst fühlen? Wie sie Ihr …" Sie ließ den Blick nach unten fallen, „schlaffes Ego aufrichtet? Bereitet es Ihnen Vergnügen, zwei Frauen an der Hand zu haben? Ich kenne Ihren Typ, Mr. Field, und lassen Sie mich Ihnen eines sagen: Martha ist zehn von Ihnen wert."

„Nein, sehen Sie, das habe ich ja versucht, ihr zu sagen. An dem Abend, an dem wir uns geküsst haben, wusste ich, dass ich die Sache mit Isabelle beenden musste. Aber ich war es ihr schuldig, das nicht per Telefon zu tun. Ich musste sofort nach London zurück und alles erklären." Ich kam mir albern vor, mich vor einer komplett Fremden zu rechtfertigen. Aber ich sah, wie viel ihr an Martha lag, und damit hatten wir eine Gemeinsamkeit. „Ich habe seitdem ständig versucht, Martha anzurufen, aber sie scheint ihre Nummer aufgegeben zu haben. Meine Schwester hat gerade ein Baby bekommen, und das hat meine Rückkehr verzögert, aber ich bin so schnell wieder hergekommen, wie ich konnte."

Sie schien über das nachzudenken, was ich gesagt hatte, und es kam mir wie eine Ewigkeit vor, bevor sie wieder sprach.

„Seitdem Sie sie das letzte Mal gesehen haben, ist viel passiert. Ich bin mir nicht sicher, ob sie Sie wiedersehen möchte."

„Bitte, Madame Bowden. Sie haben recht. Ich habe nie gewusst oder verstanden, was es bedeutet, wirklich zu lieben oder geliebt zu werden. Ich werde das nicht auf meine Vergangenheit schieben, aber wir alle haben eine, und sie folgt uns wie ein Gefängnis, hält uns davon ab, der Mensch zu sein, der wir wirklich sein wollen. Martha ist die mutigste Person, die ich je getroffen habe, und sie hat das wenige an Mut, das ich habe, angefacht, damit ich zum ersten Mal auf mein Herz höre. Ich liebe sie nicht nur für die Art, wie ich mich in ihrer Nähe fühle, sondern ich liebe sie, weil es, als sie in mein Leben kam, so war, als wäre das Licht angegangen. Alles hatte auf einmal eine Bedeutung, und ich glaube, *ich hoffe*, dass es für sie genauso war. Wir alle haben schlechte Teile und gute Teile in uns, aber wenn man jemanden kennenlernt, der einen erkennen lässt, dass es in Ordnung ist, denkt man: Was in Gottes Namen habe ich getan, um das zu verdienen? Mein ganzes Leben lang habe ich nach verborgenen Schätzen gesucht, nach Glück außerhalb meiner selbst. Aber Martha, sie hat das in mir gefunden. Ich bin beileibe nicht perfekt, aber ich weiß, dass ich den Rest meines Lebens damit verbringen möchte, sie zum Lächeln zu bringen. Also soll ich verdammt sein, wenn ich sie kampflos aufgebe."

Sie schluckte hörbar.

Ich zitterte beinahe unter der Überzeugung, die ich in diesem Moment verspürte. Zum ersten Mal hatte ich mich die Wahrheit sprechen gehört; sie war direkt aus meinem Herzen gekommen und klang so hell und klar wie eine Glocke.

Nach einer Pause hob sie ihr Glas und stieß grinsend mit mir an.

„Sie sind vielleicht doch ganz in Ordnung."

„Danke. Ich weiß, dass Martha noch verheiratet ist, aber …"

Ihre Miene ließ mich mit dem Glas auf halbem Weg zum Mund innehalten.

„Sie wollen sich vielleicht lieber setzen."

34. Kapitel

OPALINE

Dublin, 1923

Geheimnisse sind schön und gut, aber einen falschen Namen, eine geheime Schwangerschaft, ein vergessenes Manuskript und verbotene Gefühle zu haben, sorgte für eine sehr komplizierte und einsame Existenz. Was meine Isolation noch verstärkte, war die konstante Angst im Hintergrund, dass Lyndon kommen und mir alles wegnehmen könnte. Es fühlte sich an, als würde ich nur ein halbes Leben leben, eingehüllt in meine Listen. Jedes Mal, wenn ich Emilys Manuskript anschaute (was oft der Fall war!), dachte ich über die Unfairness meiner Situation nach. Der unglaublichste Moment in meinem Leben, und ich erkannte, dass ich keine Menschenseele hatte, mit der ich ihn teilen konnte. Vielleicht könnte ich Mr. Hanna trauen, aber wie sollte ich sicher sein, dass ihm nicht gegenüber den falschen Menschen etwas herausrutschte?

Die Einsamkeit, die ich in jenem Moment verspürte, trieb mich an, etwas Übereiltes zu tun. Ich schnappte mir ein Blatt Papier aus der Schublade und schrieb einen hastigen Brief an Sylvia in Paris. Ich wollte nicht die üblichen Vorkehrungen treffen und ihn über Armand verschicken. Es fühlte sich so wundervoll und aufregend an, meine Neuigkeiten mitzuteilen, und ich wusste, sie würde es ohne meine Zustimmung niemandem erzählen. *Ich werde Mutter!*, schrieb ich noch, bevor ich meinen Abschiedsgruß darunter setzte, weil ich wusste, dass sie das nicht so aufregend finden würde wie die Entdeckung des Brontë-Manuskripts. Ich sagte ihr, sie solle sich sofort melden, und notierte meine Telefonnummer. Dann versiegelte ich den Umschlag und ließ ihn auf meinem Tisch liegen, bis ich eine Gelegenheit finden würde, zur Post zu gehen. Allein zu wissen, dass Sylvia meine Freude teilen würde, gab mir die Kraft, normal mit meinem Tag weiterzumachen und meine Entscheidung, was zu tun sei, zu vertagen.

~

Ich hatte einen geschäftigen Nachmittag und stellte fest, dass ich schneller müde wurde als üblich. Eine Gruppe Studenten schaute vorbei auf der Suche nach einer Veröffentlichung von einer bahnbrechenden neuen jungen Autorin, Virgina Woolf. Als ich mich bückte, um ein Exemplar von *Nacht und Tag* aus einem unteren Regal zu holen, wurde mir schwindelig.

Die Luft war schwer und feucht, aber erst als ich dabei war, den Laden abzuschließen, prallten die ersten dicken Regentropfen auf den Bürgersteig und färbten ihn von Grau zu Schwarz. Ich ersetzte ein paar Bücher und räumte die Regale auf, als ich die Glocke klingeln hörte. Ich war überrascht, Mr. Ravel an der Tür stehen zu sehen. Regentropfen funkelten auf seinem Mantel.

„Mr. Ravel, was für eine schöne Überraschung."

Es war wirklich eine bezaubernde Überraschung, aber ich wünschte mir dennoch, es wäre Armand. Trotz allem hoffte ich, er würde noch einmal zu mir kommen, mir sagen, dass alles ein großer Fehler gewesen wäre und er mit mir zusammen sein wollte. Aber hier war ein sehr netter Mann, und ich war entschlossen, zumindest so zu tun, als hätte ich das Kapitel mit Armand hinter mir gelassen.

Wir küssten uns auf beide Wangen, und er fragte, eher überflüssig, ob es in Ordnung wäre, dass er unangekündigt vorbeigekommen sei.

„Natürlich ist es das. Wenn die Leute nicht unangekündigt vorbeikommen würden, hätte ich gar keine Kunden", sagte ich und bat ihn herein.

Er nahm sich einen Moment, um die Atmosphäre des Ladens einzuatmen, bevor er sich mit einem bedeutungsvollen Blick zu mir umwandte.

„Mademoiselle Gray, Ihr Laden ist wie eine Schatztruhe."

Normalerweise wehrte ich jede Art von Kompliment ab – es geziemte sich nicht, Zustimmung erheischen zu wollen. Doch seine Worte bedeuteten mir in diesem Moment auf so vielen Ebenen so viel. Ich bot ihm an, einen Tee zu machen, und ließ ihn zurück, damit er sich umschauen konnte.

Als ich mit dem Tablett die Treppe hinaufkam, rief ich nach ihm.

„Ihr Besuch hätte zu keinem passenderen Moment kommen können, Mr. Ravel. Ich feiere nämlich sehr aufregende Neuigkeiten."

Ich dachte, vielleicht würden wir statt Tee ein Glas Champagner trinken und wollte gerade nach seiner Meinung fragen, als ich sah, dass die Tür weit offenstand. Der Regen wehte hinein und von Mr. Ravel war nichts zu sehen. Ich stellte das Tablett auf meinen Schreibtisch und ging zur Tür, um die Straße hinauf und hinunter zu schauen. Doch keine Spur von ihm. Ich schloss die Tür und schüttelte verwirrt den Kopf. Dann schaute ich zum Schreibtisch, und mein Herzschlag beschleunigte sich. Der Brief, den ich an Sylvia geschrieben hatte, war fort. Ich suchte den Boden ab für den Fall, dass er heruntergefallen war, sah ihn jedoch nirgendwo. Ich schlug mir die Hand vor den Mund. Mein Atem prallte abgehackt gegen meine Finger. Was hatte ich geschrieben? Das Buch. Das Baby.

Wer war Mr. Ravel? Konnte ich denn jetzt niemandem mehr trauen? Arbeiteten sie alle für meinen Bruder? Ich musste verschwinden, und zwar schnell.

Es ist seltsam, wie scheinbar nichtssagende Unterhaltungen auf einmal den Mantel des Schicksals anlegen konnten, wenn sie in ein neues Licht gerückt wurden. Ich hatte erfreuliche Briefe mit Mabel Harper ausgetauscht, einer Frau, die für eine Zeitung eine amüsante Kolumne über das Leben und die Reisen von sich und ihrem Ehemann schrieb. Ihr Ehemann war zufällig niemand Geringeres als Lathrop Colgate Harper – ein erfolgreicher Händler rarer Bücher und eine Autorität im Bereich mittelalterlicher Manuskripte. Sie hatte schon mehrmals vorgeschlagen, dass ich nach New York reisen und die berühmte Book Row besuchen sollte, und jetzt, wo ich das Geld dazu hatte, beschloss ich, keine Zeit zu verlieren.

Ich eilte zu dem Reisebüro auf der D'Olier Street und erreichte es, kurz bevor es schloss. Ich buchte meine Passage von Cobh nach New York mit der *White Star Line* in zwei Tagen. Am Morgen würde ich nach Cork reisen und dort über Nacht bleiben, bevor ich mit dem Tenderboot zu dem Dampfschiff in Richtung Amerika gebracht würde. Meine Hände zitterten, als ich den Scheck unterschrieb, und der Mann hinter dem Tresen fragte mich, ob es mir gut ginge. Ich erhaschte einen Blick auf mein Spiegelbild im Schaufenster und sah ein blasses Gesicht mit einem gehetzten Ausdruck. Dieses Mal würde ich meine Instinkte nicht ignorieren. Lyndon hatte mich gefunden. Vielleicht hatte er meine Briefe die ganze Zeit über abgefangen. Welchem Zweck hatte Armand letzten Endes gedient? Er war ganz eindeutig mir gegenüber nicht loyal. Ich verließ das Reisebüro und ging direkt zur Bank.

„Was ist passiert?", fragte Matthew und entließ seine Sekretärin, während er mich in sein Büro führte. Seine Besorgnis um mich und mein Baby berührte mich, und wieder einmal spürte ich die Anziehung, die er auf mich ausübte. Seine Güte war ein starker

Kontrast zu allen anderen Männern in meinem Leben. Aber ich durfte mich keinen weiteren Gefühlen der Schwäche hingeben in der Hoffnung, gerettet zu werden. Ich musste mich selbst retten.

„Ich möchte, dass du das hier sicher für mich bewahrst.' Ich griff in meine Tasche und holte das Nähkästchen heraus – dessen Inhalt zum Glück noch intakt war.

„Was ist das?"

Ich war nicht sicher, ob es nicht besser für ihn wäre, es nicht zu wissen, aber ich konnte nicht anders. Ich atmete tief durch und sprach so langsam, wie es mir möglich war.

„Ich habe nicht viel Zeit, aber ich glaube, ich habe …" Ich atmete scharf ein, „Emily Brontës zweiten Roman gefunden. Nun ja, keinen Roman, sondern einen Entwurf. Oder zumindest einen Teil davon."

Ich stand da, angespannt wie ein Flitzebogen, der darauf wartete, dass der Pfeil sein Ziel traf. Das tat er nicht.

„Hast du gehört, was ich gesagt habe?"

„Ja. Aber ich dachte, sie hätte nur einen Roman geschrieben. *Sturmhöhe*, nicht wahr?"

Ich seufzte. Es war immer schwer, mit Zivilisten zu reden.

„Ganz genau, Matthew. Davon gehen alle aus. Aber ich glaube, dass ich nun den Beweis dafür habe, dass sie an einem zweiten Roman geschrieben hat. Das könnte die literarische Landschaft, wie wir sie kennen, komplett auf den Kopf stellen."

Endlich begann er, die Größe der Entdeckung zu verstehen.

„Guter Gott, Opaline, das ist faszinierend!"

„Das ist es!", stimmte ich ihm zu und nickte heftig. „Du bist der Erste, dem ich davon erzähle. Aber da ist noch etwas …"

„Warum gibst du es mir?", fragte Matthew.

„Ich werde für eine Weile fortgehen, und es ist zu wertvoll, um es im Laden zu lassen."

„Oh, ich verstehe." Er bedachte mich mit einem besorgten Blick und las, ohne Zweifel, meine Miene.

„Du bist der einzige Mensch, dem ich vertrauen kann."

„Du zitterst", sagte er und nahm meine Hände in seine.

„Das liegt nur an der Kälte." Ich musste gehen. Matthew hatte eine Familie, die er beschützen musste. Und ich musste meine beschützen. Ich zog meine Hände zurück und schenkte ihm mein strahlendstes Lächeln.

„Ich werde bald zurück sein. Pass bis dahin gut darauf auf", sagte ich und eilte aus dem Büro, bevor ich noch anfangen würde, zu weinen. Ich fühlte mich in diesem Moment so einsam, aber ich musste stark bleiben.

Als ich nach Hause zurückkehrte, fühlte sich etwas nicht richtig an. Meine Bücher waren still, als hielten sie den Atem an. Ich stolperte die Treppe in meine Wohnung hinunter. War sie enger geworden oder war ich einfach in die Breite gegangen? Es fühlte sich an, als würde das Gebäude sich um mich herum zusammenziehen. Ich musste schlafen. Ich war so unglaublich müde. Aber ich musste auch noch packen. Ich entschied, mich nur für einen Moment hinzulegen und dämmerte weg, während ich dem Baby etwas vorsummte. Ich wachte auf, als helles Licht mir ins Gesicht schien.

35. Kapitel

MARTHA

Der erste Februar. St. Brigid's Day. Ich wollte aus dem Haus raus. Und aus Dublin. Etwas, das man in einer Großstadt vermisst, ist der weite Himmel, wie man ihn auf dem Land findet. Aber was ich im meisten vermisste, waren die Stürme, die vom Atlantik über die Westküste fegten und all die schmerzhaften Stimmen im Kopf übertönten. Es war kein Tag für den Strand. Es war eiskalt, und als ich am Morgen aufgewacht war, hatte sogar Frost auf dem Fenster gelegen, aber ich war entschlossen. Ich hatte mir eine Thermosflasche mit heißem Kakao mitgenommen und war mit dem DART, dem Regionalzug, nach Sandycove gefahren, einem kleinen, hufeisenförmigen Strand.

Die Sonne ging gerade auf, als ich am Martello Tower vorbeikam, und tauchte alles in rosafarbenes Licht. Es war wunderschön, aber auch bitterkalt. Zum Glück war es nicht windig, und das Wasser sah so ruhig aus, als könne man darauf laufen. Zu Hause war ich immer im Meer geschwommen, hatte aber nach der Hochzeit mit Shane damit aufgehört. Wie so viele andere Teile meines Lebens war es einfach verschwunden, als würde es nichts bedeuten. Als würde ich nichts bedeuten.

Es waren ein paar andere Menschen hier, die den ersten Tag des Frühlings mit einer Taufe im Meer begrüßen wollten. Zumindest dem keltischen Kalender nach war Frühlingsanfang, der Übergang von einer Jahreszeit zur nächsten. Ich stand eine Weile da und beobachtete, wie einige Mutige entschlossen ins Wasser gingen, ohne zu zögern, während andere sich vorsichtig herantasteten. Ich konnte mich nicht entscheiden, welcher Ansatz besser war. Der Schock und der Schmerz der Kälte waren auf keinen Fall zu vermeiden. Vielleicht war es klüger, den harten Teil schnell hinter sich zu bringen und das Hochgefühl zu erleben, dass man seine eigenen Sinne und die Umwelt besiegt hatte. Denn genau deshalb tun wir alle das, dachte ich. Um uns selbst etwas zu beweisen. Um uns zu zeigen, dass wir etwas tun konnten, was körperlich so unangenehm war; um unsere eigene Macht zu spüren. Oder so etwas in der Art.

Ich hätte mich jetzt, wo Shane nicht mehr da war, auch mächtiger fühlen sollen. Aber das tat ich nicht. Ich fühlte mich wie betäubt. Ich fühlte mich schuldig. Ich fühlte mich nicht, als hätte das Gute über das Böse gesiegt. Es gab keine Gewinner, nur verwundete Menschen, die die Teile ihres zersplitterten Lebens aufsammelten. Ich würde niemals erfahren, warum Shane in mein Leben getreten war; warum es mir bestimmt war, diese Erfahrung zu machen. Oft fragte ich mich, ob ich etwas getan hatte, um es zu verdienen. Aber in meinem Buch *Ein Ort namens Verloren* glaubte der Autor daran, dass jede Schwierigkeit im Leben der Schlüssel zu einem größeren Verständnis war, und dass es an einem selbst war, zu entscheiden, ob man ihn nutzte, um die Tür zur Zukunft aufzusperren oder fest zu verschließen.

Ich atmete tief ein und schaute zum Horizont. Die Spitzen der grauen Wolken glühten pfirsichfarben, und das eiskalte Wasser schimmerte wie Quecksilber, abgesehen von einem schmalen goldenen Streifen, der im Sonnenlicht funkelte. Ich wollte die Tür nicht verriegeln. Ich wollte sie öffnen.

Ich knöpfte meinen Mantel auf und zog erst den einen, dann den anderen Stiefel aus. Als würde der Ausblick mich hypnotisieren, entkleidete ich mich weiter, und ging dann, wie einige der entschlossenen Menschen, direkt ins eisige Wasser. Ich zögerte nicht ein einziges Mal. Ich ging immer weiter, wobei ich ab und zu ungläubige Quietscher ausstieß. Konnte es wirklich *so* kalt sein? *Quiek!* Tue ich das hier tatsächlich? *Quiek!* Werde ich weitergehen? *Quiek!* Als das Wasser bis an meinen Po reichte, fürchtete ich, wie am Spieß zu schreien, aber irgendwie passierte das nur innerlich.

Der Moment war gekommen, das Momentum trug mich, und ich tauchte in die blauen Fluten; meine Arme verdrängten das Wasser mit starken Zügen und meine Beine unterstützten mich. Ich hielt erst inne, als das Blut laut in meinen Ohren pochte und ich mich nicht mehr fühlte, als würde ich gleich sterben.

„Wow!“, rief ich schließlich und erblickte einen älteren Mann, der in der Nähe schwamm.

„Ja. Bisschen frisch“, sagte er augenzwinkernd.

„Aber nur ein bisschen.“ Ich trat Wasser und schaute zu der kleinen Bucht, in der immer mehr Menschen ankamen und sich auszogen. Eine Person fiel mir besonders ins Auge. Er strich sich die Haare aus dem Gesicht und stapfte mit den Füßen auf, um die Kälte abzuwehren. Ich zögerte nicht. Ich schwamm zurück, verließ das Wasser, ging auf ihn zu und trat direkt in seine Arme. Henry öffnete seine Jacke und zog mich an sich, bevor er die Jacke fest um mich herum schloss. Zum ersten Mal, seitdem ich denken konnte, fühlte ich mich, als wäre ich genau da, wo ich sein wollte. Ich hob den Kopf, und ohne die Augen zu öffnen, fanden meine Lippen seine. Die Wärme seines Mundes war so einladend und weich, dass ich beinahe vergaß, dass wir uns an einem öffentlichen Strand befanden. Ich wollte einfach nur bei ihm sein.

„Du schmeckst salzig“, sagte er.

Ich lächelte nur und legte eine Hand an seinen Kiefer, ließ meine Finger über seine Bartstoppeln und das Grübchen in seiner Wange gleiten, als würde ich die Landschaft meines neuen Zuhauses erkunden. Dann küsste ich ihn noch einmal, und als ich die Augen öffnete, schneite es.

„Ich war noch nie am Strand, wenn es geschneit hat“, sagte ich und spürte auf einmal wieder die Kälte. „Das ist wunderschön.“

„Wunderschön“, wiederholte er, ohne den Blick von mir zu nehmen.

Er hielt mein Handtuch, während ich so ungelenk, wie es nur

ging, meinen nassen Badeanzug auszog und meine Arme und Beine in meine Klamotten zurückzwang. Ich spürte, dass er meinen Rücken anstarrte, aber er sagte nichts.

„Woher wusstest du, wo du mich findest?“

„Madame Bowden hat mir gesagt, dass du am Joyce's Tower wärst.“

„Joyce's Tower?“

Henry deutete auf den runden Turm hinter uns, dessen Steine nun durch die wirbelnden Schneeflocken grau wurden.

„Das wollte ich dir erzählen – Sylvia Beach war hier. Da drinnen gibt es ein Museum, und sie ist nach Dublin gekommen, um es zu eröffnen. Sie hat sich mit Opaline getroffen.“

Seine Aufregung brach mir beinahe das Herz. War das der einzige Grund, aus dem er zurückgekommen war? Für Opaline und das verdammte Manuskript?

Ich trat von ihm zurück und schüttelte ungläubig den Kopf. Wie dumm ich war, zu glauben, er wäre meinetwegen hier. Ich stopfte mein Handtuch in meine Tasche und sprintete in Richtung der Steinstufen, um zum Zug zurückzukehren. Einer fuhr gerade ein, und ich sprang hinein, bevor Henry die Chance hatte, zu mir aufzuschließen. Ich sah ihn rufen und winken, als der Zug losfuhr, verstand ihn aber nicht, obwohl ich nur zu gut wusste, wie sich Ablehnung anfühlte.

36. Kapitel

HENRY

Ich hatte mich heftig betrunken.

Ich hatte einen Traum von Isabelle; sie war wegen irgendetwas extrem verärgert und schrie mich an, ich solle aufwachen. Ich versuchte, sie zu ignorieren. Ich wollte nicht aufwachen. Dann wandelte sich ihre Aussprache zu einem dicken, Dubliner Akzent.

„Alles in Ordnung, Lieber?“, fragte eine Frau.

Sie kniete vor mir auf dem Boden, was bedeutete, dass ich mich auch auf dem Boden befinden musste. Ich rieb mir die Augen. Nein, es war kein Traum. Ich kannte sie nicht. Sie hatte dunkle Haare und trug eine wattierte Jacke, was mir komisch vorkam. War ich ohnmächtig geworden? In dem Moment wurde ich mir des Verkehrslärms um uns herum bewusst. Ich war auf der Straße und lag auf einem Haufen Müll.

„Wo bin ich?“, fragte ich.

„Gott sei Dank. Soll ich einen Krankenwagen rufen?“

„Was? Nein, natürlich nicht.“ Ich versuchte, aufzustehen, doch sobald ich mich bewegte, flammte ein stechender Kopfschmerz hinter meinem rechten Auge auf. Instinktiv hob ich meine Hand, um die Stelle zu berühren, und als ich Feuchtigkeit auf meinen Fingerspitzen spürte, wurde mir klar, dass ich blutete.

„Er sieht ziemlich angeschlagen aus, oder, Marie?“

Na super. Ich hatte Zuschauer. Ich versuchte, meine Schritte zurückzuverfolgen, doch ich fand nur leere Stellen. Warum fühlte ich mich so unglaublich schlecht?

Ich hievte mich an den Stufen neben mir hoch.

„Ich rieche Alkohol an ihm“, hörte ich die Frau sagen. „Er stinkt wie eine Brauerei.“

O Gott. In diesem Moment kam alles zu mir zurück. Der Pub. Der Whiskey. Die Typen, die den letzten Abend ihres Freundes als Junggeselle gefeiert hatten. Die Wette, dass sie mich unter den Tisch trinken könnten. Der Whiskey. Der Gesang. Hatte ich „Molly Malone" gesungen? Während ich auf einem Stuhl stand? O Gott. Mit jemandem auf der Straße einen Joint rauchen. Dann andere Leute, die glaubten, er würde ihnen Geld schulden. Meine Erklärung, dass ich ihn gerade erst kennengelernt hatte. Der Faustschlag ins Gesicht, der Mülleimer, der wiederholt über mir geleert wurde.

„Danke, meine Damen, ich denke, in einer Minute wird es mir wieder blendend gehen. Ich muss mich nur kurz orientieren." Stöhnend klammerte ich mich am Treppengeländer fest und stand schwankend da, während ich versuchte, mich ans Tageslicht zu gewöhnen.

„Bist du sicher, Lieber?"

Ich war mir wegen gar nichts sicher. Als ich ins B&B zurückgekehrt war, hatte Noras Mann Barry mir erzählt, dass Martha vorbeigekommen war und nach mir gefragt hatte. Er hatte ihr gesagt, dass ich meine Sachen gepackt hätte und nach England zurückgekehrt wäre. Dieser Idiot! Wenn doch nur seine Frau da gewesen wäre; sie hätte Martha gesagt, dass ich zurückkommen würde. Und jetzt wollte sie nichts mehr mit mir zu tun haben. Ich hatte mein gesamtes Leben auf den Kopf gestellt, um mit ihr zusammen zu sein, und sie wollte mich nicht einmal sehen.

Ich machte ein paar zögerliche Schritte und verzog unter der Anstrengung das Gesicht. Dann schaute ich auf und sah das Straßenschild. Ha'penny Lane. Ich war direkt vor ihrem Haus. Ich wusste nicht, was ich tun sollte. In meinem Zustand konnte ich nicht bei ihr auftauchen, und außerdem hatte sie ihre Gefühle ausreichend deutlich gemacht. Die Entscheidung wurde mir aus der Hand genommen, als ich sah, wie sie die Vorhänge am vorderen Fenster zurückzog. Sie schaute ungläubig nach draußen und beugte sich vor, um besser sehen zu können. Dann schlug sie sich eine Hand vor den Mund. Ich versuchte, mit meiner guten Hand zu winken. Martha verschwand in den Schatten und tauchte an der Haustür wieder auf.

„Was um alles in der Welt ist dir zugestoßen?"

„Äh, ich glaube, ich hatte eine Meinungsverschiedenheit oder so."

Sie bedachte mich mit einem mitleidigen Blick, den ich unter diesen Umständen gewillt war, zu akzeptieren.

Sie führte mich ins Haus und die Treppe zur Küche im hinteren Bereich hinunter. Dort zog sie einen Stuhl am Küchentisch für mich hervor und suchte in den Schränken nach einem Erste-Hilfe-Kasten.

„Wie bist du hier gelandet?"

„Ich habe ehrlich gesagt keine Ahnung. Es könnte sein, dass ich ein wenig angetrunken war."

Mit einer Schüssel mit warmem Wasser, Watte, einer Tube seltsam riechender Creme und Pflastern kehrte sie an den Tisch zurück. Keiner von uns sprach, während sie sich an die Arbeit machte. Ich ließ die Augen geschlossen und erlaubte mir, zumindest für diesen Moment, mir vorzustellen, dass alles in Ordnung wäre. Dass sie immer noch Gefühle für mich hätte. Dass das hier irgendwie in Ordnung kommen würde.

„Werde ich überleben?", fragte ich betreten, als sie anfing, die Sachen wieder wegzupacken. Es war die reinste Qual, ihre geschmeidige Figur in schlichten Leggins und einem T-Shirt zu sehen und mir vorzustellen, wie gut sie sich am Strand in meinen Armen angefühlt hatte. Ich sehnte mich schmerzhaft danach, sie erneut zu halten.

Sie drehte sich an der Spüle zu mir um und schenkte mir ein sehr willkommenes Grinsen. „Ich glaube schon."

„Danke für alles", sagte ich.

„Keine Ursache. Ich hatte … Übung."

Ich wusste nicht, was ich bezüglich des Todes ihres Mannes sagen sollte. Oder zu irgendetwas. Also tat ich, was die Field-Männer am besten konnten: Ich wechselte das Thema.

„Weißt du, bevor du hergezogen bist, habe ich oft Stunden da draußen gestanden", sagte ich und zeigte zu dem unbebauten Stück Land, das von einem der Küchenfenster aus zu sehen war. „Ich dachte, dass ich vielleicht einen Hinweis finden würde, einen Abdruck des Gebäudes. So wie bei einer Dürre im Sommer, wenn die Farmer Getreidekreise auf ihrem Land finden. Ich weiß es nicht. Ich war mir nur so sicher."

„Ich frage mich, ob Menschen auch so sind?", fragte sie und setzte sich zu mir an den Tisch.

Ich schüttelte verwirrt den Kopf.

„Ich meine, ob man immer noch die Umrisse des Menschen sehen kann, der sie vorher waren, weißt du?"

„Wow. Keine Ahnung. Ich hoffe es."

Ich nahm ihre Hand, und für einen Moment ließ sie es zu, bevor sie sie zurückzog.

„Es tut mir leid, Henry, aber ich kann das einfach nicht."

„Aber wenn du meine Nachricht bekommen hättest oder der Idiot im B&B dir gesagt hätte, dass ich zurückkomme …"

„Das ist jetzt nicht mehr wichtig. Madame Bowden hat mir das mit deiner Nachricht erklärt, aber darum geht es nicht mal wirklich. Es ist … ich kann *das hier* nicht riskieren." Sie zeigte auf den Raum zwischen uns. Was immer das auch war. „Ich muss meine Getreidekreise finden."

Ich lächelte. Nur sie konnte das Brechen meines Herzens so charmant klingen lassen. Ich musste ihre Wünsche respektieren. Gott wusste, dass ihr Mann es nicht getan hatte. Und doch hatte ich nicht die Kraft, aufzustehen und zu gehen.

„Und ich weiß, dass du dein Manuskript finden wirst", sagte sie mit Traurigkeit in der Stimme. „Du wirst es mir sagen, wenn es so weit ist, oder?"

„Natürlich", versicherte ich und erinnerte mich daran, dass ich immer noch einen Ausdruck des Briefs von Opaline in meiner Tasche hatte. „Ehrlich gesagt hatte ich dir das hier zeigen wollen." Ich holte ihn heraus und erklärte, dass ich die Princeton University kontaktiert hatte, damit sie das Sylvia-Beach-Archiv durchsuchten, genau, wie Martha es vorgeschlagen hatte. „Das habe ich nur dir zu verdanken."

Ich reichte ihr den Brief.

Sie las den letzten Absatz laut vor: „Danke dir noch einmal, dass du die Exemplare meiner Bücher mitgenommen hast – nach all den Tagen, in denen ich die Regale bei *Shakespeare and Company* gefüllt habe, ist es amüsant, zu wissen, dass mein Buch nun auch dort stehen wird. Vielleicht wird sie mich eines Tages finden.' Sie hat ein Buch geschrieben?", fragte sie, nachdem ein paar Augenblicke vergangen waren.

„Es klingt ganz so. Aber die echte Frage ist: Was ist aus ihr geworden?"

37. Kapitel

OPALINE

Dublin, 1923

Die Reise schien Stunden zu dauern. Wir fuhren über unvertraute Straßen, die den Wagen und mich kräftig durchschüttelten. Ich umfasste meinen Bauch, beschützte instinktiv mein Kleines darin. Es war dunkel gewesen, als er mich aus dem Bett geholt hatte, und obwohl ich wusste, was passierte, und es schon lange erwartet hatte, fühlte es sich wie ein außerkörperliches Erlebnis an. Als würde es jemand anderem zustoßen.

„Wo fahren wir hin?", fragte ich erneut, und wieder ignorierte Lyndon die Frage. „Bringst du mich zu Mutter?"

Ich nahm an, dass ich mich nun, wo er mich in anderen Umständen vorgefunden hatte, dem Zorn einer formellen Exkommunikation meiner Familie würde stellen müssen.

„Für den Fall, dass es dir nicht aufgefallen ist, ich habe ein Geschäft zu führen. Das hat dir der Mann, von dem du mich hast verfolgen lassen, doch sicher gesagt? Der Mann, der den Brief gestohlen hat? Mr. Ravel. Ich kann den Laden nicht unbeaufsichtigt lassen und einfach nach England verschwinden."

„Wir fahren nicht nach England."

Er sprach mit einer Ruhe, die ich noch verstörender fand, als wenn er mich angeschrien hätte. Ich konnte nicht mehr von ihm sehen als die Lederhandschuhe, mit denen er das Lenkrad umfasste, und sein Gesicht im Profil. Die schlechte Seite, die nach unten zu schmelzen schien. Ich dachte, vielleicht würden wir nach Süden fahren und von dort die Fähre nehmen. Aber jetzt, wo ich auf die Straßenschilder schaute, erkannte ich, dass wir nach Westen fuhren.

„Wohin bringst du mich?“, fragte ich noch einmal und drehte den Kopf, um aus der Heckscheibe zu schauen. „Lyndon, halte sofort an und lass mich raus!“

Er gab keinen Ton von sich.

„Lyndon!“, sagte ich und begann, an seinem Arm zu rütteln.

Mit seiner schnellen Bewegung hatte ich nicht gerechnet. Er schwang den Arm zurück und stieß mir den Ellbogen ins Gesicht. Der Schmerz machte mich sprachlos. Ich hielt mir die Nase, die anfing, zu bluten. Ich hatte keine Taschentücher und musste meinen Ärmel benutzen.

„Wir sind sowieso bald da“, sagte er, als führten wir eine lockere Unterhaltung.

Ich sagte nichts mehr. Ich vertraute nicht darauf, dass meine Stimme nicht zittern würde. Ich würde ihm nicht zeigen, dass ich Angst hatte. Die Landschaft war langweilig und braun – nackte Bäume, abgestorbenes Gras an den Rändern. Und dann tauchten, wie aus dem Nichts, zwei steinerne Säulen und ein schmiedeeisernes Tor auf. Ein Mann trat zwischen den Bäumen hervor, wie es schien, und öffnete es. Der Wagen rumpelte über das Kuhgatter und raste eine kleine Auffahrt hinauf, die zu einem rechteckigen grauen Gebäude führte. Es sah wie ein Kloster aus, mit einer kleinen Kirche zur Linken. Zwei schwarze Autos parkten in der Nähe des Eingangs, und Lyndon hielt neben ihnen an.

Er stieg aus und öffnete mir die Tür. Ich rührte mich nicht. Nach einem Moment packte er mich am Arm und zog mich heraus. An der Tür stand eine Frau in Schwesterntracht und wartete auf uns. Ich schaute misstrauisch zu Lyndon, der immer noch meinen Arm festhielt. Ich hatte von den Mutter-Kind-Heimen in Irland gehört – Orte, an die man unverheiratete Mütter schickte, damit sie ihr Baby dort ohne Wissen ihrer Familien bekommen konnten. In den meisten Fällen wurde ihnen das Baby weggenommen und von einer respektablen Familie adoptiert. Ich riss mich von Lyndon los, doch die Schwester sah es und packte meinen anderen Arm.

„Nein, nein!“, schrie ich. Mehr brachte ich nicht hervor. In mir stieg der urwüchsige Drang hoch, zu fliehen.

Ich wurde in einen Raum verfrachtet. Ein Mann saß hinter einem riesigen Schreibtisch aus Mahagoniholz. Er sieht freundlich aus, dachte ich und fing sofort an, ihn anzuflehen.

„Bitte, Sie müssen verstehen, ich bin eine vermögende Frau. Ich habe ein eigenes Geschäft, und der Vater des Babys hat mir ein Einkommen hinterlassen“, sagte ich. „Mein Bruder hat mich gegen meinen Willen hierhergebracht.“

„Opaline, hören wir mit dieser Scharade auf. Doktor, der Bastard ist außerehelich empfangen worden, und dieser Ehemann, von dem sie spricht, ist eine reine Erfindung.“

Ich war so geschockt, dass es mir die Sprache verschlug. Der Mann kam um den Schreibtisch herum und schüttelte meine Hand.

„Bitte, Miss Carlisle, setzen Sie sich und ruhen Sie sich aus. Polly, können sie den Carlisles einen Tee bringen? Sie müssen nach der Reise müde sein.“

Die Schwester verschwand, und Lyndon setze sich auf einen der Stühle mit der geraden Rückenlehne. Ich wollte flüchten, hatte aber keine Chance mit zwei Männern, die mir den Weg versperrten, also setzte ich mich ebenfalls.

„Ihr Bruder hat mich informiert, dass Sie sich in letzter Zeit nicht wohlgefühlt haben und nicht Sie selbst waren. Würden Sie dem zustimmen?“

„Auf keinen Fall. Ich habe meinen Bruder seit Jahren nicht gesehen, und sein einziges Interesse an mir ist aus Bosheit und Eifersucht geboren.“

„Wie Sie sehen können, Doktor, leidet sie immer noch unter ihren Wahnvorstellungen“, sagte Lyndon in dem mitfühlendsten Tonfall, den ich je von ihm gehört hatte. „Es ist mir schon seit einiger Zeit klar, dass sie ihre eigenen Affären nicht mehr regeln kann, und deshalb werde ich den kleinen Laden mit sofortiger Wirkung übernehmen."

Mein Kopf wirbelte herum, und meine Augen brannten bei seinem Anblick.

„Du hast in dem Brief von dem Manuskript erfahren, oder? Du kennst seinen Wert. Deshalb bist du jetzt gekommen. Das Baby ist dir vollkommen egal. Du bist ein eifersüchtiger, boshafter kleiner Mann …" Ich wandte mich wieder an den Arzt. „Er ist entschlossen, alles zu zerstören, wofür ich gearbeitet habe, meinen Ruf zu ruinieren und sich zu nehmen, was mir gehört!" Ich sprach so schnell, dass sich kleine Spucketröpfchen an meinen Mundwinkeln bildeten. Aber dieser Mann musste verstehen, wer Lyndon wirklich war.

Die beiden Männer tauschten einen wissenden Blick.

„Warten Sie mal, wer sind Sie, und was ist das hier für ein Ort?"

„Ich bin Dr. Lynch, und das hier ist die Connach District Irrenanstalt."

Ich war mir sicher, dass ich mich verhört hatte.

„Ich verstehe nicht … Lyndon?"

Mein Bruder starrte stur geradeaus. Doctor Lynch beugte sich vor und stützte die Ellbogen auf den Tisch. Dann legte er die Fingerspitzen zusammen und ließ sein Kinn darauf ruhen.

„Ihr Bruder hat sie hergebracht, weil er sich Sorgen um Ihr Wohlergehen macht, Opaline. Sie scheinen unter etwas zu leiden, das wir Wochenbettwahnsinn nennen – eine Art Psychose, die sich bei schwangeren Frauen entwickeln kann und dazu führt, dass sie sich und anderen gegenüber gewalttätig werden."

„Auf dem Weg hierher hat sie versucht, mich im Wagen zu attackieren", sagte Lyndon und sah aus wie ein Opfer.

„Du lügender Mistkerl!", schrie ich. Ich stand auf, um zu gehen, aber die Schwester war zurückgekehrt und hielt mich mit außergewöhnlicher Kraft auf und zwang mich auf den Stuhl zurück.

„Bitte versuchen Sie, sich nicht aufzuregen, Opaline."

Ich versuchte, mich zu befreien, aber es war sinnlos. Die Frau hatte mich in einem schraubstockartigen Griff. Mein Atem ging kurz und abgehackt, wie der eines gefangenen Tieres. In dem Moment wurde mir klar, dass Lyndon das alles geplant hatte. Er wusste, wie ich reagieren würde, und dass meine Wut seinen Zwecken nur dienen würde – nämlich mich verstört dastehen zu lassen. Ein wütender Mann war dominant. Eine wütende Frau hingegen musste wohl ihre geistige Gesundheit verloren haben. Ich schwor mir danach, still zu bleiben und mich darauf zu konzentrieren, meinen Atem zu beruhigen.

„Ihre Schwester scheint wirklich unter einer Art Verfolgungswahn zu leiden, wie Sie in Ihrem Brief geschrieben haben."

Das war es; sie hatten bereits angefangen zu reden, als wäre ich nicht da. Jedes Argument meinerseits würde als weiterer Beweis für meinen schwindenden Geisteszustand angesehen werden. Mein Kopf rollte nach vorn auf meine Brust, als mein Körper in sich zusammenfiel. Mit einem Schlag verließ mich alle Energie.

„Ich bin mir sicher, Sie verstehen, Dr. Lynch, dass meine Familie nicht riskieren kann, dass dieser Skandal an die Öffentlichkeit gelangt. Opalines Lebensstil ist schon seit Langem eine Quelle der Demütigung für unsere Mutter, aber das …" Lyndon zeigte auf meinen schwangeren Bauch. „Nun, das ist wirklich zu viel."

„In der Tat. Es ist der Verlust der Moral in diesem Jahrhundert, der zu so vielen Missständen geführt hat", stimmte der Arzt meinem Bruder, dem Helden, hochachtungsvoll zu. Er versicherte Lyndon, dass ein Aufenthalt im Asyl mich von dem, was auch immer sie beide an meinem Charakter so geschmacklos fanden, heilen würde. „Wenn Sie nun nur noch dieses Aufnahmeformular unterschreiben und die vereinbarten Geldmittel freigeben würden, werden wir uns angemessen um Ihre Schwester kümmern."

Mit großer Willenskraft hatte mein Atem sich beruhigt, und ich konnte mich mit einem tiefen, grundlegenden Teil von mir verbinden. Heute würde mir keine Flucht gelingen, das stand fest. Aber ich konnte meinen Geist und meinen Intellekt nutzen, um diesen Arzt im Laufe der folgenden Tage davon zu überzeugen, dass ich nicht hierhergehörte. Ich wusste damals noch nicht, dass die Hälfte der Frauen, die hier eingesperrt waren, den gleichen nutzlosen Versuch unternommen hatten. Ich hätte wissen müssen, dass sie nicht auf Frauen hören. Das weibliche Geschlecht war für sie eine Kuriosität; etwas, das man studieren, aber nicht verstehen konnte. Ein Ärgernis, das kontrolliert werden musste.

Die Schwester führte mich vom Büro des Arztes weg und den Flur hinunter, wobei sie meinen Arm mit festem Griff hielt. Abseits der öffentlichen Bereiche des Gebäudes änderte sich die Ästhetik. Was mir sofort auffiel, war die Nacktheit. Nichts an den Wänden, die in einem kränkelnden Grün gestrichen waren, und der Geruch nach Bleiche ließ mich würgen. Ich wurde in mein Zimmer gebracht, auch wenn sie es genauso gut das nennen könnten, was es war: eine Zelle. Zwei Betten mit Eisengestell (es schien, als würde ich für meine Gefangenschaft nicht allein sein, und ich konnte mich nicht entscheiden, ob das etwas Gutes oder etwas Schlechtes war), waren die einzigen Gegenstände. Es gab ein hoch oben in die Wand eingelassenes Fenster, und ich müsste mich aufs Bett stellen, um hinausschauen zu können. Mir fiel auf, dass es vergittert war, sollte mir der Gedanke an Flucht in den Sinn kommen.

„Ich muss mal das Badezimmer benutzen."

„Da ist eine Schüssel unter dem Bett", sagte die Schwester, die mich immer noch in festem Griff hielt.

Ich wehrte mich nicht gegen sie – um die Wahrheit zu sagen, ohne ihre Hilfe hätte ich mich nicht auf den Beinen halten können. Mir war übel und ich bat um etwas Wasser.

„Das hier ist kein Hotel", erwiderte sie, verärgert über meine

Frechheit, zu sprechen. „Wenn Sie die Glocke zum Abendessen hören, können Sie den anderen Frauen in den Saal folgen." Damit ließ sie mich los, schubste mich in den Raum und schlug die Tür hinter mir zu.

Ich hörte, wie der Schlüssel im Schloss herumgedreht wurde, als ich an der Wand nach unten sank, weil meine Beine mich nicht länger trugen.

In jener Nacht lag ich auf dem Boden, als würde ins Bett zu krabbeln signalisieren, dass ich mein Schicksal akzeptiert hatte. Ich musste irgendwann erschöpft eingeschlafen sein, denn ich erwachte zu Schreien und Flüstern von den anderen Insassinnen. Oder Patientinnen. War das wichtig? Ich gehörte nicht hierher und musste irgendwie ausbrechen. Aber wie könnte eine Schwangere von so einem Ort fliehen? Das war körperlich unmöglich. Wieder und wieder flüsterte ich Matthews Namen. Er würde sicher kommen und mich finden. Irgendwie. Dessen war ich mir sicher. Ich konnte nicht hierbleiben.

„Am Morgen wird alles besser aussehen", sagte ich zu meiner kleinen Kugel, aber dieses Mal glaubte ich es nicht.

38. Kapitel

MARTHA

Die Agenten hatten einen Vertrag zur Unterschrift geschickt. Der Verkauf war schnell über die Bühne gegangen, und nachdem die Gebühren für die Bank und den Makler bezahlt waren, blieben mir 20.000 €. Der Immobilienmarkt befand sich erneut in einer Hochphase, und laut dem Makler hatte ich zum richtigen Zeitpunkt verkauft. Ich sah die Zahl auf dem Papier, konnte aber nicht glauben, dass das Geld wirklich mir gehörte – sich auf meinem Konto befand. Ich könnte mir jetzt ein Vollzeitstudium leisten, wenn ich wollte.

Ich war aber nicht sicher, was ich wollte. Wenn man immer nichts hatte, war es schwer, zu wissen, wie man reagieren würde, wenn einen ein warmer Regen traf. Ich brauchte mehr Zeit, um eine Entscheidung zu treffen, und während ich das tat, wollte ich dort bleiben, wo ich mich sicher fühlte, seitdem ich Shane verlassen hatte: in der Ha'penny Lane.

Ich brachte Madame Bowden ihren Nachmittagstee in den Garten. Sie sah in letzter Zeit ein wenig blass aus und meinte, die frische Luft würde ihr guttun.

„Kannst du Karten spielen?"

Ich stöhnte innerlich auf, als sie wie durch Zauberhand ein Kartendeck aus ihrer Tasche zog.

„Was anderes als *Snap*?"

„Deine Generation hat keine Ahnung, wie man sich die Zeit vertreibt, außer auf eure verdammten Telefone zu starren."

Sie hatte recht. Ich hatte sehr viel auf mein Handy gestarrt. Seitdem ich Henry gesagt hatte, dass ich nicht mit ihm zusammen sein konnte, hatte ich begonnen, all die alten Nachrichten zu lesen, die wir einander geschickt hatten. Und wenn ich das gerade nicht tat, verlor ich mich in Träumen über den Tag, an dem wir uns geküsst hatten. Ich war froh, zu wissen, dass er wieder hier war. Das Leben war ohne ihn so langweilig gewesen. Langweilig war in Ordnung. Ich wusste, wie ich mit Langweile umzugehen hatte. Aber wenn man einen Hauch von Magie erlebt hatte, war es schwer, wieder mit dem Normalen zufrieden zu sein.

„*Spoil Five*. Das ist einfach", sagte sie und gab jedem von uns fünf Karten, bevor sie die oberste Karte auf dem Stapel umdrehte. „Herzen sind Trumpf."

„Okay", sagte ich. Das waren sie definitiv.

Während die Zeit verging und die Sonne auf verschiedene Stellen des Gartens schien und Pflanzen hervorhob, deren Namen ich nicht kannte, kam ich dem Verständnis der Regeln des Spiels keinen Schritt näher. Ich glaubte ihr einfach alles und empfand das Mischen der Karten irgendwie als beruhigend. Meine Gedanken bildeten sich um Dinge, über die nachzudenken ich mir normalerweise nicht erlaubte.

„Gott, ich hasste es, wieder dort zu sein", sagte ich und dachte an die Beerdigung zurück, während ich ein Ass auf den Tisch legte.

„Oh, du hast gewonnen!"

„Habe ich?" Ich schaute nach unten und verspürte einen seltenen Moment der Freude, nur um der Freude willen. Sie schrieb es auf ein Stück Papier.

„Ich habe mich dort immer wie eine Außenseiterin gefühlt", fuhr ich fort und mischte das Deck. „Ich meine, die Leute fanden mich immer ein wenig seltsam. Mich und meine Mutter. Die Kinder in der Schule glaubten, wir wären Hexen – weil wir ohne Worte miteinander kommunizierten. Und es gefiel ihnen definitiv nicht, wenn ich anfing, sie zu lesen."

„Was meinst du damit, *sie zu lesen*?"

Im Stillen verfluchte ich mich. Wie hatte mir das herausrutschen können? Das alberne Kartenspiel hatte mich abgelenkt. Ich schaute in ihr Gesicht, sah ihre alarmierte Miene. Sie hatte das mit Absicht gemacht, hatte mich dazu gebracht, mehr zu sagen, als ich sagen wollte.

„Ach, Sie wissen schon, ich habe einfach ein Bauchgefühl, was Menschen betrifft."

„Einige nennen das Intuition", sagte sie und bedeutete mir, dass ich die Karten austeilen sollte.

„Ja, etwas in der Art."

„Hmm. Kannst du mich lesen?"

Ich überlegte einen Moment. Nach unserem ersten Treffen hatte ich gedacht, ich wüsste alles, was ich über Madame Bowden wissen musste. Ich wollte nur Sicherheit, und ich wusste, sie würde mir keinen Schaden zufügen. Aber ihre Frage rüttelte mich auf, und ich fragte mich, ob sie vielleicht die ganze Zeit etwas Offensichtliches verborgen hatte.

„Sie testen mich irgendwie, aber ich weiß nicht, warum."

„Tja, dazu muss man keine Gedanken lesen können. Was noch?"

Ich zögerte. Wie sollte ich das ausdrücken, ohne ihre Gefühle zu verletzen?

„Komm schon. Ich werde nicht zusammenbrechen."

Ich blinzelte. Las sie mich?

„Sie sind sehr, sehr alt. Älter, als Sie wirken. Und Sie fürchten, dass Sie vergessen werden. Sie warten auf jemanden, oder? Jemanden, der sich kümmert …"

„Ja, gut, das reicht jetzt."

Sie faltete die Hände im Schoß und beobachtete eine Amsel, die im Vogelbad planschte.

„Sehen Sie? Die Leute mögen es nicht, wenn man ihnen Dinge sagt, die man nicht wirklich wissen sollte."

Sie seufzte schwer und legte den Kopf schief. „Ich habe dich unterschätzt. Das wird mir nicht noch mal passieren."

Ich vermutete, dass das ein Kompliment war, und nickte.

„Eine Außenseiterin zu sein kann gut sein", kehrte sie zu unserer vorherigen Unterhaltung zurück.

„Finden Sie? Mir scheint, es wäre wesentlich einfacher gewesen, wenn wir dazugehört hätten."

„Gott bewahre, Martha! Konformität ist ein Todesurteil. Nein, meine Liebe, du musst mit offenen Armen annehmen, was dich herausstechen lässt. Das ist es, was sie verabscheuen. Es ist der Kreislauf der Hölle in diesem Leben – Kindern vorzuhalten, dass sie sind, wer sie sind, weil es uns vorgehalten wurde und vor uns unseren Eltern. Wenn du niemandem etwas zuleide tust, warum solltest du dann versuchen, zu ändern, wer du bist?"

„Ich weiß es nicht. So habe ich das noch nie betrachtet. Ich weiß nur, dass ich ständig so wütend auf mich bin. Wenn ich nie gut genug für sie sein werde, warum sollte ich mich dann überhaupt bemühen?"

„Gut genug für wen? Für die Leute, die in einem Leben feststecken, das sie nicht selbst gewählt haben? Ganz sicher siehst du doch, dass sie nur wollen, dass du mit ihnen feststeckst, damit sie sich in ihrer Leere weniger einsam fühlen. Sei vorsichtig, Martha. Du wirst deinem eigenen Wert gegenüber blind, wenn du dich durch die Augen der Bourgeoisie betrachtest!"

An jenem Abend, nachdem ich geduscht und mir noch einmal die Geschichte angeschaut hatte, die auf meinen Rücken tätowiert war, dachte ich an das, was Madame Bowden gesagt hatte. Ich hatte es gewusst, sobald ich in der Ha'penny Lane angekommen war, aber ich versuchte weiterhin, es zu leugnen. Ich spürte, wie die Fasern des Gebäudes mir unter die Haut gingen, meinen Kopf mit

Ideen für eine Zukunft füllten, von der ich nie zu träumen gewagt hätte. Und doch, als ich Opalines Brief an Sylvia sah, wusste ich, dass das Buch, auf das sie sich bezog, jenes war, das mir gegeben wurde. Stand das alles irgendwie mit Madame Bowden in Verbindung? Ich hatte so viele Fragen, und der einzige Mensch, mit dem ich darüber hätte reden können, war Henry. Könnten wir Freunde sein? Die Vorstellung machte mich so traurig. Aber ich sah keine andere Möglichkeit. Ich konnte es nicht riskieren, mich erneut zu verlieren. Nicht, wenn ich so hart dafür gearbeitet hatte, mir mein Leben neu aufzubauen.

Während ich im Bett lag und eines der Bücher aus meiner Literaturvorlesung las, *Überredung* von Jane Austen, fiel mir auf, dass mehr Bücher auf dem Ast lagen, der sich zu einem Regal verformt hatte. Die Worte auf ihren Rücken schimmerten beinahe golden im Licht der Lampe. *Dear Reader* von Cathy Rentzenbrink, *Never Let Me Go* von Kazuo Ishiguro und *Flowers in the Attic* von V. C. Andrews. Mein Gott. Glaubte Madame Bowden wirklich, dass ich all diese Bücher zusätzlich lesen könnte? Ich schaute zurück auf die Seite, auf der ich war. Ich durfte mich nicht ablenken lassen, denn ich musste das Buch vor meiner nächsten Vorlesung beenden. Meine Neugierde ließ mich jedoch nicht los, und ich schaute erneut hoch, nur dieses Mal schienen gewisse Wörter stärker herauszustechen als andere.

Dear Reader
Go
In The Attic

Ich hielt den Atem an. *Lieber Leser, geh auf den Dachboden.* Ich presste das Buch, das ich las, an meine Brust. Das war wirklich gruselig. Ich schaute auf die Uhr. Eine Minute nach Mitternacht. Ich sah erneut zu den Büchern, und sie wirkten wieder ganz normal und harmlos; kein Wort leuchtete mehr als die anderen. Es gab keine geheime Botschaft. Ich sollte das einfach ignorieren, sagte ich mir und redete mir ein, dass meine Augen müde waren und Dinge sahen, die nicht da waren.

Intuition hatte Madame Bowden es genannt. Vielleicht war sie zu ignorieren, die ganze Zeit über das Problem gewesen.

Ich schlüpfte in meine Turnschuhe und zog die alte Strickjacke fester um mich, die mir gleichzeitig als Morgenmantel diente. Das Licht im Flur oben wollte ich nicht anschalten – ich wusste, dass Madame Bowden einen leichten Schlaf hatte – und stieß mir als Ergebnis den Zeh an der letzten Stufe zum obersten Stockwerk an. Ich unterdrückte einen Schmerzensschrei und schalt mich für meine Naivität, zu glauben, die Bücher würden mir etwas sagen.

Aber war ich naiv? Ich trug eine Tätowierung auf dem Rücken, die ich nur zur Hälfte selbst veranlasst hatte.

Am höchsten Punkt des Hauses kam ich an eine schmale Tür und musste mich ducken. Ich zog und drückte, doch sie rührte sich nicht. Erfolglos suchte ich auf dem Balken nach einem Schlüssel, fand aber nur Staub. Es war sinnlos. Im Dunkeln konnte ich hier nichts ausrichten. Etwas vorsichtiger ging ich wieder die Treppe hinunter, und als ich leise an ihrer Schlafzimmertür vorbeischlich, rief die Besitzerin des Hauses nach mir.

„Bist du das, Martha?“

„Ja, ich …“ Mist. Was sollte ich sagen? „Da ist eine Spinne in meinem Bad, deshalb musste ich die Toilette hier oben benutzen. Tut mir leid.“

Ich wartete auf eine Antwort, doch nach ein paar Sekunden ging ich weiter. Kurz bevor ich das Untergeschoss erreichte, hörte ich: „Du bist eine furchtbare Lügnerin, Martha.“

39. Kapitel

HENRY

„Sind Sie noch da? Mr. Field?"

Ich drückte mir das Kissen auf den Kopf und brüllte ein paar Obszönitäten hinein, bevor ich mich wieder dem Anruf zuwendete.

„Ich brauche einfach nur ein wenig mehr Zeit. Sie haben den ursprünglichen Entwurf, richtig?"

„Ja, ja, den haben wir, und es ist ein sehr vielversprechender Ansatz, aber das Problem ist …" Derrick, der Leiter der Abteilung, war ein guter Kerl und hatte versucht, es mir schonend beizubringen. Das Problem war, dass ich nicht akzeptieren konnte, was er mir erzählte. „Das Problem ist, dass Sie absolut nichts produziert haben, um es zu stützen, Henry."

Er hatte recht. Das wusste ich. Ein alter Brief, in dem die *Möglichkeit* eines zweiten Brontë-Romans diskutiert wurde, war einfach nur Hörensagen. Ich hatte keine handfesten Beweise.

„Es tut mir leid, Henry, aber man hat Ihre Förderung gestrichen."

„Was?"

„Hören Sie, ich habe versucht, mich für Sie einzusetzen, aber es ist nicht Ihre erste fruchtlose Suche, oder?"

O gut, eine gesunde Dosis Demütigung. Ich dankte ihm für seinen Anruf und dafür, dass er die schlechten Nachrichten persönlich überbracht hatte, anstatt mir einen Brief zu schicken. Dann brüllte ich noch ein wenig weiter ins Kissen.

Ich hatte Jahre damit zugebracht, Spuren zu verfolgen und das verlorene Manuskript zu finden, mit dem ich mir einen Namen machen würde. Ja, ich hatte Kurzgeschichten oder Essays, die unter Pseudonym geschrieben worden waren, ihren wahren Autoren zugeordnet, interessante Briefe zwischen wichtigen Spielern der literarischen Welt aufgespürt und mich mit unzähligen Texten beschäftigt, die von Spezialisten für seltene Bücher entdeckt worden waren, aber diese eine große Entdeckung war mir immer noch nicht gelungen. Das hier war meine Chance, das spürte ich. Ich hatte mich von meinen Emotionen komplett ablenken lassen, und das war das Ergebnis. Martha hatte ihre Gefühle zu dem Thema mehr als deutlich gemacht, und wenn ich retten wollte, was von meiner Karriere noch übrig war, würde ich mich zu hundert Prozent in die Suche stürzen müssen.

Ich holte meinen Laptop heraus und setzte mich aufs Bett. Trancemusik half mir immer, mich zu konzentrieren; irgendetwas an den sich wiederholenden Tönen und Beats gab mir das Gefühl, mich zu bewegen, obwohl ich still saß. Ich würde diesem Geheimnis auf den Grund gehen, komme, was wolle. Ich hatte bereits Rosenbach kontaktiert, um mir bestätigen zu lassen, dass der Brief keine Fälschung war. Sie hatten einen Handschriftenspezialisten beauftragt und mich mit Verzögerungen hingehalten. Doch egal wie, wenn er das Manuskript irgendwie gefunden hatte, würde sicher die ganze Welt inzwischen davon wissen. Nein, ich musste zu Opaline zurückkehren und herausfinden, was mit ihr geschehen war und warum sie behauptet hatte, Emily Brontës verlorenes Manuskript zu besitzen.

Es klopfte an meiner Tür, und ich nahm an, wenn ich mich ruhig genug verhielte, würde Nora davon ausgehen, dass ich nicht im Hause wäre.

„Ich kann den Drink bis hierhin riechen", sagte sie.

Ich stand auf und öffnete die Tür. Sie stand mit einem Tablett davor, auf dem sich eine Tasse mit dampfendem Tee und ein Sandwich mit Bacon befanden.

„Sie sind wirklich eine bemerkenswerte Frau." Ich nahm ihr das Tablett ab und trug es in mein Zimmer.

„Was um alles in der Welt ist mit deinem Gesicht passiert?“

„Oh, das. Ja.“ Mit meinem zerstörten Ruf und meinem zerschmetterten Herzen hatte ich das beinahe vergessen.

„Geht … geht es dir gut, Henry?“

„Es ging mir nie besser.“

„Ich mache mir Sorgen um dich.“

Ich war wirklich tief gefallen, wenn eine Fremde sich um meine Gesundheit sorgte. Ich musste mich zusammenreißen. Und zwar schnell. Ich versicherte ihr, dass es mir wunderbar ginge, und nachdem ich das Sandwich gegessen hatte, kehrte ich zu meinem Laptop zurück und fing an, alles über die Familie Carlisle zu recherchieren, das ich finden konnte. Der Vater war ein Beamter gewesen, der eine reiche Erbin geheiratet hatte. Beide Kinder waren auf vornehme Schulen gegangen, und es gab umfangreiche Informationen über Lyndons Karriere in der Armee. Wie schon zuvor, schienen alle Aufzeichnungen Opaline betreffend einfach aufzuhören. Abgesehen von einer kleinen Zeitungsannonce, mit der die Hochzeit von Jane Burridge und Lord Findley angekündigt wurde. Opaline Carlisle war dort als Brautjungfer genannt. So sehr es mich schmerzte, überhaupt an Martha zu denken, erinnerte ich mich daran, was sie darüber gesagt hatte, dass ich versuchen sollte, Opaline über die Frauen in ihrem Leben kennenzulernen. Sie musste doch mit Sicherheit Freundinnen gehabt haben?

Ich trank einen großen Schluck von dem inzwischen kalten Tee und stellte die Musik lauter, bevor ich in das Leben und die Zeiten von Lady Jane eintauchte. Das hier war mein Glücksort: Leute zu recherchieren, die schon lange tot und von der Welt vergessen waren. Als würde ein Licht auf sie scheinen zu lassen sie für einen flüchtigen Moment wieder zurückbringen. Das war meine wahre Inspiration dafür gewesen, die Welt der seltenen Bücher zu betreten – unglaubliche Leben und Geschichten der Menschen zu entdecken, die vor uns gelebt hatten; Menschen, die sich genauso sehr um die alltäglichen Trivialitäten gekümmert hatten wie wir; Menschen, die einige der unglaublichsten Zeiten erlebt hatten, während sie sich der Bedeutung nicht bewusst gewesen waren. Etwas daran, diese Stücke zusammenzufügen, beruhigte meinen Geist. Vielleicht war es der Trost, zu wissen, dass mein Leben nur eine Seite in dem dicken Geschichtsbuch der menschlichen Errungenschaften war. Es nahm ein wenig von dem Druck, jemand Wichtiges sein oder etwas Wichtiges tun zu müssen. Das Gefühl hielt immer so lange an, bis ich mitbekam, wie einer meiner Kollegen ein Stipendium erhielt oder ein anderer einen Bestseller über die Entdeckungen einiger der obskuren Sammler aus der Vergangenheit schrieb. Ich war mit dem Fluch des beständigsten menschlichen Verlangens belegt: meinen Abdruck hinterlassen zu wollen.

Nachdem ich stundenlang durch Geburten, Tode, Wohltätigkeitsveranstaltungen und gesellschaftliche Ereignisse gescrollt hatte, fand ich einen Brief an den Redakteur einer irischen Zeitung, der auf das Jahr 1930 datiert war.

Sehr geehrter Herr,
ich schreibe Ihnen aus einem Gefühl der Verzweiflung heraus, da mein Flehen an alle und jeden bezüglich dieses Themas ungehört geblieben ist. Ich möchte Ihre Aufmerksamkeit auf den erbärmlichen Zustand der Asyle in unserem Land hinweisen. Frauen, die geistig so gesund sind wie Sie und ich, werden unfreiwillig und ohne vernünftige Untersuchungen in diese Anstalten eingewiesen und dort unter grauenhaften Bedingungen festgehalten, die weit unterhalb des Standards des normalen menschlichen Anstands liegen. Meine liebe Freundin wird gegen ihren Willen an einem solchen Ort in der Provinz Connacht festgehalten, und trotz meiner Briefe an die Regierung wurde es mir verwehrt, sie von meinem eigenen, unabhängigen Arzt untersuchen zu lassen. Wir brauchen dringend eine gründliche Untersuchung dieser Anstalt.
Mit freundlichen Grüßen

Lady Jane Findley

Es war außergewöhnlich für eine englische Lady, so einen Brief zu schreiben, noch dazu an eine irische Zeitung. Warum hatte sie das getan? Es wurde nicht erwähnt, wer diese Freundin war, aber meine Nerven kribbelten. Opalines Brief an Sylvia Beach erwähnte eine Inhaftierung. War es möglich, dass sie in ein Irrenhaus eingeliefert worden war? Ich würde Aufzeichnungen darüber finden müssen, wie viele solcher Anstalten es damals in Irland gegeben hatte und wo sie sich befunden hatten.

Ich brauchte Kaffee. Ich brauchte Martha. Aber der Kaffee würde reichen müssen.

40. Kapitel

OPALINE

In den wenigen kostbaren Sekunden, bevor ich die Augen öffnete, hatte ich vergessen, wo ich war. Mein Gehirn sagte mir, ich läge zu Hause in meinem Bett, aber mein Körper wusste, dass das nicht stimmte. Mir war eiskalt, und die raue Decke, in die ich mich gewickelt hatte, gehörte nicht mir. Ich schlug die Augen auf und sah die grauenhafte Wahrheit bestätigt. Es war kein schlechter Traum gewesen. Ich war dank meines Bruders eingesperrt worden.

Ich hörte die Absätze von Stiefeln schwer über den nackten Flurboden hallen, wie eine kleine Armee im Gleichschritt, und dann ging meine Tür scheppernd auf.

„Sechs Uhr, Zeit aufzustehen", verkündete eine Schwester, ohne mir in die Augen zu schauen. Sie öffnete das Fenster und ließ die eiskalte Luft herein.

Rational betrachtet wusste ich, dass es keinen Sinn hatte, ihr meinen Fall vorzutragen, aber emotional konnte ich nicht anders, als um meine Freiheit zu flehen.

„Bitte, ich muss mit Dr. Lynch sprechen. Das ist alles ein großer Fehler. Sie müssen mich gehen lassen!"

Die Schwester, deren pechschwarze, fettige Haare in der Mitte gescheitelt waren und deren dunkle Augen zugleich leer und stechend dreinschauten, ignorierte mich. Es war, als hätte ich überhaupt nicht gesprochen.

„Ab den Flur runter mit dir. Das Frühstück steht auf dem Tisch."

„Ja, aber …"

„Du hast später einen Termin mit seinem Assistenten, Dr. Hughes. Dann kannst du dein Anliegen mit ihm besprechen."

Sie reichte mir ein grauenhaftes graues Flanellkleid und befahl mir, es anzuziehen. Danach nahm sie meine Kleidung und trug sie an einen mir unbekannten Ort. Ich wurde zu einem Waschtisch geführt, wo die anderen Patientinnen sich das Gesicht mit eiskaltem Wasser wuschen. Sie wirkten auf mich nicht sonderlich verrückt. Sie sahen einfach nur müde und verängstigt aus.

Die Schwester, deren Name, wie ich herausfand, Patricia war, scheuchte uns wie eine Herde Rinder in einen Speisesaal. Dort gab es einen langen Holztisch mit Bänken auf beiden Seiten, und auf dem Tisch standen Emailleschüsseln mit einer Art Brühe darin, sowie in der Mitte ein Korb mit hartem Brot. Auf einen Blick schätzte ich, dass es insgesamt sechzig Frauen waren. Am anderen Ende des Saals gab es einen separaten Tisch, an dem zehn Frauen saßen, die von irgendeiner Art intellektueller Beeinträchtigung betroffen zu sein schienen. Zwei Schwestern passten auf sie auf. Ich setzte mich und versuchte, etwas von der Brühe zu essen, doch ich brachte sie nicht herunter. Meine Kehle schnürte sich zu und weigerte sich, zu schlucken. Ich versuchte, das Brot hineinzustippen, als die alte Frau neben mir meine Hand packte.

„Iss das nicht. Das ist vergiftet."

Sofort ließ ich das Brot fallen, und sie fing an, gnadenlos zu lachen. Ich wusste nicht, ob sie verrückt oder einfach nur gemein war.

„Lass sie in Ruhe, Agatha."

Ich schaute auf, um die Sprecherin dieser Worte zu finden, und war überrascht, eine junge Frau zu sehen, die ich auf gerade einmal zwanzig Jahre schätze. Sie sprach mit einer Autorität, die einer wesentlich älteren Frau zugestanden hätte. Ich nickte ihr dankbar zu. Angesichts ihrer Kleidung und des mentalen Tributs, den ein Ort wie dieser forderte, war es schwer, zu sagen, wie alt meine Mitbewohnerinnen waren.

„Mein Name ist Mary", sagte sie mit einer Sanftheit, die ich nicht erwartet hatte. „Warum bist du hier?"

„Mein Bruder ..." Ich merkte, dass ich den Satz nicht beenden konnte, weil ich fürchtete, in Tränen auszubrechen.

Als ich ein Wimmern hörte, sah ich, dass eine weitere grauhaarige Frau am anderen Ende des Tisches ziellos weinte. Die Frau neben mir fing an, vor sich hin zu murmeln; eine sinnlose Unterhaltung, die weder Anfang noch Ende zu haben schien.

„Abmarsch in den Hof!" Dieser gebrüllte Befehl von einer anderen Schwester verkündete das Ende des Frühstücks, und jeder von uns wurde ein fadenscheiniges Wolltuch gegeben, um in dem von allen Seiten von Mauern eingeschlossenem Hof herumzuwandern. Es war mitten im Winter und bitterkalt. Dazu war der Innenhof nach Norden ausgerichtet und würde niemals die Sonne sehen. Der Gedanke war wie ein schwerer Anker, der mein Herz nach unten zog. Das alles war zu viel zu ertragen. Ich erstarrte auf der Stelle, während die anderen um mich herum schlurften.

„In einer Reihe aufstellen!"

Ich ignorierte den Befehl. Ich war zu schwach, um mich zu rühren.

„Carlisle, such dir eine Begleitung und beweg dich." Ich war es nicht gewohnt, Befehle zu empfangen, und weigerte mich, zu gehorchen.

„Wie oft muss ich dir das noch sagen?" Zu meinem Entsetzen kam dieser Befehl mit einer Ohrfeige.

Mit einem Mal kam meine Lebensenergie voller Zorn zurück. Ich wollte gerade zurückschlagen, als ich einen Arm spürte, der sich bei mir unterhakte und mich beinahe mit sich nach vorne riss.

„Du tust besser, was sie sagen", flüsterte eine sanfte Stimme.

Ich schaute nach links und sah Mary, die junge Frau, die sich am Tisch für mich eingesetzt hatte.

„Ich sollte nicht hier sein", sagte ich.

„Glaubst du, irgendeine arme Kreatur sollte hier enden?"

Ich schüttelte den Kopf, aber ehrlich gesagt waren mir alle anderen gerade egal. Die anderen Frauen machten mir Angst; ihre nackten Gesichter, denen jegliche Normalität fehlte. Ich zog das Tuch fester um mich. Ich zitterte so sehr unter der Kälte, dass meine Zähne wild klapperten. Ich sah, dass die Lippen der anderen Frauen sich vor Kälte violett verfärbten. Es war unmenschlich.

„Carlisle, komm her."

Es war so lange her, dass jemand meinen echten Namen benutzt hatte, dass ich einen Moment brauchte, um zu realisieren, dass Schwester Patricia mit mir sprach. Gott sei Dank, dachte ich. Sie hatten erkannt, dass das alles ein großer Fehler war und würden mich entlassen. Ich entzog Mary meinen Arm und dankte ihr für ihre Freundlichkeit, wobei ich mir sicher war, sie nie wiederzusehen.

Ich folgte der Schwester, die mich drinnen in einen Raum führte, in dem ich gewogen und vermessen wurde, bevor sich mir eine andere Schwester näherte und mir die Fingernägel ganz kurz schnitt.

„Warum tun Sie das?", fragte ich.

„Du hast jetzt einen Termin mit Dr. Hughes", antwortete sie.

Ich sagte mir, dass das Sinn ergab – eine letzte Untersuchung, bevor sie mich gehen ließen. Für administrative Zwecke. Ja, ganz sicher war es nur das.

Nach dieser oberflächlichen Untersuchung wurde ich in einen anderen Raum geführt. Dort saß ein Mann in einem weißen Kittel und stellte sich als Dr. Hughes vor. Das hier war meine Gelegenheit, das Wort zu ergreifen, aber ich stellte fest, dass ich nicht wusste, wo ich anfangen sollte.

„Wer sind Sie?", fragte er und schlug einen cremefarbenen Aktendeckel auf und nahm die Kappe von seinem Füller.

„Ich … mein Name ist Opaline Gr… Ich meine …"

„Oh, nun, das ist kaum ein vielversprechender Anfang, oder?" Seine Fähigkeit, unter solch verzweifelten Umständen Humor zu finden, machte mich nervös.

„Mein Name ist Opaline Carlisle, aber ich lebte unter dem

Pseudonym Opaline Gray, um meine Identität vor meinem Bruder zu schützen, der ein gewalttätiger Fanatiker ist."

So. ich war klar, kurz und bündig. Ganz sicher würde dieser Mann erkennen, dass ich geistig gesund war.

„Wo wohnen Sie?"

„In der Ha'penny Lande in Dublin. Ich leite einen keinen Buchladen."

Er hob die Augenbrauen. „Und Sie sind schwanger?"

„Ja."

„Mit wie vielen Männern hatten sie intime Beziehungen?"

„Wie bitte?"

„Geschlechtsverkehr, Miss Carlisle."

Ich spürte die Wut durch meinen Körper rauschen und nahm ein paar tiefe Atemzüge. Das war es, was er sehen wollte – dass ich mich aufregte.

„Nur mit einem", erwiderte ich kühl.

„Ihr Bruder hat mich informiert, dass Sie einen unmoralischen Lebensstil führen. Ist dem so?"

Ich war nicht sicher, was ich darauf antworten sollte, also schwieg ich.

„Sehen Sie Gesichter an den Wänden?"

„Im Moment nicht, nein."

Er sah mich mit einer Art Geringschätzung an, und ich verfluchte mich dafür, ihm gegenüber gewitzt sein zu wollen.

„Hören Sie Stimmen?"

„Nein, Doktor, ich höre keine Stimmen. Mit mir ist alles in Ordnung, das müssen Sie doch sehen. Mein Bruder hat diese gesamte Scharade arrangiert. Er ist wütend auf mich, weil ich mich weigere, mich seinem Willen zu beugen und einen Mann zu heiraten, den ich kaum kenne. Das ist seine Art, mich zu bestrafen, erkennen Sie das nicht?"

Stille senkte sich über den Raum, die nur von dem Kratzen seines Füllers auf dem frischen, weißen Papier unterbrochen wurde.

Ich fragte mich, wo meine Kleidung war und ob es einen Bus gäbe, der mich nach Dublin zurückbringen würde.

„Das wäre dann für den Moment alles. Schwester!", rief er nach Patricia, die offenbar vor der Tür wartete.

„Kann ich jetzt nach Hause gehen?"

„Oh, ich fürchte, es wird noch einige Zeit dauern, bevor Sie wieder in die Gesellschaft entlassen werden können, Miss Carlisle. Wenn überhaupt."

Seine Worte waren wie aus einem Theaterstück, etwas, das ich erwarten würde, von einem Schauspieler auf der Bühne zu hören. Das hier konnte nicht das echte Leben sein.

„Das kann nicht Ihr Ernst sein! Ist das der gesamte Umfang Ihrer Untersuchung? Mich zu fragen, ob ich Gesichter an den Wänden sehe? Dr. Hughes, Sie müssen doch erkennen, dass ich genauso geistig gesund bin wie Sie."

„Ihr Bruder …"

„Vergessen Sie meinen Bruder! Hat sein Wort mehr Gewicht als meins?"

Er sagte nichts, sondern schraubte nur seinen Füller zu. Damit hatte ich meine Antwort.

Ich presste die Hände flach auf den Schreibtisch zwischen uns. „Er hat Sie angelogen! Das kann ich beweisen. Ich habe ein sehr wertvolles Manuskript entdeckt und er will es stehlen. Verstehen Sie das nicht?"

Der Arzt grinste die Schwester an, die meine Arme gepackt hatte und mich aus dem Raum zog.

„Komm schon, Carlisle, es ist besser, wenn du dich nicht wehrst", sagte sie.

„Wenn Sie wollen, unterziehen Sie mich allen Tests, die Ihnen einfallen. Ich werde beweisen, dass ich nicht verrückt bin!"

„Oh, ich glaube, wir wissen alles, was es dazu zu wissen gibt, Miss Carlisle."

„Nein! Bitte! Wo ist Dr. Lynch? Lassen Sie mich mit ihm sprechen!" Ich schrie mich heiser und meine nutzlosen Schreie hallten durch den Korridor. Eine andere Schwester brachte eine Patientin zum Arztzimmer, und Patricia rief ihr zu, dass ich all das hier in einer Stunde vergessen haben würde. Sie glaubten wirklich, dass ich verrückt war, und alle Gründe, die ich als Protest anführte, untermauerten diesen Glauben nur noch weiter.

Ich wurde in meine dreckige Zelle zurückgebracht und rollte mich in der Ecke zusammen, wo ich gefühlte Stunden weinte. Als es im Raum dunkler wurde, schaute ich auf und sah eine Frau auf dem Bett sitzen. Wie lange war sie schon da?

„Es ist am besten, diese Tränen rauszulassen. Sie werden dir hier drin nicht viel nützen."

„Mary?"

Ich drückte mich vom Boden ab, was mit meinem dicken Bauch gar nicht so leicht war, und setzte mich neben sie aufs Bett.

„Warum bist du hier?", fragte ich und sah sie das erste Mal richtig an. Ihre Haare waren wild und standen zu allen Seiten ab, ihre Augen waren dunkel und tief, aber ihr fein geschwungener Mund sprach in einem gemessenen Tonfall, der nicht zu ihrer Jugend passte.

„Hysterie. Das haben sie mir zumindest gesagt."

Hysterie. Das konnte alles bedeuten.

„Und wie, äh, zeigt die sich?", fragte ich, und erst jetzt wurde mir klar, dass wir uns dieses Zimmer teilen würden.

„Ich werde höchst emotional, wenn mein Vater mich schlägt."

„Guter Gott."

Sie schenkte mir ein kleines Lächeln, als wenn Humor alles wäre, was ihr geblieben war.

„Als ich schwanger wurde, habe ich ihm gesagt, dass mir der Priester das angetan hatte. Aber er wollte mir nicht glauben. Er sagte, ich wäre eine dreckige Hure. Er wollte mich aus dem Haus haben, also hat er ihnen erzählt, dass ich unter dämonischem Fieber litte. Dass ich mir die Wunden selbst zugefügt hätte."

Ich vergrub das Gesicht in den Händen. Wie waren wir nur hier gelandet? Ich hatte mein Zuhause inspiriert von den Suffragetten verlassen, den modernen Frauen, die Gleichberechtigung wollten und die Freiheit, ihr eigenes Glück zu verfolgen. Mit einem Federstrich waren wir weggesperrt worden. Unbequeme Frauen mit unkonventionellen Ideen.

„Wie lange bist du schon hier? Du siehst so jung aus."

„Drei Jahre. Ich bin zweiundzwanzig."

Erneut kamen mir die Tränen. Alles wirkte so hoffnungslos. Sie drückte meine Hand fest.

„Du musst für das Baby stark sein", sagte sie und stand auf, um sich auszuziehen, bevor sie sich in das andere Bett legte.

Ich legte mich auf die dünne Matratze und schaute zum Mond hoch, der zwischen den Gitterstäben durchs Fenster schien. Mary hatte recht. Ich musste auf meine kleine Rosenknospe achtgeben. Ich würde das Essen essen, nach draußen gehen und frische Luft in meine Lungen atmen, und ich würde mich so gesund halten, wie es mir nur möglich war. Wenn es für den Moment so sein musste, dann würde ich das akzeptieren. Um ihretwillen. Ich konnte nicht noch einmal so die Fassung verlieren wie heute. Ich wusste, dass das nicht gut für sie war. Also würde ich ruhig sein, und wenn die Zeit käme, würden sie mich in ein Krankenhaus bringen, um mein Baby zu bekommen, und das wäre meine Chance zur Flucht.

~

Zwei Wochen vergingen, in denen jeder neue Tag mit dem vorhergehenden identisch war. Man hätte sich nie vorstellen können, wie lang sich ein Tag anfühlte, wenn es nichts gab, was man tun, sagen oder denken konnte. Das Bemerkenswerteste war die Kälte. Ich konnte meinen eigenen Atem sehen, wenn ich sprach. Eine ältere Frau bekam heute früh beim Frühstück einen Anfall und zitterte und zuckte vor Kälte. Sie hüpfte beinahe von der Bank, so sehr litt sie.

„Lass sie auf den Boden fallen, das wird ihr eine Lehre sein", sagte Schwester Patricia.

Die Schwestern trugen dicke Mäntel, und obwohl jede Faser meines Seins mir riet, den Mund zu halten, musste ich einfach etwas sagen.

„Sehen Sie nicht, dass sie unter der Kälte hier eingehen wird? Sicher gibt es hier doch ein paar weitere Lagen Kleidung für sie?"

„Sie hat das Gleiche wie alle anderen."

Und das war das Ende der Diskussion. Ich gab der Frau meinen Becher mit heißem Tee, als er kam. Es war kein großer Verlust, so wässrig wie er war und mit dem eigenartigen Geschmack von Kupfer.

An diesem Tag traf eine neue Frau ein, was uns allen etwas gab, auf das wir uns konzentrieren konnten. Wir hießen sie, so gut es ging, willkommen, und jetzt verstand ich den Hunger nach Informationen, der mich bei meiner Ankunft begrüßt hatte. Alle wollten wissen, warum sie hier war, hauptsächlich, um die den Geist abtötende Langeweile zu vertreiben. Ich hoffte, dass ihre Geschichte meine Vermutung bestätigen würde – dass sie ein weiteres unschuldiges Opfer war. Aber wir konnten in dem, was sie sagte, keinen Sinn finden, und es dauert nicht lange, bis sie zu einer Behandlung weggeführt wurde – was auch immer das bedeutete.

Gerüchte drangen an unsere Ohren, dass sie direkt vom Gerichtssaal hergebracht worden war, wo man sie angeklagt hatte, ihr Kind ertränkt zu haben. Sie glaubte, es handle sich um einen Wechselbalg, dass ihr echtes Baby von den Feen entführt worden sei. Mir wurde beinahe körperlich übel, als ich das hörte. Ich wusste, dass ich selbst verrückt werden würde, wenn ich hier nicht rauskäme. Menschen stellten sich immer vor, dass das Schlimmste an einer Einkerkerung der Gedanke ist, eingesperrt zu sein, aber es gibt noch ein weiteres Trauma, das man ertragen muss. Während einige Frauen einfach nur ängstlich oder depressiv waren, lebte ich nun auch mit Frauen, die unter allen möglichen körperlichen und mentalen Behinderungen litten. Und nicht nur das. Ich wurde als eine von ihnen betrachtet. So etwas hatte einen tiefgehenden Effekt auf das eigene Selbstgefühl, darauf, was wahr ist.

~

In jener Nacht dachte ich, dass meine Chance zur Flucht gekommen sei. Der Schmerz in meinem Unterleib fühlte sich an, als hätten die Wehen eingesetzt, und das Wasser, das mein Bett durchnässte, bestätigte es. Ich rief nach Mary und bat sie, die Schwester zu benachrichtigen. Sie hämmerte an die Tür und rief, aber sehr lange reagierte niemand. Natürlich musste es in den frühen Morgenstunden passieren, wie es diese Dinge oft taten, und nur eine ältere Schwester hatte Dienst. Sie dachte, ich würde die quälenden Schmerzen der Geburt übertreiben und sagte, sie würde den armen Doktor nicht aus dem Schlaf reißen, um sich um eine verwöhnte englische Göre wie mich zu kümmern.

„Hör auf zu schauspielern", sagte sie durch das Gitter in der Tür.

„Ich will nicht, dass Sie den Arzt rufen. Ich muss in ein Krankenhaus!" Ich war so aufgeregt bei der Vorstellung, hier rauszukommen, dass mir der Schmerz kaum bewusst war.

„Krankenhaus? Die Katze hatte letzte Woche einen feinen Wurf und hat das ganz allein geschafft."

Das waren ihre letzten Worte in der Angelegenheit, und dann hörte ich nur noch ihre sich entfernenden Schritte.

„Sie werden mich hier nicht rauslassen, oder?", fragte ich Mary, die nun am Fußende meines Bettes saß und mir den Rücken tätschelte.

„Keine Sorge", sagte sie.

Eine weitere Wehe kam, und ich stöhnte mich durch sie hindurch, wobei ich die Enden der Decke eng um meine Handgelenke wickelte. So ging die Nacht weiter, und ich muss zwischen den Wehen immer wieder eingeschlafen sein. Mary blieb die ganze

Zeit an meiner Seite. Jedes Mal, wenn ich eine Frage stellte, sagte sie mir erneut, dass ich mir keine Sorgen machen solle, was mich dazu brachte, mir sehr wohl Sorgen zu machen. Als wäre alle Hoffnung sinnlos. Um sechs Uhr morgens kam Schwester Patricia, um uns zu wecken, und als sie meinen Zustand sah, rief sie den Doktor.

„Bitte", flehte ich sie an, allen Stolz vergessend. Ich litt unter qualvollen Schmerzen und hatte nicht einmal ein Glas Wasser gehabt. „Bitte bringen Sie mich in ein Krankenhaus."

„Du musst nicht in ein Krankenhaus, um ein Kind auf die Welt zu bringen. Vielleicht wird das in England so gemacht, aber nicht hier. Eine Geburt ist das Natürlichste auf der Welt", sagte sie und schob mein Nachthemd hoch und ihre kalte Hand zwischen meine Beine.

„Nehmen Sie Ihre Hände von mir!", spuckte ich ihr förmlich entgegen, und sie reagierte, indem sie mich ohrfeigte.

Ich bin mir nicht sicher, was passiert wäre, wenn Dr. Hughes nicht in diesem Moment gekommen wäre. Er übernahm sofort das Kommando und schickte sie los, um Handtücher und eine Schüssel mit kochendem Wasser zu holen. Es folgten zwei Stunden Wehen, in denen ich mich fühlte, als würde ich auseinandergerissen, und es mir egal war, wer seine Hände an mich legte. Sie schrien mich an, zu pressen, und ich presste. Jemand legte dankbarerweise ein kaltes Tuch auf mein brennendes Gesicht. Ich schrie nach meiner Mutter, obwohl ich wusste, dass sie nicht kommen würde. Ich flehte Armand an, zu kommen und mich zu retten. Und dann presste ich noch einmal, und es fühlte sich anders an; der Druck ließ nach. Stimmen flüsterten, und ich sah, wie eine Schwester ein kleines Bündel davontrug.

„Wo ist mein Baby? Wo bringen Sie sie hin?" Ich war mir nicht sicher, ob irgendjemand mich gehört hatte; meine Stimme war schwach und meine Kehle rau. „Mein Baby? Bitte geben Sie mir mein Baby!"

Die Stimme eines Mannes und Worte, die keinen Sinn ergaben. Die Nabelschnur wäre um ihren Hals gewickelt gewesen. Sie sei erstickt. Blau geboren. Ich erinnere mich nicht mehr an vieles, was danach kam. Ich vermutete, ich fing an, verrückt zu werden.

41. Kapitel

MARTHA

„Also, welcher Aspekt von Austens Thema hat sich mit diesem Buch verändert, dem letzten, das vor Ihrem Tod veröffentlicht wurde?“ Der Tutor saß auf der Ecke seines Schreibtischs und ließ sein Bein vor und zurück schwingen, während er eine Ausgabe von *Überredung* in der Hand hielt. Da war eine junge Amerikanerin, die immer vorne saß und offenbar alles über jedes je geschriebene Buch wusste. Ich nahm an, dass sie vermutlich auf den Tutor stand, aber ihm schien es nicht aufzufallen.

„Ich meine, es geht immer noch um die Ehe und den gesellschaftlichen Stand“, sagte sie. „Anne beurteilt die Menschen nach ihrem Charakter anstatt nach ihrer Stellung, aber am Ende ergibt sie sich doch Lady Russells Snobismus und lehnt Wentworths Heiratsantrag ab.“

„Großartige Zusammenfassung“, sagte Logan, der hinten im Raum saß. „Das erspart es mir, das Buch zu lesen.“

Ich lächelte ihn an. Er war einer von meinem Schlag. Wobei, warum er eine Abendvorlesung in Literatur besuchte und das Buch nicht las, erschloss sich mir nicht.

„Okay, okay, vielleicht ist Austen nicht nach jedermanns Geschmack. Aber auf gewisse Weise sind ihre Bücher heute immer noch so populär, weil die Themen immer noch eine Bedeutung für uns haben. Liebe. Familienzusammenhalt. Stolz. Gesellschaftlicher Druck. Ihr mögt alle glauben, dass ihr euren freien Willen auslebt, während ihr durchs Leben geht, aber das tut ihr nicht. Ihr werdet ständig von dem beeinflusst, was euer Herz will, was euer Kopf will, und wie die Welt euch sehen soll.“

Er hatte recht. In all diesen Jahren hatte sich nicht wirklich etwas verändert.

„Ich glaube, das Hauptthema ist“, sagte Beverly, eine pensionierte Zahnarzthelferin, die immer neben mir saß, „eine zweite Chance für die Liebe zu bekommen.“

Ich bemühte mich, Menschen nicht länger zu lesen, weil es mir nicht fair vorkam, aber manchmal tat ich es, ohne darüber nachzudenken. Ihre erste Liebe war bei einem Autounfall ums Leben gekommen, und seitdem hatte sie keinen anderen Mann mehr kennengelernt. Um ihretwillen hoffte ich, dass Jane Austen recht hatte.

„Ganz genau, Beverly. Anne wird dazu überredet, ihre Chance auf die Liebe aufzugeben, weil Wentworth keine Zukunftsaussichten hat, aber anstatt mit ihrem Leben weiterzumachen, bereut sie ihre Entscheidung bitterlich. Doch am Ende erkennt sie, dass die Jahre, in denen sie getrennt waren, dafür gesorgt haben, dass sie die Liebe stärker schätze, als sie endlich zu ihr zurückkehrt.“

~

Als wir am Ende der Vorlesung zusammenpackten, fragte der Tutor mich, ob ich mir das mit dem Studium noch einmal überlegt hätte.

„Angesichts deiner schriftlichen Hausaufgaben denke ich, dass du eine perfekte Kandidatin wärst“, sagte er. „Auch wenn ich mir ein wenig mehr Teilnahme in den Vorlesungen wünschen würde. Ich glaube, das würde dir guttun.“

Mir fiel es immer noch so schwer, vor anderen zu reden. Ich hatte gerade erst meine Probleme mit dem Lesen überwunden. Seit dem Abend, an dem ich das komplette Tattoo auf meinem Rücken entdeckt hatte, war es, als wäre ein Bann gebrochen. Bücher bereiteten mir nicht mehr dieselben Schwierigkeiten wie früher, und die Geschichten, die sie enthielten, fühlten sich nun mehr wie Einladungen als wie Warnsignale an. Es war, als wäre mir der

Schlüssel zu einer verschlossenen Tür geschenkt worden.

„Hier ist ein wenig Material für dich – Aufnahmeanforderungen und so weiter." Ich nahm die Sachen entgegen und steckte sie in meine Tasche. Dabei fühlte ich mich, als würde ich ein komplett anderes Leben leben, das Leben von jemandem, der alles tun konnte, was er wollte. Vielleicht gab es doch zweite Chancen.

Ich wurde es nie leid, über den Campus der Trinity zu gehen, und ich war mehr als nur ein wenig stolz auf jede Vorlesung, die ich besuchte.

„Und nun musst du mir versprechen, dass du nicht einer dieser Trinner-Leute wirst, die es immer schaffen, die Tatsache, dass sie auf die Trinity gehen, in eine Unterhaltung einfließen zu lassen", sagte Logan und knöpfte seinen Mantel zu. Er arbeitete als Koch, aber sein tiefster Wunsch war es, Comics zu schreiben.

„Oh, das tue ich bereits", sagte ich und dachte, dass ich es tun würde, wenn ich jemand anderen als meine Kommilitonen und Madame Bowden zum Reden hätte.

„Ich überlege, auch den Master zu machen", sagte er.

„Wirklich?"

„Du musst nicht so überrascht klingen."

Ich konnte in ihm den Jungen sehen, der immer Comics gelesen hatte und nun selbst welche schreiben wollte. Aber eine Teenager-Romanze hatte zu einer Teenagerschwangerschaft geführt und zu einem Job als Küchenhilfe, um die Miete zu bezahlen. Jetzt war er Koch in einem der Top-Hotels in Dublin, aber sein Herz gehörte immer noch dem Erzählen von Geschichten.

„Austen ist nicht so dein Fall?", fragte ich.

„Ich stehe mehr auf Graphic Novels."

„Ich wusste nicht einmal, dass es Graphic Novels gibt."

Er sah mich mit den großen Augen von jemandem an, der tödlich verletzt worden war, aber gerade noch genügend Atem hatte, um zu erklären, warum es falsch gewesen war, den Schuss abgegeben zu haben.

„O mein Gott, du hast nie von *Maus* gehört? Art Spiegelman?"

Ich schüttelte den Kopf.

„Komm schon, Martha, du bringst mich um! Was ist mit *Glass Town*? Du bist ein Brontë-Fan, richtig?"

Ich lachte und machte mir eine mentale Notiz, nachzuschauen, ob es diese Bücher in der Bücherei gab. Wir bogen gerade um eine Ecke, da erblickte ich eine vertraute Gestalt quer über den Platz gehen. Er plauderte fröhlich am Handy und hatte mich nicht bemerkt, aber etwas ließ ihn in meine Richtung schauen. Henry.

„Hi", sagte ich und winkte verlegen.

Er hob den Kopf und schenkte mir ein angespanntes Lächeln.

„Wie geht es dir?", formte er mit den Lippen, und ich reckte den Daumen in die Luft.

Er zeigte auf sein Handy, und ich bedeutete ihm, weiter zu machen. Ich war sowieso auf dem Weg nach Hause. Und das war's. Er verschwand im Gebäude, und Logan erzählte weiter von seiner Idee für einen Charakter – einen Superkoch, der gegen das Verbrechen kämpfte oder so. Mir war durch und durch kalt. Es war, als hätten wir einander nie etwas bedeutet.

Ich konnte nicht anders, als an das Zitat aus *Überredung* zu denken: „Jetzt waren sie wie Fremde; nein, schlimmer als Fremde, denn sie konnten nie mehr miteinander bekannt werden. Es war eine immerwährende Entfremdung."

42. Kapitel

HENRY

„Also werden Sie kommen?“, fragte sie.

„Tut mir leid, aber woher haben Sie meine Nummer?“

„Natürlich aus Marthas Handy. Sie hat einige ihrer Freunde von der Universität eingeladen …“

Ich hatte nicht mal gewusst, dass es ihr Geburtstag war. Es gab immer noch so viel über Martha, das mir ein vollkommenes Rätsel war. Sie hatte ihre Mauern so hochgezogen, dass es die seltenen Gelegenheiten, zu denen sie mich hereingelassen hat, nur noch bedeutungsvoller machte.

„Also kommen Sie um sieben vorbei“, befahl sie.

„Ich bin mir nicht sicher, dass sie mich dahaben will“, erwiderte ich und schaute aus dem Fenster zu Noras Mann, der im Garten herumwirtschaftete. Ich hatte ihm immer noch nicht verziehen, dass er Martha gesagt hatte, ich hätte das Land für immer verlassen. Es war leichter, ihm die Schuld zu geben als zu akzeptieren, dass sie vielleicht einfach nicht mit jemandem wie mir zusammen sein wollte. Sie hatte mich definitiv nicht eingeladen, und ich war nicht sicher, warum ihre Arbeitgeberin das Gefühl hatte, sich einmischen zu müssen.

„Unsinn! Natürlich will sie alle ihre Freunde sehen. Es war ein *annus horribilis* für Martha, finden Sie nicht? Also denke ich nicht, dass es zu viel verlangt ist, dass Sie Ihre eigenen Unsicherheiten für fünf Minuten vergessen und herkommen und ein Stück Torte essen! Also wirklich, Männer.“

Mit dieser vernichtenden Anklage gegen mein gesamtes Geschlecht legte sie auf.

Das Wetter war für die Jahreszeit ungewöhnlich mild, und an dem Weg am Kanal entlang bildeten Narzissen einen goldenen Pfad ins Herz der Stadt. Dublin hatte angefangen, sich wie mein Zuhause anzufühlen. Es war gar nicht so lange her, dass ich vorgehabt hatte, hierherzuziehen. Der Gedanke war mir jetzt peinlich. Im Rückblick ließ die Liebe einen unendlich dumm aussehen. Solch hochtrabende Pläne zu schmieden, die auf nichts als einem Gefühl basierten – einer Mischung aus chemischen Botenstoffen, um genau zu sein – erschien im harten Licht des Tages unsinnig. Aber ich konnte nicht leugnen, dass ich mich in den Wochen mit Martha lebendiger und wacher gefühlt hatte als in all meinen Jahren davor. Ich hatte das Gefühl, geschlafwandelt zu sein, bis sie in mein Leben getreten war. Ich hatte meine Entscheidungen anhand der Erwartungen getroffen, die ich glaubte, erfüllen zu müssen. Aber wie konnte diese Methode, sein Leben zu planen, auch nur ansatzweise richtiger sein?

Ich erinnere mich an etwas, das Lucinda mir vor meiner Abreise gesagt hatte: Dass es egal sei, ob die Entscheidungen, die man getroffen hatte, richtig oder falsch waren, solange man sie traf. Das war es, was einen im Leben weiterbrachte. Ehrlicherweise hatte sie die Worte „auf seiner Reise“ benutzt, weil sie immer noch in ihrer Erdmutterphase gesteckt hatte.

Geschenke zu kaufen hatte noch nie zu meinen Stärken gehört. Mich packte immer eine entsetzliche Panik, gefolgt von der gähnenden Erkenntnis, dass ich absolut nichts über das Innenleben der zu beschenkenden Person wusste. Also hielt ich mich in der Regel an Bücher. Mit einem Buch konnte man nichts falsch machen. Wobei das nicht ganz stimmte. Einmal hatte ich meinem Vater ein Buch über problematischen Alkoholkonsum gekauft, das er benutzt hatte, um damit ein Feuer zu entzünden. Aber dieses Mal wusste ich genau, was ich kaufen wollte.

„Soll ich Ihnen das als Geschenk einpacken?“, fragte der Verkäufer.

Ich nickte und holte die EC-Karte aus meinem Portemonnaie und zog sie durch die Maschine.

„Oh, können Sie es noch mal versuchen und sie reinstecken? Manchmal funktioniert es sonst nicht“, sagte er liebenswürdig.

Ich versuchte es noch einmal. Wieder wurde die Karte abgelehnt.

„Wissen Sie, ich glaube, ich setze das lieber auf meine Kreditkarte“, sagte ich, als wäre das eine Wahl. Sie hatten wirklich keine Zeit vergeudet, meine Finanzierung zu stoppen. Aber als ich sah, wie er das Geschenk in schwarzes Papier mit goldenen Wirbeln einpackte, wusste ich, dass ich eine Bank überfallen hätte (also metaphorisch gesprochen), um ihr das hier zu kaufen.

Ich kam um kurz nach acht Uhr abends am Haus an, und wie immer warf ich einen kurzen Blick um die Ecke, nur für den Fall. *Für welchen Fall, Henry? Dass der Buchladen mit dem Manuskript darin plötzlich wieder aufgetaucht ist?*

„Fantast“, murmelte ich vor mich hin, als ich die Treppen zur Haustür hinaufging.

Mitten im Gehen hielt ich inne, als ich eine Bewegung am Fenster sah. Es war Martha in einem saphirblauen Abendkleid, das hinten tief ausgeschnitten war und das große Tattoo auf ihrem Rücken umrahmte. Ihre hellblonden Haare waren zu einem Zopf geflochten, den sie wie eine Krone um den Kopf trug.

Ich spürte, wie mir die Knie weich wurden. Es hatte keinen Zweck. Egal, wie sehr ich sie mir ausredete, wenn ich allein war –

sobald ich sie sah, kamen all die Gefühle zu mir zurück. Dann erblickte ich ihn, den gleichen Typen, mit dem ich sie am Trinity gesehen hatte. Er erzählte gerade eine Anekdote, unter der sich alle vor Lachen bogen. Er war älter und wurde langsam kahl, aber eindeutig hatte er etwas, das ich nicht hatte.

„Verlässlichkeit?", fragte eine Stimme, als hätte sie meine Gedanken gelesen. Ich schaute auf und sah Madame Bowden im Eingang zu ihrem Haus stehen, in einer Hand ihren Gehstock, in der anderen eine Zigarette.

„Wie lange stehen Sie schon da?"

Sie antwortete nicht.

„Kommen Sie herein, Mr. Field?"

„Ehrlich gesagt glaube ich, dass ich das nicht kann", sagte ich. „Mir ist gerade eingefallen, dass ich schon eine andere Verpflichtung habe. Vielleicht könnten Sie ihr das hier geben?", fragte ich und hielt ihr das eingepackte Geschenk hin.

„Wie bitte? Sie scheinen mich für eine Art Kurier zu halten! Ich bin die Dame des Hauses, und wenn Sie ein Gentleman wären, würden Sie hereinkommen und es ihr selbst geben."

Ich atmete schwer aus. *Diese Frau.*

Das Haus sah prachtvoll aus und funkelte unter einem Netz aus Lichterketten. Ich hörte das leichte Geplauder und Gläser, die im Salon aneinanderstießen. Ich wartete, um Madame Bowden vor mir eintreten zu lassen, aber sie benahm sich ungewöhnlich und machte sich rar. Ich trat durch die offene Flügeltür und erblickte einen Tisch, auf dem Hors d'œvres und eine große Torte arrangiert waren. Als ich die Mühe sah, die sie sich gegeben hatte, schien es mir, dass die alte Dame Martha langsam ins Herz geschlossen hatte. Aber wer würde das nicht? Ich begrüßte ein paar der Anwesenden und ging dann langsam auf das Geburtstagskind zu, wobei mir jeder Schritt widerstrebte, der mich ihr näher brachte. Sie schaute auf und sah mich mit diesem Blick aus ihren blauen Augen an, den ich noch zu gut von dem ersten Morgen in Erinnerung hatte, als wir einander kennengelernt und sie durch das Kellerfenster geschaut hatte. Aber jetzt, in ihrem wunderschönen Kleid, war dieser Blick noch entwaffnender.

„Herzlichen Glückwunsch, Martha", sagte ich.

Sie trat von der Gruppe ihrer Freunde zurück und legte eine Hand auf mein Handgelenk, bevor sie sich vorbeugte, um mir einen Kuss auf die Wange zu geben.

„O Henry!"

Ja, das war genau die Reaktion, die man sich wünschte, wenn man ungeladen auf einer Geburtstagsfeier erschien. *O Henry!*

„Ich bin so froh, dass du gekommen bist", fuhr sie fort und umarmte mich ungelenk. Vielleicht war ich aber auch einfach nur ein ungelenk zu umarmender Typ. Das Urteil darüber stand noch aus.

„Ich auch", sagte ich, als wäre es mir nie in den Sinn gekommen, nicht zu erscheinen. „Du siehst wunderschön aus."

Sie hob eine Hand und berührte ihr Haar.

„Danke. Madame Bowden hat darauf bestanden, dass ich mir eines ihrer alten Kleider ausleihe. Sie hatte es von einer Schneiderin ändern lassen", sagte sie mit vor Ungläubigkeit aufgerissenen Augen.

Ich sah zu, wie sie den Rock hin und her schwingen ließ.

Es brach mir das Herz. Ich musste hier weg.

„Hör mal", setzte ich an, wurde aber von Musik unterbrochen, die auf einmal aus dem Nichts erklang.

„Ein Geburtstagstanz!", rief einer ihrer Freunde, und alle drängten Martha förmlich in meine Arme.

„Oh, ich bin nicht sicher, ob das nötig ist …"

„Ich kann nicht mal tanzen!" Wir begannen gleichzeitig, zu protestieren, aber die Gäste hatten sich für die Idee erwärmt und bildeten den gefürchteten Kreis um uns herum.

„Das ist mein Lied", sagte sie ein wenig schüchtern.

Ich lauschte den schiefen Tönen des Klaviers und versuchte, mich zu erinnern, welches Lied das war.

„Tom Waits. Meine Mutter hat mich nach diesem Lied benannt."

Wie könnte ich mich da weigern?

„Tja, wenn das dein Lied ist …" Ich legte einen Arm um ihre Taille und hielt ihre Hand.

Wir sprachen nicht, sondern bewegten uns nur langsam zu dem möglicherweise verzweifeltsten Lied, das ich je in meinem Leben gehört hatte. Vor Publikum zu tanzen war schon schlimm genug, aber es mit der Frau zu tun, die mich gerade abserviert hatte, sollte eigentlich zu den unangenehmsten Momenten meines Lebens gehören. Doch irgendetwas geschah; es wurde auf seltsame Weise magisch. Wir schauten einander in die Augen und konnten nicht aufhören zu lächeln. Die Gäste traten zurück, um uns mehr Platz zu geben, aber in meinem Kopf hätten sie genauso gut alle verschwinden können. Ich konnte nichts sehen außer ihr. Sie fühlte sich in meinen Armen so richtig an. Bizarrerweise fand ich heraus, dass ich sehr wohl tanzen konnte – ich weiß nicht, ob es an ihrem Abendkleid oder dem Kerzenlicht lag, aber ich wurde ein wenig zu einem Fred Astaire. Oder vielleicht fühlte es sich auch nur so an, und hätte jemand ein Video davon gemacht, würde ich womöglich wie Frankensteins Monster aussehen. Das Lied erreichte sein langsames, plinkerndes Crescendo …

Martha, Martha, I love you, can't you see?

Ich ertrug es nicht länger. Ich ließ sie los und trat einen Schritt zurück.

„Sorry, ich muss los."

Ich versuchte, mit so viel Würde wie nur irgend möglich zu gehen, was, um ehrlich zu sein, sehr wenig war. Ich drückte die Türklinke hinunter, doch die Tür bewegte sich nicht.

„Um Himmels willen …", murmelte ich und zog mit aller Macht.

„Henry!"

Ich drehte mich um und sah Martha im Flur stehen, Mitleid in ihrer Miene. Das war das Letzte, was ich brauchte. Ich fühlte mich komplett entblößt. Der einzige Ausweg war, es zu überspielen.

„Du hattest recht. Was uns angeht, meine ich. Es hätte niemals funktioniert."

„Oh."

Ihre Miene war unlesbar. Ich musste hier weg. Wieder versuchte ich, die Tür zu öffnen, doch sie rührte sich nicht.

„Sie wollen schon so früh gehen?", fragte Madame Bowden.

Mein Gott, diese Frau war allgegenwärtig.

„Ist schon gut", sagte Martha zu ihr, bevor sie wieder mich anschaute. „Danke, dass du gekommen bist. Das meine ich ernst."

Ich nickte und steckte die Hände in die Hosentaschen. Da fühlte ich das Kästchen.

„Ich habe ganz vergessen, dir das hier zu geben."

Sie wickelte das Geschenk vorsichtig aus und öffnete es. Ihre Augen weiteten sich, und sie presste sich eine Hand aufs Herz. „Das glaube ich nicht."

„Was ist es?", fragte die alte Lady und kämpfte damit, sich die Brille aufzusetzen.

„Es ist ein Montblanc-Füller."

„O ne voit bien qu'avec le cœur."

„Henry, das kann ich nicht annehmen. Es ist zu viel."

Ich lächelte nur und hoffte, sie wusste, dass sie so viel mehr wert war, als sie ahnte.

„Ich dachte, du bräuchtest für die Uni einen guten Stift."

Sie nahm ihn heraus und presste ihn an ihre Brust. „Ich liebe ihn. Danke."

„Und nun muss ich wirklich los", sagte ich, wobei meine Stimme leicht brach. „Aber die Tür scheint zu klemmen."

Madame Bowden streckte die Hand aus, und die Tür glitt problemlos auf.

„Gute Nacht, Henry", sagte sie und zwinkerte mir zu.

43. Kapitel

OPALINE

Connacht District Irrenanstalt, 1923

Ich wusste nicht, wie lange ich auf dem Bett lag, ob es kalt oder warm war, ob ich allein war oder Gesellschaft hatte. Alle meine Sinne wurden von einem überwältigenden Drang betäubt: mein Baby zu halten.

„Sicher, warum wolltest du nicht ein totes Baby halten wollen?", sagte die Schwester scharf und vermutlich nicht zum ersten Mal.

Ich hatte keine Energie, um zu antworten oder zu weinen. Meine einzige Hoffnung war, dass ich auch sterben würde. Mary versuchte, mir etwas zu Essen zu bringen, aber ich rührte es nicht an. Sie kamen und zogen das Bett ab, öffneten das Fenster, um die kalte Januarluft hereinzulassen, aber ich rührte mich nicht. Sie hoben mich hoch und brachten mich ins Badezimmer, wuschen mir das getrocknete Blut zwischen den Beinen ab. Es war mir egal, wer mich sah oder berührte. Ich wollte sterben und bei meinem Baby sein.

Dann war es Nacht und ich erwachte schreiend aus einem Albtraum – Lyndon legte einen Galgenstrick um den Hals meines Babys.

„Was ist?" Mary war sofort an meiner Seite und strich mir über die Stirn.

Ich packte ihre Hand. „Ich kann das nicht. Ich kann nicht leben."

„Du musst."

„Du verstehst das nicht", sagte ich und drehte mich von ihr weg.

„O doch, das tue ich. Er hat mein Baby aus mir herausgeprügelt, und die Schuldgefühle …" Sie hielt inne. „Deshalb haben sie mich hierhergebracht. Er konnte mit dem, was er getan hatte, auch nicht leben, also war es leichter, mir die Schuld zu geben. Mich wegzusperren."

Ich drehte mich um und sah sie wieder an. Es war dunkel, aber in ihrer Miene lag eine Anmut, die ich mir unter solch furchtbaren Umständen niemals hätte vorstellen können.

„Mary, das tut mir so leid."

„Ich brauche dein Mitleid nicht, Opaline. Ich brauche es, dass du überlebst. Wir brauchen einander, wenn wir je hier herauskommen wollen."

Sie wirkte so stark und unabhängig, dass ich nie gedacht hätte, dass sie mich brauchen könnte.

„Lass mich dir jetzt helfen, damit du wieder zu Kräften kommst. Du wirst das hier überleben."

„Aber zu welchem Zweck?", fragte ich und stützte mich auf die Ellbogen. „Auf was für eine Zukunft können wir hoffen?"

„Ich weiß es nicht, aber die Hoffnung ist alles, was wir haben. An dem Tag, an dem du hier ankamst, hatte ich das Gefühl, dass meine Gebete erhört worden waren."

Ich lachte verbittert auf. „Ich würde dir raten, deine Hoffnungen an jemand anderen in dieser Anstalt zu heften; in denen wirst du mehr Inspiration finden als jemals in mir."

„So empfindest du jetzt, aber …"

Ich setzte mich auf und unsere Nasen berührten einander beinahe. „Ich werde mich *immer* so fühlen."

Sie kehrte in ihr eigenes Bett zurück.

Am nächsten Morgen brachte sie mir jedoch eine Schüssel Haferbrei. Ich wusste, welches Risiko sie damit einging; es war ausdrücklich verboten, Essen aus dem Saal mitzunehmen, und ein Verstoß wurde mit Isolationshaft bestraft. Ich sagte nichts, setzte mich aber im Bett auf und fing an zu essen. Später am Nachmittag kam sie mit einem Stück trockenem Brot und einem Emaillebecher mit Tee. Am folgenden Morgen ging ich, auf sie gestützt, zum Frühstück in den Saal.

„Kannst du nähen?“, fragte Mary.

Ich hatte zugesehen, wie sie die fadenscheinigen Kleider der anderen Frauen geflickt hatte. Sie war hier die Einzige, der man eine Nadel anvertraute.

„Bevor ich herkam, war ich Schneiderin. Meine Mutter hat es mir beigebracht. Du musst dich beschäftigt halten, Opaline.“

„Ich könnte es versuchen“, stimmte ich zu, obwohl ich noch nie in meinem Leben auch nur einen Knopf angenäht hatte.

~

Liebste Jane,
ich finde mich in Umständen wieder, die ich selbst kaum glauben kann, und deshalb bin ich ein wenig um Worte verlegen, wie ich es dir beschreiben soll, meiner engsten Freundin auf dieser Welt. Um ehrlich zu sein, mir unsere gemeinsame Kindheit vorzustellen, lässt das hier wie einen noch schlimmeren Albtraum wirken. Doch egal, meine Zeit ist knapp, deshalb muss ich diese wenigen Worte eilig schreiben – ich bin Insassin in einer Anstalt. Ich kann dir versichern, dass ich gesund und im Besitz meiner geistigen Kräfte bin. Lyndon steckt hinter allem. Mehr muss ich nicht sagen. Ich bin mir sicher, dass du es verstehst. Außerdem habe ich ein Baby bekommen. Sie hat nicht überlebt. Bitte hilf mir, wenn du kannst.

Deine Freundin
Opaline

~

Ein Jahr war vergangen, und jede Hoffnung auf eine Flucht erschien mir nun wie ein entfernter Traum, an den ich mich kaum noch erinnerte.

Mary sprach immer weniger. Sie hatte einen besorgniserregenden Husten entwickelt und konnte nachts nicht schlafen, sodass ich mit ihr wach blieb und sie in meine Decke wickelte.

„Erzähl mir von deinem Leben", bat sie eines Nachts, als wir in der Dunkelheit lagen. „Bevor du hergekommen bist."

Mein Leben davor. Wie könnte ich nur anfangen, ein Leben zu beschreiben, das sich nicht länger wie mein eigenes anfühlte? Ich sorgte mich, dass darüber zu sprechen es noch weiter von mir entfernen würde.

„Ich habe Bücher verkauft."

Es herrschte Stille, während wir beide uns an die Realität dieser Worte gewöhnten.

„Ich habe noch nie ein Buch gelesen", sagte sie.

Ich war froh, dass die Dunkelheit der Nacht meine Züge verbarg, die eine Mischung aus Schock und Mitleid zeigten. Mary würde beides nicht wollen. Dann wurde sie von einem Hustenanfall geschüttelt, der mehr als fünf Minuten anhielt. Das Pfeifen ihrer Lungen bestätigte mir, dass sie unter einer Grippe litt. Ohne Wärme, mit fadenscheinigen Lumpen als Kleidung und einer Ernährung, die aus Haferbrei und wässriger Suppe bestand, fürchtete ich um ihre Gesundheit.

„Kannst du mir eine Geschichte erzählen? Aus einem deiner Bücher?"

In dem Moment hätte ich alles getan, um ihr Trost zu spenden, und so begann ich, Emily Brontës Manuskript zu rezitieren, wobei ich vor meinem inneren Auge ihre winzige Handschrift sah. Die Worte kamen so leicht, weil ich sie auf eine Weise gelesen hatte, die anders war als bei allen anderen Büchern. Ich war die Einzige, die sie gesehen hatte, seitdem sie in Charlottes Nähkästchen versteckt worden waren, und deshalb hatten sie sich auf eine Weise in meine Seele gebrannt wie keine andere Schrift zuvor.

Mary ließ sich von ihnen beruhigen und fragte, wie ein Kind, jeden Abend nach derselben Geschichte, während ihr Zustand sich immer weiter verschlechterte.

44. Kapitel

MARTHA

Ich klappte das Buch zu und spürte, wie der Raum um mich herum zur Ruhe kam. Ich drehte das Buch um und betrachtete erneut das Titelbild mit der Zeichnung von Mr. Fitzpatricks Laden. Langsam ließ ich meine Fingerspitzen über den goldgeprägten Titel gleiten.

„*Ein Ort namens Verloren*“, flüsterte ich. Ich hatte keinen Zweifel daran, dass Opaline Carlisle es geschrieben hatte. Ich war beinahe am Ende und versuchte, es mir einzuteilen, so wie ich es als Kind mit einer Tafel Schokolade getan hatte, damit sie länger hielt. Das Gefühl war bittersüß, denn der einzige Mensch, dem ich hiervon erzählen wollte, hasste mich vermutlich. Henry.

Ich war in der Bücherei an der Trinity, wo ich eigentlich mit Logan zusammen einen Aufsatz über *Überredungen* schreiben sollte. Er schaute sich heimlich neue Rezepte auf Instagram an, sodass wir wenigstens beide die Arbeit vor uns herschoben.

„Was ist los? Seit deinem Geburtstag scheinst du Trübsal zu blasen“, merkte Logan an. Er war ein sehr lauter Flüsterer, und ich sah, dass die Leute um uns herum seine Energie nicht zu schätzen wussten.

„Nichts“, sagte ich, achtlos meine eigenen Gefühle minimierend. „Es ist nur … Ich brauche Hilfe bei etwas, und der Einzige, den ich darum bitten kann, ist …“

„Pssst!“

Ich rückte mit meinem Stuhl ein wenig näher an Logan heran. „Also, es gibt da diesen Mann …“

„Gibt es den nicht immer?“, fragte er lächelnd.

„Nein, so ist das nicht. Ich … ich kann mich im Moment auf

nichts Ernstes einlassen, also haben wir aufgehört, bevor wir überhaupt etwas angefangen haben, und jetzt …“

Nun rückte er ein wenig näher. „Was du da beschreibst, Martha, ist die klassische ‚Situationship‘. Vertrau mir, die willst du vermeiden wie die Pest. Man weiß bei ihnen nie, wo man steht.“

Damit hatte er nicht unrecht. Mit Henry auf meiner Geburtstagsfeier zu tanzen war überwältigend gewesen. Ich hatte mich wie eine Prinzessin gefühlt; zum ersten Mal in meinem Leben war ich in einem schönen Haus, trug ein magisches Kleid und schwebte in den Armen eines Prinzen. Er war charmant, lustig und attraktiv, dazu diese leicht brütende, akademische Ausstrahlung. Trotz all der Prellungen und gebrochenen Knochen, die ich im Laufe der Jahre erlitten hatte, der betäubenden Enttäuschungen und emotionalen Wunden, hatte ich doch nie mein Herz so brechen gespürt wie in dem Moment, als er mir den Kleiner-Prinz-Füller gegeben hatte.

„Es ist nur so, wir waren beide mit einer … Recherche befasst, und ich brauche seine Expertise.“

„Willst du meinen Rat hören? Zieh deine Grenzen, mach von Anfang an klar, dass ihr nur Freunde seid, und …“

„PSSSST!“

Nur Freunde. Genau. Das bekäme ich hin. Ich meine, er musste ja nicht wissen, dass ich regelmäßig seine sozialen Medien checkte, was komplett nutzlos war, da er nur selten etwas postete. Das letzte Foto war von seiner neugeborenen Nichte. Es hatte mir ein Lächeln ins Gesicht gezaubert, als ich es sah, aber es hatte mich auch traurig gemacht, weil ich wusste, dass ich niemals ein Teil seines Lebens sein würde.

Logan hatte recht. Immerhin wäre Henry nicht zu meiner Party gekommen, wenn er nicht ein Freund bleiben wollte. Es hatte sich nichts geändert; er würde immer noch heimkehren, sobald er sein Manuskript gefunden hätte, und bis dahin wurden wir beide, aus welchen Gründen auch immer, von dem Buchladen und Opaline in dieselbe Richtung gezogen. Irgendeine äußere Macht hatte beschlossen, dass unsere Schicksale miteinander verbunden waren, doch wir mussten nicht unbedingt ein Paar sein, um sie zu erfüllen.

„Du hast recht." Ich klappte meinen Laptop zu und steckte ihn in meine Tasche. „Es ist immerhin das einundzwanzigste Jahrhundert", sage ich laut, als würde das alles klar machen.

„Warte mal", sagte er und streckte die Hand zu meinem Kopf aus, um mir ein hellgrünes Blatt aus den Haaren zu ziehen.

„Oh, danke", sagte ich und wuschelte mit den Fingern durch meine Haare, für den Fall, dass da noch mehr waren.

„Der Frühling liegt in der Luft", sagte er.

Und dann war da noch meine Wohnung. Der Baumstamm hatte angefangen, sich oben von der Wand zu lösen, und die Äste bildeten nun eine Art Baldachin über meinem Bett. Die ersten Knospen begannen, sich zu entfalten. Ich überlegte nicht länger, Madame Bowden davon zu erzählen. Mir gefiel es, und ich wollte nicht, dass jemand vorschlug, den Baum zu fällen. Auf einem kleinen Tischchen vor einem Antiquariat hatte ich ein Buch über das geheime Leben der Bäume gefunden, was interessant war, weil es sich anfühlte, als würde dieser Baum sich in meinem Souterrain verstecken. Und weil ich nun so eine Person war – eine Person, die einfach spontan ein Buch kaufte.

~

Logans Worte hatten mir Auftrieb gegeben, und zwar genau bis zur Haustür von Henrys Bed and Breakfast, aber dort begann ich, zu zweifeln. Wem wollte ich hier etwas vormachen? Natürlich mochte ich ihn noch, und das würde er sofort wissen. Es war eine dumme Idee. Vielleicht könnte ich selbst mehr über Opaline herausfinden – wer brauchte schon jemanden mit einem großen Erfahrungsschatz auf diesem Gebiet?

Während ich über all das nachdachte und mir ausredete, auf die Klingel zu drücken, sah ich zwei kleine Hunde hinter den Netzvorhängen am Fenster auf und ab hüpfen, bevor sie anfingen, wütend zu bellen.

„Psst!", machte ich und hob aus irgendeinem Grund meine Hände, als wären sie bewaffnet. Es funktionierte nicht. Als Nächstes ging die Tür auf.

„Hallo, Liebes. Ich habe heute leider kein freies Zimmer mehr", sagte die leicht gehetzt wirkende Frau. Sie zog einmal lang an ihrer Zigarette und befahl den Hunden scharf, mit dem Bellen aufzuhören, sonst würden sie kein Leckerchen bekommen, was seltsamerweise funktionierte.

„Nein, ich suche nicht nach einem Zimmer. Ich wollte nur sehen, ob Henry da ist, aber vermutlich ist er ausgegangen, also …" Ich war auf den Bürgersteig zurückgetreten und plante bereits meinen Rückzug.

„HENRY! BESUCH!" Ihre Stimme hallte durch die Luft wie ein Nebelhorn, dann lud sie mich ein, hereinzukommen.

Was blieb mir anderes übrig?

~

Ich saß im Flur auf einem kleinen, samtbezogenen Stuhl, der mit einem schmalen Tischchen verbunden war, auf dem ein Festnetztelefon stand, als ich seine braunen Stiefel die Treppe hinunterkommen sah. Er wirkte verwirrt, mich zu sehen, was ich ihm nicht verdenken konnte.

„Hi", sagte ich und winkte, obwohl er direkt vor mir stand.

Er sagte nichts, was seltsam war, und ich hatte das Gefühl, es wäre besser gewesen, nicht zu kommen.

„Ich muss nicht raten, warum du so schnell aus London zurückgekommen bist", sagte die Vermieterin, die nun besserer Laune zu sein schien und mir zuzwinkerte.

Henry beugte den Kopf und rieb mit der Handfläche über seinen Nacken. „Willst du mit auf mein Zimmer kommen?", fragte er.

„Nun, nun, Henry. Du kennst die Regeln", kicherte sie und lachte auf unsere Kosten.

Ich wollte, dass die Erde mich verschlang. Ich stand auf und überlegte eine Ausrede, um wieder zu gehen. „Weißt du, das hier hätte vermutlich besser eine E-Mail sein sollen, also schicke ich dir eine. Später. Tut mir leid, dass ich dich gestört habe", sagte ich und machte mich auf zur Haustür.

„Ehrlich gesagt war ich gerade auf dem Weg nach draußen, also …"

Wir gingen auf die Straße hinaus und tauschten dabei Höflichkeiten über das Wetter aus, wobei wir uns beide einig waren, dass die Klimaerwärmung eine furchtbare Sache war. Seltsam, wie schnell man von dem Gefühl, jemandem alles erzählen zu können, zu dem Gefühl wechseln konnte, zwei Fremde zu sein, die sich an einer Bushaltestelle trafen.

„Ich wollte dich nicht noch mal stören, weißt du, ich meine, so, wie die Dinge liegen, aber ich habe mit meinem Freund Logan gesprochen und er meinte, dass, also, dass wir im einundzwanzigsten Jahrhundert leben und Menschen einfach nur befreundet sein können …" Meine Güte, das war ja gar nicht ungelenk. Ich klang wie eine Fünfjährige.

„Logan? War das der Typ auf deiner Party?"

„Ja. Er ist inzwischen ein guter Freund. Wir besuchen dieselbe Vorlesung." Es fühlte sich immer noch so cool an, das zu sagen.

„Ich freue mich aufrichtig für dich. Es ist schön, zu sehen, dass es dir so gut geht." Er blieb stehen und kickte mit den Stiefeln gegen unsichtbaren Staub auf dem Boden. „Die Sache ist die, dass ich mich jetzt auf meine Arbeit konzentrieren muss."

„Deshalb bin ich hier. Um mit dir über Opaline zu reden."

„Ach ja?"

„Der Brief an Sylvia, den du mir gezeigt hast. Darin wird ein

Buch erwähnt. Ich glaube, es kann sein, dass ich das habe."

„Wie bitte?"

„Und ich bin mir ziemlich sicher, dass Opaline es geschrieben hat."

„Warte mal. Wie?"

„Ich weiß es nicht. Ich kann das alles nicht erklären. Mir ist bewusst, dass es nicht das Manuskript ist, nach dem du suchst, also war ich mir nicht sicher, ob ich es dir überhaupt erzählen soll …"

„Nein, das solltest du auf jeden Fall. Ich bin froh, dass du es getan hast. Es tut mir leid, wenn ich …" Seine Stimme verebbte.

„Ist schon gut. Für mich ist es auch komisch. Aber vielleicht wäre es möglich, dass wir beide … Freunde sind?"

Ich stand da und fühlte mich ein wenig verletzlich, und er nahm sich verdammt lange Zeit mit seiner Antwort, die nicht das war, was ich erwartet hatte.

„Mist, ich werde meinen Bus verpassen."

45. Kapitel

HENRY

Es war eine schreckliche Idee. Ich hatte keine Ahnung, was ich tun sollte, wenn ich in St. Agnes ankam, und jetzt würde ich Zuschauer haben. Meine Begleitung, die fröhlich den Inhalt der am übelsten riechenden Chips-Packung verschlang und drohte, damit den gesamten Bus zu verseuchen, gab kein Wort von sich.

Ich schaute aus dem Fenster auf die rollenden Hügel. Es war ein blendend heller Tag und jede Farbe schien förmlich hervorzuspringen. Ich hatte mal jemanden sagen hören, dass Irland ein schönes Land wäre, wenn sie nur ein Dach darüber bauen würden. Dem musste ich zustimmen. Wir fuhren Richtung Westen, nachdem der Bus gerade für eine Toilettenpause – und damit Martha ihre stinkenden Chips kaufen konnte – in einem winzigen Dorf angehalten hatte. Ich hatte mich für eine Dose Orangenlimonade entschieden, was ich bereits bereute, weil ich nun auf Toilette musste.

„Es kann gut sein, dass wir nichts finden. Du musst deine Erwartungen ein wenig anpassen. Normalerweise fallen einem die Informationen in diesen Situationen nicht einfach so in die Hände." Ich war gereizt und nicht gut darin, es zu verbergen.

Ich war einzig darauf konzentriert, das Manuskript zu finden. Ich sagte mir, wenn ich es nicht fände, wäre alles umsonst gewesen. Meine Karriere läge in Scherben, aber wichtiger noch, ebenso mein Ruf. Ich hatte mein berufliches Standing auf diesem einen Brief von Abe Rosenbach aufgebaut, der immer noch nicht vernünftig verifiziert war. Andererseits … wiesen nicht alle Bücher, die ich über die erfolgreichsten Sammler rarer Bücher wie Rostenberg und Stern in den USA oder die Sinai-Schwestern aus Schottland gelesen hatte, auf die Macht von Instinkt und Bauchgefühl hin?

„Keine Sorge, Henry. Wenn man mir eines nicht vorwerfen kann, dann ist es, große Erwartungen zu haben."

Ich lächelte. „Ah, ich verstehe."

„Das ist mein Fluch."

Sie errötete leicht, und ich musste mich zusammenreißen, um ihr nicht den Pony aus den Augen zu streichen. Ich musste mich ablenken.

„Weißt du irgendetwas über den Ort, an den wir jetzt fahren?", fragte ich.

„Das Irrenhaus? Nicht wirklich. Aber darum geht es doch, oder? Diese Orte in den Schatten verborgen zu halten."

„Und die Frauen. Wie praktisch, nicht wahr?"

Sie drehte sich zu mir, als wollte sie, dass ich fortfuhr, und ich entschied, dass dieser Ausflug wesentlich weniger kompliziert würde, wenn wir uns auf die vorliegenden Themen konzentrierten.

„Ich habe andere Frauen recherchiert, die um diese Zeit herum eingewiesen wurden. Wusstest du, dass Lucia, die Tochter von James Joyce, 1932 zwangseingewiesen wurde?"

Sie schüttelte den Kopf.

„Frauen wurden aus allen möglichen Gründen von den Männern in ihrer Familie eingewiesen, aber über Lucia wird gesagt, dass bei ihr Schizophrenie diagnostiziert wurde. Offenbar ist sie sogar von Carl Jung behandelt worden."

„Wie lange haben sie sie dortbehalten?"

„Ihr gesamtes Leben lang. Beinahe fünfzig Jahre."

„Mein Gott!"

Wir saßen eine Weile schweigend nebeneinander, während die Schwere des Themas, das wir untersuchen wollten, realer wurde.

„Sie war Tänzerin. Also davor. In Paris. Es gibt einige Bücher, die behaupten, dass sie nach der Trennung von Beckett mental instabil wurde, aber ich schätze, das werden wir nie wirklich wissen. Ihr Neffe hat alle ihre Briefe verbrannt."

Hatte Opaline dasselbe Schicksal ereilt? Vielleicht würden wir die Wahrheit nie herausfinden.

„Es gibt einige Gelehrte, die sagen, sie könnte einen Roman geschrieben haben, doch er ist nie gefunden worden."

„Was ist, wenn er nicht gefunden werden will?"

„Natürlich will er gefunden werden. Was für eine Frage ist das? Ich meine, wenn wir davon ausgehen, dass unbelebte Objekte einen Willen haben, ist das eine ziemlich verrückte Annahme."

Sie runzelte die Stirn und schaute aus dem Fenster. Als sie sich wieder umdrehte, wirkte sie endlos genervt.

„Es geht dir also einzig darum? Den Ruhm einzuheimsen …"

„Nein, da ist mehr. Es geht darum, etwas zum Wissen über unsere Geschichte beizutragen, verlorene Schätze zu heben, damit wir sie studieren können, und … Nun ja, es ist unser kulturelles Erbe. Es gehört uns."

„Aber warum solltest du entscheiden, was gefunden wird und was verloren bleibt?"

„Wie bitte?"

Ich verstand nicht, woher diese Fragen kamen oder warum ich das Gefühl hatte, dass wir uns deswegen stritten. Sie wusste, was mein Beruf beinhaltete. Und sie war diejenige, die vorgeschlagen hatte, mitzukommen.

„Es ist nicht wichtig", sagte sie schließlich.

„Äh, das ist es eindeutig doch. Du hast das Buch ‚gefunden', von dem du glaubst, dass Opaline es geschrieben hat."

„Ich habe es nicht gefunden. Es wurde mir … gegeben."

Ich sah sie schief an.

„Ich will nicht darüber reden."

Das wollte ich auch nicht. Das war der Hauptgrund, warum ich sie hatte mitkommen lassen – die Verlockung, am Ende dieses Buch zu sehen. Wobei es mir ein Rätsel war, warum sie überhaupt hatte mitkommen wollen. Die Unterhaltung hatte offensichtlich ein Ende gefunden, also tat ich, was alle praktischen Menschen taten, wenn sie sich auf eine lange Busreise begaben: Ich tat, als würde ich schlafen, damit ich sie nicht ansehen musste.

„Henry."

Es hätte immens geholfen, wenn sie meinen Namen nicht mit ihrem irischen Akzent gesagt hätte.

„Ja?"

„Wir sind da."

Der Bus kam stotternd an etwas zum Stehen, das hier als Bushaltestelle durchging – ein Straßenrand, über den unerklärlicherweise die Jungfrau Maria wachte. Der Motor gab ein fiependes Geräusch von sich, als der Bus wieder losfuhr und uns in einer Staubwolke zurückließ.

„Ist es das?", fragte ich, während ich den Hals reckte, um die Zufahrt hinter dem schmiedeeisernen Tor hinaufzuschauen.

„Sieht so aus", antwortete Martha und zeigte auf das kleine Schild, auf dem *St. Agnes* stand.

„Du bist ein Naturtalent."

Sie bedachte mich mit einem tödlichen Blick. Ich musste aufhören, so ein Armleuchter zu sein. War es möglich, dass ich einfach nur eifersüchtig war? Wer war dieser Logan überhaupt? Ich holte meine Gedanken in die Gegenwart zurück. Die Zufahrt wurde von Kiefern gesäumt, die gewuchert waren und eine dichte, dunkle Mauer bildeten. Als wir den gewundenen Weg hinaufgingen, kam hinter einer Kurve das Gebäude der Anstalt in Sicht. Es war ein dunkelgrauer Klotz, der auf dem Land hockte. Es hätte als sehr asketisches Kloster durchgehen können, wenn da nicht die Gitterstäbe vor den Fenstern gewesen wären.

Ich blieb stehen.

„Was ist los?", fragte sie.

„Es ist so … real."

Noch nie hatte ich so ein Gefühl gehabt. Als würde etwas

Schweres auf meine Brust drücken. Es war eine Sache, über diese Dinge zu lesen, aber hier zu sein war etwas ganz anderes. Ich hoffte, dass ich mit meiner Ahnung falsch lag und Opaline nicht hier eingesperrt gewesen war. Martha legte eine Hand auf meinen Arm, wie um mich zu stützen, und ich kam wieder zu Sinnen. Draußen gab es drei alte Klingeln und es sah nicht so aus, als würde eine von ihnen funktionieren. Ich drückte alle Knöpfe und wartete.

„Hast du dir überlegt, was du sagen willst?"

„Ich werde fragen, ob Opaline Carlisle eine, äh, Insassin war."

Martha schüttelte den Kopf, um mir zu vermitteln, dass sie diesen Ansatz für vollkommen nutzlos hielt.

„Du weißt nicht viel über das katholische Irland, oder?"

„In welchem Sinne?"

„Diese Orte sind nicht gerade dafür bekannt, Informationen preiszugeben."

Ich beschloss, fest an die Tür zu klopfen. Nach mehreren Minuten gab es immer noch keine Reaktion.

„Okay." Ich klatschte in die Hände – das universelle Zeichen zum Aufbruch. „Lass uns nach Hause fahren."

„Aber wir sind den ganzen weiten Weg hergekommen."

„Ja, und jetzt gehen wir wieder", sagte ich. „Wann kommt der nächste Bus nach Dublin?"

„Du kannst jetzt nicht gehen. Was ist nur mit dir los?"

„Das hier ist nur eine weitere fruchtlose Suche. Sie wird mich dem Manuskript nicht näherbringen, oder? Menschen können ihr ganzes Leben damit zubringen, Schatten hinterherzujagen, und ich kann es mir nicht leisten, einer von ihnen zu werden."

Ich weigerte mich, dort zu stehen und darüber zu diskutieren. Ich hatte meine Entscheidung getroffen. Ich schuldete Martha keine Erklärung. Entschlossenen Schrittes marschierte ich los und nahm an, sie würde mir folgen.

„Kann ich Ihnen helfen?" Eine Frau mittleren Alters hielt die schwere Holztür auf und sprach uns in einem Ton an, der keinen Zweifel ließ: Das Letzte, was sie wollte, war, uns zu helfen. Sie hatte kurze, feste Locken und trug eine weiße Schwesterntracht. Ich konnte ihr nicht vorwerfen, übellaunig zu sein. Das wäre ich an einem Ort wie diesem auch.

„Ja, ich würde gerne wissen, ob eine Frau namens Opaline Carlisle zu irgendeinem Zeitpunkt hier Insassin war", sagte ich und eilte zurück.

„Haben Sie einen Termin?"

Keine Begrüßung, sondern direkt Feindseligkeit.

„Nein, aber ich …"

„Sie müssen einen Termin machen."

Sie wollte die Tür schließen, doch ich schob meinen Fuß dazwischen.

„Entschuldigen Sie, was tun Sie da?"

Ich wusste es nicht. Ich hatte das so oft im Fernsehen gesehen, dass ich es einfach ohne nachzudenken oder Folgeplan getan hatte. Ich stammelte etwas Unverständliches. Ich wollte einfach nur meinen Fuß zurückziehen, schien ihn jedoch nicht bewegen zu können.

„Wir sind vom Gesundheitsamt und führen eine unangekündigte Kontrolle durch", sagte Martha.

Ich konnte sie nicht mal ansehen. Ich wusste, wenn ich es täte, würde ich uns verraten. Was zum Teufel machte sie da?

„Darüber wurde ich nicht informiert", erwiderte die Frau und verengte misstrauisch die Augen.

„Das ist der Sinn einer solchen Kontrolle."

Ich wusste nicht, wer diese Person neben mir war. So überzeugend, wie sie auftrat, war sie vielleicht wirklich eine Beamtin des Gesundheitsamtes.

Die Schwester verlagerte ihr Gewicht von einem Fuß auf den anderen und sah noch missmutiger aus als zu Anfang.

„Ich muss einen Ausweis sehen."

„Mr. Field, zeigen Sie ihr Ihren Ausweis“, sagte Martha.

Sprach sie mit mir? Wo zum Teufel sollte ich einen Ausweis herzaubern? Endlich sah ich sie an und versuchte, ihr mit den Augen ein „Was zum Teufel?“ zu übermitteln. Sie weitete die Augen, wie um zu sagen: „Tu endlich was.“ Also holte ich meinen Ausweis von der Universität heraus. Auf dem stand, dass ich Spezialist für seltene Manuskripte war.

„Nun gut, Dr. Field“, sagte sie und ließ uns beide eintreten. „Ich hoffe, das hier wird nicht lange dauern. Wir schließen um vier.“

Dr. Field? Das hatte sie von meinem Ausweis mitbekommen? Nicht, dass ich nur ein Doktorand war?

Im Gebäude war es gruselig still. Es sah aus, als würde es sich langsam von innen heraus auflösen, und niemand schien sich die Mühe zu machen, es instandzuhalten. Die kränklich-grüne Farbe der Wände blätterte ab, und überall gab es feuchte Flecken. Schwarzer Schimmel breitete sich um die Fenster herum aus, und das Linoleum auf dem Boden wellte sich an den Rändern. Der Geruch war giftig. Eine Mischung aus Bleiche und gekochtem Kohl. Alles war alt und vernachlässigt – genauso wie die Insassen, wie ich mir vorstellte.

„Wir müssen nur ein paar Akten checken, richtig, Dr. Field?“

„Äh, ja.“ Ich räusperte mich. „Bezüglich des Informationsfreiheitgesetzes würden wir uns gerne ansehen, wie die Akten der ehemaligen Bewohner archiviert werden.“

Die Frau funkelte mich an. „Oh. Sie wollten sich nicht die Station ansehen?“

„Die Station? Sie haben immer noch …“ Ich unterbrach mich, bevor ich das Wort „Insassen“ sagen konnte.

„Ein andermal“, sagte Martha. „Wir wollen Sie nicht aufhalten, und das hier ist etwas, das der Minister erledigt haben will, bevor die neue Gesetzgebung in Kraft tritt.“

„Die neue Gesetzgebung?“, fragte die Frau, die eindeutig auf Marthas Geschichte hereinfiel.

„Sie wird nächstes Jahr vor der Dáil präsentiert."

Ich schaute Martha fasziniert an. Es war eine Offenbarung, sie so selbstbewusst und gefasst zu sehen, während sie log, dass sich die Balken bogen. Ich war so beeindruckt, dass ich beinahe vergaß, warum wir hier waren.

Wir wurden in ein schmales Büro im Erdgeschoss geführt, das mit einem dünnen braunen Teppich ausgelegt war. Über uns flackerte ein Oberlicht. An den Wänden standen unzählige stählerne graue Aktenschränke.

„Normalerweise kümmert Sharon sich um die administrativen Aufgaben", erklärte die Frau und wies damit jegliche Verantwortung von sich. Dann schaute sie auf die Uhr.

„Keine Sorge, Ms. …"

„Mrs. Hughes."

„Mrs. Hughes", sagte ich. „Das hier wird nicht lange dauern. Gibt es in der Zwischenzeit vielleicht die Hoffnung auf eine Tasse Tee?"

„Nein."

Damit verließ sie den Raum, und wir warteten, bis ihre Schritte weit genug den Flur hinunter waren.

„Was zum Teufel war das, Angela Lansbury?", flüsterte ich laut.

„Ich weiß es nicht! Es ist einfach … passiert."

„Ich kann nicht glauben, dass es funktioniert hat."

„Ich auch nicht."

Sie war vor Aufregung ganz zappelig. Wir wussten nicht, wie wir das feiern sollten, also klatschten wir am Ende nur miteinander ab.

„Okay, wir fangen besser an zu suchen."

Wir hatten nicht viel Zeit und unsere Aufgabe war entmutigend. Die Einweisungen waren nach Datum sortiert, aber einige Akten waren unter dem Namen des behandelnden Arztes eingeordnet und andere unter dem Namen der Patientin. Um es kurz zu sagen, es war das reinste Chaos. Wir kamen überein, an entgegengesetzten Enden des Raumes anzufangen. Ich suchte nach Daten – Mitte der 1920er-Jahre aufsteigend – und Martha suchte nach dem Namen Carlisle. Abgesehen von einem gelegentlichen: „Ich kann immer noch nicht glauben, dass du das gemacht hast", von mir sprachen wir kaum. Ich war angenehm überrascht, wie sehr Martha mir hatte helfen wollen. Oder vielleicht war das auch arrogant von mir. Wenn das, was sie gesagt hatte, wahr war und sie sich im Besitz von Opalines Buch befand, ergab es nur Sinn, dass sie ihre eigene Verbindung mit dieser faszinierenden Frau hatte. Wie ich ihr im Bus gesagt hatte, brauchte man keine offizielle Qualifikation, um eine große Entdeckung zu machen. Bei meinem Glück würde sie das Manuskript vermutlich vor mir finden. Der Gedanke traf mich wie ein Schlag in den Magen. Ich schaute zu ihr und beobachtete, wie ihre Fingerspitzen über die Hängeakten tanzten. Hatte sie die ganze Zeit mit mir gespielt? Benutzte sie mich nur?

„Henry, was machst du da?"

„Was?"

„Wir haben nicht viel Zeit", sagte sie.

„Stimmt. Du hast recht. Sorry."

Ich zog eine weitere Schublade auf und blätterte durch die Akten. Sie waren alle zu neu. Wir standen kurz davor, uns in der Mitte zu treffen, als ich schnelle Schritte den Gang hinunterkommen hörte.

„Mist!"

„Halte sie hin", sagte Martha.

Ich dachte nicht nach, sondern tat einfach, was sie sagte, und fing die Frau direkt vor der Tür ab.

„Ich habe das Gesundheitsamt kontaktiert, und dort hat man noch nie etwas von einem Dr. Field gehört. Sie meinten, es wären keine Kontrollen geplant. Würden Sie mir also jetzt sagen, wer Sie sind und was Sie hier tun?"

„Das würde ich sehr gern, Mrs. Hughes, aber wenn ich es täte, würde ich Sie töten müssen."

„Wie bitte?“

Mein Gott, was sagte ich da?

„Versteckte Kamera“, sagte Martha, die lächelnd aus dem Raum kam. „Sehen Sie, ich habe eine Kamera in meiner Tasche“, erklärte sie und zeigte auf etwas an ihrem Rucksack, das wie ein Anstecker aussah.

„Ich verstehe …“

„Oh, Sie war so gut, oder nicht, Henry?“

„Ja, absolut“, bestätigte ich. „Danke, dass Sie mitgemacht haben.“

„Oh, ich …“

„Jemand wird sich in Kürze bei Ihnen melden. Natürlich brauchen wir Ihre Einwilligung, bevor wir das Material in unserer Sendung benutzen können, aber es gibt eine Entschädigung von zweihundert Euro, also denken Sie darüber nach, okay?“

Martha nahm meinen Arm und wir rannten beinahe die Treppe hinunter. Wir liefen weiter, bis wir die Bushaltestelle erreichten, und ich musste mich gute zehn Minuten mit den Händen auf den Knien abstützen, bis ich wieder bei Atem war. Als ich aufschaute, lachte sie immer noch.

„Du solltest auf der Bühne stehen. Ernsthaft, wie konntest du so gut improvisieren?“, fragte ich.

„Ich weiß es nicht. Vielleicht färbt Madame Bowden auf mich ab.“

Der Bus fuhr vor und wir setzten uns auf die gleichen Plätze wie auf der Hinfahrt.

„Tja, das war mal ein Abenteuer. Schade, dass wir die Akte nicht gefunden haben“, sagte ich.

„Oh, aber das haben wir.“

Sie zog eine Akte aus ihrem Rucksack und reichte sie mir. Ich war sprachlos.

46. Kapitel

OPALINE

Connacht District Irrenanstalt, 1941

Über uns tobte ein Krieg. Zumindest wurde mir das erzählt. In St. Agnes blieb alles totenstill. Der Ort war wie ein Vakuum, das denen, die darin gefangen waren, das Leben aussaugte. Das Essen war knapp; wir ernährten uns von dem Gemüse, das verkümmert und unterernährt in der trockenen Erde draußen wuchs. Ich stumpfte im Laufe der Jahre ab und wusste nicht, wann das eingesetzt hatte. Es war wie eine Fäule. Meine Haut juckte und schuppte, und ich kratzte mich, bis ich blutete, nur um etwas zu fühlen. Irgendwann fühlte ich nichts mehr.

Unsere Zahlen schrumpften. Der Appetit, Frauen zu reformieren, war etwas zurückgegangen, seitdem ein Verrückter beschlossen hatte, Deutschland zu reformieren. Der Krieg hatte alle den Status quo infrage stellen lassen. Es schien mir, dass vor allem die Männer einen Krieg brauchten, um eine Bedeutung in dem zu finden, was sie bereits hatten. Um das schwindelig machende Gefühl zu spüren, alles zu verlieren, bevor sie aufwachten und von dem Abgrund zurücktraten. Wieso war das so?

Unter Marys Anleitung war ich zu einer kompetenten Näherin geworden, und das war das Einzige, das meinem Tag eine gewisse Struktur verlieh. Ich begann, Worte von Emily Brontës Geschichte über Wrenville Hall in meine Röcke zu sticken. Anfangs tat ich es, um mich selbst zu unterhalten, aber dann wurde es zu einer Möglichkeit, mich daran zu erinnern, dass ich vor dem hier ein Leben gehabt hatte. Einige Abschnitte des Manuskripts kamen klar und vollständig zu mir, aber ich wusste, dass ich es nie ganz auswendig können würde. Die Knöchel in meinen Fingern schmerzten, als ich mich abmühte, meine Stiche so klein wie möglich zu machen.

> Mein ganzes Leben habe ich der Suche nach einem Weg gewidmet, der Enge dieses erbärmlichen Ortes zu entfliehen, nur um mich stärker in seinen knorrigen Wurzeln zu verfangen und von seinen aufragenden Türmen erdrückt zu werden.

Nur zwei Schwestern blieben. Das waren zwei mehr, als meiner Meinung nach nötig wären. Die Einzige, die irgendetwas Lohnenswertes tat, war Daisy, ein junges Mädchen aus der Gegend, das dachte, eine Stellung in dieser Anstalt wäre ein Schritt nach oben im Leben. Gott möge dieses Kind behüten. Sie war die Unschuld in Person, kannte aber die Härte des Lebens. Ich schloss, dass sie das einzig Schöne war, das auf der Welt übrig geblieben war, und sie gab mir niemals das Gefühl, eine hässliche, schreckliche Frau zu sein, vor der man Angst haben musste. Sie sagte, sie genösse es hier, weil es ruhiger wäre als zu Hause mit ihren vier Brüdern. Wir teilten eine starke Abneigung gegen Brüder.

Eines hellen Morgens hörte ich Rufe und Gelächter und Schritte, die den Flur hinuntereilten. Daisy kam in mein Zimmer gestürzt; ich lag auf meinem Bett, den Kopf aller Gedanken entleert. Zumindest hatte ich aufgehört, sie Gedanken zu nennen. Alles, was ich hatte, waren Bilder eines vergangenen Lebens, das so hätte passiert sein können oder auch nicht. *Hatte ich ein Kind bekommen?*

„Ich habe einen Brief für dich", sagte sie, als wäre es das Wundervollste, das je geschehen wäre. Dann eilte sie hüpfend davon wie ein Frühlingslamm. Ich richtete mich vom Kissen auf und schaute durch die Gitter vor meinem Fenster. Der Frost hatte auf der Scheibe ein wunderschönes Muster hinterlassen. Ich wurde mir des Briefes in meiner Hand bewusst. Von Jane. Natürlich. Die liebe Jane, sie hatte mich nie aufgegeben. Auch wenn ich selten antwortete, hielt sie an unserer Freundschaft fest.

Ich las ihn auf die willkürliche Weise, auf die meine Augen arbeiteten, hoch und runter, anstatt von einer Seite zur anderen: *Deine Mutter ist gestorben.*

Meine Mutter ist gestorben, wiederholte ich innerlich. Ich war eine Waise, wurde mir auf abstrakte Weise bewusst. Kinderlos. Mutterlos. Die Welt im Krieg. Meine Augen fingen an zu blinzeln.

Und mit einem Mal war ich wach.

~

In all den Jahren meiner Inhaftierung hatte meine Mutter mich nicht ein einziges Mal besucht, mir nie geschrieben. Ich entschuldigte ihr Verhalten, weil ich wusste, dass sie unter Lyndons Einfluss stand, und selbst wenn sie sich durch irgendein Wunder geweigert hätte, seiner Version der Ereignisse zu glauben, hätte sie sich ihm nie offen widersetzt. Und doch war sie meine Mutter. Wie konnte sie mich auf eine Weise im Stich lassen, wie Jane es nie gekonnt hatte? Ihre eigene Tochter. Warum hatte sie nicht geholfen? Ehrlich gesagt war sie die Einzige, die meinen Bruder hätte umstimmen können. Warum hatte meine Mutter mich nicht ausreichend geliebt, um alles zu riskieren? Dieser Gedanke würden mich für immer verfolgen. Es stimmte, dass ich meinem Vater nähergestanden hatte und meine Mutter mir gegenüber nie liebevoll gewesen war. Aber ich musste davon ausgehen, dass es da irgendwo Liebe gegeben hatte. Allerdings eindeutig nicht genug.

Als ich mich auf den Weg zu Dr. Lynchs Büro begab, spürte ich eine Entschlossenheit in den Knochen wie schon lange nicht mehr. Ich dankte meiner Mutter kurz dafür, mir wenigstens einen Grund geliefert zu haben, diesen Ort zu verlassen. Ganz sicher würden sie mir nicht verwehren, dem Begräbnis meiner eigenen Mutter beizuwohnen? Und sobald ich wieder in England wäre, könne ich mit Janes Hilfe meine Entlassung beantragen.

Geduldig saß ich auf dem harten Holzstuhl vor Dr. Lynch, der in seinem Ledersessel hinter dem Schreibtisch aus Walnussholz thronte. Seine Brille balancierte auf seiner Nasenspitze, und er schälte sorgsam einen Apfel mit einem Messer, als wäre ich gar nicht da. Die Schwester war losgezogen, um sich um jemanden zu kümmern, der Zeter und Mordio schrie, wogegen ich inzwischen vollkommen immun war. Zufrieden, dass er die Schale in einer Spirale abgeschält hatte, schaute er schließlich zu mir auf und wirkte beinahe überrascht, mich zu sehen.

„Miss Carlisle, Ihre nächste Untersuchung ist erst nächsten Monat.“ Er hatte eine Art, zu sprechen, die mir das Gefühl gab, eine Idiotin zu sein. Egal, was er sagte, allein sein Tonfall implizierte, dass ich die Intelligenz des Stücks Obsts auf seinem Teller besaß. Es war etwas, das ich ertragen hatte. Bis heute.

„Ich bin nicht wegen einer Untersuchung hier.“ Ich erklärte ihm, dass ich gerade über den Tod meiner Mutter informiert worden war und zu ihrer Beerdigung gehen wollte.

„Ah ja, mein Beileid. Mr. Carlisle hat uns schriftlich darüber informiert. Das muss nun schon gute vierzehn Tage her sein. Ihre Mutter ist bereits zur letzten Ruhe gebettet worden, also sehen Sie, dass es für Sie keinen Grund gibt, St. Agnes zu verlassen.“

„I-ich …“ Ich war so verwirrt. Ich griff in meine Tasche und zog Janes Brief heraus. Ein Blick aufs Datum machte mir klar, dass er vor über einer Woche geschrieben worden war.

„Warum wurde ich darüber nicht informiert?“

„Oh, wurden Sie nicht? Ich bin mir sicher, dass ich Schwester Patricia gebeten habe, die Nachricht weiterzuleiten.“

Ich senkte den Blick auf den Brief; die Worte verschwammen vor meinen Augen. Meine Hände begannen, unter der Wut zu zittern, die in mir hochkochte. Nicht wegen meiner Mutter, sondern wegen meiner letzten Chance auf eine Flucht. Ich ertrug es nicht länger. Ich sprang auf, schnappte mir das Messer vom Tisch und presste mir die Klinge gegen die Halsschlagader.

„Was in Gottes Namen tun Sie da?“, fragte er und sprang von seinem Sessel auf.

„Keine Bewegung, oder ich bringe mich um. Das schwöre ich!“, rief ich.

Er erstarrte auf halbem Weg aus dem Sessel und hob abwehrend die Hände.

„Und rufen Sie nicht nach der Schwester.“

Er schüttelte den Kopf und zeigte mir weiterhin die Handflächen, während er sich wieder setzte.

„Sehen Sie, die Sache ist die, Dr. Lynch. Es ist mir egal, ob ich lebe oder sterbe.“ Es überraschte mich selbst, dass ich die Worte aufrichtig meinte. Es wäre eine süße Erlösung, alles zu beenden. St. Agnes war, wie eine Art Fegefeuer zu betreten, in dem es keine Hoffnung auf Erlösung gab. Mir war jegliche Menschlichkeit genommen worden. Und doch musste ein Teil von mir unterbewusst die Suche nach einem Ausweg fortgesetzt haben, denn die Worte, die als nächstes aus meinem Mund kamen, klangen, als hätten sie seit sehr langer Zeit in mir gewartet.

„Aber ich glaube, Ihnen ist es nicht egal.“

„Natürlich sorge ich mich um Sie, Opaline. Und nun legen Sie das Messer weg …“

„Ja, sicher sorgen Sie sich, denn so lange ich lebe, erhalten Sie eine stattliche Summe von meinem Bruder. Stimmt es nicht, Dr. Lynch?“

„Das Geld ist für Ihre Pflege …“

Ich drückte das Messer so hart, wie ich es ertragen konnte, gegen meine Haut.

„Kommen Sie schon, Doktor. Wir sind hier unter uns. Wir sind halb verhungert, kaum bekleidet und ohne nennenswerte Wärme. Sie stecken das Geld in Ihre eigene Tasche, oder?“

„Ich widerspreche dieser Behaup…“

„Ach, halten Sie den Mund. HALTEN SIE DEN MUND!“, schrie ich ihn an. Ich stand hier in einem zerrissenen, fleckigen Kleid, mit ungewaschenen Haaren, die in alle Richtungen abstanden, mit dunklen Ringen unter den Augen und einem Messer an meinem Hals, und doch hatte ich mich nie klarer im Kopf gefühlt. Er hatte Angst. Das sah ich.

„Wenn ich sterbe, erhalten Sie keine Bezüge mehr von Lyndon.“

Er sah verstört aus und sein Blick schoss suchend durch den Raum. Ich wusste, dass mir nicht mehr viel Zeit blieb, um ihn zu überzeugen.

„Wir können einander helfen. Wenn Sie mich jetzt sofort gehen lassen, werde ich Lyndon nichts davon erzählen und Sie können ihr Geld weiter einstreichen. Sie werden nie wieder von mir hören. Ich werde meinen Namen ändern und nach Europa gehen. Dort habe ich Freunde.“

Ich sah, wie er darüber nachdachte.

„Niemand muss je davon erfahren.“

Er wischte sich grob mit der Hand übers Gesicht und biss sich auf die Unterlippe. Er schaute zu einem gerahmten Foto auf seinem Schreibtisch, das seine Frau und seine Kinder zeigte. Dann sah er mich wieder an, und ich reckte das Kinn, um ihm zu zeigen, dass ich nicht bluffte.

„Wenn nicht, werde ich mir hier und jetzt die Kehle durchschneiden und auf diesem Teppich verbluten. Dann haben sie nichts.“

Ich hatte es geschafft. Er war gewillt, darüber nachzudenken. Meine Freiheit war verlockend nahe, und mit einem Mal war ich mir bewusst, dass ich nicht mehr ganz so entschlossen war, mir ein Messer in den Hals zu rammen. Aber ich musste es dortbehalten.

„Ach, was hat es jetzt noch für einen Sinn?“, fragte er und stand langsam auf.

Dann öffnete er eine Tür auf der anderen Seite des Zimmers. Sie führte direkt in einen kleinen Flur mit einer Außentür. Er drückte sie auf, und ich sah einen Garten, der vermutlich von den Angestellten benutzt wurde, um zu kommen und zu gehen, denn er führte direkt zur Straße und nicht zu der langen Auffahrt. Ich schaute zu Dr. Lynch zurück.

„Wenn Ihr Bruder davon erfährt …“

„Das wird er nicht“, versicherte ich, und es gelang mir nicht, das Zittern in meiner Stimme zu unterdrücken.

„Dann verschwinden Sie.“

Damit wurde mir bewusst, dass er es die ganze Zeit gewusst hatte. Ich hätte niemals hier eingesperrt werden dürfen. Es war alles eine Lüge gewesen.

Eine Mischung aus Erleichterung und Rachegefühlen pulsierte durch mich hindurch. Noch immer hielt ich das Messer in der Hand. Ich wollte ihm die Kehle aufschlitzen. Ich stellte es mir vor; Blut, das an die Wände spritzte. Was immer mir an körperlicher Kraft fehlte, könnte ich mit der Leidenschaft meines Zorns wettmachen. Er zog sich zurück und hielt die Hände weiter erhoben. Ich konnte nicht glauben, dass meine Freiheit endlich vor mir lag. Ich ließ das Messer fallen und rannte los.

47. Kapitel

MARTHA

„Du bist gekommen!" Ich eilte in ihre Arme. Meine Mutter verließ niemals das Haus, nicht einmal, um einkaufen zu gehen, also hätte ich nie damit gerechnet, sie auf der Schwelle der Ha'penny Lane zu sehen. „Wie geht es dir? Was ist passiert?" Ich hatte so viele Fragen.

„Ich habe meine Stimme gefunden." Die Worte kamen langsam, aber kraftvoll heraus.

„Freudentränen", sagte ich, als sie mit den Fingerspitzen über meine Wangen wischte.

„Ich hätte schon vor langer Zeit den Mund öffnen sollen, Martha. Mein kostbares Mädchen."

„Mir geht es gut, Mom. Wirklich."

„Das weiß ich. Du bist so eine kompetente junge Frau. Ich bin sehr stolz auf dich. Ich wollte herkommen und es dir sagen, auch wenn es schon ein wenig spät ist."

„Es ist nie zu spät", erklang Madame Bowdens Stimme hinter mir. Sie hatte ein Talent dafür, mitten in der Unterhaltung anderer Leute aufzutauchen. „Wollen Sie nicht hereinkommen?"

Es fühlte sich ungewohnt an, mit meiner Mutter in der Küche dieses herrschaftlichen Hauses Tee zu trinken. Madame Bowden hatte die Küche vorgeschlagen, weil sie größer war als mein Zimmer, und dankbarerweise hatte sie uns allein gelassen. Ich dachte, sie würde ihre Nase hineinstecken, aber wenn es ihr passte, verfügte sie durchaus über ein gewisses Taktgefühl. Ich erzählte fröhlich von meinen Vorlesungen an der Trinity, von den Freunden, die ich gefunden hatte, von meinem neuen Interesse an Literatur.

„Du hast dir hier ein bezauberndes neues Leben aufgebaut",

sagte sie und legte eine Hand auf meine.

„Ich bin glücklich, Mom. Selbst hier bei Madame Bowden zu wohnen – es ist nicht so, wie ich mir mein Leben als junge Frau vorgestellt habe, aber es funktioniert irgendwie. Ich glaube, wir tun einander gut."

„Sie klingt wie ein Schutzengel."

Ich war nicht sicher, ob ich sie so beschreiben würde. Ich schenkte uns Tee nach. In all meinen Jahren zu Hause hatten mein Vater und meine Brüder den ganzen Sauerstoff aufgebraucht, aber hier war es, als könnten wir endlich durchatmen. Oft ist es erst die Abwesenheit von jemandem, die einen erkennen lässt, wie viel Raum derjenige eingenommen hat.

„Es gibt etwas, das ich dir erzählen wollte, Martha."

„Du wirst Dad verlassen?"

Ihr Kopf zuckte hoch.

„Ich würde lügen, wenn ich sagte, dass ich nie darüber nachgedacht habe, aber nein. Dein Vater ist … nun, er ist nicht perfekt. Aber er ist verlässlich, und auch wenn ich mir manchmal wünschte, ich könnte so einiges an ihm ändern, hat er mir ein Zuhause geschenkt, in dem ich mich sicher fühle."

Ich hatte sie nie so über meinen Vater reden hören. Obwohl ich immer noch anderer Meinung war, verstand und respektierte ich ihre.

„Was ist es dann?"

„Es ist nichts Ernstes … Was ich damit meine, ist, es wird nichts verändern. Zumindest nicht für dich. Aber es könnte dir helfen, die Vergangenheit zu verstehen. Meine Vergangenheit."

Sie drehte die Tasse auf der Untertasse und wählte ihre Worte sorgfältig. Es war für uns beide seltsam, ihre Stimme zu hören, wo wir doch immer stumm miteinander kommuniziert hatten.

„Nach Shane wurde mir langsam klar, dass die Vergangenheit nichts ist, was man hinter sich lässt. Sie lebt jeden Tag mit uns. Wir erben nicht einfach nur DNA. Ich glaube, auch andere Dinge werden durch die Generationen weitergegeben. Vielleicht Erinnerungen."

Sie sprach von einem Ort tiefsten Schmerzes, das sah ich. Ich rückte mit meinem Stuhl näher an sie heran. Eine intensive Stille füllte die Küche, als würde sie auch darauf warten, ihre Geschichte zu hören.

„Meine Mutter ist als Baby adoptiert worden."

Von allen Dingen, die sie hätte sagen können, hätte ich mir dem hier nie gerechnet. Unsere Familiengeschichte war etwas, das ich als in Stein gemeißelt empfunden hatte. Wie hatte mir eine so wichtige Information entgehen können?

„Warum hast du mir das nie erzählt?"

„Ich schätze, ich dachte, dass es keine Auswirkungen auf dich hat … Und außerdem wollen Mütter ihre Töchter beschützen. Meine Mutter hat mich so gut beschützt, wie sie konnte, aber meine Großeltern waren keine netten Leute. Wie es ihnen erlaubt war, ein Kind zu adoptieren, werde ich nie verstehen. Du weißt, dass deine Großmutter gestorben ist, als du drei Jahre alt warst?"

Ich nickte.

„Das ist die Geschichte, die wir allen erzählt haben. Die Wahrheit ist, dass sie nach Dublin aufgebrochen ist, um ihre Mutter zu finden. Ich kenne nicht alle Einzelheiten; mein Vater hat es mir erst kurz vor seinem Tod auf dem Krankenbett erzählt. Es waren die Sechzigerjahre, und sie hatte ihm gesagt, dass eine eigene Tochter zu haben in ihr den verzweifelten Wunsch geweckt hätte, ihre echte Mutter zu finden. Ich weiß nicht, warum sie glaubte, sie hier in Dublin zu finden, aber egal wie, sie hat sie nie gefunden. Es gab einen Unfall, und sie ist vom Bahnsteig gerutscht. Der Zug hat sie erwischt."

„Meine Güte, Mom. Das tut mir so leid."

Sie hielt den Kopf gesenkt, als wollte sie die Geschichte einfach nur hinter sich bringen.

„Meine Großeltern, die Clohessys, haben mich danach aufgezogen. Widerstrebend, wie ich anfügen muss. Mein Vater hatte einen Job, und von Männern wurde nicht erwartet, zu Hause zu bleiben. Also haben sie mich aufgenommen und mich jeden Tag an ihr Opfer erinnert. Damals habe ich meine Stimme verloren."

Ich umfasste ihre Hand.

„Das ändert nichts, aber es ändert alles, oder?", fragte sie.

Ich nickte und wischte dieses Mal ihr die Tränen ab.

„Hast du je versucht, sie zu finden? Ihre leiblichen Eltern?"

„Nein, aber ich habe darüber nachgedacht. Oft sogar. Meine Großeltern wollten nicht darüber reden. Sie haben es nicht offen gesagt, aber ich hatte den Eindruck, dass die Adoption vielleicht nicht ganz legal war."

„Wir könnten es jetzt versuchen?"

Sie schüttelte den Kopf.

„Es ist zu spät. Aber ich wollte, dass du es weißt, weil es ebenso deine Geschichte ist wie meine."

Wir saßen stundenlang zusammen, sprachen, tranken weitere Kannen Tee und räuberten die Keksdose. Erst als die Abenddämmerung hereinbrach, wurde mir bewusst, dass ich längst mit den Vorbereitungen zum Abendessen hätte beginnen sollen.

„Wirst du über Nacht bleiben?", fragte ich.

„Nein. Ich mache mich besser auf den Weg, damit ich den letzten Zug erwische."

Als sie ihren Mantel angezogen hatte und wir in den Flur hinausgingen, schaute sie mich noch einmal an.

„Ich hätte dir jeden Tag sagen sollen, was für eine wundervolle junge Frau du bist. Manchmal habe ich das Gefühl, dass ich nicht wirklich präsent war, weißt du? Ich habe einfach nach Schema F gelebt. Das passiert, wenn man einen Teil von sich versteckt. Wie auch immer, ich wollte es dir erzählen, damit du weißt, dass du immer genug warst, Martha. Die Menschen um dich herum waren nur zu sehr in ihren eigenen Schmerz verwickelt, um es zu sehen."

Wir umarmten einander fest, direkt neben dem Treppengeländer, wo Shane gestürzt war. Ich fing an zu weinen. Ich weinte nicht nur, ich schluchzte in ihren Armen. Sie hielt mich und beruhigte die schlimmen Erinnerungen, wobei sie mich hin und her wiegte. Die hölzerne Treppe knarrte neben uns wie der Ast eines Baumes, und ich hörte ein leises Rascheln.

„Es klingt, als wollte dieses alte Haus uns etwas sagen", sagte sie spielerisch, so wie man einem Kind ein Märchen erzählte.

„Ja, oder?" Ich lächelte und wischte mir mit dem Ärmel über die Augen. „Das denke ich manchmal auch. Vielleicht kannst du nächstes Mal ein wenig länger bleiben?"

„Das würde ich gerne", sagte sie und trat dann auf die Straße hinaus. Sie drehte sich um und winkte noch einmal. „Ich freue mich auch darauf, Madame Bowden kennenzulernen!", rief sie zu mir hoch.

Ich winkte zurück, und erst dann wurde mir bewusst, wie seltsam ihre Worte waren. Sie hatte Madame Bowden doch bereits getroffen.

48. Kapitel

HENRY

„Bist du dir bewusst, dass eine riesige Baumwurzel aus deiner Decke wächst?“

„Ja.“

„Und der Ast, der aus dem Giebel kommt?“

„Auch.“

„Oh, gut. Dann bin das also nicht nur ich.“

Ich hatte beschlossen, 12 Ha'penny Lane durch meinen alten Eingang, das Souterrainfenster, zu besuchen, stellte aber fest, dass ein dicker Ast durch eine der gebrochenen Scheiben wuchs. Wir entschieden, dass es vermutlich besser wäre, wenn ich stattdessen durch die Haustür käme. Ich hielt die Mappe mit Opalines Unterlagen hoch, um auf theatralische Weise deutlich zu machen, dass ich einen guten Grund für meinen Besuch hatte.

„Die Dame des Hauses ist zum Waschen und Legen“, sagte Martha, was mich erleichterte. Madame Bowden konnte ein wenig überwältigend sein, auch wenn sie mir technisch gesehen die Daumen drückte.

„Ich glaube, er versucht, mir etwas zu sagen“, sagte sie und zupfte eines der Blätter von dem Ast ab, der ein Baldachin über ihrem Bett bildete. Sie schien davon seltsam unberührt zu sein.

„Ja, ich glaube, er versucht, dir etwas sehr Wichtiges über das brüchige Fundament des Hauses zu sagen. Das solltest du wirklich mal von jemandem angucken lassen.“

Sie wischte meine Besorgnis beiseite und setzte den Wasserkessel auf.

Ich trat näher, um mir den Baum genauer anzusehen. „Warst du das?“, fragte ich.

„Was?“

„*Was du suchst, sucht dich.*“ Das war in die Rinde des Baumes eingeritzt.

Sie trat hinter mich und lehnte sich über meine Schulter.

„Nein?“

Ich drehte mich zu ihr um. Sie sah irgendwie anders aus. Als wären die Schatten, die sie in sich getragen hatte, von einem schimmernden Licht ersetzt worden. Sie sah glücklich aus. Trotz des Baumes. Oder vielleicht gerade deswegen.

„Was ist?“, fragte sie.

„Nichts. Du siehst nur gut aus.“

Sie lächelte und legte den Kopf schief. Es fühlte sich an wie ein Moment, in dem einer von uns etwas sagen sollte, aber wir beide konnten nicht einmal ansatzweise unsere Gefühle in Worte fassen.

„Tee?“

Ich nickte.

Sie trug zwei Becher zu dem kleinen Tisch und nahm eine angebrochene Packung Kekse von dem Regal über uns.

„Also, was hast du herausgefunden?“

Ich zog wahllos ein Blatt Papier aus der Mappe.

„Weit mehr, als ich erwartet hatte“, antwortete ich. „Es hat Fleisch auf die Knochen gepackt, sozusagen – Opaline ist jetzt für mich eine reale Person. Ehrlich gesagt habe ich es dir zu verdanken, dass ich beschlossen habe, den Blickwinkel der Abhandlung, die ich schreibe, zu verändern.“

Sie wirkte erfreut, aber auch verwirrt. Ich reichte ihr den Brief, und sie begann, laut zu lesen:

Liebste Jane,
ich hoffe, dass dieser Brief dich erreicht. Das junge Mädchen, das hier arbeitet, hat versprochen, ihn heimlich abzuschicken, aber man kann nie sicher sein. Es schneit nun schon seit fünf vollen Tagen. Das hat etwas Beruhigendes; jede Schneeflocke fällt schwerelos, ohne

das geringste Geräusch zu machen. Ab und zu sorgt eine leichte Brise dafür, dass die Flocken verwirbeln und sich über die Mauern dieses Ortes erheben. Eine schweigende Flucht. Wie sehr ich mich nach demselben sehne. Meine einzige Freundin hier, Mary, ist gestorben. Heute früh bin ich aufgewacht und fand ihren leblosen Körper im Bett. Es war die Kälte. Sie hat sich so sehr in meinen Knochen festgesetzt, dass ich mich nicht daran erinnere, wie es sich früher angefühlt hat. Ich habe deinen Brief erhalten, in dem du mir geschrieben hast, dass du hoffst, der Schal und die Handschuhe, die du mir geschickt hast, würden die Kälte fernhalten. Oh, liebste Jane, wenn du nur wüsstest, dass alles, was auch nur irgendeinen Wert hat, weggenommen wird, bevor es die Insassen erreicht.
Der Arzt wird morgen erwartet. Glaube ich. Meine Gedanken wandern derzeit in einem dichten Nebel. Ich werde wieder einmal darum bitten, mit meinem Bruder sprechen zu können. Ich werde verlangen, dass sie mich entlassen, weil ich nicht verrückt bin, obwohl ich fürchte, dass dieser Ort es mich werden lässt. Die nächtlichen Schreie sind unerträglich. Warum beantwortet Lyndon keinen meiner Briefe?
Es überrascht mich nicht, dass die Ärzte hier dein Angebot, einen Spezialisten aus London hinzuzuziehen, abgelehnt haben. Mich von unabhängiger Stelle untersuchen zu lassen würde beweisen, dass ich fälschlicherweise hier eingeliefert wurde, dass ich geistig gesund bin. Wobei ich fürchte, dass es, was das angeht, vielleicht bereits zu spät ist. Erst das Baby und nun Mary an diesem Ort unaussprechlichen Grauens verloren zu haben lässt mich wünschen, meine Sinne würden mich gänzlich verlassen. Wenn ich diesem Ort nicht körperlich entfliehen kann, muss ich einen Weg finden, es mental zu tun. Mich von diesem Albtraum zu dissoziieren. Bitte schreib mir nicht mehr. Geh und lebe dein Leben. Betrachte deine alte Freundin als nicht mehr da. Sie existiert nicht mehr.
Opaline

„Mein lieber Schwan. Das ist heftig. Ich hätte nie gedacht .. “ Sie hält abrupt inne.

„Ich weiß. Das alles ist jetzt auf einmal sehr real.“ Ich steckte den Brief zurück in die Mappe und tauchte einen Keks in meinen Tee. Ich hatte seit dem Mittagessen am Tag zuvor nichts mehr gegessen. Die ganze Nacht lang war ich wach geblieben, hatte mir den Inhalt der Mappe genau durchgelesen und mir Notizen gemacht. Ich hielt den Keks eine Sekunde zu lang in den Tee und er sank zu Boden. Ich schnalzte mit der Zunge.

„Ich mache dir einen neuen“, sagte sie und stand auf, um den Kessel erneut zu füllen. „Ich war nicht sicher, ob ich dich wiedersehen würde.“

„Warum sagst du das?“

Sie zuckte mit den Schultern, doch ich hakte nach.

„Du hast jetzt, was du brauchst. Opalines Akte.“

Wow. Ich hatte wahrlich einen Eindruck hinterlassen. Dachte sie das wirklich von mir? Dass mich einzig das Manuskript interessierte? Ich öffnete den Mund, um etwas zu sagen, überlegte es mir dann aber anders. Es war nicht wichtig, oder? Ich musste aufhören, zu glauben, dass das hier irgendwo hinführen könnte. Wir waren nur Freunde.

„Du glaubst doch nicht, dass ich abgereist wäre, ohne ihr Buch gesehen zu haben, oder?“

Sie verdrehte die Augen und bedachte mich mit einem wissenden Blick. Das Buch lag auf ihrem Bett, und als sie an mir vorbeiging, um es zu holen, griff ich, ohne nachzudenken, nach ihrer Hand. Sie blieb stehen und sah auf mich herunter.

„Es ging nicht nur um das Manuskript, weißt du. Also nicht für mich.“

Ich ließ ihre Hand los, aber sie rührte sich nicht. Jedoch legte sich ein kleines Lächeln um ihre Mundwinkel.

„Danke“, sagte sie beinahe flüsternd, bevor sie das Buch vom Bett nahm und mir gab. Ich hatte nicht damit gerechnet, dass es so kunstvoll aussähe. Ich hatte schon unzählige seltene Ausgaben gesehen, und nicht viele Bücher ließen mir den Atem stocken, aber dieses schon. Es war mit einem dunklen, saphirblauen Tuch eingeschlagen, was die goldene Schrift auf dem Titel noch stärker hervortreten ließ.

„*Ein Ort namens Verloren*", las ich laut und betrachtete die wunderschöne Illustration eines alten Buchladens darauf. Ich wusste, es war der, den ich gesehen hatte, als ich das erste Mal in der Ha'penny Lane gewesen war. Ich war nicht betrunken gewesen. Er hatte wirklich existiert. Ich war komplett überwältigt und meine Nase fing an zu jucken, was ein katastrophaler Vorbote für Tränen sein konnte. Ich räusperte mich.

„Wo hast du es gefunden?", fragte ich.

„Es hat eher mich gefunden. Das tun Geschichten manchmal. Wie die auf meinem Rücken."

Ihre Tätowierung. Ich wollte sie fragen, was das war, aber bevor ich das konnte, fragte sie nach den restlichen Unterlagen von Opaline, und ich war dankbar für die Ablenkung. An das letzte Mal zu denken, als ich ihr Tattoo gesehen hatte, als ich mit ihr getanzt und sie in den Armen gehalten hatte, war zu viel.

„Ah ja. Es gab Bündel von Briefen von Opaline, die nie verschickt worden sind. Es wirkt ein wenig sporadisch – einige schafften es durch die Pforte, andere nicht. Sie sind keine leichte Lektüre, das kann ich dir sagen. Ich weiß nicht, wie sie das überlebt hat. Aber das muss sie getan haben – das beweist der Brief an Sylvia, den wir haben."

„Und das Buch", sagte Martha.

Selbst wenn ich das Manuskript niemals finden würde, hatte ich alle Zutaten für eine interessante Abhandlung über eine Frau, die eine der berühmtesten Buchhändlerinnen Irlands war und deren Bruder trotzdem auf sie herabgesehen hatte. Es schien egal, wie talentiert, intelligent oder unabhängig eine Frau gewesen war, sie war immer noch als Eigentum eines Mannes angesehen worden, der mit ihr tun konnte, was immer er wollte.

„Ich fürchte, ich muss zur Bibliothek zurück", sagte ich und stand recht abrupt auf, um meine Jacke anzuziehen.

Ein Herzschlag verging, bevor Martha reagierte. Wollte sie, dass ich blieb? Ich würde es nie erfahren, denn ich würde mich nicht zum Trottel machen, indem ich sie fragte.

„Könnte ich das Buch mitnehmen? Ich versuche, die Abhandlung fertigzustellen, an der ich arbeite. Hoffentlich gelingt es mir, noch einmal Fördergelder dafür zu bekommen."

Sie zögerte, also schlug ich einen Tausch vor: Opalines Unterlagen gegen das Buch.

„Da ist sogar ein Foto drin. Würdest du es gerne sehen?"

Sie nickte enthusiastisch. Es war herzergreifend, ihre Begeisterung für diese Frau zu sehen, die sie nie gekannt hatte. Das Foto war nicht sonderlich schmeichelhaft. Es zeigte mehrere Frauen, die vor einem Esstisch aufgereiht standen, die Hände gefaltet, kein Lächeln im Gesicht. Vielleicht war es für die Familien aufgenommen worden, die für die Unterbringung bezahlten? Auf der Rückseite stand nichts geschrieben. Martha legte den Kopf schief und fragte dann, ob ich eine Lupe hätte.

„Nicht dabei, nein", scherzte ich, doch sie ging nicht darauf ein. „Was siehst du?"

„Vielleicht ist es nichts."

„Das kannst du nicht sagen!"

Sie kniff die Augen zusammen und hielt das Foto näher an ihr Gesicht.

„Es ist ihr Rock. Es sieht aus, als wäre etwas darauf geschrieben."

„Das ist schwer zu sagen", erwiderte ich und musterte das körnige Schwarz-Weiß-Foto. Als ich wieder Martha anschaute, hatte ihre Miene sich verändert.

„Du siehst aus, als hättest du einen Geist gesehen."

„Hm? Oh, es ist nichts. Mir ist nur gerade bewusst geworden, wie spät es ist. Madame Bowden wird bald wieder zurück sein."

Damit schob sie mich beinahe zur Tür hinaus, und ich stand wieder auf der Ha'penny Lane und fragte mich, was mir da gerade entgangen war.

49. Kapitel

OPALINE

Dublin, 1941

„Guten Abend, Fräulein."

Ich wusste nicht, wie ich darauf reagieren sollte, oder warum er Deutsch sprach. Ich zog die dünne Stola enger um mich, als würde sie irgendeinen Schutz bieten. Ich dachte, dass ich etwas gehört hatte, und war vom Dachboden heruntergekommen, um nachzusehen.

Nach meiner Flucht aus St. Agnes war ich zur Ha'penny Lane zurückgekehrt und hatte mit Erleichterung gesehen, dass der Laden noch da war. Es war wie ein Traum, in dem die Dinge zugleich vertraut und doch fremd waren. Wie Miss Havisham schien der Laden die Zeit angehalten zu haben, nachdem ich weggebracht worden war. Die Eingangstür öffnete sich unter meiner Berührung, und selbst der Messingknauf fühlte sich an wie die weiche Schnauze eines lange vermissten Haustiers. Die Dinge waren verfallen und verkommen und die meisten meiner Habseligkeiten waren verschwunden. Die Fenster des Ladens waren mit Brettern vernagelt. Ich musste meine Matratze zum Dachboden hinaufschleppen – im Keller war es viel zu kalt – und hatte nur Leitungswasser, um meinen Magen zu füllen. Nach dem Hochgefühl, meine Freiheit zurückerlangt zu haben, hatte mich eine unglaubliche Müdigkeit überkommen, und ich konnte nichts tun, um mir selbst zu helfen. Die Tage waren ohne menschlichen Kontakt vergangen, und jetzt stand ich diesem Mann gegenüber.

Er griff in seine Tasche, holte eine Packung Zigaretten heraus und zündete sich eine an. Dann bot er mir die Packung an, als wäre diese Situation komplett normal und ich würde nicht sichtbar vor Angst zittern. Er sagte immer noch nichts, sondern lehnte nur lässig und gemütlich an der Wand. Er war ein großer Mann mit dunkelblondem Haar, das mit Pomade zurückgekämmt war, und stechenden blauen Augen. Ich sah nun, dass er eine Armeeuniform trug: eine khakifarbene Jacke mit einem auf die Brust genähten Adler.

„Wie sind Sie hier hereingekommen?", fragte ich und traute meiner Stimme kaum, die mangels Gebrauch krächzend klang.

„Durch das Fenster im Souterrain. Es war nicht verschlossen."

Ich hatte es selbst überprüft. Entweder er log oder …

„Wer sind Sie?"

„Josef Wolffe. *Zu Ihren Diensten.*"

„Ich fürchte, ich spreche kein Deutsch", sagte ich.

„Sie sind allein."

Das war eher eine Aussage als eine Frage. Ich antwortete nicht. Draußen auf der Straße ging das Leben weiter, während wir hier standen und einander abschätzten. Freund oder Feind?

„Wonach auch immer Sie suchen, Sie werden es hier nicht finden."

Jeder Muskel in meinem Körper war angespannt. Er nickte nur, als wäre diese Situation alltäglich. Er schaute sich im Laden um, nahm sich Zeit, dann musterte er mich von Kopf bis Fuß. Was sah er?

„Ich komme manchmal her, um zu lesen." Er nickte zu dem kleinen Bücherstapel, der immer noch auf dem untersten Regal lag. Meine Bücher.

„Das hier ist mein Zuhause. Sie haben kein Recht, hier zu sein." Ich fühlte mich nicht sonderlich autoritär, wie ich hier in Lumpen stand, abgemagert von Jahren der Mangelernährung und mit ausfallendem Haar. „Ich möchte, dass Sie gehen."

Er nickte vor sich hin, als wäre er zu einer Entscheidung gelangt, dann schloss er die Eingangstür auf. Ich eilte ihm hinterher und schloss die Tür hinter ihm wieder ab. Als das Geräusch eines Motorrads verklang, stieß ich endlich den Atem aus, den ich angehalten hatte.

Langsam stieg ich wieder die Treppe nach oben hinauf, ertastete meinen Weg in der Dunkelheit. Meine Beine drohten, unter mir nachzugeben. Auf dem Dachboden brach ich vor Erleichterung zusammen und versuchte, meinen flach gehenden Atem zu beruhigen; ich lauschte auf die alten, vertrauten Geräusche, die tröstende Anwesenheit meiner Bücher um mich herum. Vielleicht bildete ich es mir nur ein, aber ich glaubte, sanfte Winde und ein vorsichtiges Klopfen zu hören, wie Schnee, der gegen das Fenster wehte. Im dämmrigen Licht erblickte ich das Buch mit dem Titel *Little Women* auf dem Buchrücken. Ich schloss die Augen und war in Concord mit Jonah Marsh und ihrer Familie, und allein der Gedanke brachte Wärme auf meine Haut. Die Worte waren wie ein Zauberspruch, der mir Zuflucht gab und meine Seele neu erweckte – zu der Person, die ich war, bevor all das Schlechte passierte

Am nächsten Abend klopfte es an der Tür. Ich ignorierte es, doch das Klopfen hörte nicht auf. Niemand wusste, dass ich hier war. Ich war schwach vor Erschöpfung und Hunger, hievte mich aber hoch und trat ans Fenster des Dachbodens, um auf die Straße zu schauen. Dort sah ich ein Motorrad, und vor meinem Laden stand Josef Wolffe, der deutsche Soldat, mit, wie es aussah, einem großen Kiefernzweig und Päckchen unter den Armen. Er konnte mich nicht sehen, weil drinnen alles dunkel war, aber ich konnte ihn deutlich erkennen. Den leichten Bartschatten auf seinem Kinn, die Augen, die die Straße absuchten.

Ich zögerte einen Moment, bevor ich argwöhnisch nach unten ging und die Tür öffnete.

„Sie sollten nicht allein sein. *Es ist Heiligabend.* Der Abend vor

Weihnachten."

Er kam herein und ließ die Päckchen und den riesigen Ast mitten auf dem Boden zurück, bevor er wieder nach draußen ging. Ich konnte nur zusehen, als er mit einem Karton zurückkehrte und die Tür hinter sich schloss. Er ging in die Hocke, öffnete den Karton, nahm Kerzen heraus und zündete sie an. Dann schaute er sich nach einer Stelle um, wo er sie aufstellen konnte, und ich zeigte auf die Treppe. Ich war zu müde und hungrig, um zu diskutieren. Er öffnete ein weiteres Päckchen, das Essen enthielt: Brot, Käse, Aufschnitt. Ich schnappte ihm das Brot aus der Hand und begann, mir Stücke davon abzureißen und in den Mund zu stecken. Ich war wie ein wildes Tier, die Augen weit aufgerissen, die Kiefer hastig mahlend. Ich setzte mich auf die unterste Stufe, immer noch in meine Decke eingehüllt, und sah zu, wie er weitere Dinge auspackte: eine Flasche Wein. Äpfel.

Keiner von uns sprach auch nur ein einziges Wort. Er wanderte im Laden umher und fand eine leere Lattenkiste, die er umdrehte und neben dem Ofen als Hocker benutzte. Er zerbrach den Ast auf seinen Knien in kleine Stücke und zerknüllte altes Papier, um ein Feuer zu machen. Das Holz war noch zu frisch, als dass es gut brannte, aber die Flammen gaben mir sofort ein Gefühl der Wärme, und der Duft nach Kiefernnadeln war süß und tröstend.

Er aß auch, aber wenig. Er schälte einen Apfel und gab ihn mir. Er öffnete die Flasche und reichte sie mir. Ich war mir nicht sicher, wie lange es dauerte, bis ich etwas sagte.

„Warum sind Sie hier?"

Er schaute unter seinen blonden Haaren zu mir auf.

„Ich bin ein Kriegsgefangener", sagte er mit einer Verbeugung, als würde er verkünden, dass er von königlichem Blut sei. „Die irische Regierung hält uns gnädigerweise in einem ihrer Lager in Kildare fest."

„Aber wenn Sie ein Gefangener sind …"

„Warum bin ich dann nicht im Gefängnis? Weil es uns gestattet ist, das Lager tagsüber zu verlassen. Ich beende mein Studium an der Trinity University."

„Das kann nicht Ihr Ernst sein?" Ich versuchte, zu lachen, doch der Muskel war durch mangelnden Gebrauch steif geworden.

„Irland ist ein neutrales Land. Wir sind für sie ein Ärgernis."

Ich aß noch ein wenig Käse und nahm mir noch einen Becher Wein. Der Soldat schien erfreut, dass ich seine Wohltätigkeit annahm.

„Ich wusste nicht, dass heute Heiligabend ist", sagte ich.

Er saß schweigend da und schnitzte etwas aus Holz. Er schaute nicht auf. Es war seltsam, sich in der Gesellschaft von jemandem zu befinden, ohne reden zu müssen. Ich lehnte mich gegen die Wand, und zum ersten Mal, seitdem ich hier angekommen war, schaute ich mir meinen alten Laden an. Was war hier vor sich gegangen, seitdem ich weggebracht worden war? Wer hatte ihn ausgeräumt? Wo war Matthew? Was sollte ich jetzt tun? Ich spürte, wie das Essen und die Wärme mich schläfrig machten.

Der Schlaf kam schnell und tief. Ich träumte von meinem Vater, der mich als kleines Mädchen zur Weihnachtsmesse mitnahm, und die Töne von *Stille Nacht* füllten den gewölbten Raum der Kirche.

Ich schreckte hoch. Musik. Da spielte eine Schallplatte. Ich schaute durch den Raum und sah, dass Josef noch dort war. Das Grammofon auf dem Flur neben ihm spielte das Lied, das ich in meinen Träumen gehört hatte. Er lehnte an der Wand, den Blick auf eine unsichtbare Erinnerung gerichtet, die seine Gesichtszüge weich machten. Vielleicht träumte er auch von seiner Kindheit. Dann fing er, beinahe unhörbar, an zu singen. *Stille Nacht, heilige Nacht.* Es war das Schönste, das ich je gehört hatte. Seine tiefe Stimme, die ab und zu brach, war so voller Zärtlichkeit, dass ich glaubte, weinen zu müssen. Das Knistern der Schallplatte war alles, was übrig blieb, als die Geigen verklangen.

„Frohe Weihnachten", sagte ich und riss ihn damit aus seiner Träumerei.

Kurz weiteten sich seine Augen, und als er mich ansah, schenkte er mir ein kleines Lächeln. *„Frohe Weihnachten."*

Nach einem Moment stand er auf und wandte sich, mit einer angedeuteten Verbeugung, zum Gehen.

„Nebel", sagte er, den Rücken mir zugewandt.

„Wie bitte?"

„Sie fragen sich, wie ich hier gelandet bin. Nebel. Und Motorprobleme."

Er drehte sich wieder zu mir um und zündete sich noch eine Zigarette an.

„Wir sind von Bordeaux ausgerückt. Es war letztes Jahr am Ende des Sommers. Unsere sechsköpfige Crew flog eine Condor, um das Wetter auszukundschaften."

Die ganze Zeit, in der ich hinter Gittern dahingesiecht war, hatte die Welt im Krieg gelegen.

„Wir mussten irgendwo an der Südküste runtergehen. Die Polizei hat uns gefunden. Sie haben uns ins Internierungslager gebracht, und dort bin ich seitdem."

„Ich verstehe."

„Es ist gar nicht so schlimm. Wir haben viele Freiheiten, wissen Sie."

„Sie kämpften für diesen Verrückten Hitler?"

Er blies den Zigarettenrauch himmelwärts und gab ein bitteres Grunzen von sich. „Glauben Sie, wir hatten eine Wahl?"

Ich schüttelte den Kopf. Ich wusste es nicht. Ich dachte an Lyndon. Die Gerüchte über die Erschießungen aufgrund von Feigheit vor dem Feind.

„Ich schätze, alle Deutschen wurden zwangsverpflichtet."

„Ich bin kein Deutscher."

Ein Auto fuhr vorbei und das Licht der Scheinwerfer blendete mich. Ich stand auf.

„Ich sollte besser gehen", sagte er und verbeugte sich kurz, bevor er die Tür aufschloss. „Ich bin Österreicher. Guten Abend, Fräulein."

~

In den folgenden Wochen begann Herr Wolffe damit, kleine Päckchen mit Lebensmitteln und Holz für den Ofen im Souterrain zu hinterlassen. Ich stolperte dann einfach über ein Paket, das in braunes Packpapier eingewickelt war, und ein großes, handgeschriebenes *W* auf einem Zettel. Es gab sogar ein Paket mit getragener, aber funktioneller Kleidung, wo auch immer er die herbekommen hatte.

Während ich langsam zu Kräften kam, wuchs mein Verlangen, mein altes Leben wieder zu beanspruchen; das Leben, das Lyndon versucht hatte, mir zu nehmen. Aber dafür bedurfte es finanzieller Mittel, und das Einzige von Wert, das ich besaß, war das Brontë-Manuskript. Und so tat ich etwas Übereiltes: Ich schrieb Abe Rosenbach. Ich erzählte ihm von der Herkunft, und dass es meiner Meinung nach keinen Zweifel daran gab, dass es sich um den Entwurf für den zweiten Roman von Emily Brontë handelte. Er war einer der mächtigsten Männer der Buchwelt – und der Reichste. Er würde das Risiko eingehen.

Also ließ ich die Gelegenheit mit einem sorgsam formulierten Brief vor seiner Nase baumeln, bevor ich den Mut fand, mich dem zweiten Teil meiner Aufgabe zu widmen – nämlich Matthew und mein Manuskript zu finden.

~

„Kann ich Ihnen helfen?"

„Ja, i-ich möchte mit Mr. Fitzpatrick sprechen. Matthew Fitzpatrick.“

„Ich fürchte, Mr. Fitzpatrick arbeitet hier nicht mehr. Kann Ihnen vielleicht einer unserer anderen Mitarbeiter helfen?“

Ich spielte nervös mit meinen Fingern und steckte die Hände schließlich tief in die Taschen. Von dem Moment an, in dem ich in Dublin angekommen war, war Matthew meine einzige Konstante gewesen. Wenn ich an ihn dachte, hatte sich alles immer richtig angefühlt. Nun fühlte es sich wieder falsch an.

„Madam? Kann ich Ihnen irgendwie helfen?“

„Wo ist er? Ich meine, wann ist er gegangen?“

„Ich bin nicht befugt, private Informationen herauszugeben.“

Mein einziger Freund aus der Vergangenheit war nicht mehr hier. Was bedeutete das für das Manuskript? Ich musste einfach glauben, dass Matthew es für mich sicher aufbewahrt hatte.

„Es ist nur so, dass er etwas von großem Wert für mich aufbewahrt und ich nun hier bin, um es abzuholen.“

„Es tut mir leid. Ich sollte Ihnen das vermutlich gar nicht sagen, aber ich schätze, es macht jetzt keinen großen Unterschied mehr. Mr. Fitzpatrick, Matthew, ist vor etwas über einem Jahr getötet worden.“

Ich konnte kaum sprechen.

„A-aber das ist unmöglich!“ Die Frau erzählte die falsche Geschichte. Eine Geschichte über jemand anderen. „Das muss ein Fehler sein …“

„Die Deutschen hatten gerade angefangen, London zu bombardieren.“

„Nein, das kann nicht sein. Matthew war kein Soldat, er war nicht in der Armee …“

„Es tut mir leid. Ich weiß, es ist schwer. Er hat dort Familie besucht. Es war schlicht ein Fall von zur falschen Zeit am falschen Ort.“

Ich konnte dem allen keinen Sinn geben. Die ganze Zeit war

er schon fort gewesen und ich hatte es nicht gewusst. Meine Zeit in St. Agnes stahl mir immer noch Dinge aus meinem Leben. Ich fühlte mich allem beraubt, was ich gekannt hatte.

„Wenn Sie mir Ihren Namen geben, werde ich in den Unterlagen nachsehen, ob irgendetwas in seinen Akten steht“, schlug sie nun sanfter vor, als sie meinen Aufruhr sah.

„Äh, ja. Opaline Carlisle. Oder vielleicht Gray, da bin ich mir nicht sicher.“

Sie schaute nach und schaute noch einmal nach. Es gab nichts. Wo auch immer er mein Manuskript aufbewahrt hatte, es gab keine Aufzeichnungen darüber. Es war, wie ich es mir gewünscht hatte: totale Geheimhaltung. Aber keiner von uns hatte damals ahnen können, was passieren würde. Jetzt hatte ich keine Möglichkeit mehr, es zurückzubekommen – doch in diesem Moment war es mir nicht länger wichtig.

Josef besuchte mich erneut und half mir, das auszupacken, was sich noch auf dem Dachboden befand. Ich entdeckte einige meiner Habseligkeiten, ein paar Kisten mit meinen Büchern darin, und eine der alten mechanischen Vogel-Spieluhren, die Mr. Fitzpatrick gehört hatten. Sie war kaputt.

„Es gibt nichts Traurigeres als einen Vogel, der nicht singen kann“, sagte ich und stellte sie beiseite.

Als ich aufschaute, sah er mich nachdenklich an.

„Sie müssen den Laden wieder öffnen.“

Die Holzregale schienen ein klagendes Wimmern von sich zu geben. Er hätte genauso gut vorschlagen können, dass ich zum Mond fliegen solle.

„Das kann ich unmöglich tun.“

„Warum nicht?“

Für Männer war es stets so leicht. Tu einfach dieses oder jenes, was immer dir gefällt.

„Zum einen darf niemand wissen, dass ich hier bin. Mein Gefängnis ist wesentlich strikter als Ihres, und wenn jemand je herausfände … Der Gedanke, dorthin zurückzukehren …“

Mir war nicht bewusst gewesen, dass ich zitterte. Er ließ das, was er gerade tat, sein und legte seine Arme um mich. Die Nähe überraschte mich ein wenig, aber es fühlte sich überwältigend gut an, wieder menschlichen Kontakt zu haben. Güte. Er löste sich von mir, bevor ich es tun konnte.

„Es tut mir leid.“

„Das muss es nicht.“

Nach einem Augenblick lächelten wir beide.

„Es ist eine Schande“, fuhr er fort und öffnete eine weitere Bücherkiste. „Das muss einst ein wunderschöner Laden gewesen sein.“

„Das war er.“

Für einen Moment schloss ich die Augen und versuchte, mich daran zu erinnern, wie der Laden ausgesehen hatte. Die Wärme der Kunden zu spüren, die hereinkamen und das Eine fanden, von dem sie nicht gewusst hatten, dass sie danach suchten. Könnte ich es tun? Könnte ich es mir leisten, es *nicht* zu tun? Ohne das Manuskript zu verkaufen hatte ich keine Möglichkeit, mich zu versorgen. Ich konnte mich nicht weiter auf Josefs Großzügigkeit verlassen. Es war pures Glück gewesen, dass er mir überhaupt geholfen hatte. Er hatte mir das Leben gerettet. Vielleicht hatte er recht. Was für einen Sinn hatte es, meine Freiheit wiedergewonnen zu haben, nur um weiterhin eingesperrt zu sein?

„Ich müsste sehr vorsichtig sein“, sagte ich, und sein breites Lächeln schenkte mir einen Anflug von Hoffnung.

Der Laden fing leise und ohne großes Getue an, wieder zu laufen. Ich öffnete einfach die Tür und unweigerlich kamen die ersten Menschen herein. Ich nutzte das Geld von den Verkäufen, um das Inventar aufzustocken – und meine Spardose. Ich konnte mir sogar einige essenzielle Dinge leisten, die mir nun wie purer Luxus vorkamen. Ich kaufte Seife, Unterwäsche und ein nagelneues Paar Schuhe. Langsam sah ich wieder einen Weg nach vorn. Ich unterdrückte meine Sorgen, entdeckt zu werden; solange Lyndon glaubte, dass ich immer noch in St. Agnes wäre und Dr. Lynch sein Geld erhielt, würden sie keinen Grund haben, mich zu belästigen. Schritt für Schritt wurde ich wieder ich selbst. Angeschlagen, aber immer noch intakt – und das war mehr als bemerkenswert.

Vertrauen ist etwas, das entsteht, ohne dass man es bemerkt. In den Wochen, die der Neueröffnung des Ladens folgten, fing ich langsam an, mich auf Josef und seine ruhige, fürsorgliche Art zu verlassen. Er forderte nichts von mir, und manchmal war mir nicht ganz klar, warum er Tag für Tag wiederkam, ohne je Fragen über die Vergangenheit oder Zukunft zu stellen. Vielleicht lag es daran, dass er niemand war, der zerbrochene Dinge wegwarf. Das erfuhr ich an dem Tag, an dem er mit den winzigsten Werkzeugen im Laden auftauchte, die ich je gesehen hatte. Sie steckten in einer ledernen Hülle.

„Wo haben Sie die her?"

„Vom Uhrmacher. Der ist hier ganz in der Nähe."

Er sagte das, als wäre es offensichtlich, dass ein Kriegsgefangener in die Stadt marschieren und sich von einem örtlichen Horologen Werkzeuge ausleihen konnte, um eine antike Spieluhr zu reparieren, die einer Frau gehörte, die gerade einem Irrenhaus entflohen war. Ich konnte nicht anders, ich musste kichern, was ihn zutiefst verwirrte, auch wenn er nicht nachfragte. Er fragte nie. Er machte sich einfach an die Arbeit.

„Wissen Sie, was Sie da tun?", fragte ich, bevor ich nun, wo ich wieder etwas Geld hatte, losgehen wollte, um Lebensmittel zu kaufen.

„In Salzburg habe ich Orgeln repariert."

Ich schüttelte den Kopf, weil ich diese neue Information nicht verarbeiten konnte.

„Was meinen Sie damit?"

„Für die Kirche", sagte er und löste vorsichtig den Deckel unterhalb der mit Blattgold überzogenen Spieluhr.

„Sie haben Kirchenorgeln repariert?", wiederholte ich, und er nickte, ohne Blickkontakt herzustellen.

„Als Junge. Mit meinem Vater. Dann habe ich an der Universität Göttingen Mechanik studiert. Ich mag es, Dinge zu reparieren", sagte er, und ein breites Lächeln legte sich über sein Gesicht.

Wie hatte jemand wie er in einem Flugzeug der Luftwaffe enden können, das in Irland notgelandet war? Zum vielleicht ersten Mal fragte ich mich, ob er wohl jemanden getötet hatte. Er war im besetzten Frankreich stationiert gewesen. Ich beobachtete, wie sein Blick begierig über den inneren Mechanismus der Spieluhr huschte, und wie er vorsichtig den kleinen Vogel entfernte, der obenauf saß. Seine Hände waren geschmeidig; lange Finger mit sauberen, präzise geschnittenen Nägeln. Seine blonden Haare waren ein wenig länger geworden und nicht mehr mit Pomade zurückgekämmt, sodass sie ihm in die Augen fielen und er hin und wieder den Kopf schütteln musste. Wie er da in meinem Laden saß, wirkte er komplett zu Hause. Er hatte von wer weiß woher zwei alte Holzstühle und einen Tisch mitgebracht. Josef hatte einfach ein Talent dafür, das zu finden, was benötigt wurde. Nichts Übertriebenes, aber schlicht und ausreichend.

Er brachte mich, ohne es zu wollen, zum Lachen. Ehrlich gesagt schien er genau dafür auf dieser Welt zu sein. Um sie besser zu machen, ohne es bewusst darauf anzulegen.

~

„Ich werde zurückgeführt." Josef stand steif in der Tür, von Kopf bis Fuß in seine Uniform gekleidet.

„Wann?"

„Jetzt."

Seine Stimme verriet keine Emotion. Ich nickte, als wäre diese Information vollkommen vernünftig. Ganz sicher hatte ein Teil von mir damit gerechnet. Nichts hielt für immer an, und seine unsichere Position hier war uns beiden bewusst gewesen. Und doch hatten wir eine Blase um uns herum erschaffen, in der uns die Außenwelt und ihre sich ständig ändernden Winde bisher nichts hatten anhaben können. Ich hielt ein Buch in der Hand, das ständig von seinem Platz im Regal herunterfiel, egal, wo ich es hinstellte oder wie eng es von seinen Nachbarn eingerahmt wurde. *Der Graf von Monte Christo* von Alexandre Dumas. Nun klammerte ich mich daran in dem Versuch, ein wenig Stabilität zu finden.

„Wartete jemand auf Sie? In Österreich meine ich?"

Das hatte ich ihn nie gefragt. Um die Wahrheit zu sagen, ich hatte die Antwort bisher nicht wissen wollen. Aber nun war es an der Zeit, sich der Realität zu stellen. Vielleicht würde mir das helfen, ihn ziehen zu lassen.

„Mein Vater. Sonst gibt es niemanden."

Er schaute mich an, und in seinen Augen sah ich, was seine Worte bedeuteten. Ich lief auf ihn zu, schlang die Arme um seinen Nacken und vergrub mein Gesicht an seiner Brust. Es war das erste Mal, dass wir einander auf diese Weise berührten, und so hätte es sich fremd anfühlen müssen, doch das tat es nicht. Es fühlte sich an wie der einzige Ort, an dem ich sein wollte. Anfangs zögerte er, doch nach einem Moment umfing er mich mit seinen Armen, und ich spürte seinen warmen Atem an meinem Hals.

Ich zog mich zurück, um ihn anzusehen. Seine Augen schauten direkt in meine und hielten meine gesamte Welt in sich.

„*Mein Liebling*", sagte er.

Die ganze Zeit über hatten wir Distanz zueinander gewahrt. Mit einem Mal wurde mir bewusst, dass es – zumindest von meiner Seite aus – nur geschah, weil ich Angst hatte, erneut einen Menschen zu verlieren, den ich liebte. Ich hatte mir eingeredet, wenn ich mir nicht erlaubte, ihm näherzukommen, würde ich ihn nicht vermissen, wenn er ging. Ich dumme, dumme Frau. Intimität ist nur eine Saite unter dem Bogen. Das Instrument spielt trotzdem Musik.

Er nahm meine Hände, drehte sie mit den Handflächen nach oben und hob sie an seine Wangen. Dann nahm er jede einzeln und küsste sie. Die Traurigkeit, die immer an seinen Mundwinkeln zu zupfen schien, war noch dort, aber da war auch etwas anderes. Eine Verletzlichkeit, die ich nie zuvor gesehen hatte.

Es fühlte sich an, als würde die Zeit verlangsamen, als würde er nicht aus meinen Leben gerissen. Ich legte den Kopf in den Nacken und ließ meinen Mund neben seinem ruhen. Ich spürte seinen Atem und sah, wie er die Augen schloss. Dann strich ich ganz sanft mit meinen Lippen über seine, küsste die Mundwinkel, die sich immer zu einem Lächeln verzogen, wenn er glaubte, dass ich es nicht sah. Sein Arm presste sich fest gegen meinen Rücken, und als ich mich nicht länger zurückhalten konnte, ließ ich mich gegen ihn sinken. Wir fühlten uns an wie eine Person, und ich wusste, egal, was passieren würde, ich hatte meinen wahren Seelengefährten gefunden, und vielleicht war das genug. Einfach zu wissen, dass er da draußen war, atmete, lebte, würde genug sein müssen.

~

Ich konnte nicht zusehen, wie er ging. Erst als das Geräusch seines Motorrads verklungen war, ging ich auf die Straße hinaus. Die wieder einmal verlassen da lag.

50. Kapitel

MARTHA

Hast du das Ende des Buches gelesen?

Ich blinzelte, als ich Henrys Nachricht auf meinem Handy sah. Die Sonne war noch nicht einmal aufgegangen. Hatte er die ganze Nacht durchgelesen?

Ich antwortete ihm.

Nein.

Ich meine, ich hatte ein wenig vorgeblättert. Das tat doch jeder, oder? Aber es war schwer, Sinn in einem Ende zu erkennen, wenn man nicht alle Fakten kannte. *Ein Ort namens Verloren* war die Geschichte eines Gebäudes, das im wahren Leben vielleicht nie existiert hatte, und eines Verwalters, bei dem es sich höchst wahrscheinlich um eine fiktive Person handelte. Das Einzige, das nicht erwähnt wurde, war das, was Henry so verzweifelt zu finden versuchte: das Manuskript.

„Das Manuskript", flüsterte ich vor mich hin. Die Blätter an meinem Baum schimmerten und schüttelten sich, als ich es sagte. Ich streckte die Arme über den Kopf und berührte das Holz, das mir inzwischen so vertraut war. Wie könnte ich auch nur anfangen, es ihm zu erklären, wenn ich es mir nicht einmal selbst erklären konnte?

Wir vereinbarten, uns später persönlich zu treffen, um zu reden. Noch eine bittersüße Unterhaltung, in der ich vorgeben würde, dass ich mich nicht in ihn verliebt hatte. Ich stöhnte laut und stand auf, um Madame Bowdens Frühstück zuzubereiten. Ich ließ meinen Frust an der Küche aus, klapperte mit Pfannen und Geschirr und trug dann einen Teller mit Würstchen und Rührei zum Esstisch. Ich hatte beschlossen, ihr endlich von Opalines Buch und den Dokumenten zu erzählen, die wir aus der Anstalt gestohlen hatten. Ich war froh, dass Henry sie mir gegeben hatte, aber er hatte recht – es war keine Freude, sie zu lesen. Nachdem sie ihre Tochter an diesem grauenhaften Ort verloren hatte, musste sie ihrem Bruder gegenüber Rachegefühle gehegt haben. Ich wusste, dass es mir so gegangen wäre. Ich dachte an Shane und den Unfall. Madame Bowden hatte kaum mit der Wimper gezuckt.

Etwas zupfte an meinem Geist, und ich fragte mich, warum sie noch nicht zum Frühstück heruntergekommen war. Jeden Morgen war sie diejenige, die mich mit ihrer schrillen Stimme und ihren endlosen Forderungen weckte. Was, wenn etwas mit ihr nicht stimmte? Mit jedem Schritt die Treppe hinauf sagte ich mir, dass ich dumm sei und sie einfach nur ausschlief, doch ich glaubte es nicht wirklich. Ich klopfte an die Tür zu ihrem Schlafzimmer und trat nach einem Moment ein. Meine Augen mussten sich an die Szene gewöhnen. Ihr Bett war unberührt, und sie war nirgendwo zu sehen.

„Madame Bowden?", rief ich. „Sind Sie da?"

Die Tür zum angrenzenden Badezimmer stand einen Spalt weit offen, doch als ich nachschaute, war es leer.

„Hallo?", rief ich auf dem Flur, doch in dem Haus herrschte eine solche Stille, dass ich wusste, ich war allein.

Unten suchte ich nach einer Nachricht von ihr, fand aber nichts. Natürlich hatte sie kein Handy, sodass ich sie nicht anrufen konnte. Sie weigerte sich, ihre täglichen Bewegungen von Technologieunternehmen überwachen zu lassen. Ich war nicht sicher, was ich tun sollte, und verbrachte den Morgen damit, von einem Raum in den nächsten zu wandern und alle paar Minuten aus dem Fenster auf die Straße hinauszuschauen.

„Hast du eine Telefonnummer von einer ihrer Freundinnen, die du anrufen könntest?“, fragte meine Mutter, als meine Besorgnis zu groß wurde und ich jemanden anrufen musste.

„Ich kann mich nicht an ihre Namen erinnern und es gibt hier kein Adressbuch oder Ähnliches.“ Erst jetzt wurde mir bewusst, wie wenig ich über diese Frau wusste. „Sollte ich die Polizei anrufen? Was ist, wenn sie irgendwo umherwandert und vergessen hat, wer sie ist?“

„Hat sie auf dich je vergesslich gewirkt?“, fragte meine Mutter.

„Nein, aber du hast sie gesehen, als du hier warst. Sie ist schon ziemlich alt.“

„Ich habe sie nicht gesehen.“

Ihre Antwort wirkte falsch – als versuchte man, einen Würfel in ein rundes Loch zu stecken.

„Was sagst du da? Natürlich hast du sie gesehen. Ich habe euch einander vorgestellt, als du vor Kurzem hier warst.“

Nach einer Pause sagte meine Mutter: „Sie war nicht da, als ich vorbeikam. Weißt du nicht mehr?“

Ich bekam eine Gänsehaut. Was zum Teufel war hier los? Ich wäre beinahe aus der Haut gefahren, als es an der Tür läutete.

„Vielleicht ist sie das“, sagte ich und eilte hin, aber es war Henry.

„Du kannst genauso gut reinkommen“, empfing ich ihn und sagte meiner Mutter dann, dass ich sie später zurückrufen würde.

Er sah ein wenig zappelig aus, als würde ihn etwas beschäftigen. Wir sprachen beide gleichzeitig.

„Ich habe etwas herausgefunden …“

„Madame Bowden ist verschwunden.“

Seine Augen wurden groß. „Verschwunden?“

„Ich wollte sie zum Frühstück wecken, aber ihr Bett war unberührt.“

„Oh.“

Sein Tonfall war nervtötend abschätzig.

„Was wolltest du überhaupt?“ Das hatte nicht so barsch klingen sollen.

Er griff in die Innentasche seiner Jacke.

„Ich habe dir dein Buch zurückgebracht“, sagte er und legte es auf den Konsolentisch im Flur. „Du machst dir aufrichtig Sorgen, oder?“

Ich zuckte mit den Schultern. Madame Bowden war für mich inzwischen zur Familie geworden.

„Ich muss mich ablenken“, sagte ich und zog ein Paar Gummihandschuhe aus der hinteren Hosentasche, als wäre ich eine Art Superheldin. „Sorry, ich will nicht unhöflich sein.“

Ich erwartete, dass er gehen würde, doch er zog seine Jacke aus.

„Okay, was steht an?“

„Was meinst du damit?“

„Ich werde dich jetzt wohl kaum allein lassen, oder? Hast du noch ein Paar davon?“ Er nickte zu meinen Gummihandschuhen.

Ich holte das ganze Silber heraus und breitete es auf dem Küchentisch aus. Henry saß an einem Ende, ich am anderen. In viertelstündigen Intervallen schaute ich zur Küchenuhr hoch und spürte, wie meine Besorgnis wuchs. Wir hatten kaum geredet, bis er mir anbot, einen Tee zu machen. Ich merkte nicht, dass er eine Tasse neben mir abstellte, und stieß sie mit dem Ellbogen vom Tisch. Das Geräusch des auf dem Fliesenboden zerspringenden Porzellans weckte in mir den Wunsch, zu schreien. Ich wollte, dass er verschwand und mich mit der Situation allein ließ. Ihn hier zu haben erinnerte mich nur an all die Dinge, die ich nicht haben konnte. Ich stand auf und holte Handfeger und Schaufel.

„Ist schon gut, ich mach das“, bot er an.

„Es geht schneller, wenn ich es selbst mache“, gab ich angespannt zurück.

Er hob abwehrend die Hände und trat ein paar Schritte zurück. Ich nahm den vergossenen Tee und die Porzellanteile mit all meiner aufgestauten Wut in Angriff und schaffte es, mich zu schneiden. Das Nächste, was ich wahrnahm, war, dass Henry sich zu mir herunterbeugte.

„Komm, lass mich dir helfen", sagte er und versuchte, meine Hand zu verbinden.

„Ist schon gut."

Er setzte sich auf den Boden.

„Weißt du, ab und zu kannst du andere Menschen ruhig an dich heranlassen. Du musst nicht alles allein machen."

Er war der Letzte, von dem ich Ratschläge annehmen würde, wie ich mein mangelndes Vertrauen in andere Menschen heilen könnte – ein Mann, der vor jeder Beziehung in seinem Leben davongelaufen war. Ich stand auf und fand in einem der Küchenschränke eine Packung Pflaster. Dann setzte ich mich wieder an den Tisch.

„Du kannst mit mir reden. Wir sind Freunde, oder etwa nicht?" Er lehnte am Kühlschrank.

„Ich hasse diesen Job."

„Nein, das tust du nicht."

„Doch. Ich hasse diesen dummen Job. Ich weiß nicht, warum ich überhaupt hergekommen bin. Und ich hasse meine Abendvorlesungen und all die Erinnerungen daran, was mir entgangen ist …" Ich kämpfte damit, das Papier von dem Pflaster zu lösen, während meine Gedanken weiter rasten. „Gerade wenn ich glaube, die Dinge im Griff zu haben, wird mein Leben wieder auf den Kopf gestellt. Und ich verstehe nicht mal, was das alles bedeutet. Warum das Buch in meinem Zimmer aufgetaucht ist und mit mir zu reden scheint. Wie Shane in diesem Haus gestorben ist, als wäre es ein Unfall gewesen, was aber keinen Sinn ergibt. Dann fängt meine Mutter auf einmal wieder an zu sprechen, nur um mir zu erzählen, dass sie adoptiert wurde, und nichts ist das, für das ich es gehalten habe. Und nun Madame Bowden – ich weiß, du denkst, dass ich überreagiere, aber irgendetwas fühlt sich nicht richtig an. Nichts von all dem hier ist normal", sagte ich. Meine Hände zitterten. Ich warf das Pflaster auf den Boden und gab auf. „Aber weißt du, was ich am meisten hasse?" Ich drehte mich um und sah Henry an, der einfach dastand und sich von mir den Tumult aus meinem Kopf vor die Füße werfen ließ. „Ich hasse es, wie sehr ich gegen das ankämpfen muss, was ich wirklich will, nur weil ich solche Angst davor habe, erneut verletzt zu werden."

Es entstand ein Moment des Schweigens, in dem ich beinahe bereute, das alles gerade laut ausgesprochen zu haben.

„Und was willst du wirklich?"

Mit Tränen in den Augen schaute ich zu ihm auf.

„Dich."

Wir kollidierten, als würden unsere Leben davon abhängen. Er zog mich in seine Arme und küsste mich auf eine Weise, die nichts zurückhielt. Mein gesamtes Leben konzentrierte sich auf diesen einen Punkt – so wie man die Linse an einem Mikroskop justierte, um das zu finden, was am wichtigsten ist: Liebe.

51. Kapitel

HENRY

Wir lagen in Marthas schmalem Bett, jeder Zentimeter unserer Haut berührte sich. Die Mauer zwischen uns war mit jedem herzzerreißenden Wort zerbröckelt, das sie in der Küche gesprochen hatte; wie ein Exorzismus der Vergangenheit. Die Wahrheit macht einen frei, so sagt man doch. Wir hatten uns beide entblößt, und ich wusste, dass sie mein Schicksal war. Jedes dumme, scheinbar sinnlose, schwierige, einsame, herausfordernde Unterfangen, das ich vorher in meinem Leben unternommen hatte, hatte mich hierhergeführt, in die Ha'penny Lane.

„Geht es dir gut?"

Ich spürte, wie sie an meiner Brust nickte, und zog sie noch näher an mich. Mein Herz fühlte sich zehnmal so groß an wie normal. Ich hatte das Gefühl, als könnte ich ein Auto anheben, wenn ich es müsste. Es war vermutlich besser, es nicht zu probieren, aber das Gefühl war trotzdem da.

„Es gibt da etwas, das ich dir nie erzählt habe", sagte ich.

„O Gott, du bist doch nicht noch mit einer anderen verlobt, oder?"

„Sehr lustig. Ich werde dich in einer Minute mit mir verloben, wenn du nicht aufpasst."

„Wenn *du* nicht aufpasst, könnte ich sogar Ja sagen."

„Haben wir gerade geheiratet?"

Sie lachte ein wenig rau direkt in mein Ohr, was unglaublich sexy war.

„Ich denke, ich werde für eine Weile aufs Heiraten verzichten, wenn das in Ordnung ist."

„Geht mir genauso."

Sie stützte sich mit dem Kinn auf meine Brust und wartete auf das, was ich ihr nie erzählt hatte. Wird schon schiefgehen, sagte ich mir.

„Ich war in dem Buchladen."

„In welchem Buchladen?"

„In DEM Buchladen. Nebenan."

Sie schüttelte leicht den Kopf und versuchte, einen Sinn in meinen Worten zu finden.

„Er existiert, Martha. Oder das hat er zumindest für eine Weile. An dem Abend, an dem ich in Irland angekommen bin."

„Du hast ihn gesehen?"

Ich nickte.

„Warum hast du mir das nicht gesagt?"

Ich verzog mein Gesicht zu einer „Was glaubst du wohl?"-Grimasse. „Du hast mich so schon für einen Irren gehalten."

„Das stimmt nicht!", sagte sie und lachte erneut. „Ich habe dich für einen Perversen gehalten."

„Siehst du? Ich wollte nicht ein Perverser *und* ein Irrer sein. Das hätte meine Chancen bei dir möglicherweise komplett vermasselt."

„Willst du damit sagen, dass du von Anfang an auf mich gestanden hast?"

„Fischen wir nach Komplimenten?"

Sie drehte sich um und tat so, als wolle sie aufstehen. Ich zog sie zurück, bis sie auf mir lag, und spürte, wie das Verlangen nach ihr schmerzhaft durch meinen Körper schoss.

„Ich wusste es von der Minute an, in der ich dich zum ersten Mal gesehen habe."

Sie gab mir einen sanften Kuss und fuhr mit den Fingern durch mein Haar. Es war wie ein Traum, aus dem ich nie erwachen wollte – nach all den Malen, in denen ich das Haus in dem Wissen hatte verlassen müssen, dass sie niemals die Meine sein würde, kam es mir beinahe nicht real vor.

„Warte mal“, sagte sie und richtete sich auf die Ellbogen auf, wobei sie enttäuschenderweise ihre Lippen von meinen löste. „Warum glaubst du, hat der Laden dich gewählt, um ihn zu sehen?“

„Äh, ich bin mir nicht sicher, dass er mich gewählt hat .. “ Es war schwer, rational zu denken, während ich nackt mit dieser Frau im Bett lag. Außerdem hatte ich die ganze Zeit geglaubt, es hätte sich um ein betrunkenes Trugbild gehalten – falls es so etwas gab.

Nun setzte sie sich auf und wickelte die Decke um sich. Mir schien, wir machten eine Pause.

„Das Buch, *Ein Ort namens Verloren*. Ich war davon ausgegangen, dass Madame Bowden es mir ins Zimmer gelegt hat.“

„Zusammen mit deinem Baum.“

Sie verzog das Gesicht. Mein Sarkasmus kratzte an ihren Nerven.

„Ich habe dir doch gesagt, dass nichts von all dem Sinn ergibt. Es mag verrückt klingen …“

„Verrückter als einen Laden zu sehen, der nicht existiert?“

Sie taxierte mich mit schiefgelegtem Kopf. „Das Manuskript. Es ist dir wirklich wichtig, oder?“

Zweifelte sie immer noch meine Motivation an? Ich setzte an, mich zu erklären, doch sie unterbrach mich.

„Nein, ich weiß, dass es hier nicht darum geht, aber ich verstehe, dass du etwas beweisen willst.“

Als ich diese Worte hörte, klang es auf einmal so oberflächlich. Zu versuchen, die Anerkennung von anderen Menschen zu erhalten, Erfolgen nachzujagen, die keine wirklichen Errungenschaften waren. Es war ja nicht so, als würde ich etwas schreiben; ich stolperte nur über die Arbeit eines anderen und versuchte, meinen Wert in einem Ruhm aus zweiter Hand zu finden. Vielleicht war ich das alles falsch angegangen. Vielleicht war es an der Zeit, dass ich versuchte, meinen eigenen Respekt zu verdienen, anstatt den von allen anderen.

„Das Manuskript zu finden wäre …“ Ich hielt inne und suchte nach dem richtigen Wort. „Immens gewesen. Aber auf seltsame Weise hat die Wahrheit über Opaline und ihren Buchladen zu entdecken und die perfekte Partnerin mit einem Lachen zu finden, das mein Herz rasen lässt, das Ganze irgendwie übertroffen.“

„Sind wir Partner?“

„Das wäre ich gerne.“

„Okay.“ Damit drehte sie mir den Rücken zu.

„Äh, was machst du da? Ist das irgendein Paarungsritual? Soll ich dir auch meinen Rücken zudrehen?“

Sie lachte wieder. „Die Worte, Henry!“

Ihre Tätowierung. Natürlich. Ich beugte mich vor, konnte die Schrift aber nicht lesen.

„Mist.“

„Was ist?“

„Ich glaube, ich brauche eine Brille.“

Sie beugte sich zu ihrem Nachttisch vor und holte eine Lupe aus der Schublade. Ich versuchte, mich nicht wie eine alternde Schildkröte zu fühlen, als ich zu lesen begann …

> Wrenville Hall ist ein Spuk, der uns alle von einer Generation zur nächsten verfolgt, der jeden Traum, jedes Bestreben in seinem Weg zerstört. Dieser Boden ist verflucht, genau wie die Erblinie von jedem einzelnen hier geborenen Kind. Ich bin in die Dunkelheit hineingeboren worden, und keine Buße wird mir das rettende Licht gewähren, das ich hier gesucht habe, meine geliebte Rosaleen. Dunkelheit wird an diesem Ort bis zu meinem letzten Atemzug und darüber hinaus regieren.

Ich war nicht sicher, was ich, nachdem ich Marthas Tattoo das erste Mal gesehen hatte, erwartet hatte, aber das hier nicht.

„Kannst du das Datum erkennen?"

Ich suchte mit der Lupe und sah die Zahlen 1846.

„Was ist das hier?"

Sie drehte sich zu mir um; ihre Augen waren groß und ernst.

„Ich habe nie jemandem hiervor erzählt. Ich habe es selbst nie wirklich verstanden – ich meine, als es passiert ist –, bis ich das Foto von Opaline gesehen habe." Sie streckte die Hand aus und nahm ihr Handy vom Nachttisch, um ein Foto von dem alten Bild aufzurufen, das wir von Opaline in St. Agnes gefunden hatten. Sie reichte es mir.

„Wonach suche ich?", fragte ich und nahm das Handy.

„Sieh dir ihren Rock an."

Ich zoomte hinein und sah etwas, das mir bisher entgangen war. Feine Stiche auf dem Stoff.

„Worte", sagte sie, was mein Gehirn losrattern ließ. „Eine Geschichte. Dieselbe Geschichte, die ich auf der Haut trage, ist in ihre Kleidung gestickt."

„Was zum …?"

Ich schaute wieder zu ihrem Rücken und sah die Initialen am unteren Ende.

EJB.

Meine Kopfhaut kribbelte, und ich hatte das Gefühl, als stünden mir die Haare zu Berge.

„Henry, ich glaube, das ist Emily Brontës Manuskript."

52. Kapitel

OPALINE

London, 1946

Inspiriert von *Der Graf von Monte Christo*, verbrachte ich Monate damit, nach Informationen zu suchen, und stieß auf einen Zeitungsartikel über die Familie eines Soldaten, die glaubte, er wäre fälschlicherweise wegen Feigheit vor dem Feind hingerichtet worden. Sie nannten seine Einheit. Es war die meines Bruders. Ich hatte meine Spur, nun musste ich ihr nur noch folgen.

Ich entdeckte belastende Unterlagen von zwei Prozessen vor dem Kriegsgericht in Ypern, wo fünfzig Männer zum Tod (oder zur Ermordung, je nachdem, wie man es betrachten wollte) durch ein Erschießungskommando verurteilt worden waren. Nur Tage, bevor der Waffenstillstand unterschrieben wurde, und in vollem Wissen darum, dass die Deutschen sich ergeben würden, hatte mein Bruder die Erschießung zweier weiterer Männer angeordnet. Ich nahm die Papiere mit zu einem Mr. Turner, einem Journalisten der *Times*, und er willigte ein, weiter zu recherchieren.

Den Prozessakten nach war es eindeutig, dass sie unter Kriegsneurose gelitten hatten. Lyndon hatte in seiner eigenen Handschrift notiert, dass Kriegsneurose eine bedauerliche Schwäche sei, die man in guten Einheiten nicht fände. „Es gibt nur unzureichende Beweise für eine Verurteilung“, hatte er geschrieben und doch das Todesurteil empfohlen, um dem Bataillon, das am Tag zuvor große Verluste erlitten hatte, eine Botschaft zu senden. Es wurde nicht erwähnt, dass es die militärische Strategie des Generals war, die zu diesen verlorenen Leben geführt hatte. Einer von ihnen war ein irischer Soldat, Frank O'Dowd, der erschossen worden war, weil er sich geweigert hatte, sein Barrett aufzusetzen, das vom endlosen Regen komplett durchnässt gewesen war. Er war von einem Arzt betäubt worden, um die letzten Stunden in der Todeszelle zu überstehen. Mr. Turner war es gelungen, den Arzt zu kontaktieren, der bestätigte, dass O'Dowd sich freiwillig als Soldat gemeldet hatte. „Sie konnten mutige Männer nicht erkennen, wenn sie direkt vor ihnen standen", hatte der Arzt ihm erzählt. Er bestätigte ebenfalls, dass mein Bruder, nachdem das Erschießungskommando fertig gewesen war, dem Iren den finalen Gnadenschuss versetzt hatte: Eine Kugel direkt in den Kopf.

~

Ich verbrachte die Nacht im Great Western Royal Hotel in Paddington. Anders als ein Großteil von London hatte es den Krieg relativ unbeschadet überstanden und durch die Bombenangriffe nur kleinere Schäden am Dach erlitten. Es war seltsam, wieder zu Hause zu sein. Ich fühlte mich nicht länger wie ein Teil des Ganzen, und die Menschen kamen mir fremd vor, irgendwie anders. Der Krieg hatte ihnen so viel genommen. Das hätte in mir ein Gefühl der Solidarität auslösen sollen, aber mein Krieg war ein ganz anderer gewesen. Ich traf mich mit Mr. Turner zum Lunch, und er reichte mir eine Kopie des Artikels, den sie am folgenden Tag in der Zeitung drucken würden.

Ich las den Artikel. Er war kraftvoll. Turner war ein ausgezeichneter Journalist, und anstatt aus meinem Bruder eine Karikatur eines Bösewichts zu machen oder ihn als zu unglaublichen Untaten fähiges Monster darzustellen, zeichnete er ihn als einen sehr realen Mann, der sich für Gewalt und gegen menschlichen Anstand entschieden hatte. Das machte ihn irgendwie noch realer, noch verantwortlicher für seine Verbrechen.

„Jetzt gibt es kein Zurück mehr", sagte er und tippte sich an den Hut, bevor er in der Menge auf der Straße verschwand.

„Ein altes Sprichwort besagt: *Bevor du dich auf einen Rachefeldzug begibst, musst du zwei Gräber graben*", sagte eine Frauenstimme, tief geworden von Zeit und Weisheit, doch unverkennbar die meiner alten Freundin Jane.

„Jane!", schrie ich und umarmte sie fest. Ich hatte ihr geschrieben und sie gefragt, ob sie sich mit mir in der Hotellobby treffen würde.

„Konfuzius hat das gesagt", warnte sie mich, weil sie fürchtete, dass mein Unterfangen mich auch zerstören würde. „Bist du dir sicher, dass du das durchziehen willst?"

„Ich muss die Deutungshoheit über meine Geschichte zurückgewinnen. Mir meine Macht zurückholen." Mir wurde erst jetzt bewusst, dass ich noch etwas mit den Familien der toten Soldaten gemeinsam hatte. Ich war durch Scham zum Schweigen gebracht worden. Durch Scham für das, was mir passiert war; dafür, dass ich es „zugelassen" hatte und mich die Leute nun als eine beschädigte Frau ansehen würden. Ich fühlte mich davon beschmutzt. Abgesehen von Josefs ruhiger und demütiger Gesellschaft hatte ich mich deswegen von der Welt isoliert. War ich bereit, zurückzukehren? Vielleicht nicht, aber andererseits – fühlte man sich jemals wirklich bereit? Ich wusste in diesem Moment nur, dass ich in meinem Schweigen genug gelitten hatte. Wenigstens könnte der Schmerz, der damit einherging, den Mund aufzumachen, mir Mut bringen.

„Die Welt muss erfahren, wer Lyndon Carlisle wirklich ist. Ich habe meine eigene Geschichte angeboten – *Befehlshabender Offizier Carlisle, der Sensenmann, ließ seine eigene Schwester in einer Anstalt für Geisteskranke einsperren.*"

„Guter Gott! Wird dein Redakteur das drucken?", fragte Jane.

„Die *Times* ist so eine Art Altherrenklüngel. Was Lyndon mir angetan hat, zählt offenbar nicht."

„Das ist absurd!“

„Mr. Turner war der Ansicht, dass jeder Hinweis auf mentale Schwäche meinen Ruf beschädigen und von der ‚echten Geschichte‘ ablenken könnte. Seine Worte.“

„Vielleicht hat er damit recht“, überlegte Jane und kaute auf ihrer Unterlippe. „Lyndon könnte das zu seinem Vorteil nutzen.“

„Ja, das ist ein guter Einwand. Also bringe ich ein letztes Opfer, um dafür zu sorgen, dass der Gerechtigkeit Genüge getan wird.“

Ich hatte die Abläufe in Bewegung gesetzt; nun gab es kein Zurück mehr. Hatte ich Angst? Natürlich hatte ich die. Und doch war diese Geschichte nun viel größer geworden als ich, und ich fühlte mich verantwortlich, im Sinne all derer zu handeln, die niemals die Gelegenheit bekommen würden, Gerechtigkeit für das zu erhalten, was mein Bruder ihnen angetan hatte. Ich würde dem Namen Carlisle ein wenig von seiner Integrität zurückgeben. Ich spürte, dass mein Vater das auch gewollt hätte. Die Zeit war gekommen. Ich musste mich ihm von Angesicht zu Angesicht stellen.

~

Als die Abenddämmerung einsetzte, machte ich mich auf den Weg zu meinem ehemaligen Zuhause. Die Luft war ruhig und still, meine Schritte auf dem Bürgersteig das einzige Geräusch, abgesehen vom Rauschen des Blutes in meinen Ohren. Ich erreichte die Pforte am Haus. Wie viel kleiner alles wirkte.

Ich klopfte an die Tür, und während ich wartete, versuchte ich, mir vorzustellen, ich wäre ein sehr großer, kräftig verwurzelter Baum. Ich entspannte die Muskeln in meinen Schultern und konzentrierte meine gesamte Energie auf die Mitte meines Bauches. Dort brannte das Feuer und ich wusste, dass ich daraus mit Präzision und Wildheit Kraft ziehen musste. Eine Frau öffnete mir.

„Mr. Carlisle“, sagte ich nur.

„Erwartet er Sie?"

„Wenn nicht, ist er ein Narr."

Die Frau wirkte verwirrt, ging dann aber los, um die Nachricht zu überbringen. Ich wartete nicht auf eine Einladung, mein eigenes Haus zu betreten. Ich schloss die Tür hinter mir und folgte der Frau über den Parkettboden des Flures in den Salon.

„Entschuldigen Sie, Madam, Sie müssen hier warten."

„Ich habe lange genug gewartet", sagte ich und drängte mich mit Leichtigkeit an ihr vorbei. Er saß gerade beim Abendessen am Tisch und verschluckte sich beinahe an seiner Suppe, als er mich sah.

„Was zum Teufel …"

„Überrascht, mich zu sehen, Bruder?"

Er gab kein Wort von sich. Er hasste es, im Nachteil zu sein. Er würde abwarten und die Lage sondieren, bevor er seinen Gegenangriff plante. Ich war nicht darauf gefasst, wie viel älter er aussah – älter als seine Jahre. Er war zerbrechlich geworden, die Haut dünn wie Pergament und erschreckend rot um seine Narben. Seine Hände waren arthritisch gekrümmt und er war beinahe kahl.

„Du fragst dich, warum ich hier bin und nicht in meiner Zelle in St. Agnes?"

Er tupfte sich die Mundwinkel mit der Serviette ab und legte sie auf den Tisch. Die Frau, die mir die Tür geöffnet hatte, schwebte wie eine Fliege im Sommer um mich herum, bis er sie mit einer Handbewegung fortscheuchte.

„'*Wie hat sie das nur gemacht?*', musst du vermutlich denken. Und was ist mit Dr. Lynch? Er nimmt immer noch monatlich das Geld von dir an, oder?" Er verengte die Augen und stand vom Tisch auf. Trotz seiner Schwäche hielt er sich immer noch wie ein Offizier. Ich musste mich arg zusammenreißen, um nicht einen Schritt zurückzutreten.

„Wie kannst du es wagen, dein Gesicht hier zu zeigen."

Ich spürte beinahe seinen Atem auf meinem Gesicht, so nah stand er vor mir.

„Ich fürchte mich nicht länger vor dir. Was könntest du mir schon noch antun?"

„Sollen wir es herausfinden?"

Ich hielt seinem Blick stand. Ich wollte um mich schlagen, aber ich hatte etwas Größeres als Gewalt in meinem Arsenal.

„Du wolltest mich auslöschen? Das kleine Mädchen, Vaters Liebling? Tja, erlaube mir, dir zu gratulieren. Das Mädchen existiert nicht länger. Die Frau, die jetzt vor dir steht, ist eine ganz andere Kreatur, die ebenfalls auf Zerstörung aus ist. Und zwar auf deine."

„Soll mich dieses Spektakel berühren? Denn ich versichere dir, das tut es nicht."

Ich ging um ihn herum wie eine Löwin um ihre Beute.

„Innerhalb weniger Stunden wird die ganze Welt wissen, was du getan hast. Während wir hier reden, dringt die Tinte gerade in das Papier ein."

„Was für ein Papier? Wovon redest du, Frau?"

„*The Times*. Sie waren sehr an deiner Vergangenheit interessiert. Vor allem an deinem Spitznamen, der Sensenmann."

Ich sah einen Anflug von Besorgnis.

„Papier nimmt jede Tinte an, ungerührt von ihrer Wahrhaftigkeit. Und du wirst dich als begriffsstutzige Närrin enthüllen, die in ein Sanatorium gehört."

„Ah ja, da hast du mich. So ungerecht es auch sein mag, ich weiß, dass meine Geschichte allein nicht reichen würde, um deinen Ruf zu zerstören. Vielleicht könnte sie ihn beflecken, aber das ist nicht die Vernichtung, die ich suche. Nein, Lyndon, die Morgenzeitung wird voll sein von deinen Verbrechen auf dem Schlachtfeld und von den Männern, die du unter dem Vorwand der Feigheit hast ermorden lassen. Die meisten Akten sind zerstört worden, aber ich habe ausreichend Beweise für deine abscheulichen Taten gesammelt, um dich in den Augen aller, die du kennst, zum Paria zu machen und zum Feind von allen anderen."

Seine Augen weiteten sich kurz.

„Diese jämmerlichen Exemplare von einem Mann hatten es nicht verdient, die Uniform zu tragen. Sie waren eine Schande für ihre Familien, für ihr Land."

„Ich habe Beweise, dass die Männer, die du hast erschießen lassen, keine Deserteure waren. Ich habe Zeugen, die bereit sind, öffentlich zu bestätigen, dass du diese Männer ermordet hast. Ihre Familien haben Gerechtigkeit verdient."

„Ich habe ihnen Gerechtigkeit gegeben!" Seine Stimme schoss wie eine Kanonenkugel aus seinem Brustkorb.

„Ja, genau wie ich es erwartet hatte. Du bist wirklich verrückt."

Für ihn waren wir alle nur Figuren auf einem Schachbrett. Unbedeutende Steine, die er nach seinem Willen hin und her schieben konnte.

„Tja, man sollte nicht von sich auf andere schließen. Außerdem waren das Wehrpflichtige und keine richtigen Soldaten."

Ich wusste, dass er versuchte, mich zu ködern.

„Einige von ihnen waren noch Jungen, wusstest du das? Also ja, vielleicht haben sie im Angesicht all des Todes Panik bekommen, aber sie waren keine Deserteure."

„O bitte, Opaline, erzähl uns mehr über deine Erfahrungen auf dem Schlachtfeld. Erhelle mich mit deinem Wissen in diesen Angelegenheiten."

„Ich weiß, dass es nicht mein Recht ist, mich zum alleinigen Richter über das Leben anderer zu erheben."

„Soll ich dir von den Tausenden erzählen, die in jenem Winter an Erfrierungen gestorben sind? Noch mehr durch die Cholera? Von dem unbeschreiblichen Leid von Millionen der besten Männer des Reiches, die wochenlang in schlammigen Schützengräben lagen, im Regen, in der Kälte, bei Wind – hungrig und erschöpft unter dem konstanten Beschuss durch den Feind. Von den grauenhaften Explosionen und dem Gemetzel, das endlos anhielt. Von Toten und Verwundeten, die weggeschleppt wurden, um neuen Soldaten Platz zu machen, die sich einem besser bewaffneten und besser vorbereiteten Feind stellen mussten. Von dem schwarzen Schlamm, der auf die wilde, primitive Landschaft herunterregnete. Zwanzigtausend Mann wurden am ersten Tag an der Somme getötet. Es war, als wäre der letzte Tag gekommen, und jeder Mann musste sich ihm mit nur dem Kameraden an seiner Seite als Unterstützung stellen. In den Schützengräben haben sie gegessen, wann immer das Essen bis zu ihnen vordringen konnte, und sind verhungert, wenn es nicht kam. Dort töteten sie und wurden getötet, wurden vergraben in flachen Gräbern, halb angefressen von Ratten. Und das waren die Glücklichen."

Damit hatte ich nicht gerechnet. Er hatte nie zuvor über den Krieg gesprochen, und wenn er es getan hätte, hätten die Dinge vielleicht anders sein können.

„Das entschuldigt trotzdem nicht …"

„Niemand von uns konnte dem Grauen entfliehen. Wir mussten den König und das Land verteidigen. Also tat ich, was getan werden musste."

„Was? Deine eigenen Soldaten zu töten, bevor der Feind es tun konnte?"

„Ich machte sie zum warnenden Beispiel für Feigheit. Armeen werden durch Angst regiert. Glaubst du, dass die Männer, die sich freiwillig gemeldet haben, sich der Massaker bewusst gewesen sind, die vor ihnen lagen? Glaubst du nicht, dass jeder Mann da draußen sich mit jeder Faser seines Seins gewünscht hätte, er könnte diesen höllischen Ort verlassen? Was denkst du, lässt die Männer weiter nach vorne in ihren Tod marschieren?"

Ich wusste es nicht.

„Pflicht. Ehre. Diese Wiesel, die du nun offenbar so unbedingt beschützen willst, besaßen beides nicht. Sie waren durch und durch Feiglinge."

„Wenn du wirklich an Ehre glaubst, dann wirst du irgendwo in deinem Herzen – oder wenn du keines hast, wovon ich ausgehe, dann in deinem Gewissen – wissen, dass du dich falsch verhalten hast. Die Familien dieser Männer haben die Schande viel zu lange ertragen. Und wofür? Selbst wenn diese Männer angesichts eines formidablen Feindes Angst verspürt haben, ist das ein Verbrechen, das mit dem Tod bestraft werden muss? Du hättest sie begnadigen können. Das haben die meisten befehlshabenden Offiziere getan. Aber du nicht. Warum musst du jeden zerstören, der deine anspruchsvollen Standards nicht erfüllt? Warum musst du beschämen und quälen …“

„Genug!“

Er drehte sich von mir weg und schenkte sich einen Drink aus einer Kristallkaraffe ein. Ich versuchte, mich zu fassen, obwohl meine Beine zitterten und ich mich ebenfalls nach einem Drink sehnte.

„Es geht immer nur um deinen Schmerz, dein Leid. Du denkst nie an jemand anderen.“

Ich machte mir nicht die Mühe, darauf zu antworten. Es hätte sowieso keinen Sinn gehabt.

„Kannst du dir für einen Moment das Leid vorstellen, das ich hierdurch erlitten habe?“ Er zeigte auf die Seite seines Körpers, die verbrannt war. Dann holte er verschiedene Dosen mit Tabletten aus seinen Taschen und warf sie auf den Tisch. „Die kratzen nicht mal an der Oberfläche“, sagte er nun ruhig. „Ich habe da draußen meine Pflicht getan. Ich habe meinen Körper aufs Spiel gesetzt. Und was habe ich ihm Gegenzug erhalten?“

„Man hat dir Orden verliehen, oder nicht?“

„Ha! Orden. Ich wollte Respekt. Ich wollte eine Zukunft. Eine Familie. Aber keine Frau wollte auch nur in meine Nähe kommen, nachdem sie das hier gesehen hatte. Ich konnte einer Frau keine Kinder mehr schenken. Ich war ein nutzloses Exemplar. Ich musste um eine Arbeit betteln. Weiß du, wie demütigend das war? Es gab nur eine Sache, die ich von dir verlangt habe."

„Bingley zu heiraten?", fragte ich.

„Und da warst du, hast vor mir mit deiner Freiheit herumgewedelt. Einer Freiheit, die ich bezahlt habe."

„Lyndon, wenn du nur früher darüber geredet hättest, hätte ich helfen können."

„Was hättest du tun können? Du warst nur für eine Sache gut, und selbst in der wolltest du mir nicht gehorchen."

„Dir gehorchen?" Beinahe hätte ich gelacht. Was für ein Recht hatte er? Er tat immer so, als hätte er die Autorität über mich, und ich schätzte, dass der Altersunterschied zwischen uns sein Verhalten normal erscheinen ließ. Aber damit war nun Schluss. „Bei dir klingt das, als würde ich dir etwas schulden, und glaube mir, Bruder, ich schulde dir gar nichts."

„Du verdankst mir alles! Ohne mich wärst du tot."

„Wovon zum Teufel redest du da?"

„Deine Mutter wollte dich nicht behalten. Ich kann mir bis heute nicht sicher sein, dass du überhaupt meine bist. Diese französische Schlampe."

Es war, als wäre ich in die Unterhaltung von jemand anderem hineingestolpert. Seine Worte ergaben keinen Sinn.

„Meine Mutter?"

Er ging zum Sideboard, nahm eine Zigarre aus einer silbernen Kiste und zündete sie mit einem runden, marmornen Feuerzeug an. Seine Augen verengten sich, als er an der Zigarre zog und dann den Rauch in die Luft blies.

„Jetzt kannst du es auch genauso gut erfahren; nun, wo Mutter und Vater tot sind. Deine Großeltern."

Ich schüttelte den Kopf. Das klang alles nicht richtig.

„Ich werde mir diesen Wahnsinn nicht länger anhören", sagte ich und wandte mich zum Gehen.

„Ah, auf einmal bist du nicht mehr so sehr an der Wahrheit interessiert, hm?"

Ich blieb wie angewurzelt stehen.

„Ich dachte, du wärst hier, um den Sachverhalt klarzustellen. Um all meine vergangenen Übertretungen ins rechte Licht zu rücken. Tja, dann kann ich auch einfach alle Karten auf den Tisch legen."

Mir war übel. Ein krank machendes Gefühl kroch durch meine Adern in meine Brust. Mir wurde klar, dass ich wusste, was er sagen würde; tief in meinem Inneren hatte ich es schon immer gewusst, mir aber nie erlaubt, es zu sehen.

„Und wenn der billige Fetzen einer Zeitung morgen deine Version der Ereignisse druckt, wirst du wissen, dass du deinen eigenen Vater verraten hast."

Ich drehte mich um und schaute ihm direkt in die Augen.

„Nein", sagte ich und schüttelte den Kopf. „Das kann nicht sein."

„Wir waren in Europa, im Sommer 1900. Meine Großmutter – deine Urgroßmutter – hatte die Reise bezahlt. Ich war mit einigen Freunden von der Universität dort, machte die große Tour, wie es für einen jungen Mann Sitte war. Ich war zwanzig Jahre alt, also ähnlich wie du, als du deine Flucht zum Kontinent angetreten hast."

Ich hasste es, dass er uns miteinander verglich. Wir hatten überhaupt nichts gemeinsam.

„Wir besuchten die französische Riviera. Sie hat sich mir verfügbar gemacht …"

„Halt den Mund!" Ich hielt mir die Ohren zu. Es war zu viel. Aber er kam auf mich zu und zog meine Hände herunter.

„Das ist die natürliche Ordnung der Dinge, Opaline. Junge Männer müssen sich die Hörner abstoßen. Aber Mädchen wie sie erkennen eine Gelegenheit, wenn sie sich ihnen bietet. Bevor ich abreiste, kam sie zu mir und sagte, sie wäre schwanger, könne sich ein Kind aber nicht leisten. Ich sagte ihr, dass sie nichts von mir bekommen würde, doch sie hatte meinen Namen und musste irgendwie unsere Adresse herausgefunden haben. Ein Jahr später stand sie vor der Tür und ließ dich wie ein ungewolltes Geschenk auf der Schwelle zurück."

Ich weinte, doch er fuhr fort.

„Ich schlug ein Waisenhaus vor, doch Vater, schwach wie er war, bestand darauf, dich zu behalten. Ich wollte nichts damit zu tun haben. Ich hatte meine Karriere in der Armee. Also haben sie dich wie ihr eigenes Kind aufgezogen, und seitdem bist du ein Stachel in meinem Fleisch."

Ich hatte aufgehört, mich zu wehren, und so ließ er meine Arme los, ging zurück zum Sideboard und schenkte aus dem Dekanter zwei große Gläser Brandy ein. Als er mir meines reichte, trank ich es in zwei gierigen Schlucken aus.

„Vater war nicht mein echter Vater?"

Wir standen eine ganze Zeit schweigend da, während der Staub um seine Worte sich legte.

„Wie hieß sie?"

„Wer?"

„Die Frau. Meine … Mutter."

„Woher zum Teufel soll ich das wissen? Das ist über vierzig Jahre her. Celine oder so. Oder war es Chantal?"

Ich warf das Kristallglas nach ihm, aber es traf nur das Sideboard und zersprang.

„Du bist wirklich abscheulich. Du hast keine Gefühle für irgendjemanden außer für dich. Du hast mich all die Jahre an diesem … Ort eingesperrt. Wusste Dr. Lynch, dass du mein Vater bist? Mein Gott, jetzt ergibt alles einen Sinn."

„Ich habe dir einen Gefallen getan. Ich sah, dass du den gleichen Weg einschlugst wie deine Mutter; schwanger zu werden ohne einen Ring an deinem Finger. Also habe ich es für dich entsorgt. Und was ist der Dank dafür?"

Ich war so wütend und überwältigt, dass ich einige Momente brauchte, bevor ich seine Worte verarbeiten konnte.

„Woher wusstest du, dass ich das Baby verlieren würde?"

„Wie bitte?"

„Das Baby. Sie war eine Totgeburt. Du hast gesagt, du hättest sie für mich entsorgt, aber du konntest nicht wissen, was passieren würde."

Er schenkte sich noch einen Drink ein.

„Lyndon, was hast du getan?"

„Ich hätte sie in einen Sack stecken und ertränken sollen wie das ungewollte Katzenbalg, das sie war."

Ich spürte eine Wut in mir, die mich beinahe blind machte. Ich presste die Fingernägel in meine Handflächen. Ich wollte ihn umbringen.

„Wovon in Gottes Namen redest du da?", stieß ich mit einer tiefen Stimme aus, die ich selbst kaum wiedererkannte.

„Aber lebendig war sie für mich von größerem Wert", fuhr er fort. „Ein Junge hätte natürlich mehr Geld erzielt, aber sie hat mir auch eine schöne Summe eingebracht."

Er schaute mich an und lächelte. Lachte über meine Ignoranz. Genau wie früher, als wir noch Kinder waren und ich, die Jüngere, immer langsamer von Begriff gewesen war.

„Du hattest keine Ahnung, oder?" Er trank einen Schluck und schaute siegreich drein. „Der gute alte Paddy hat das Geheimnis für sich behalten."

Ich schnappte mir ein Messer von der Kommode und stürzte mich auf ihn.

„Gott möge mir beistehen, Lyndon, wenn du mir nicht sofort die Wahrheit sagst, werde ich dir die Augen ausstechen."

„Ganz ruhig, altes Mädchen, du könntest damit jemanden verletzen." Er setzte sich lässig wieder auf seinen Stuhl. „Ich habe sie verkauft. An ein Paar, das sich verzweifelt nach einem Kind sehnte. Lynch hat das alles arrangiert. Offenbar war es nicht das erste Mal."

„Sie lebt?" Ich konnte kaum atmen und lehnte mich haltsuchend gegen die Rückenlehne eines Stuhls.

Er schwieg einen Moment. Irgendetwas war nicht so gekommen, wie er es vorhergesagt hatte.

„Du klingst erleichtert", sagte er dann.

„Mein Gott, du hast wirklich keine Ahnung, oder?"

„Wovon?"

„Davon, was es bedeutet, zu lieben!" Ich sammelte mich einen Moment, und erst da wurde mir das Ausmaß seiner Unmenschlichkeit bewusst. „Du hast deine eigene Enkeltochter verkauft."

Ich warf Mr. Turners Artikel auf den Tisch und wandte mich zum Gehen.

„Willst du mich gar nicht fragen, wo sie ist?"

„Würdest du es mir sagen, wenn ich es täte?"

Er grinste.

„Du kennst mich gut, kleine Opaline."

Die Bezeichnung verstörte mich. Nur Armand hatte mich je so genannt.

„Nach dem morgigen Tag werden alle genau wissen, was du bist."

Ich verließ das Zimmer und schaffte es irgendwie, aufrecht zu bleiben. Im Eingangsbereich kam ich an der Haushälterin vorbei, die mir einen seltsamen Blick zuwarf. Ich war in einem endlosen Labyrinth der Emotionen und Erinnerungen verloren, die nirgendwo mehr hinzupassen schienen. Meine Tochter lebte noch. Das war alles, woran ich mich festhalten konnte.

Sobald ich die Haustür erreichte, hörte ich den lauten Knall eines Schusses. Ich hielt inne. Dann erklang der Schrei einer Frau. Ich drehte mich nicht um. Ich befahl meinen Füßen, weiterzugehen, einen Schritt vor den anderen zu setzen, bis ich auf der Straße war und frische Luft einatmete. Ich wusste, dass ich eine Wahl hatte. Ich konnte die grauenhafte Kette an Ereignissen zu meiner neuen Geschichte werden lassen – einer Geschichte, die zu tragen ich für die Ewigkeit verdammt wäre – oder ich konnte sie mit ihm sterben lassen. Es war eine Wahl, die ich für den Rest meines Lebens jeden Tag würde treffen müssen.

53. Kapitel

MARTHA

Es war dunkel geworden. Ich fühlte mich sicher in unserem kleinen Kokon. Es war so eine Erleichterung, Henry an mich heranzulassen, all die Dinge mit ihm zu teilen, die ich nicht länger allein tragen wollte. Wir wussten, dass wir beide aus einem bestimmten Grund hierhergeführt worden waren – wegen etwas Besonderem, das jedem Kuss, jeder Zärtlichkeit eine schimmernde Magie verlieh. Ich konnte kaum glauben, dass er nun zu mir gehörte, dass diese Blicke allein mir galten. Er flüsterte Albernheiten an meinem Hals, suchte meine Haut mit seinen Fingern ab und schlief, was das Süßeste von allem war, in meinen Armen ein.

Madame Bowden war nicht zurückgekehrt, und dank einer seltsamen Vorahnung rechnete ich auch nicht mehr damit. Man könnte es Intuition nennen, doch ich schätzte, dass sie immer mehr über dieses Gebäude gewusst hatte, als sie sich hatte anmerken lassen. Sie hatte auch mehr über mich gewusst. Wer war sie? Wofür hatte sie mich einer Prüfung unterzogen? Waren die Freundinnen von ihrer Dinnerparty eingeweiht gewesen? War das alles eine Art Schauspiel gewesen? Noch hatte ich nicht alle Puzzleteile, aber ich konnte mir nicht länger vormachen, dass meine Ankunft in der Ha'penny Lane purer Zufall gewesen war.

Noch etwas anderes wurde mir bewusst, etwas Wundervolles: Ich konnte Henry wieder lesen. Seine Geschichten waren für mich nun wieder so klar wie an dem Tag, an dem wir uns kennengelernt hatten. Selbst im Schlaf las ich die Wiedervereinigung mit seinem Vater und wie viel sie ihm, trotz der komplizierten Gefühle, bedeutet hatte. Vielleicht war es doch nicht die Liebe, die meine Fähigkeiten blockierte. Vielleicht war es mangelnde Selbstliebe. Um mit Shane trotz der Art, wie er mich behandelt hatte, zusammenzubleiben, hatte ich mich auf gewisse Weise selbst im Stich lassen müssen. Ich hatte die innere Stimme zum Schweigen bringen müssen, die wusste, dass etwas nicht stimmte, hatte das Bauchgefühl ignorieren müssen, das mir sagte, dass ich das alles nicht verdient hatte. Dass mein Leben so viel mehr Potenzial enthielt, als nur der Sandsack für jemand anderen zu sein. Ich hatte meine Gabe, Shane zu lesen, verloren, als ich mir und meinen Bedürfnissen gegenüber blind geworden war. Genauso hatte ich meine Gabe mit Henry verloren, als ich mich weigerte, zu erkennen, wie sehr ich ihn liebte. Wie sehr ich ihn brauchte.

Ich spürte, wie er sich neben mir regte. Seine Haare, die an seiner Stirn leicht feucht waren, rochen nach Papier und einer Herbstbrise. Vorsichtig schlich ich mich aus dem Bett, versuchte, ihn nicht zu wecken, und ging nach oben, um mein Buch vom Tischchen im Flur zu holen. Ich setzte mich in einen von Madame Bowdens Queen-Anne-Stühlen und las die letzten paar Seiten.

> Verloren zu sein ist kein hoffnungsloser Ort. Es ist ein Ort der Geduld, des Wartens. Verloren zu sein heißt nicht, dass man für immer fort ist. Verloren zu sein ist eine Brücke zwischen Welten, wo der Schmerz unserer Vergangenheit zu einer neuen Macht transformiert werden kann. Du hattest schon immer den Schlüssel zu diesem besonderen Ort, aber jetzt bist du bereit, die Tür aufzusperren.
>
> Jeder Mensch, der sich hier wiederfindet, bringt ein besonderes Talent mit, das, wenn er es benutzt, seine Ängste überschreiten kann. Eine Geschichte, die durch Erinnerungen weitergegeben wird, Leben, die sich dir ohne Worte enthüllen, Bücher, die dir ihr Wissen sanft ins Ohr hauchen,

> mechanische Spielzeuge, die unter gütigen Händen zum Leben erwachen, Nostalgie, die gerettet und in ein neues Leben wiedergeboren wird - all diese Dinge sind die wahre Magie innerhalb dieser Wände. Es gibt hier eine Energie, die sich in alles verwandeln kann, was sie will. Sie hat sich vor allen bis auf die wahren Gläubigen versteckt, ein winziger Same, der immer noch alles enthält, was einst gewesen war und wieder sein kann.
> Bist du bereit, die Schwelle zu überschreiten und Anspruch auf dein Geburtsrecht zu erheben?

Mein Körper fühlte sich stabil und geerdet an, wie ein Baum mit tiefen Wurzeln, während mein Geist leicht auf einer Brise schwebte. Das hier war meine Reise. Auch wenn ich das, was mit Shane geschehen war, niemals gewählt hätte, hatte es mich auf meiner Suche nach etwas Besserem hierhergeführt. Opaline hatte recht – ich fühlte mich mächtig. Nicht auf egoistische Art, sondern auf eine ruhige, wissende Weise. Als wäre ich endlich bereit, die Hoheit über mein eigenes Leben zu übernehmen.

Dann erinnerte ich mich an etwas, das Henry gesagt – oder besser zurückgehalten – hatte. Mein Instinkt sagte mir, dass es wichtig war. Ich war bereit, die ganze Wahrheit zu erfahren.

~

„Was wolltest du mir erzählen, als du hergekommen bist?", fragte ich und setzte mich neben ihm aufs Bett.

Er streckte sich und gähnte. „Was?"

„Als du heute herkamst, hast du gesagt, du hättest etwas gefunden?"

Er stützte sich auf einen Ellbogen und blinzelte ein paar Mal, wie ein neu startender Computer. „O ja, warte einen Moment."

Er schwang die Beine aus dem Bett und zog seine Boxershorts an, bevor er nach oben ging, um seine Jacke zu holen. Sobald er fort war, spürte ich die Kälte seiner Abwesenheit und lächelte.

„Ist schon gut", flüsterte ich. Ich musste mir versichern, dass es sicher war, diese Gefühle zu haben. Es würde nicht leicht sein, zu lernen, ihm zu vertrauen. Ich fing gerade erst an, mir selbst zu vertrauen.

„Opalines Baby", sagte er, als er wieder in den Raum kaum. „Ihre Tochter ist nicht gestorben. Das haben sie ihr nur erzählt." Er setzte sich aufs Bettende und reichte mir ein abgegriffenes Dokument. Es handelte sich um eine offizielle Adoptionsurkunde für ein Mädchen. Ihr Name war Rose.

„Mein Gott, wie konnten sie ihr das antun?"

„Geld, schätze ich. Das war damals durchaus üblich."

Henry drückte meine Hand, und ich war so froh, dass er da war. Allein hätte ich mich dem hier nicht stellen können.

„Meine Augen spielen mir einen Streich. Kannst du vorlesen, wie das Ehepaar heißt?"

„Clohessy. Spreche ich das richtig aus?"

Meine Zähne begannen, vor Kälte zu klappern.

„Hey, was ist los?", fragte er und zog mich an sich, um die Arme fest um mich zu schlingen.

„M-meine Großmutter ist von einem Paar namens Clohessy adoptiert worden."

54. Kapitel

HENRY

„Wie kannst du so ruhig sein? Der Name deiner Großmutter war Rose Clohessy. Ich meine, wie viele Rose Clohessys können in jenem Jahr geboren worden sein? Das ist ein ziemlich großer Zufall, oder?“ Mir wurde bewusst, wie laut ich sprach, als ich in ihrer kleinen Souterrainwohnung auf und ab tigerte, während sie beinahe zenmäßig auf dem Bett saß.

„Ich bin mir nicht sicher, ob ich das, was ich empfinde, als ruhig bezeichnen würde, Henry“, sagte sie ungerührt angesichts dieser monumentalen Wendung in ihrer Familiengeschichte.

„Du bist dabei, es zu verarbeiten. Gut. Okay.“

Tja, das hier war verrückt. Ich hatte die Frau meiner Träume kennengelernt, nur um zu erfahren, dass sie das verlorene Manuskript von Emily Brontë AUF IHRER HAUT trug, und nun schien es, dass sie zudem die Urenkelin von Opaline Carlisle war, eine der größten Buchhändlerinnen des zwanzigsten Jahrhunderts. Eine Tatsache, derer sie sich bis zu diesem Moment überhaupt nicht bewusst gewesen war.

Wartet nur, bis ich der Fakultät davon erzählte – endlich hatte ich das Thema für meine Dissertation!

„Daran denkst du gerade?“

„Hä? Was? Warte mal, wie hast du …“ Ich hatte den Teil nicht laut gesagt, oder?

Sie stand auf und zog sich mit einer Dringlichkeit an, die von einer anderen Aktivität als meiner bevorzugten sprach.

„Natürlich solltest du darüber schreiben. Jeder sollte Opalines Geschichte kennen. Und du bist derjenige, der sie erzählen muss.“

„Okay, woher weißt du, dass ich genau darüber …“

„Es ist eine Gabe, Henry. Und ich habe nicht länger vor, sie zu verstecken.“

Ich bemühte mich, so zu tun, als wäre das überhaupt nicht verstörend, und dann versuchte ich sofort, an nichts zu denken, damit sie es nicht aus meinem Gehirn pflücken konnte. Die Äste des Baumes zitterten in einer unfühlbaren Brise, und die Tür schwang mit einem theatralischen Knacken auf.

„Was Emilys Manuskript angeht, das wird niemand glauben, oder?“

Sie hatte recht. Wir hatten keinen Beweis dafür, dass es echt war. Aber *wir* wussten es, und das reichte. Die Erkenntnis warf mich beinahe um: Anerkennung war mir nicht mehr wichtig.

„Du musst dich damit abfinden, dass du der Einzige bist, der es sieht“, sagte sie und gab mir einen Kuss auf die Wange.

„Ich glaube, damit kann ich leben.“ Damit konnte ich sogar sehr gut leben.

„Okay, sollen wir es versuchen?“, fragte sie und schlüpfte in ihre Schuhe.

„Den Mount Everest zu besteigen? In dem neuen Asiarestaurant zu Abend zu essen?“

Sie schlug mir spielerisch gegen den Arm und schenkte mir dieses mein Herz schmelzende Lächeln. „Den Buchladen zu finden. Du hast die letzte Seite gelesen, oder?“

Ich versuchte, die Worte vor meinem inneren Auge aufzurufen.

Die Seele der Nacht auf den Kopf gestellt …

„Ich bin mir nicht mal sicher, was das heißen soll … die Seele der Nacht?“

„Nimm das nicht so wörtlich“, sagte sie mit neu gefundenem Selbstbewusstsein, das ich an ihr noch nie gesehen hatte. Es stand ihr gut. „Wenn ich die Hüterin bin – und alles, was seit meiner Ankunft hier geschehen ist, hat mich förmlich angeschrien, dass dem so ist – muss ich es glauben. Ich habe mich so lange in einem Zustand der Leugnung befunden. Ich schätze, ich habe nie gewagt, zu hoffen …“

Sie brach ab; ihre Stimme war vor Emotionen rau. Ich legte meine Arme um ihre Taille und sagte ihr, sie solle tief durchatmen.

„Du bist so besonders. Nur kannst du es nicht sehen.“ Ich beugte meinen Kopf und ließ meine Lippen die Weichheit ihres Mundes berühren, spürte den süßen Duft von ihrem Atem, der mich anzog. „Ich bin mir nur nicht sicher, wo ich hineinpasse“, sagte ich und löste mich widerwillig von ihr. Dumme Gedanken.

„Du bist der Einzige, der den Buchladen gesehen hat. Das muss etwas bedeuten.“

Das stimmte. Die Suche nach dem Manuskript hatte mich hierhergeführt, und jetzt hatte ich einen Schatz gefunden, von dem ich nicht gewusst hatte, dass ich ihn suchte. Sie nahm meine Hand und führte mich nach oben. Es brannte kein Licht, aber die Räume wurden von einem unglaublich großen Mond erhellt, der durch die Fenster schien.

„Was ist mit Madame Bowden?“, fragte ich, als wir vom Erdgeschoss in den ersten Stock hinaufgingen.

„Ich glaube, sie kommt nicht zurück.“

Jeder Anflug von Anspannung war aus ihrer Stimme verschwunden. Was war hier los? Sie hielt einen Moment inne und drehte sich zu mir um.

„Würdest du es seltsam finden …“

„Martha“, sagte ich und umfasste ihre Schultern. „Ich glaube, über den Punkt, irgendetwas seltsam zu finden, sind wir schon lange hinaus, oder?“

Sie lächelte und schüttelte die letzten Zweifel ab, die sie noch zurückhielten.

„Abgesehen von uns gibt es keinen anderen Menschen, der Madame Bowden wirklich jemals getroffen hat. Ich habe meine Freunde von der Universität gefragt – und keiner von ihnen hat sie an jenem Abend auf meiner Geburtstagsfeier gesehen. Nicht einmal meine Mutter.“

„Okay. Das ist seltsam.“

„Abgesehen von Shane“, fügte sie an und runzelte die Stirn, während sie sich in verstörenden Erinnerungen verlor. „Wieso?“, flüsterte sie beinahe unhörbar.

Ich wünschte mir langsam, ich hätte sie auch nie gesehen. War sie ein Geist?

„Ich glaube nicht, dass sie ein Geist ist.“

„Ah, du liest jetzt also einfach meine Gedanken, wann immer du willst, ja? Ich weiß nicht, ob mir das gefällt!“

Martha lächelte und versicherte mir, dass ihre „Gabe“ nicht so ausgefeilt wäre.

„Ich lese die Geschichten der Menschen, aber nicht jeden einzelnen Gedanken. Obwohl deine Gedanken manchmal leicht zu lesen sind“, sagte sie und trat in der Dunkelheit näher an mich heran. Wir küssten uns erneut, weil … nun ja, wir nutzten jede Gelegenheit.

Eine kleine Tür am Ende des Flurs, die etwas ähnelte, das man vor einem Zwergenhaus finden würde, erforderte von uns beiden, uns auf gleichermaßen würdelose Weise zu verbiegen, um hindurchzugehen. Ein handelsüblicher Dachboden, auf dem die Weihnachtsbeleuchtung elf Monate im Jahr verborgen lag, wurde von dem milchigen Schein des Mondlichts erhellt, der durch kleine Fenster fiel. Tücher bedeckten unbekannte Formen, und ein Drehspiegel am Ende des Raumes zeigte ein anderes junges Paar, das den Dachboden durch eine ähnlich winzige Tür betrat. Ich erinnerte mich an ein Buch, das ich in einem Wohltätigkeitsladen auf der Camden Street ganz unten in einer Kiste mit Sonderangeboten gefunden hatte. Etwas über Erinnerungen von Gebäuden und wie die Wände von ihnen durchtränkt waren. *Sie vergessen nie, was wir, als Normalsterbliche, verlegen.* Ich hatte bis zu diesem Moment nicht mehr an das Buch gedacht.

„Da ist ein Brief“, sagte Martha und ergriff einen Briefumschlag mit ihrem Namen darauf.

Martha,
ich habe in den Geschichten anderer Menschen viele verschiedene Charaktere gespielt. Deine Geschichte war mein Favorit, und dieses Kapitel wird dein bisher bestes werden. Damit etwas existieren kann, muss man erst einmal daran glauben. Lade dein Herz ein, das zu sehen, was deine Augen nicht sehen können. Folge deinem Weg und bring den Gelehrten mit. Ich mag seine Gesellschaft.
B.

„Ist das ihre Schrift?", fragte ich.

„Ihre?"

„Ja. Madame Bowdens."

„Ich glaube nicht, dass Madame Bowden die Person war, für die wir sie gehalten haben."

„Was meinst du damit?"

Sie legte den Brief ab und atmete tief ein, bevor sie in sich hineinlächelte. „Du bist nie weggewesen, oder?"

Ich wartete einen Moment und schaute mich auf dem kleinen Dachboden um. Mit wem sprach sie da?

Um die Wahrheit zu sagen, fühlte ich eine Mischung aus verschiedenen Dingen. Erfreut, mit Martha hier zu sein/dumm, weil ich hoffte, dass etwas geschah, das nicht von dieser Welt war/nutzlos, weil ich ganz eindeutig keine Ahnung hatte, was wir hier machten. Ich hatte die ganzen Recherchen betrieben, aber Martha schien in der Lage zu sein, ihren Weg instinktiv zu erfühlen. Es war wie in diesem Lied: „The Whole of the Moon."

„*I spoke about wings. You just flew.*" Ich sprach von Flügeln. Du bist einfach geflogen.

„Ist das ein Gedicht?"

„Nein, ein Lied", sagte ich und nahm ihre Hand. Ich konnte nicht im selben Raum mit ihr sein, ohne sie zu berühren. „Darin geht es um den Mond und diesen Typen, der ein Idiot ist, und ein

Mädchen, das einfach … alles weiß."

„Das klingt wie wir!"

„Ganz genau. Ich wusste, es würde dir gefallen."

Sie legte die Arme um meinen Nacken, und so standen wir da und wiegten uns in einem Tanz ohne Musik.

„Das alles ist für dich doch nicht zu komisch, oder?" Ihre Worte klangen gedämpft, weil sie sie in die Schulter meines Wollpullovers sprach.

„Wenn es das wäre, hätte ich etwas gesagt, sobald der Baum anfing, in deiner Wohnung zu wachsen."

Sie schnaubte, was uns beide lachen ließ.

„Ich komme mir vor wie in einem Traum", sagte sie, und ich konnte dem nur zustimmen. Aber Träume hatten die Angewohnheit, zu enden. Ich beschloss stillschweigend, dass unser Traum anders sein würde.

„Da ist noch eine Tür!" Sie löste sich von mir und eilte zum anderen Ende des Dachbodens.

Bei näherer Betrachtung stellte sich heraus, dass es tatsächlich eine weitere Tür war. Sie war genau dort, wo ich gedacht hatte, dass der Drehspiegel mit unserem Spiegelbild gestanden hatte. Ich blinzelte langsam. Nein, es war unverkennbar eine Tür.

„Wie sollen wir sehen, wo wir hingehen?", fragte ich ungefähr dreißig Sekunden, nachdem ich ihr blind in die Dunkelheit gefolgt war. Wir befanden uns gefühlt in der Traufe des Hauses.

„Gar nicht. Du musst mir einfach vertrauen."

„Aber du weißt auch nicht, wo du hintrittst", keuchte ich nun halb gebückt, weil ich mir gerade den Kopf an einem Dachbalken angestoßen hatte.

„Du hast mich mal gebeten, dir zu vertrauen, und du hörst mich darüber auch nicht stöhnen", stichelte sie.

Ich schwieg eine weitere Minute oder so, bis es sich anfühlte, als würden wir nach oben gehen.

„Bist du dir bewusst, dass wir nach oben gehen, obwohl wir uns auf dem Dachboden befinden?“

„Ja, das bin ich mir.“

Sie streckte die Hand nach hinten aus und tätschelte mich seitlich am Kopf. Was auch nicht half.

„Erinnerst du dich, dass in dem Buch von einer umgekehrten Treppe gesprochen wird?“

Daran erinnerte ich mich, aber ich dachte, es wäre ein süßes Märchen für Kinder und nicht eine Landkarte für … was genau?

„Ja, aber du glaubst doch nicht wirklich, dass wir den Buchladen finden?“

Ihre Stimme schien sich immer weiter zu entfernen. „Du kannst nichts finden, was nie verloren war.“

Na super. Jetzt sprach sogar Martha nur noch in Rätseln. Das war der Einfluss von Madame Bowden. Und wo zum Teufel war die überhaupt? Ich hatte keine Zeit für logische Gedanken, weil der Durchgang immer enger wurde und ich nun spürte, wie die Seiten über meine Hände schabten.

„Ist jetzt ein guter Zeitpunkt, um zu erwähnen, dass ich unter Klaustrophobie leide?“, verkündete ich so lässig wie möglich, wobei ich mutig darüber hinwegsah, dass die Treppe uns nun in einer engen Spirale nach unten zu führen schien.

„Ich glaube, das hier sind die Wurzeln der Bäume. Was meinst du?“

„Natürlich sind sie das“, murmelte ich in mich hinein. Ich meine, es wäre vollkommen logisch, wenn man gerade eine Dosis hochreiner Drogen zu sich genommen hätte. Oder wenn der Nachname Pevensie lautete und man gerade in eine Garderobe voller Mäntel gestolpert wäre. Mit einem Mal wurde ich mir meiner eigenen Gedanken sehr bewusst – ein konstanter Strom aus Hohn und Spott. Aber wie Martha gesagt hatte: War ich nicht derjenige, der an seinem ersten Abend hier direkt in den Buchladen hineinmarschiert war? Und doch hatte ich es sofort als ein von zu viel Alkohol induziertes Trugbild abgetan.

Mein Geist wollte es mich nicht glauben lassen. Martha litt nicht unter einem solchen Widerstand, und auch wenn ich es nicht wirklich glauben konnte, beschloss ich, dass ich wenigstens an sie glauben konnte.

„Die Seele der Nacht auf den Kopf gestellt …“

„Wie bitte?“

„Das ist eine Zeile aus dem Buch. Sie besagt, dass man darauf vertrauen soll, genau dort zu enden, wo es einem bestimmt ist.“

„Ich habe das Gefühl, das bereits getan zu haben“, sagte ich, war mir aber nicht sicher, ob sie mich hörte. Kaum hatte ich die Worte ausgesprochen, sah ich wortwörtlich ein Licht am Ende des Tunnels. Mein Herz fing an zu rasen.

55. Kapitel

OPALINE

Dublin, 1952

„Die Hoffnung ist das Federding,
das in der Seel‘ sich birgt
und Weisen ohne Worte singt
und niemals müde wird.“

Ich ließ Emily Dickinsons Gedichtband auf meinen Schoß fallen und spähte durch die Buntglasfenster des Ladens, deren Farben nun das Bild eines Vogels und eines offenen Käfigs malten. Ich hatte eine Art Pakt mit dem Universum geschlossen, dass, wenn ich die Tür zu meinem Herzen offenstehen lassen würde, mein kleines Mädchen eines Tages hindurchgehen würde. In der Zwischenzeit fand ich eine Beschäftigung, die mir die Illusion gab, etwas zu tun, das diesen Tag näherbrachte. Ich fing an, ein Buch zu schreiben. Ein Kinderbuch. *Ein Ort namens Verloren.* Ich wusste, dass in diesen Wänden eine seltsame Art der Magie steckte. Nicht die Art Magie, die man auf der Kirmes oder unter dem Zirkuszelt findet, sondern etwas wesentlich Subtileres.

Ich machte mich daran, die Lichter auszuschalten, ließ mir dabei aber Zeit. Mich überkam das undefinierbare Gefühl, dass etwas oder jemand in der Nähe war. Jemand, den ich kannte. Jemand, den ich liebte. Aber ich konnte dem Gefühl nicht trauen. Und würde es auch nicht tun. Selbst als ich das Klopfen an der Glastür hörte, drehte ich mich nicht um. Ich konnte mich der Enttäuschung nicht stellen, mich geirrt zu haben. Ich stütze mich mit den Händen auf dem Schreibtisch ab und kniff die Augen fest zu. Mein Herz wollte meinem Geist nicht gehorchen, und ohne bewusst den Entschluss zu treffen, drehte ich mich um.

Er war da.

Josef. Der Schnee fiel sanft auf seinen Kopf und seine Schultern.

Ein Seufzer der Erleichterung schlüpfte über meine Lippen, und ich hätte schwören können, dass die Bücherregale ebenfalls seufzten. Der Buchladen hatte ihn hereingelassen, nachdem ich aus St. Agnes entkommen war und ihn am meisten gebraucht hatte. Er trat näher ans Fenster heran und ich folgte. Uns trennte nur die dünnste aller Glasscheiben. Mein Blick suchte seine Augen, seine Lippen, seine Gestalt. War er real?

„Willst du mich nicht hereinlassen?", fragte er mit einem schiefen Grinsen. „Es ist ein wenig kalt."

Ich lachte laut auf, und es klang wie Silberglocken in meinen Ohren; Glocken, die seit Jahren nicht geläutet hatten. Ich öffnete die Tür und wir standen beide auf der Schwelle, während Blumen auf den Buntglasscheiben über uns erblühten.

„Bist du für immer zurück?"

„Mein Vater ist im Herbst verstorben."

Ich legte eine Hand auf mein Herz. „Das tut mir leid."

„Ich kann einige der alten Spieluhren reparieren, die auf dem Dachboden lagern. Alles, was kaputt ist …"

„Du hast bereits alles, was an diesem Ort zerbrochen war, repariert", sagte ich und sank in seine Arme.

„So viele Nächte habe ich von dir und diesem Ort geträumt", sagte er und hielt mich ganz fest, als könnte uns nichts je wieder voneinander trennen.

„Der Buchladen ist in meinem Herzen verwurzelt", antwortete ich. „Ich muss einen Weg finden, ihn am Leben zu halten. Für meine Tochter."

Er zog sich zurück und suchte in meinem Gesicht nach Antworten.

„Sie lebt. Mein Baby lebt."

Er öffnete den Mund, um etwas zu sagen, doch keine Worte kamen. Die Freude in seinen Augen war jedoch genug.

„Bitte, komm herein", sagte ich schließlich.

Er hatte nur einen großen Seesack bei sich, aus dessen vorderer Tasche ein Buch herausschaute. Rotes Leder, Goldschnitt. Es war mir so vertraut, aber auch so fehl am Platz, dass ich nicht zu hoffen wagte.

„Für dich", sagte er, nachdem er meinem Blick gefolgt war, und reichte es mir. „Ich habe es in einem alten Buchladen in Österreich gefunden."

Ich nahm das von der Zeit abgenutzte Buch in meine Hände und spürte, wie die Magie der Kindheit zu mir zurückkam und mich begrüßte. Ich suchte nach der Inschrift und keuchte, als ich sie sah. Alfred Carlisle. Mein *echter* Vater.

„Woher wusstest du …"

„*Mein Liebling*, ich bitte dich, hör auf zu reden und küss mich."

56. Kapitel

MARTHA

In jener Nacht hatte ich den seltsamsten Traum. Ich ging durch ein altes italienisches Dorf, heiß und staubig unter dem sommerlichen Sonnenschein. Ich betrat ein kühles, dunkles Gebäude, das vom Boden bis zur Decke von alten Büchern gesäumt war. Dort war ein Mann, der mir einen Schlüssel reichte, und dann war ich schnell wie der Blitz wieder in der Ha'penny Lane. Alles war genauso, aber anders. Drinnen befand sich eine Frau, eine vertraute Fremde. Sie sagte mir, dass sie auf mich gewartet hätte. Und dass der Laden auch auf mich gewartet hätte.

„Wach auf“, sagte sie. „Wach auch.“

Im Morgenlicht sah ich Henrys braune Haare auf dem Kissen neben mir. Wenn er enttäuscht gewesen war, dass wir den Buchladen nicht gefunden hatten, so hatte er es sich nicht anmerken lassen. Der enge Durchgang hatte direkt zurück zu meiner Wohnung geführt. Es war keine geheime Passage in eine andere Dimension gewesen, sondern nur ein alter Tunnel für Bedienstete oder so. Henry hatte mich ins Bett zurückgebracht und gesagt, dass er bereits alles gefunden hätte, was er wollte. Ich hatte mehr gefunden, als ich mir je hätte erträumen können, und doch fühlte sich etwas unvollständig an.

„Der Baum!“

„Ich bin wach, ich bin wach“, erwiderte Henry auf meinen Schrei, ein Auge noch geschlossen, die Haare wirr.

„Er ist weg.“

„Okay. Die Tatsache, dass überhaupt ein Baum hier gewachsen ist, war schon seltsam, aber das jetzt ist einfach … Was machst du da?“

Ich zog mich an. Schnell.

„Kommst du nicht?"

Henry blinzelte und zog sich dann widerstrebend seine Jeans an. Ich lief vor ihm die Treppe hinauf.

„Martha? Waren diese Worte schon immer auf den Stufen? *Seltsame Dinge gefunden ...*!", rief er zu mir hoch, aber ich hatte etwas noch Seltsameres gefunden.

Ich hatte damit gerechnet, am oberen Ende der Treppe den Flur von 12 Ha'penny Lane zu sehen, dort, wo er immer gewesen war. Doch stattdessen stand ich an einem Ort, an dessen Existenz ich bis jetzt nie gänzlich geglaubt hatte: Opalines Buchladen. Tageslicht strömte durch die Schaufenster und zersplitterte in Sonnenstrahlen, in denen die Staubflöckchen wie Konfetti funkelten. Ich wagte kaum, zu atmen, für den Fall, dass sich alles in Luft auflösen würde. Langsam gewöhnten sich meine Augen an das, was vor mir lag. Es gab hölzerne Bücherregale, die vom Boden bis zur Decke reichten und mit weichem, grünen Moos und Efeu bedeckt waren, der an den Rändern entlangkroch. Gefallenes Laub wehte geräuschlos über den gefliesten Boden und unter der Decke schwebten kleine Heißluftballons. Es fühlte sich an, als wäre der Laden gerade erst aus einem langen Schlummer erwacht, wie Rip Van Winkle, und schüttelte die Jahre des Winterschlafs ab. Ich blinzelte, doch er verschwand nicht. Der Duft nach warmem Holz und Papier erfüllte die Luft, gepaart mit der Süße eines goldenen Septemberapfels. Alles war voller bunter, antiquarischer Bücher und Kuriositäten, die alle auf unsere Ankunft warteten.

Ich war nach Hause gekommen.

Henry stieß auf dem obersten Treppenabsatz mit mir zusammen und nahm den Anblick in sich auf.

„Bitte sag mir, dass du das auch siehst und ich nicht irgendeine Art Anfall habe."

„Es ist echt, Henry." Ich drehte mich zu ihm um und lächelte.

„Ich sehe es, aber ich kann es nicht glauben", flüsterte er. „Wie ist das möglich?“

Ich nahm einen langen, tiefen Atemzug und versuchte, mich an die letzten Zeilen aus Opalines Buch zu erinnern.

„Vielleicht war ich diejenige, die die ganze Zeit verloren war, und nicht der Buchladen.“

Ich ergriff Henrys Hand, und er umfasste meine fest.

„Wir haben es geschafft“, sagte ich. „Wir haben den Buchladen gefunden.“

Sein Lächeln war wunderschön und offen, wie das eines Kindes.

„Sieh dir das an“, sagte er und zeigte auf die Buntglasfenster über den Schaufenstern, die anders waren als alles, was ich je zuvor gesehen hatte, und doch so vertraut.

„Ist das …?“ Henry trat näher und zeigte auf ein Muster ganz am Rand. Eine Frau in einem langen Mantel und Hosen, mit sehr kurzen Haaren, Hand in Hand mit einem Soldaten.

Epilog

Der Regen draußen hatte nachgelassen, und die Wand aus grünen Wolken, die wie eine klumpige Bettdecke über der Stadt gewabert hatte, brach auseinander und enthüllte kleine, unregelmäßige Fenster aus blauem Himmel.

„Ist das alles wirklich wahr?", fragte der kleine Junge, der sich ganz offen ein Rosinenbrötchen für später in die Tasche steckte.

„Jedes Wort", sagte Martha. Sie begann, die Umschläge und Briefe zusammenzuschieben. Es war an der Zeit, sich wieder an die Arbeit zu machen.

„Was wurde aus dem Haus und der alten Lady?"

„Nummer 12? Das existiert immer noch. Aber nun lebt dort jemand anderes."

Er nickte, als wäre die Erklärung vollkommen zufriedenstellend.

„Das Buch hat Ihnen also gesagt, dass Sie Buchhändlerin werden?"

Sie überlegte einen Moment. „Ich schätze auf gewisse Weise schon."

Er zog konzentriert die Augenbrauen zusammen.

„Was ist?"

„Ich wünschte, ich könnte ein Buch finden, das mir sagt, was ich mal tun soll, wenn ich alt bin."

„Älter", korrigierte sie ihn. „Außerdem glaube ich, dass es dich schon gefunden hat."

„Was meinen Sie damit?"

„Du weißt bereits, was du mal werden willst."

„Wirklich?"

Sie nickte geduldig. „Hast du nicht gespürt, wie dein Herz einen

Satz gemacht hat? An dem Punkt in der Geschichte, an dem ich dir von Matthew Fitzpatrick erzählt habe?“

„Oh, *das.*“

„Ja. Das!“

Er glitt vom Hocker und schlurfte über den Fliesenboden zu seiner Schultasche, die verlassen dalag. Dann schlang er sie sich über die Schulter, als enthielte sie alle Sorgen der Welt.

„Die Lehrer sagen, dass das eine alberne Idee ist.“

„Meiner Meinung nach sind das die besten Ideen.“

Er bedachte sie mit einem neugierigen Blick. Es war beinahe, als forderte sie ihn heraus. Erwachsene hörten ihm nur selten zu, und wenn sie es taten, ermutigten sie ihn sicher nicht, an alberne Ideen zu glauben.

„Die Sache mit Büchern ist die“, sagte sie. „Sie helfen einem, sich ein größeres und besseres Leben vorzustellen, als man es sich je erträumen könnte.“

Damit klingelte die Glocke über der Ladentür, und ein großer Mann, dem die Haare in die Augen fielen, kam herein. Er ging direkt zu Martha und gab ihr einen lang gezogenen Schmatzer auf die Wange, was der kleine Junge eklig fand.

„Und wen haben wir hier?“, fragte er schließlich.

„Sollen wir es ihm sagen?“, fragte Martha den kleinen Jungen. „Sollen wir ihm sagen, wer du *wirklich* bist?“

Anfangs wirkte er ein wenig unsicher, schien dann jedoch an Selbstbewusstsein zu gewinnen und reckte die Brust.

„Ich bin ein Zauberer“, verkündete er.

„Wirklich?“, fragte Henry.

„Ja“, sagte Martha. „Und sein erster Trick wird sein, das magische Buch, das er den ganzen Morgen über gelesen hat, verschwinden zu lassen.“ Sie nickte, um ihm zu sagen, dass er es holen solle.

„Umsonst?“, fragte der kleine Junge.

„Das erste Buch ist immer umsonst“, antwortete sie, und innerhalb von wenigen Augenblicken hatte er es in seine Schultasche gesteckt, bevor er mit Funken an den Hacken und etwas, das in dem seltsamen Morgenlicht wie ein wehender Umhang wirkte, aus dem Laden stürmte.

„Du hast es schon wieder getan“, sagte Henry und legte einen Arm um Marthas Taille.

„Was genau, Mr. Field?“

„Du hast jemanden sehr, sehr glücklich gemacht, Mrs. Field.“

Dieses Mal küssten sie einander so lang, dass sie den Laden schließen mussten.

~

Und hier endet die Geschichte. Auch wenn sie das Manuskript von Emily Brontë nie gefunden haben. Bis heute liegt es versteckt in dem Safe einer irischen Bank und wartet nur darauf, Teil der Geschichte eines anderen Menschen zu werden.

Danksagung

Zuerst einmal möchte ich meiner Lektorin Charlotte Ledger danken. Ihr Enthusiasmus für dieses Buch hat den Schreibprozess mit einer solch positiven Energie gefüllt, und es war ein Traum, mit ihr zusammenzuarbeiten. Ein Dank geht auch an das gesamte Team von *One More Chapter* und *Harper Collins UK. E*uch ist meine fortwährende Dankbarkeit für eure Leidenschaft und Expertise gewiss, dieses Buch zu etwas wahrhaft Schönem gemacht zu haben.

Ich danke auch Gillian Green, die mich in den anfänglichen Kapiteln dieses Buchs ermutigt hat, und Sophie Hannah für ihr ermutigendes Feedback und Coaching.

Meine tiefste Dankbarkeit gilt meiner Familie, vor allen meinen Eltern, deren Liebe und Großzügigkeit konstant und unerschütterlich gewesen sind. Und meiner Schwester, die, wie das Glück es so wollte, auch Schriftstellerin ist, für ihre inspirierenden Thesen und ihren endlosen Glauben an dieses Buch.

Und zum Schluss, liebe Leserinnen und Leser, bin ich dankbar für euer Vertrauen und dafür, dass ihr die Welt von *Der verschwundene Buchladen b*etreten habt und ihn in eurem Herzen habt lebendig werden lassen.